U0137875

幸福的革命

垃圾分类新时尚的厦门模式

王永盛　文国清◎著

海峡出版发行集团 THE STRAITS PUBLISHING & DISTRIBUTING GROUP | 鹭江出版社 LUJIANG PUBLISHING HOUSE

2019年・厦门

2017 年 11 月 30 日，全国城市生活垃圾分类工作现场会在厦门召开

2019 年 7 月 6 日，厦门召开生活垃圾分类工作推进大会，对该项工作进行再动员、再部署。福建省委常委、厦门市委书记胡昌升要求以更高标准，打造“厦门模式”升级版

2019 年 7 月 10 日，全省（福建）生活垃圾分类工作现场会在厦门召开

金海社区垃圾分类志愿者活动

亲子义工环保活动

厦门市财政局巾帼志愿者代表队开展“绿海鸥厦门垃圾分类在行动”活动

厦门市城市管理行政执法局开展志愿者活动，宣传垃圾分类执法工作

《厦门市中小学垃圾分类教育社会实践活动优秀案例》

《垃圾分类知识与学科融合》

“垃圾分类教学设计汇编”系列读本

“绿海鸥伴我行”系列读本（幼儿版）

“绿海鸥伴我行”系列读本（小学版）

“绿海鸥伴我行”系列读本（中学版）

无论是对中国，还是对全世界而言，垃圾分类都是一场改变人们千百年来形成的根深蒂固的生活习惯和观念的运动。从这个意义上讲，垃圾分类显然将是一场声势浩大的革命。正如习近平总书记所说，保护生态环境就是保护生产力，改善生态环境就是发展生产力。这场必须进行的革命，只会给所有人带来生存环境的改善，生活质量的提高以及身心健康的快乐。所以，这将是一场幸福的革命。

——题记

代序 / 先行先试走在前

厦门是全国探索城市生活垃圾分类工作的先行者和示范者。2017年11月，全国城市生活垃圾分类工作现场会在厦门召开，掀起了全国各省、市、县（区）学习厦门生活垃圾分类经验的新高潮。

2018年，住房和城乡建设部对一年多来全国城市生活垃圾分类工作进行了回顾和总结，并对厦门等城市的垃圾分类工作先行先试的探索模式给予了充分的肯定。对于厦门来说，这是一份极大的荣耀，同时也是一种鞭策。

总结报告提到，全国46个生活垃圾分类工作试点城市中，厦门主要领导亲自抓、全面系统推进、从娃娃抓起、加快分类设施建设、建立考评机制等工作经验，不仅使垃圾分类工作取得丰硕成果，形成了普遍又具有特色的模式，而且在全国范围内推广，这是厦门全面实施生活垃圾分类工作的积极影响和显著成效。

垃圾分类工作在全国范围内轰轰烈烈开展以来，厦门何以勇于担当垃圾分类的先行者？何以在全国46个试点城市中脱颖而出？何以得到住建部的表扬和青睐？要想探究其中原委，我们还要从群策群力、改革创新地探索出生活垃圾分类的“厦门模式”说起。

那是一个看似寻常却又在国内外掀起飓风般影响的日子。

2016年12月21日，中央财经领导小组第十四次会议在京召开，习近平总书记在会上宣布——开始在全国范围内普遍推行垃圾分类制度！

实际上，习近平总书记提出垃圾分类，既是他对人类命运共同体的历史深思，也是他对现实洞察后的要求。

他惋惜古代一度辉煌的楼兰文明，被埋藏在万顷流沙之下，那里当年曾经是一块水草丰美之地。河西走廊、黄土高原都曾经水丰草茂，但由于毁林开荒、乱砍滥伐，致使生态环境遭到严重破坏，加剧了经济衰落。

他惋惜世界第一高峰珠穆朗玛峰，也成了世界上最大的露天垃圾场。每年有大概7万~10万游客慕名而来珠峰，截至2016年底，全世界共有4469人成功登顶珠峰7646次。挑战或者征服了自然的人，也在这片圣洁之地留下了巨量的垃圾。

他的眼光又审视着全球："从20世纪30年代开始，一些西方国家相继发生多起环境公害事件，损失巨大，震惊世界，引发了人们对资本主义发展模式的深刻反思。"

现实状况比习总书记讲的更严峻、更可怕。

有专家预测，用不了多少年，莫斯科将会被自己制造的垃圾掩埋！这并不是危言耸听，是有事实依据的。莫斯科人均一年制造出500千克生活垃圾，全市一年新增550万吨生活垃圾，而目前垃圾处理厂每年只能处理全部垃圾的15%，其余85%的垃圾只能运到郊外37个露天垃圾场堆放。照此发展下去，莫斯科郊外一座座像山一样的垃圾堆，有一天会把莫斯科包围起来，真正成为垃圾围城的噩梦。

墨西哥城人口已超过900万，每天制造的生活垃圾泛滥成灾。墨西哥全国有上千个垃圾集散地，其垃圾处理也比较简单化，都是直接拉到公共垃圾场填埋或焚烧，造成较大的环境污染。

希腊首都雅典郊外一座高160米的山，山上林木葱郁。这座大山原来是一个垃圾填埋场，因为山上大多是生活垃圾，吸引了数以万计的海鸥成群结队地飞来觅食，因而被当地人称为"海鸥山"。据雅典大学一项最新研究显示，这个名叫里奥西亚区的垃圾填埋场，其垃圾渗液已经渗透到地下100米处，对四周临海地区的下土层及萨罗尼克湾的海水造成污染，这在未来60年内都是一枚有毒的定时炸弹。雅典有400万市民，每天制造生活垃圾6000吨，在里奥西亚区垃圾填埋场饱和之后，政府也已束手无策。一个个小山似的垃圾堆继而在大街小巷垒了起来，让充满神话色彩的雅典变得肮脏不堪，引发了一波又一波市民上街游行。

城市垃圾还不是最可怕的，海上垃圾更可怖。

据不完全统计，人类每年要产生3.5亿吨塑料垃圾。虽然大多数垃圾被送到垃圾填埋场，但每年仍有800万吨垃圾进入了海洋。它们在海洋中不断地汇合，形成垃圾带，其中最大的就是太平洋垃圾带。

太平洋垃圾带中漂浮的塑料垃圾大概有1.8万亿块，这是银河系恒星数量的10倍之多。这些垃圾并不是聚集在一起，而是分散漂流着的，整个面积加起来相当于2个美国的得克萨斯州。更直观一点，日本的国土面积约37.8万平方公里，太平洋垃圾带是日本国土面积的3.7倍。

2009年2月，英国《独立报》称，地处太平洋上的这片巨大垃圾带，像一个无法无天的魔怪，不但天天在膨胀，而且正从夏威夷向日本、中国一带的海域蔓延。

成千上万的鸟儿因误食塑料垃圾而死于这片垃圾场。人们在比利时发现，一只死鸟肚子里居然有1600块塑料残渣。波兰科学家还发现，95%的海燕胃里都有塑料垃圾。这片号称“第八大陆”的海上垃圾场，不但对动物造成危害，而且对人类的伤害也是巨大的。

过去70年，这片垃圾带的规模一直在持续高速增长中。由于它们在海洋中被分解需要极其漫长的时间，故将持续影响海洋生态数百年。但被分解也不意味着结束，因为有的塑料微粒会进入海洋生物体内，然后随着食物链进入人体。向海洋投入的污染，最后还是回到了人类自身。

垃圾围城，危情四起，实行垃圾分类，实现垃圾减量化和资源化迫在眉睫。

在全球垃圾污染危机的背景下，习近平总书记的讲话迅速由人们热议话题转化为贯彻落实的实际行动。960万平方公里的神州大地上掀起了垃圾分类的高潮。

三月的春风，给祖国大江南北吹来了盎然生机，也让中国的垃圾分类，昂然崛起，正式迈入一个崭新的时代。为全面落实习近平总书记关于垃圾分类工作的重要指示精神，2017年3月18日，国务院办公厅发布了《关于转发国家发展改革委、住房城乡建设部生活垃圾分类制度实施方案的通知》，使生活垃圾分类工作由国家部委层面上升到国家层面，确定从北京、上海、深圳、厦门等46个重点城市先行先试。

作为全国46个垃圾分类先行先试的城市之一，厦门也是习近平总书记工作和生活过的城市。对于落实习总书记关于生活垃圾分类的重要指示精神，厦门似乎有一种特殊的使命感和责任感。

2017年6月12日，国管局、住建部、国家发改委、中宣部、中直管理局五部门联合印发了《关于推进党政机关等公共机构生活垃圾分类工作的通知》。十天后，住建部城建司市容处处长杨宏毅在福建省住建厅城建处副处长杨孝仁的陪同下，深入到厦门市各居民小区和后坑、东部等垃圾处理基地，对厦门市生活垃圾分类工作进行专题调研。厦门市市政园林局副局长黄志华为杨宏毅等人详细解读了厦门市垃圾分类工作开展的思路和具体实施办法。杨宏毅认为，厦门这座城市因为文明程度高，所以垃圾分类工作能较为顺利地快速开展。在一些认知盲点和工作盲区，杨宏毅一行也给予了很多指导和帮助，并且提出了很多合理化建议，让厦门的垃圾分类工作少走了很多弯路。随后，福建省住建厅厅长林瑞良、副厅长王明炫多次深入厦门指导。

早在2000年，厦门就曾作为八座“生活垃圾分类收集试点城市”之一，开展了垃圾分类工作，有着良好的城市基础。这次又成为全国46个试点城市之一，厦门的垃圾分类工作思路和方法大体得到了住建部的认可。住建部决定，在厦门召开全国城市生活垃圾分类工作现场会。

2017年9月23日，住建部城建司副司长杨海英一行来厦门市调研生活垃圾分类工作，对将要召开的现场会筹备工作进行具体指导。杨海英说：“一些西方发达国家经过几十年的实践探索，依然没有从根本上解决垃圾分类的问题，我们更是刚刚站在起跑线上。但是，我们不会气馁，信心满满，一定会走出一条具有中国特色的垃圾分类之路。”他的话语，也让厦门市的领导们看到了垃圾分类工作希望的曙光。

在现场会召开前夕，住建部城建司司长张小宏亲自带队来到厦门，观摩了欣悦园小区、五缘学村、东部固废处理中心等现场，为全国城市生活垃圾分类工作现场会的观摩组织工作进行了有的放矢的指导。

有了国家及省委领导的信任、关怀和支持，有了厦门市各级领导与群众上下同心的冲劲和干劲，即便只有短短几个月时间筹备，2017年11月30日，在厦门召开的全国城市生活垃圾分类工作现场会仍然圆满而成功。住建部部长王蒙徽、副部长倪虹等领导参加会议，并对厦门市生活垃圾分类工作给予了高度评价。

真理总是来源于实践。厦门市委、市政府的领导们研究后得出一个结论：垃圾分类也像经济社会发展一样，必须着眼于本国的国情，走自己的垃圾分类之路，不能照搬西方发达国家的既成模式。因为各国的社会制度不同，文化素养不同，生活方式不同，思想观念不同，一个模式解决不了所有的垃圾分类问题，一种经验不可能适用全球所有国家。厦门只能根据本国、本地区的特点，因地制宜地抓好垃圾分类工作。

思想上的清晰，带来了行动上的自觉。厦门四百多万干部群众响应习近平总书记关于生活垃圾分类的号召，在全国率先开展了一场声势浩大的垃圾分类的伟大实践活动。

垃圾分类有五个本质特征：一是广泛性，垃圾分类涉及每个家庭和各行各业，与每个人生活环境的改善息息相关；二是日常性，垃圾分类将会日复一日地进行，因为时刻都有新垃圾产生；三是专业性，垃圾处理看似简单，其实十分复杂，科技含量高，是涉及环境保护、生态建设的百年大计；四是闭环性，投放、收集、运输、处理，诸多环节环环相扣，一环脱节，前功尽弃；五是系统性，垃圾分类是一项庞杂的社会工程，几乎涉及政府的每个层面、每个部门，因此相互推诿的门槛较低，有效协调的难度很大。

上述特征，决定了垃圾分类不可能一蹴而就，不同于治理酒驾和礼让斑马线，一条法律、一个禁令便可立竿见影、解决问题。因此，做好生活垃圾分类工作要有打攻坚战和持久战的心理准备。在舆论宣传和教育上，必须加强统一筹划，注重针对性和号召力，全民动员、全民参与，教育无死角，行动有监督，来一次观念革命，打一场人民战争。

厦门在第一时间抓好机构建设。厦门市领导一深入调查就发现，垃圾分类像一张蜘蛛网，是一个复杂的系统工程，必须要有领导主抓主管和专门机构统筹协调。因此，厦门市四套班子协同推进：市委、市政府领导专门就开展生活垃圾分类工作进行动员部署；市人大围绕厦门生活垃圾分类管理立法问题，组织专题调研和座谈研讨；市政协组织以“垃圾分类工作”为主题的协商议政。与此同时，市生活垃圾分类工作领导小组成员深入一线调研，定期组织召开推进会，解决难点问题，协同推进工作进展。

厦门在第一时间抓好硬件建设。厦门市委、市政府在探索中发现，仅仅靠传统的垃圾处置办法是解决不了问题的，必须与时俱进，运用高科技手段，全力以赴抓好垃圾的配套硬件建设工程。

厦门在第一时间抓好宣传教育。厦门市委、市政府深深体会到，思想不通，行动不力。要发动广大人民群众自觉地投入浩浩荡荡的垃圾分类工作中去，就必须搞好宣传教育。于是，他们抓好全媒体宣传，将宣传落实到每家每户，让垃圾分类意识内化于每个人的心。

厦门在第一时间抓好垃圾分类培训。厦门市委、市政府切身感受到，垃圾分类既是个思想观念转变的问题，也是个责任心、事业心和技术性的问题，必须对相关人员加强专门的培训，才能实现他们思想认识上的多次飞跃，才能让他们按照垃圾分类的规律和技术性，想问题、办事情。

……

2017年9月4日，国家卫计委等八部门联合出台了《关于在医疗机构推进生活垃圾分类管理的通知》；2017年12月，中央军委后勤保障部联合住建部、国家发改委和环保部出台了《关于军队单位落实生活垃圾分类制度的意见》。

2018年4月21日，杨海英再次来到厦门市湖里区调研，实地访查厦门市生活垃圾分类工作开展情况。时隔全国城市生活垃圾分类工作现场会成功召开不到半年时间，杨海英看到了厦门市容市貌更精细的变化，赞扬厦门生活垃圾分类工作势头不减，不愧为走在全国最前列的试点城市。

2018年5月19日，全国人大常委、中科院科技战略咨询研究院副院长王毅率全国人大环资委及福建省发改委相关领导前往湖里区高林小区及联谊公司调研垃圾分类工作。

2018年7月18日，福建省人大常委会副主任潘征带队视察厦门市垃圾分类工作，厦门市人大常委会主任陈家东、副主任林德志，副市长张毅恭，思明、湖里两区分管领导及垃分办相关人员陪同。

一时间，来自全国各地不同省份、城市，包括全国其他45个试点城市的慕名者接踵而至，纷纷来厦门实地考察，学习厦门市生活垃圾分类工作的先进经验和成效。

在全国46个试点城市实施生活垃圾分类工作两年后，住建部会同有关部门印发通知，要求从2019年起垃圾分类工作从前期的46个试点城市扩展到全国地级及以上城市，全面启动生活垃圾分类工作。在2019年6月5日世界环境日到来之际，习近平总书记再次作出重要指示——他号召大家一起为改善生活环境努力，一起为绿色发展、可持续发展作贡献。

同时，习近平总书记的指示为破解垃圾分类难题指明了方向——

“推行垃圾分类，关键是要加强科学管理、形成长效机制、推动习惯养成。

“要加强引导、因地制宜、持续推进，把工作做细做实，持之以恒抓下去。

“通过有效的督促引导，让更多人行动起来，培养垃圾分类的好习惯，全社会人人动手，一起来为改善生活环境作努力，一起来为绿色发展、可持续发展作贡献。”

作为先行先试探索生活垃圾分类工作的城市之一，厦门牢记习总书记的指示。就在2019年7月6日，厦门再次召开全市生活垃圾分类工作推进大会，福建省委常委、厦门市委书记胡昌升在会上提出，要从更高的站位、更严的标准、更强的合力，推动厦门垃圾分类工作提质升级，继续走在全国最前列。

从全国生活垃圾分类工作开展以来，厦门市在全国46个试点城市历次考评通报中均名列第一，探索形成了一批创新经验，为垃圾分类工作在全国推行打下了良好的基础。但是，胡昌升认为，虽然厦门市的垃圾分类工作走在前列，对比中央要求，对比各地推进态势，检查审视自身工作，还存在一些短板和不足，切不可掉以轻心，必须切实克服优越感，加强紧迫感，聚焦薄弱环节、短板领域，持续加力，久久为功，让垃圾分类成为全社会的文明素养、行为习惯、良好风尚，让厦门更清洁、更美丽、更宜居。

普遍推行垃圾分类制度，是习近平总书记亲自部署、亲自推动的民生“关键小事”，也是经济社会发展大事。习总书记多次对垃圾分类工作作出重要指示批示，为厦门市乃至全国所有城市推进垃圾分类工作指明了方向、目标、路径和方法。这是顺应人民对美好生活需要的具体行动，是推动城市绿色低碳可持续发展的有效举措，是创新社会治理、提升城市公共文明的重要途径，切实把抓好垃圾分类工作这项重要政治任务牢牢抓在手上、扛在肩上，全力以赴推动垃圾分类工作不断取得新成效，才是全面贯彻落实习总书记的重要指示精神、全力推进人民幸福指数提高的实际行动。

厦门以时不我待、只争朝夕的精神，用更加精准的对标、更加流畅的链条、更加全面的覆盖、更加完备的设施、更加科学的管理，牢固树立全市“一盘棋”的思想，形成以法治为基础、政府推动、全民参与、城乡统筹的垃圾分类工作体系。厦门市将进一步完善工作机制和法规制度建设，加大宣传和发动力度，提高政治站位，坚持问题导向，精准施策，强化引导，让全社会行动起来，努力为全国生活垃圾分类工作提供可复制的厦门模式！

目录

Contents

第一章 “五全”工作法

第二章 “一把手”工程

第三章 “岛内外”全覆盖

第四章 “小手”拉“大手”

第五章　去“后顾之忧”

第六章　最美“垃分人”

厦门市生活垃圾分类工作启示录

第一章

『五全』工作法

把推行生活垃圾分类作为贯彻新发展理念、提升市民文明素养、促进生态环境保护和社会文明进步、推进城市治理体系和治理能力现代化、推进“五大发展”示范市建设、打造高素质高颜值现代化国际化城市的重要抓手，作为和经济建设一样重要的中心工作来抓，全面开展生活垃圾分类工作，努力探索可复制、可推广的生活垃圾分类“厦门模式”，努力让城市环境更宜居、市民生活更美好。

大幕启时春声至

2016年12月21日，对普通百姓来说，只是一个早已过去、毫不起眼的星期三。再过十天，时间又会向前迈进一年。要说这一天有什么特别之处，似乎只有朋友圈里扩散最多的那条信息——这天是冬至，北半球各地一年之中白昼最短、黑夜最长的一天。

绝大多数人不知道的是，那天，中央召开了一次会议，由习近平总书记亲自主持。这本来也没什么稀奇，因为从中央到地方各个部门每天都有无数场大大小小的会议需要召开。但是，那天的会议不同，那是中央财经领导小组第十四次会议。

“普遍推行垃圾分类制度，关系十三亿多人生活环境改善，关系垃圾能不能减量化、资源化、无害化处理。要加快建立分类投放、分类收集、分类运输、分类处理的垃圾处理系统，形成以法治为基础、政府推动、全民参与、城乡统筹、因地制宜的垃圾分类制度，努力提高垃圾分类制度覆盖范围。”——这是中央财经领导小组第十四次会议上习总书记重点强调的主要内容。

天时人事日相催，冬至阳生春又来。冬至是中国农历二十四节气之一，也是中华民族的一个传统节日。在古代，民间便有“冬至大如年”之说。冬至也是“数九”第一天，万物皆退，一阳始生。自古便被视为“岁首”的大吉节气，实为春之先声。

那天，习总书记的重要讲话深刻阐述了推行垃圾分类制度的重大意义，揭示了垃圾分类工作的本质特征和内在机理，为中国全面推行生活垃圾分类指明了方向，也为正在经历国际重大变革的中国和百姓的生活，带来了春天的气息。

凤凰花又开

冬季，坐标厦门。

2017年11月30日下午，厦门悦华酒店馨悦楼一楼华庭厅，全国城市生活垃圾分类工作现场会在这里召开。

厦门的夏天有些漫长，11月的鹭岛终于有了凉爽的感觉，仿佛秋天刚刚来到。火红的凤凰花已经凋零，凤凰木却依然苍翠。城市里到处都是一簇簇鲜艳的三角梅，特别耀眼。它们正绽放容颜，迎接这场承载着荣耀和使命的盛会。

这是一场自上而下的运动，一场生活行为习惯的革命，一场与每一个人都息息相关的工作大会。这也是一场别开生面的会议，一场总结经验、传授经验的务实大会。参加会议的有来自各省（自治区）住房和城乡建设厅、直辖市环卫主管部门和新疆生产建设兵团建设局主要负责同志，部分重点城市人民政府分管副市长，住房和城乡建设部、国家发展和改革委、教育部、环境保护部、商务部、国家卫生计生委、国家机关事务管理局、中央军委后勤保障部有关司局负责同志。对于生活垃圾分类工作，他们既熟悉又陌生，既踌躇满志又求知若渴。

会场上，人们奋笔疾书，详尽记录每一个有用的信息。

会场上，人们凝神屏息，生怕落掉哪一句关键的话语。

住房和城乡建设部党组书记、部长王蒙徽在会上强调，普遍推行生活垃圾分类制度，是关系广大人民群众生活的大事，是我们当前的一项重要政治任务。要以习近平新时代中国特色社会主义思想为指导，认真学习贯彻党的十九大精神和习近平总书记关于垃圾分类工作的重要指示精神，不断强化“四个意识”，坚持以人民为中心的发展思想，从加强和创新社会治理，加强生态文明建设、促进绿色发展，提高全社会文明程度，实现“两个一百年”奋斗目标的高度，推进城市生活垃圾分类工作。

王蒙徽，曾任福建省委常委、厦门市委书记，主政厦门时提出“美丽厦门，共同缔造”的理念，言简意赅，目标明确，催促厦门人民前进，让人不敢有丝毫懈怠。

王蒙徽部长对自己工作过的厦门太熟悉了。他熟悉这里的一池一地、一花一木，熟悉她的品格，熟悉她的秉性。这座城市的底蕴魅力、生机活力，已深深地印刻在他的脑海里。这座陆地面积1699平方公里、常住人口400多万的花园城市，刚刚承办完金砖国家领导人第九次会晤，刚刚连续第五次荣获“全国文明城市”称号，城市的经济发展水平和产业结构改革都走在全国前列。

住建部主办的全国城市生活垃圾分类工作现场会选择在厦门召开，王蒙徽部长对此胸有成竹，他相信白鹭高飞定当九州风行。因此，对于厦门近一年在生活垃圾分类工作中取得的成绩，王蒙徽部长毫不吝言，46个先行开展生活垃圾分类工作的城市，“尤其是厦门市经过半年多的努力，主城区的居民小区和全市机关、学校、驻厦部队等全部推行生活垃圾分类，形成了强化组织领导、注重法治先行、坚持共同缔造、聚焦学校教育和完善硬件设施等做法，值得各地学习借鉴”。

那天，距离国务院正式下发《生活垃圾分类制度实施方案》之日，刚刚过去八个多月。

其实，厦门之所以能够在全国46个先行实施生活垃圾分类工作的城市中脱颖而出，一路领先，是因其固有的城市基因和深厚的文明积累。这样的荣耀与肯定，厦门在12年前的北京也曾获得过。

那是在2005年10月25日上午，北京人民大会堂小礼堂。华灯璀璨，鲜花簇拥，来自全国各地的精神文明创建工作先进代表欢聚一堂。厦门和其他九个城市获得全国首批“文明城市”称号。而且厦门是以得分全国第一的成绩摘得“当代中华文明之冠”之誉。这是厦门市在获得“中国人居环境奖”“国际花园城市”“联合国人居奖”等一块块闪亮的金牌之后，又一次夺得的一张烫金的名片。厦门，以“紧扣发展，造福人民，致力和谐”为目标，创建全国文明城市，赢取了我国城市文明建设的最高荣誉。

正如时任创建全国文明城市工作常务副总指挥、厦门市委副书记吴凤章同志在总结表彰大会上说，文明城市创建工作“鼓舞了士气，振奋了精神；凝聚了合力，提升了形象；推动了工作，实惠了群众；弘扬了文明，推进了和谐”。

而在文明城市创建过程中，厦门的决策者们可谓呕心沥血，殚精竭虑。吴凤章同志曾一连举办了七场“刺刀见红”的点评会，邀请全国各级媒体和不同阶层、不同行业的干部群众代表，指出文明建设中的“阴暗面”，再公之于众，不留一点情面。吴凤章说：“成绩不说跑不了，问题不提解决不了！”一针见血的犀利方式，对创建全国文明城市工作，进行“照镜子”式的批评和自查。

而在首批全国文明城市测评体系中，共有七大项目119个指标，有许多涉及普通市民的内容。为了这些具体、详尽的指标，厦门市委精神文明建设办公室全体工作人员在时任主任高玉顺、副主任刘绍清的带领下，度过了无数个不眠之夜！终于，在市委、市政府的统一认识和有力领导下，厦门无可争议地创建成绩，实至名归！

2013年，时任福建省委常委、厦门市委书记的王蒙徽提出“美丽厦门，共同缔造”的新思考和新行动。厦门坚持用经济、政治、文化、社会和生态“五位一体”的思路规划发展战略，以建设美丽中国典范城市为目标，以“美丽厦门，共同缔造”行动为载体，将党的群众路线工作方法运用到城市发展全过程中，担当全面深化改革的“排头兵”。王蒙徽始终坚信，厦门将紧密结合本地实际，围绕“百姓富、生态美”的要求和建设“国际知名的花园城市”的定位，努力推动厦门转型发展跃上新台阶，改革开放迈出新步伐，建设发展结出新硕果，生态文明达到新水平。

全国文明城市的创建，为“美丽厦门，共同缔造”打下了良好的基础；“美丽厦门，共同缔造”的思路和目标，又为如今的生活垃圾分类工作做好了市民素质提升的铺垫。

2017年初，在位于厦门市思明区湖滨北路61号的厦门市政府西楼会议室，厦门市第一场关于垃圾分类的市委常委会正式召开。会场上，厦门市委、市政府领导们在严肃而热烈的会场氛围中，从彼此的眼神中看到的，既有一种经年隐忧的如释重负，又有一种志在必得的自信坚定。

16年，漫长的革命已经不再是散兵游勇的单打独斗，而是有组织、有依靠的全民之战。这场硬仗，他们打得既艰苦卓绝，又信心满满。16年，鹭岛数以千计的高楼竣工，凤凰花开了又谢；16年，厦门市政府领导换了数任，垃圾分类工作被反复提起又放下。而今，事实证明，厦门，没有让党和人民失望。

早在2000年6月，建设部就下发了《关于公布生活垃圾分类收集试点城市的通知》，确定了北京、上海、广州、南京、深圳、杭州、厦门、桂林八个城市作为“生活垃圾分类收集试点城市”，旨在对这八个城市垃圾分类收集工作进行探索和总结的基础上，为在全国范围内实行垃圾分类收集工作创造条件，提高我国的生活垃圾管理和处理水平，开启垃圾分类工作的序幕。

然而经过十几年的发展，垃圾分类工作却遇到重重梗阻，难有成效。

随着人们生活水平的提高，城市垃圾也越来越多。根据环保部门的数据统计，2000年至2015年，厦门城市建成区生活垃圾年均增长率为11%；2015年厦门市区生活垃圾产生总量156万吨，日均4300吨；2016年生活垃圾产生总量173.93万吨，日均4765吨，同比增长17%，最高时已达7500吨/日，人日均产生垃圾1.09公斤。

全国的形势同样不容乐观，城市垃圾产生量与日俱增，垃圾分类、垃圾减量和资源利用化迫在眉睫。在这样的背景下，习总书记在中央财经领导小组第十四次会议发表重要讲话后，2017年3月5日，国务院总理李克强在第十二届全国人民代表大会第五次会议上作政府工作报告时提出，“加强城乡环境综合整治，普遍推行垃圾分类制度。培育壮大节能环保产业，使环境改善与经济发展实现双赢。”

2017年3月18日，国务院办公厅发布了《关于转发国家发展改革委、住房城乡建设部生活垃圾分类制度实施方案的通知》，对全国46个重点城市提出在2020年底前实行强制分类的要求。厦门是其中的试点城市之一。

将垃圾分类从宣传性政策变为部分场合下的强制性政策，这标志着我国垃圾分类将进入一个新的发展阶段。做好垃圾分类，关乎厦门生态文明建设和绿色发展大局。

这个春天的开始，就注定不同寻常。厦门市政府大楼的灯火每天都会照亮深夜的黑暗。

厦门的三月，四处洋溢着春天的气息。湿润的海风轻柔拂面，初生的新芽呼之欲出，休息了一冬的枝干伸开懒腰。一切似乎都静悄悄的。然而，这无声的后面隐藏着一股巨大的新生力量。一切都在酝酿之中，等待着生命复苏之后的破土而出，直冲云霄。

在国务院下发《通知》前，厦门市委、市政府就高度重视，将垃圾分类列为当前全线重大工作目标，与“美丽厦门，共同缔造”活动相结合，进入了紧锣密鼓的筹备当中。2016年10月27日，厦门市垃圾分类管理中心正式成立，这也是福建省首个市级垃圾分类管理中心。

厦门市委、市政府充分认识到推行垃圾分类制度是践行“四个意识”，同以习近平同志为核心的党中央保持高度一致的重要体现；是改善人民生活环境、建设环境友好型社会、促进人与自然和谐共生的内在需要。为此，把推行生活垃圾分类作为贯彻新发展理念、提升市民文明素养、促进生态环境保护和社会文明进步、推进城市治理体系和治理能力现代化、推进“五大发展”示范市建设、打造高素质高颜值现代化国际化城市的重要抓手，作为和经济建设一样重要的中心工作来抓，全面开展生活垃圾分类工作，努力探索可复制、可推广的生活垃圾分类“厦门模式”，努力让城市环境更宜居、市民生活更美好。

2017年3月16日，“厦门市生活垃圾分类工作领导小组”成立。市委副书记、市长庄稼汉任组长，市委副书记陈秋雄任常务副组长，市委常委、宣传部部长叶重耕，市人大常委会副主任刘绍清，副市长张毅恭，市政协副主席陈永裕任副组长。领导小组下设领导小组办公室，由副市长张毅恭兼任主任，市市政园林局局长龚建阳兼任常务副主任确保组织指挥有力，领导小组办公室挂靠在市市政园林局，办公地点设在市垃圾分类管理中心。同时，各区和市直机关也相应成立了工作领导小组，为全市生活垃圾分类工作提供了坚强的组织保障。

在市领导小组的统筹领导下，26个市直部门分别承担生活垃圾分类的相关职责任务，明确责任，各司其职，相互协同，齐抓共管。市市政园林局作为主管部门牵头开展生活垃圾分类各项工作，市教育局、交通局、旅发委、文广新局等行业主管部门在职责范围内开展工作，有力推动生活垃圾分类工作。岛内思明、湖里两区先行先试，全面开展生活垃圾分类工作。岛外四区也根据区情，适时开展生活垃圾分类工作。各区结合实际情况，制定符合本辖区的工作方案，层层落实，抓出实效。

一切工作都在高效有序地全面开展。经过几个月的探索和实践，一个横向到边、纵向到底的网格化大格局慢慢清晰起来——

市委、市政府召开全市文明创建再提升动员大会。市委、市政府主要领导专门就开展生活垃圾分类工作提出总体工作目标、任务和具体要求。分管领导开展专题研究部署，前往一线督促。

随后，出台《厦门市2017年生活垃圾分类工作实施方案》，作为生活垃圾分类工作的基本遵循。同步开展《厦门经济特区生活垃圾分类管理办法》立法工作，制定生活垃圾分类工作考评办法及示范小区垃圾分类工作规范。确保在2020年底，实现生活垃圾回收利用率达35%以上的总目标！

40年开发开放，40年创业创新，这座“厦庇五洲客，门纳万顷涛”

的大厦之门，经历了多少发展变革，又包纳了多少艰难坎坷，才使得春风化雨，多少人用每一天的拼搏进取，方缔造出一座辉煌崭新的高素质之城、辉煌之城。

而今，这座宜居宜业的先锋城市，又一次走在全国前列，继续担当起了城市生活垃圾分类的“排头兵”。

2 全民众参与

中国的城镇化进程是人类城市发展史上的一大奇迹。改革开放以来，中国城镇化率平均每年提高一个百分点，即每年有1300多万人从农村进入城市，相当于人口数居排名全球第67位的塞内加尔的人口总量。

快速的中国城镇化进程，带来生活垃圾种类的大幅增加、垃圾产生及清运数量的极大增长和垃圾危机的指数性增长。垃圾围城正在成为考验城市管理者智慧的极大挑战。

城市的核心是人，垃圾分类关乎城市中的每一个人。如何发动全民众参与，共同缔造美丽和谐厦门，是这项工作的重中之重。

厦门市生活垃圾分类工作领导小组成员经反复磋商决定，以别开生面的形式向广大市民征集意见及建议。

2017年3月22日，《厦门日报》刊发了一篇题为《高楼撤桶正当时》的文章。这篇文章结合厦门当前实际，将垃圾分类及高楼撤桶的观点、决心、程序等内容公之于众，号召市民参与讨论。

一时间，来自社会各个阶层和角落的声音汇成一条奔腾的大河，大多数民众响应支持，也有个别提出异议。的确，垃圾分类关乎这座城市里的每一个人，每一天，甚至每时每分的生活。正如厦门市湖里区委常委、常务副区长林充贺所说，“这是一场全民运动，涉及面之广，甚至超过此前任何一场运动”。在质疑的声音中，有一小部分人是觉得垃圾分类麻烦，给生活带来不便；另一部分人则心存疑惑：垃圾分类会不会只是一阵风？会长久推行吗？直到高楼撤桶工作迅速在试点小区推行，人们才醒悟过来，原来政府这次是要“动真格”的了！

对此，厦港街道巡司顶社区党委书记叶晓军体会最深。在垃圾不落地的基础上，2017年4月，海龙小区试点开展生活垃圾分类工作。叶晓军作为主抓垃圾分类工作的一把手，亲自带领社区所有工作人员和物业管理人员一起挨家挨户宣传，短短一个月，连续入户三次，总计一千多户次。每天两个时段都有督导员在现场引导。居民刚开始并不在意，有的居民干脆摆出一副“垃圾分类是给政府分”这种事不关己的态度。逐渐地，在社区干部不厌其烦地回访和耐心讲解中，居民们开始感受到社区是“动真格”的了。

将宣传落到每家每户，让垃圾分类意识内化于心，提升全民知晓率、覆盖率……完成这些前期工作，最需要的是人。只靠某条街道、某个社区、某个人，无异于杯水车薪。按照各街道配备5名、社区居委会配备3名垃圾分类管理人员，各小区每300户配备1名专职督导员的标准，配齐工作力量，负责宣传教育、督导劝导，是一种从前期宣传到后期监管都非常具有实践性的合理化配比。

强大的宣传造势，厦门的主要领导不但要“动真格”的，而且绝对是“大手笔”！

制作《厦门市生活垃圾分类宣导手册》《垃圾分类生态厦门》等系列图文、视频作为宣导标准，以广播、电视、报纸、网络、户外及楼宇梯视等全媒体资源为载体，广泛开展平面、立体宣传，全方位、多层次向广大市民普及生活垃圾分类知识。在主流媒体开辟垃圾分类专栏，每天在全市楼宇约三千台视频终端滚动播出宣传视频。2017年4月1日，中央电视台新闻联播以“垃圾减量分类，让城市‘轻’下来”为题，用3分

10秒的时间报道了厦门生活垃圾分类工作成效。

当五十多万册《厦门市生活垃圾分类宣导手册》、七十多万册《厦门经济特区生活垃圾分类管理办法》单行本、一百多万份垃圾分类宣传单，全部免费发放到市民手中时，在厦门这座海岛城市里，掀起了一场旷日持久的文明飓风。

几乎同时，市委、市政府领导开设“垃圾分类厦门在行动”讲座，率先宣讲，统一思想认识；全市组织培训班80余期、392场次，培训一线工作者达3万余人；此外，全市组建普法宣讲团，采取演讲、知识竞赛、有奖竞答、文艺节目等群众喜闻乐见的普法宣传方式，深入街道社区巡回宣讲。

一时间，铺天盖地，所有资源载体多管齐下，多层次、全方位地向广大市民普及生活垃圾分类知识。

厦门市委、市政府高度重视垃圾分类工作，于2017年3月16日联合印发了《厦门市2017年生活垃圾分类工作实施方案》。《方案》明确提出，到2017年底，思明区、湖里区全面推行生活垃圾分类，集美区、海沧区建成区生活垃圾分类覆盖率达40%以上，同安区、翔安区建成区生活垃圾分类覆盖率达30%以上，岛外各区三分之一的镇、村推行生活垃圾分类。《方案》同时明确提出，将生活垃圾分类工作以占权重2%纳入市对各区和市直单位年度考核成绩，市、区两级财政对生活垃圾分类经费统筹安排、按需保障，按6：4的比例承担垃圾分类转运车辆的购置费用。厦门市全面推行生活垃圾分类的帷幕就此拉开了。

2017年3月28日至29日，厦门市生活垃圾分类工作领导小组办公室组织两期垃圾分类管理人员培训。全市各级各部门分管领导、专职管理机构人员和驻厦部队分管领导等约500人参加了培训。这两期培训培养了一大批垃圾分类“明白人”。之后，各区、各市直部门结合本单位本部门实际分别组织了培训，培训期数共计200余期，受培训人员达10万余人。

2017年5月18日，厦门市教育局在五缘实验学校召开全市教育系统文明创建再提升动员部署大会，举行了“垃圾分类校本教材进课堂”启动仪式。这是继45所试点学校之后，教育系统全面推行生活垃圾分类并将垃圾分类知识纳入课堂教学的转折点。

要彻底改变人们的意识，从“娃娃”抓起是一种最有效的方式。培养庞大且源源不断的垃圾分类“后备军”，同时开展“小手拉大手”活动，达到“教育一个孩子，带动一个家庭，影响一个社区”的效果。

厦门从全市八十多万学生及其二三百万家庭成员的教育入手，实现学校、家庭、社区联动推进。

依托课堂教学、校园文化、社会实践三大平台，将生态文明核心价值观融入课堂、融入家庭、融入社区。厦门编印全省首套垃圾分类统一教材《绿海鸥伴我行——厦门市垃圾分类知识读本》普及到全市中小学及幼儿园，近300所学校将垃圾分类应知应会知识纳入考试内容。汇编出版《生活垃圾分类融入36个学科教学案例选编》《生活垃圾分类融入校园文化案例选编》《生活垃圾分类融入社会实践案例选编》等书，充实完善了厦门版《社会主义核心价值观学科教育丛书》，向每一位学生家庭发放《致家长一封信》、垃圾分类宣传手册和宣导视频光盘；通过“学生家庭垃圾分类最美时刻”家庭评价平台、“暑期家庭垃圾分类行动卡”活动等，搭建家庭垃圾分类评价体系；创编一批垃圾分类歌曲、歌谣、漫画、微视频等作品，在社会各界引起较大反响；注重垃圾分类家庭教育和社区教育，潜移默化地巩固和深化孩子的环保意识，培养垃圾分类生活习惯，如建立社区“亲子一米菜园”，引导孩子利用厨余垃圾堆肥等。通过加强学生、家长、社区之间的互动，以达到“教育一个孩子，影响一个家庭；改变一个家庭，带动一个社区”的目标，形成“小手拉大手、大手带小手，家校联合”的良性互动闭环，从而扩大影响范围。

市内各中小学利用国旗下讲话、校园广播、班级板报、LED宣传屏等营造人人参与的浓厚氛围；组织开展“争当垃圾不落地践行模范”、“垃圾分类推广大使”、垃圾分类网上签名寄语、特色班队会、垃圾分类主题夏令营等活动，打造精彩纷呈的绿色生态文化；推动校园垃圾分类融入校园“五节”、学生社团计划、夏令营活动和生态文明基地教育，培育校园垃圾分类生态文化底蕴。春风化雨，成风化人，多种多样的推动形式，各校园打造出了富有时代气息的校园垃圾分类主题教育氛围，使垃圾分类知识学习从“零敲碎打式”向“系统灌输式”转变。

厦门市垃圾分类进校园的做法得到了教育部的充分肯定，从而为全国教育系统垃圾分类工作提供了“厦门模式”。

王蒙徽部长对厦门的这一系列做法也感到相当欣喜和欣慰。他在全国城市生活垃圾分类现场会上说：“厦门市教育系统编写生活垃圾分类教材，融入社会主义核心价值观教育，建立家庭生活垃圾分类评价体系，推动家校社联动，推行可复制、可推广的校园生活垃圾分类工作新模式等方面，内容丰富、特色鲜明，值得全国学习和借鉴！”

“娃娃”们的教育已经起步，“大人”们更是要为“娃娃”们做好榜样，积极互动。

2017年5月25日，厦门市委副书记陈秋雄在市委党校开设“垃圾分类厦门在行动”的专题讲座，对相关部门和国有企业领导、干部进行授课培训，起到了良好的领导带头作用。截至2017年底，厦门市生活垃圾分类工作领导小组采取统一计划、统一教材、分层次分系统组织、分批轮训的方式，共组织生活垃圾分类管理人员培训80余期，小计30000余人，培养了一大批生活垃圾分类工作的达人；全市累计组织督导员、社区工作人员、物业保洁员、导游员培训约392场次，小计36065人。此外，清华大学环境工程学院刘建国教授受邀到厦门进行了两场以“问题导向求真务实，推动我国垃圾分类”的百人讲座；两岸循环经济发展论坛开设以“城市重塑与垃圾资源化”为主题的研讨会。

厦门市生活垃圾分类工作领导小组抽调了8名垃圾分类专家，组建成生活垃圾分类经验宣讲团，在岛内15个街道进行巡回宣讲；选派28名工作人员，编入市社区书院总部师资资源库，结合社区书院宣讲活动，在全市15个街道、132个社区进行垃圾分类知识培训与经验分享。此外，全市已有9300多个党组织、32000多名党员志愿者开展了垃圾分类相关主题实践和宣传工作；220个单位及团体加入鹭岛巾帼志愿联盟服务队，开展垃圾分类宣导和知识普及活动。

以20个小区和45所学校作为垃圾分类示范点，通过规范引导、考评强化等方式，使之起到模范先行、示范带头的作用。

环保成就人文，人文促进环保。厦门市制作了一系列寓教于乐的垃圾分类文艺作品，环保与人文相结合效果显著，思明快板、湖里三字经、翔安答嘴鼓、同安垃圾分类歌、集美环保舞蹈等一些喜闻乐见的娱乐形式，都成为垃圾分类宣传的载体。同时，还把社区作为宣传环保人文理念的主阵地，将生活垃圾分类宣传融入市民各种活动中。比如，翔鹭花城小区组建“绿翔妈妈”队伍，带领居民使用厨余垃圾制作环保酵素，让生活垃圾分类更具有家庭实用性；欣悦园小区将部分厨余垃圾科学处理后，作为小区“一米菜园”的肥料，组织居民种菜收菜，并将蔬菜送给小区的孤寡老人，为老人们带去人文关怀；官任社区根据住户多为外国人的特点分发英文版垃圾分类宣传单，通过各种方式，让中外的环保理念碰撞交融，使先进经验得到传播学习……

机关、企事业单位带头实行生活垃圾分类。市卫计委、教育局、文广新局、体育局、旅发委、交通运输局、市政园林局、港口管理局等主管部门分别加强对医院、学校、文化馆、体育馆、景区、公园、港口码头等公共场馆垃圾分类工作的组织领导和督促检查，驻厦部队、省部属单位积极响应。全市公共机构垃圾分类工作初步形成“全面覆盖无死角、部门联动无盲区”的工作格局。

把农村生活垃圾分类与美丽乡村、特色小镇建设相结合，并适时与城区日渐完善的分类垃圾收运处置体系进行对接，建立了同安区军营村、翔安区内厝镇等一批垃圾分类示范村。

岛外各区因地制宜，采取定点收集与上门收集相结合的方式，形成“二级分类方式”“两桶分装、三级分拣”模式等，建立区、镇、村三级督导机制，逐步形成“户分类、村保洁、镇收集、区转运、市处理”的城乡一体分类模式。其中，为解决偏远山区村庄垃圾末端处理问题，同安区积极探索就地处理模式，在莲花镇西营清洁楼旁建设分散式垃圾热气化处理厂，该处理厂目前已进入试运行阶段；翔安区内厝镇与厦门大学联合，采取“多村合建”方式建设阳光堆肥房，该阳光堆肥房在2018年后投入使用，可服务相邻6个自然村4500人，每天处理1吨可腐烂垃圾，并在40~60天后将堆肥直接还田增肥。

生活垃圾分类改变了百姓的生活方式和消费模式，引领着全新的绿色生活,使居民的生活垃圾分类从最初的“受约束”逐步变成一种生活习惯，进而升华为全新的生活方式和生活理念。

绿水青山，金山银山。美丽厦门，共同缔造。一场关系14亿人生活环境改善的革命之火，在美丽鹭岛的400多万民众心里开始熊熊燃烧。坚持把生活垃圾分类绿色环保理念，与人文环境的缔造相结合，坚持政府与社会、教育相结合，是厦门市委、市政府的顶层设计中最为坚定的一步。

3 全部门协同

一片被蔚蓝色海水拥抱着的绿色岛屿，犹如一颗在海峡西岸绽放璀璨光芒的明珠。夏无酷暑，冬无严寒。这就是厦门，一座花园中的城市，一座城市中的花园。

常年温暖的空气浸润了那些高大的凤凰树和木棉树，也催生了这座城市的文明气质。

文明总能让人联想到温和，但温和不等同于绵软。厦门这座城市的执政工作，总能让人看到不一样的惊喜。这片草木葱茏、花香袭人、白鹭为伴、生机盎然的自然圣地，总蕴含着无穷的创造和创新力量。也许，只有在冲锋的时刻，会让人感受到那份打破城市外在环境的雷厉风行和当仁不让。

让我们以时间为序，看一下两年时间里，厦门市生活垃圾分类工作的“大事记”——

2016年10月，厦门市党代会工作报告专门对推行生活垃圾分类工作作出强调；

2017年1月10日，在厦门市第十五届人民代表大会第一次会议上，代市长庄稼汉在政府工作报告中提出“岛内全面推行生活垃圾分类和垃圾不落地，岛外扩大试点、逐步推开”；

2017年3月16日，厦门市委、市政府联合印发了《厦门市2017年生活垃圾分类工作实施方案》，同时成立“厦门市生活垃圾分类工作领导小组”；

2017年4月10日，厦门市生活垃圾分类工作领导小组办公室充分利用微信实时、快捷的传播优势，建立了市级“生活垃圾分类”微信工作群，邀请市生活垃圾分类工作领导小组和领导小组办公室全体成员，各区政府主要领导、分管副区长，市、区生活垃圾分类管理中心成员，各区街道（镇）办主任及副主任加入，各级各部门及时推送垃圾分类工作经验、做法和检查情况，取长补短、互相学习、相互促进；

2017年4月26日，厦门市政协十三届四次主席会议以垃圾分类工作为主题进行专题议政，提出了49条建议案；

2017年4月28日，厦门出台《关于推进市直机关事业单位和国有企业生活垃圾分类工作的实施意见》，要求公共机构及相关企业实行生活垃圾强制分类；

2017年5月18日，厦门市教育局在五缘实验学校召开全市教育系统文明创建再提升动员部署大会，举行了“垃圾分类校本教材进课堂”启动仪式；

2017年6月至7月，住建部副部长倪虹、住建部城建司副司长杨海英等领导先后视察了湖里区欣悦园小区等生活垃圾分类示范小区，初步肯定了厦门市生活垃圾分类工作的方向和相关做法；

2017年8月25日，《厦门经济特区生活垃圾分类管理办法》经厦门市第十五届人大常委会第六次会议表决全票通过，并于2017年9月10日起正式施行；

2017年10月，厦门市垃分办对全市生活垃圾分类工作进行了全面检查。岛内两区1402个居民小区全部推行了生活垃圾分类，全市120家市直机关，85家星级酒店（宾馆），1124所大中小学校，12家市属国有企业，66个农贸市场，车站、码头、机场、公园、景区等公共区域，以及驻厦部队全部推行生活垃圾分类，垃圾分类工作取得了阶段性成果；

2017年11月30日，住建部组织的全国城市生活垃圾分类工作现场会在厦门市隆重召开并取得圆满成功；

全国现场会后，厦门市委常委会听取专题情况汇报，分析研判形势，指明全市生活垃圾分类工作方向。市委主要领导先后于2017年12月15日、2018年1月10日、2018年2月5日、2018年3月14日多次作出批示，强调“垃圾分类工作是一项系统工程，要久久为功，持续推动落实”；市长先后在2018年2月5日、2018年3月13日对全市生活垃圾分类工作提出要求，明确坚持问题导向、研究长效机制；

2017年12月22日，厦门市委常委会专题研究厦门市垃圾分类工作，为厦门市2018年生活垃圾分类工作“把关定向”；

2018年3月至5月，厦门市开展了为期三个月的“先分后混”联合专项整治行动；

2018年4月2日，厦门市出台《2018年厦门市生活垃圾分类工作实施方案》（厦垃圾分类〔2018〕1号），明确提出，到2018年底，全市建成区全面推行生活垃圾强制分类，岛外各区三分之二的行政村推行生活垃圾分类。推进过程中，除了暗访督查、随机抽查和专业考核以外，为确保考核工作的公平、公正和公开，引入了第三方考评，并形成考评周报和考评月报，适时对社会公布考核结果；

2018年5月29日，厦门市生活垃圾分类工作领导小组、厦门市委精神文明建设办公室联合下发了《关于机关、事业单位、国有企业不使用一次性纸杯的倡议》，为有效推动生活垃圾源头减量，倡导绿色环保生活理念，办公场所带头不使用一次性纸杯，尽量用可重复使用的水杯器具；

2018年6月28日，厦门市第十五届人大常委会召开第十四次会议，听取了市市政园林局龚建阳局长关于厦门市生活垃圾分类执法工作情况的报告，市人大常委会对报告进行了审议，充分肯定全市垃圾分类工作取得的成绩，对下一步工作提出了要求。为做好审议工作，此前的五六月份市人大常委会林德志副主任、刘绍清副主任多次组织人大代表对生活垃圾分类工作进行现场调研，听取情况汇报；

2018年6月29日，住建部召开2018年第二季度例行新闻发布会，会上通报厦门市生活垃圾分类工作在全国“一枝独秀”；

2018年8月1日下午，厦门市委副书记、市生活垃圾分类工作领导小组常务副组长陈秋雄，市人大常委会副主任、市生活垃圾分类工作领导小组副组长刘绍清，副市长、市生活垃圾分类工作领导小组副组长张毅恭召开专题会议，研究部署农村生活垃圾分类工作；

当天，住建部通报了第二季度部分重点城市生活垃圾分类工作情况，首次进行评分排名，厦门市获得了第一名，并且是全国唯一得分超过80分的城市。

……

人心所向，上下同欲者胜。

从来没有哪一项工作如同“垃圾革命”一样，有如此之多的“一把手”亲自上阵，全员皆“将”，也是全员皆“兵”。全市四套班子协同领导，合力攻坚。每一块“阵地”都有“将领”在“排兵布阵”，也有不断壮大的队伍来坚守垃圾分类工作攻下的每一座“城池”。

以龚建阳局长为首的市市政园林局，是全市垃圾分类的牵头部门，主要负责全市垃圾分类工作方案的制定、日常工作协调和检查考评，督促生活垃圾分类处置设施的建设等。龚建阳提出的督导服务员制度、暗访机制，为打开生活垃圾分类快速推动的局面，起到了至关重要的作用；

以市委常委叶重耕部长为首的市委宣传部，负责指导协调全市的垃圾分类宣传工作，组织媒体进一步开展多层次的宣传，推动垃圾分类宣传常态化，提高垃圾分类知晓率和参与率；

市委常委、组织部部长陈沈阳同志，要求组织部相关部门负责教育党员干部，积极支持、带头践行垃圾分类工作；

市委文明办主任陈高润同志，特别要求建立垃圾分类志愿者队伍，在全市开展垃圾分类志愿服务和督导工作；

市商务局负责建立可回收物和回收利用体系……

各区政府、街道、社区和村镇，每个领导的案头都摆放了这样一份清晰明朗的《厦门市生活垃圾分类工作任务分解表》。这份《分解表》，既是向垃圾分类宣战的“挑战书”，也是全市各区党政主官的一道“军令状”。领命之人，仿佛内心热血上涌，一份“黄沙百战穿金甲，不破楼兰终不还”的豪迈之气油然而生。

这样一条既能相互配合，又可以互相牵制的“责任链”，环环相扣，横向到边，纵向到底，全封闭，无死角。

市人大常委会围绕工作进展情况和立法问题，组织专题调研、座谈研讨、审议立法；市政协以“垃圾分类工作”为主题开展协商议政。领导小组多次组织现场调研、随机暗访，定期召开专题会、调度会、协调会，协调解决工作中存在的问题，形成垃圾分类工作推动力。

在市生活垃圾分类工作领导小组统筹领导下，26个市直部门按照《厦门经济特区生活垃圾分类管理办法》和相关工作方案明确的职责任务，各司其职、各负其责。

全流程把控

16年时间，在岁月的座钟里仅仅是短短的一瞬，甚至短得没有任何行走的痕迹；16年时间，在历史的长河中也许只是一朵小小的浪花，甚至微小得没有任何声响。

但，秒针的运转构成了座钟的时间，滴水的欢腾也能汇集成海，滔滔向前。

我国垃圾分类先期试行的16年时间，厦门市作为全国首批生活垃圾分类收集试点城市，拉开了垃圾分类工作的序幕。16年的探索，虽然没有成功之荣，却还是积累了大量的实践经验；所暴露出的问题，为将来的垃圾分类工作奠定了坚实的基础。

比如，当年的试点，重在“试”，没有立法，没有整体规划，只讲垃圾分类收集试点，而没有讲垃圾分类收集后是否要分类运输，是否要分类处置，没有一个整体的闭合环节。换言之，也就是当时的顶层设计是不够完善的。

然而，厦门是在国家出台垃圾分类方案之前制定的本土方案，已把这个闭环考虑全面。分类投放，中间是分类收集，运输环节要分类运输，然后末端要分类处置。

垃圾成分越来越复杂，对回收利用提出更高要求，垃圾分类的标准就显得尤为重要。从2014年垃圾分类试点情况看，厦门试点居民对垃圾分类的知晓率达80%以上，但实际参与率仅在三分之一，而正确投放率则更低。

分类标准是垃圾分类的基础，决定了分类回收利用率，决定了分类执行难易度，决定了后续收集、运输、处理系统的配套建设，也决定了垃圾处理运行的整体效率。

而垃圾前端分类与后端分类清运处理体系建设不匹配，则是垃圾分类工作配套设施环节的“硬伤”。

厦门城市生活垃圾一直坚持双“四分”原则。第一个“四分”，是指垃圾分成厨余垃圾、有害垃圾、可回收垃圾和其他垃圾四个品类；第二个“四分”，是指垃圾的分类投放、收集、运输和处理四个环节。只有做到双“四分”，才能最终达到垃圾的减量化、资源化、无害化的“三化”目标。

针对垃圾分类，厦门的做法是：从投放、收集、运输、处置四个环节采取全流程把控，系统夯实各个环节。

2018年8月，在厦门湖里区联发欣悦园小区，有一款垃圾分类“神器”隆重“亮相”，引得不少市民带着易拉罐、废纸盒等可回收垃圾前来体验。

这款“神器”名为“美城驿站”。使用者将两个饮料瓶投放进机器，显示屏上很快便跳出了0.06元的总价，并提示使用者绑定手机号。现场工作人员介绍，再通过相应的手机APP或微信小程序，这笔钱就可以提现进入微信钱包中。首次使用，还可以获得双倍的环保金。

“废品大叔”公司就是这款“美城驿站”的研发单位。总经理吴宇航站在“美城驿站”旁，向社区居民讲解它的使用步骤、方法和价格收益。这款产品的投用，减去了传统垃圾回收的中间环节，转运过程也更加直接。“因而可以向市民提供更好的回收价格，以有偿回收的模式激发居民垃圾分类的积极性。”吴宇航说。

此前，分类合格即可扫二维码以积分拿奖品，优化小区分类垃圾桶点位布局，垃圾桶每日清洗、定期消杀，开展“一米菜园”、制作环保手工皂、推广生态酵素等活动，使垃圾分类变得有温度、有笑声、有回报，激发居民参与热情，变“要我分”为“我要分”等多种激励和引导的形式，都是为了进一步调动市民参与的积极性，在投放环节给予他们更多的正面激励。

而现在，有了“神器”助力，垃圾“变废为宝”，不仅增强了大家对垃圾分类的自觉性，还能让认真分类的市民有所收获，更是一举两得。

“要完善以社区回收为基础的再生资源回收网络，开展再生资源回收连锁经营，规范回收站点管理。用探索可回收垃圾免费收运、让利保洁员等经济手段，继续激发市民和保洁员垃圾分类的积极性。”在垃圾投放环节，陈秋雄思虑周全，胸有成竹。

源头的垃圾分类做好了，再通过各区财政安排专项经费聘请督导员，加强开袋检查和桶边督导力度；街道与物业公司、业委会签订垃圾分类责任状，落实管理责任；市垃分办、考评办组织暗访检查督促，随机检查，提升分类收集准确率；研究低值可回收物收处机制，对回收企业回收箱进社区给予资金补助。

通过以上方式的督促收集，全市每天可以分类出厨余垃圾700多吨，厨余垃圾有机质含量从2017年底的约50%提高到2018年的约60%。

姜母鸭、沙茶面、海蛎煎、土笋冻、烧仙草……禾祥西路的街头巷尾，每日都飘荡着诱人的古早味道。

从禾祥西路到凤屿路总共有一千多家店面，以餐饮小吃店铺居多。2018年8月开始，厦门市率先启动的定时定点上门收集垃圾的线路。每天上午十一点半到下午两点半，晚上是八点半到十点半，两个时间段，在店家把生意做完收拾好，垃圾转运车会准时摇着铃铛开过来，再把餐厨垃圾收走。

早期没有分类之前，店家需要每月自己花钱雇人来清走。现在，政府上门去收，统一转运出去，不但效果好，店家也更省钱，更省事。但是前提是你要将垃圾分类好，没有分或者分不好的则会被拒收。

清晨的太阳还没有完全绽放光芒，七点整，垃圾分类直通车就会准时出现在大学路的大埔头巷1号。这是直通车停留的第一站，十分钟后，开往下一站。它就像一辆“公交车”，准时靠站，准时离站。原先，这里有两个固定的垃圾投放点，现在则改用移动的垃圾分类直通车。

“这样既不会占用道路的空间，又可以保持卫生，因为垃圾随即运走，不会产生味道，整条巷子就很干净。”沙坡尾社区综治卫生副主任翁韦韦介绍道，对于社区生活垃圾分类工作，翁韦韦已有丰富的管理经验，他负责的辖区环境相比之前，整洁了数倍，居民走在巷子里，再也不用视垃圾箱为大敌，掩鼻绕路而行。

目前，我国生活垃圾大多采取由生活小区运输到附近清洁楼集中后运输至处理厂的方式。大城市由于离垃圾处理终端较远，逐渐采用二级中转转运模式，这样容易出现“跑冒滴漏”的二次污染现象。同时，转运站建设用地选址困难，也会产生“邻避效应”。

清华大学环境学教授刘建国分析，在我国推行垃圾分类的起步阶段，主要矛盾在于后端缺乏现代化、多样化的垃圾分类处理设施。即使部分居民做到了源头分类，环卫企业也做不到分类收集和运输，最终只能“殊途同归”。

一些地区在试点垃圾直运模式，如杭州的“垃圾集疏一体化平台”和山东章丘的“生活垃圾直运”模式。

厦门市针对厨余垃圾采取公交化直运模式，划定收运线63条，沿线设置收运点1600多个，基本满足岛内厨余垃圾直运需求。同时，岛内两区还试点其他垃圾直运，保证定点收集后全封闭直运处理厂，减少中转环节，防止二次污染。由各区委托国有企业利用专用车辆每半个月到各小区或清洁楼收集转运一次有害垃圾。实行大件垃圾电话预约上门收集，运到专门处理厂处理。加快推动其他垃圾直运试点，逐步实现其他垃圾公交化运输。

很多普通百姓会很好奇，我们的生活垃圾进了后端处理厂，做什么用了？“今天的垃圾将是明天的资源”“生活垃圾是最具潜力的‘城市矿藏’”“垃圾是放错位置的资源”等模糊笼统的概念，不足以弥消垃圾最终去向的疑惑。

简单来说，要使垃圾“变废为宝”，主要是通过后端采用分拣、拆卸等方式综合利用之后，焚烧发电、压氧发酵和堆肥，剩下的进行填埋等无害化处理方式。

基于16年的经验教训总结，厦门近年来着力于处理环节补齐短板，针对有害垃圾、厨余垃圾、其他垃圾等不同类型的垃圾，通过新建、改造各类垃圾处理厂，提升处理能力。

有了这四种处置体系，就可以倒逼前面的运输、收集和源头的分类。

厦门市垃圾分类工作启动之初，顶层设计中就已经考虑到后端处理问题，并且加紧建设进度。目前，厦门分为东部基地（东部固废处理中心）、西部基地（西部环卫综合处理基地）、本岛基地（后坑环卫综合处理基地）和思明、湖里、海沧、集美四个区的大件垃圾处理厂……

思明区、湖里区的厨余垃圾在后坑固废基地厨余垃圾处理厂进行处理，岛外四区厨余垃圾由东部固废处理中心进行处理。

本岛后坑基地处理400多吨，设备焚烧炉是瑞士的冯诺，一天发电15万度。本岛产生的生活垃圾量在2000吨左右，剩下的垃圾从后坑基地转运到翔安东部处理中心。

翔安东部处理中心除了焚烧还有填埋，每天焚烧的垃圾600吨，发电20万度。

海沧环卫综合处理基地一期是600吨，一天发电20万度。

海沧环卫综合处理基地厂长林思裕说，二期基地建成，可以日处理生活垃圾量1250吨，一天可发电50万度。

生活垃圾分类，带来更高效能的发电量；垃圾分类水分减少，就减少了垃圾中的渗滤液，提高垃圾热能，减少垃圾污染。这就是生活垃圾分类带给后期处理的好处。

包括目前在建全部项目投用后，厦门市焚烧能力将达4350吨/日，餐厨垃圾处理能力500吨/日，厨余垃圾处理能力达1100吨/日，可基本满足生活垃圾分类处理需求，有望实现原生垃圾“零填埋”目标。

“后端处理能力没有及时跟进，前端的收集就成了无法落实的一句空话，对投放、收集、运输、处理各个流程的精准把控和突破创新，是厦门经验最值得借鉴之处。”在厦门参观完垃圾处理厂之后，住建部城建司司长张小宏这样感慨道。

根据《生活垃圾分类制度实施方案》要求，到2020年底，基本垃圾分类法律法规和标准体系，形成可复制、可推广的生活垃圾分类模式，在实施生活垃圾强制分类的城市，生活垃圾回收利用率达到35%以上。

坚持软件与硬件相结合，完善垃圾分类运作体系。一条全闭合、无死角的垃圾分类处理链条已经在厦门形成。

生活垃圾分类全面推进的号角已经吹响，厦门在总结过去垃圾分类经验和教训的基础上，进入全面提升实效阶段。

全节点攻坚

在垃圾分类的起步阶段，最难的问题便是提升市民的知晓率和参与率。

各个节点攻坚克难，各项保障相继推进，破解城市难点自然有了最好的依托。

通过社区督导员、志愿者、物业保洁员等逐家逐户上门宣传，社会上全媒体、多层次、全方位开展宣传，分发各种宣传品和生活小礼品等方式，发动全民参与，综合运用或不断创新手段，提升居民垃圾分类的紧迫感和责任感，在厦门岛内、岛外，在城市、农村，这样的新理念、新做法无处不在。

加州花园社区携手多素联盟，在辖区各小区巡回开展环保素食宴，结合垃圾分类有奖问答、积分兑换、小手拉大手宣传活动，进一步推广环保及垃圾分类理念，更好带动居民参与垃圾分类活动；海龙小区，“社区好邻居”荣誉榜不时公布，激发住户参与垃圾分类的荣誉感；信隆城，从源头抓起，通过广泛宣传、购买服务、积分兑换奖励等方法，不断引导居民分类投放的积极性；殿前街道的部分小区，引进太阳能垃圾分类语音督导牌，只要有居民经过，感应自动播放“做好垃圾分类”的语音提示，营造浓厚的环境氛围。

厦门的垃圾分类工作在缜密的顶层设计之下，几乎所有步骤都是层层递进，又似同步进行的。

改变，从试点开始。

“垃圾是错位的资源，每一代人都是后代人权益的托管人。”以积极的心态推进垃圾分类工作，使我们的家园更加洁净、明亮、美丽！这是官任社区城管委员刘琳娜的决心和动力。

刘琳娜清楚了解社区内各个物业的情况，积极与恒通花园、御景豪庭的物业沟通，策划高楼撤桶，在物业主任张嘉彬的大力配合下，顶着巨大压力，与社区、督导服务外包公司一起商讨如何有效地进行高楼撤桶，从规划到完成，只用了短短一周的时间，缔造了筼筜街道首个高楼撤桶的成功案例。在一个月后对居民的回访过程中，撤桶效果达到95%，居民配合率100%！

全市率先建设的20个小区和45所学校，作为垃圾分类示范点，在厦门垃圾分类工作的推进阶段，起到了良好的模范先行、示范带头的作用。

仅用了一个多月的时间，示范小区的垃圾分类知晓率达90%，厨余垃圾分类准确率达70%。岛内各个街道、社区都组织观摩学习，将示范小区的成功做法沿袭推广。

全市公共机构和国有企业、非星级酒店、农贸市场、无物业小区、寺庙、驻厦部队等盲点区域，采取辖区属地管理牵头兜底、部门行业管理联动协同的机制，强化辖区属地管理和职能部门行业管理责任，实现全面覆盖无死角。

从20个小区试点到2018年扩大到岛内全部和岛外部分地区。目前，厦门已实现了岛内1727个建成小区，120家市直机关，85家星级宾馆（酒店），1124所学校，12家市属国有企业，66个农贸市场，车站、码头、机场、公园、景区等公共区域，以及驻厦部队全部推行垃圾分类。

明确市、区政府职责，建立生活垃圾分类工作协调机制，建立考核和问责机制。同时，制定了《厦门市生活垃圾分类工作考评办法》，采用专业考核和第三方考核相结合方式考评，并将考评结果以2%的权重纳入市对各区、各相关单位年度工作绩效考评，层层传导压力。一份垃圾分类工作实施细案，从厦门市政府顶层开始，层层下发，签订责任状，使各级党委在垃圾分类工作上自觉产生为行动上的强大压力。聘请督导员桶边督导，实施积分奖励机制，对低值可回收物实行财政补贴，对回收企业回收箱进社区给予资金补助。依据《厦门经济特区生活垃圾分类管理办法》，对违反生活垃圾分类行为，进行劝导、纠正和处罚。

2018年2月起，市垃圾分类管理中心暗访组开始了对全市生活小区的垃圾分类工作暗访。一年内，总计对全市各区进行了2100余次考评，发现共性问题16项，特殊情况5项。

一场飓风，来势凶猛，愈乱愈烈。

随着这些问题的一步步解决，厦门的垃圾分类工作又前进了一大步。

市垃圾分类管理中心组织44场工作例会，听取来自基层工作人员、督导员的意见和建议，不断提升暗访的科学性、评价的准确性，引领了垃圾分类新时尚；暗访组与时俱进，在对生活小区、城中村、农贸市场、行政村的考评中，对症下药，要素突出，带动垃圾分类工作向预订方向发展，建立了完善的考评机制；湖里区、思明区、翔安区在全市暗访考评成绩突出。岛内两区暗访平均得分上升了18.2%，由最初平均得分30.32分上升至35.83分。殿前街道、湖里街道、鹭江街道在岛内两区各街道暗访考评中整体成绩名列前三。暗访，实实在在地推动垃圾分类工作持续前行。

大件垃圾成了城市垃圾的处理难题。受多种因素所限，目前国内有大件垃圾处理系统的城市还不多，厦门是这少数城市之一。而且，厦门的大件垃圾厂还不止一个！

大件垃圾主要指重量超过5公斤，体积超过0.2立方米，长度超过1米且整体性强的废弃物。常见的大件垃圾包括沙发、床垫、废弃家具、桌椅、杂物柜等。这些大件垃圾往往需要专业拆解后才能处理或再利用。

为了帮助市民处理大件垃圾，厦门市在2017年已建成了思明、湖里、海沧三个区的大件垃圾处理厂。

2017年8月27日，湖里区大件垃圾处理厂开始试运行，这是厦门市乃至福建省内首个大件垃圾处理厂。随后，思明区和海沧区的大件垃圾处理厂先后投入运营。2018年9月1日实施的《厦门市大件垃圾管理办法》规定，未建大件垃圾处理厂的行政区，可通过购买服务的形式处理本行政区大件垃圾。

2019年元旦，在举国欢庆迎新年的热烈氛围中，集美区的居民收到了一条好消息——集美区大件废弃物处理厂，也已经于元旦正式投入使用了！集美区大件垃圾处理厂占地面积约1300平方米，厂区中配备了一台大功率破碎机，每小时处理能力可达60立方米，只要一分钟就可以“吃”掉一张旧床垫。为进一步推进集美区大件废弃物“减量化、资源化”处理，2018年，在集美区建设局的指导下，厦门市集美城发环卫有限公司持续推进大件废弃物处理厂的建厂事宜。目前，厂区内规划有办公区、设备放置区、转运区、上料区、进出转运通道等。经过前期基础建设、设备安装及调试等，该处理厂已正式投入使用。

思明区大件杂物处理中心的前身是一个闲置的废弃厂房，这在寸土寸金的厦门岛内已属难得。处理厂的设计和技术方案由环创（厦门）科技股份有限公司提供，建成后以国企形式运营。

思明区由于酒店和社区密集，每天都有大量废旧的大件垃圾需要处理。刚刚开始运营一个上午，处理中心已经送来了足足十辆车的垃圾。这些废旧床垫和家具，被工人师傅抬上传送带，排队等待被粉碎。

在这里，大件垃圾拆分出的金属回收再利用。思明区大件杂物处理中心拆解粉碎的布料和木材之后会用于焚烧发电。其他处理厂有的还会细分，将木材和海绵分离出来，进一步制成木塑或炭化。

市市政园林局局长龚建阳说，为了方便市民处理废弃家具，未来计划在厦门每个城区都设立大件垃圾处理中心。厦门共有六个行政区，如今已有四个区都建成了大件垃圾处理厂。今后，厦门的市民只需要将大件垃圾放到指定堆放点，各区域内的镇街、物业、居（村）委会等单位，便会联系大件废弃物处理厂上门收件，随后采取就近原则，运至附近的大件废弃物处理厂进行处理。

填埋，是世界各国处理生活垃圾的主要方式之一。然而，土地资源的逐渐减少，土壤、地下水污染情况日益严重，以及资源浪费等情况，填埋的方式显然已经不再能够成为未来处理生活垃圾的可取方式了。

市委宣传部部长叶重耕在全市垃圾分类工作宣传会议上，用了几个简单的例子，便说明了生活垃圾填埋的危害性——厨余垃圾采用填埋方式，降解之后会渗到土里，造成空气和河流污染；纽扣电池如果埋到田地里，一平方米土壤100年以内都无法恢复，丢到水源里，水质就会永久被破坏；农村耕种时用过的农药包装袋如果埋到地里，除了土地，农作物也会被污染；塑料袋和胶带属于不可降解垃圾，埋到土里100年也不会消失。

当全世界仍以填埋为处理生活垃圾的主要方式时，德国却早在2005年就在全国境内所有城市废弃了这种做法，关闭所有的垃圾填埋场。从环保的角度而言，这具有重要的意义。因为，经营一座垃圾填埋场的费用很低，但之后，必须花高昂的费用去小心翼翼地保护它。这样的花费，通常是运营之初费用的三四倍。

因此，厦门市委、市政府之所以在寸土寸金的岛内外各区，同时建立了这么多的垃圾处理中心，是具有高瞻远瞩的胸襟和魄力的。将垃圾资源化，充分利用这些再生资源，垃圾将不再是具有可怕力量的“恶魔”，而会成为亟待人类开发的矿藏。

前端，为居民分发分类垃圾桶、垃圾袋；中端，配齐分类运输车辆，保证运输过程没有二次污染现象；末端，东部已建成工业废物处置中心；瑞科技餐厨垃圾处理能力500吨/日，正在建设日处理能力600吨的厨余垃圾处理厂，二期计划再建一个处理能力600吨/日的处理厂；东部焚烧厂一期处理能力为600吨/日，正在建设二期，处理能力为1500吨/日。后坑焚烧厂日处理能力400吨，联谊吉源厨余垃圾处理厂日处理能力为800吨。西部海沧焚烧厂一期日处理能力600吨，二期日处理能力1250吨。同时，思明、湖里、海沧和集美四个区各有一座大件垃圾处理厂已投入运营，基本形成有害垃圾定时收运，大件垃圾预约收运，分类垃圾分类处理的格局。

在厦门垃圾分类工作各个节点，厦门市总能攻坚克难，坚持政府要求与解决社会困难相结合，坚持节点与日常相结合，基本形成常态化、长效化机制，为顺利实现垃圾分类工作，提供坚实的保障。

6 全方位保障

垃圾分类减量是一场思想观念与生活习惯的伟大革命，也是一项功在当代、利在千秋的伟大事业。

垃圾分类工程的系统复杂性，决定了这项工作若是光有组织领导而缺具体保障的话，也是难以持续开展的。

厦门市、区两级财政对生活垃圾分类经费统筹安排、按需保障，分类转运车辆的购置投入按市、区财政6：4的比例承担，仅2017年已下达市级补助经费7200多万元；全市共分发垃圾分类袋9600万个，垃圾桶约19万个。制定了鼓励小区单位、物业单位做好垃圾分类的“以奖代补”政策。同时，鼓励社会资本参与生活垃圾处理设施建设和运营，采用

BOT的方式引入社会资本和先进技术建设后坑垃圾分类处理厂、瑞科技生活垃圾示范厂。

同时加强立法，以法制为保障。按照“立得住、行得通、管得了”的立法思路，在不到八个月时间内，市人大常委会完成了《厦门经济特区生活垃圾分类管理办法》（以下简称《办法》）立法工作。《办法》着眼于全链条管理、全过程控制，并与厦门市现行的垃圾处理政策、规划与技术相衔接，对每个环节进行具体规定，明确了各责任主体的法律责任，建立了管理责任人制度、举报奖励制度、信用监管制度等，以法制保障生活垃圾分类工作的有序运行。该《办法》已于2017年9月10日起正式实施，这是全国第一部全端的垃圾分类人大立法。在立法的同时，还配套出台了《厦门市生活垃圾分类工作考评办法》《厦门市生活垃圾之有害垃圾收运、储存、处理规定》《厦门市大件垃圾管理办法》《厦门市垃圾分类工作考评奖补暂行办法》等20项配套制度，为依法推进生活垃圾分类工作提供有力支撑。

以公众监督为保障。为提升分类效果，设立举报奖励制度，赋予全市居民通过举报等方式对丢弃垃圾行为进行监督。同时，积极引入社会团体监督，将生活垃圾分类列入文明督导范围，充分发挥广大文明督导员作用，开展专项垃圾分类督导，促进民众的垃圾分类自觉性。

以考评促整改，以监管促提质。每个月第三方考评方都会通报思明区98个社区垃圾分类工作开展情况的排名。区垃分办则进行“双随机”抽查，每季度覆盖98个社区，督促街道做好垃圾分类工作。思明区还自加压力，对辖内机关企事业单位、学校、社区等公共机构垃圾分类工作进行考评并通报，考评情况纳入单位的年度绩效考评成绩。

思明区垃分办和街道、执法局开展混装混运联合整治工作，对违反《办法》的单位及个人开具161份执法文书，其中已立案查处13起，共计处罚133320元。

以科技手段为保障。大力推进垃圾分类数字监管系统建设，2018年5月建成福建省首个餐厨垃圾信息化管理平台，管理平台综合运用数据库传感技术、物联网技术等，接入全市43部餐厨收运车、2200余个餐厨垃圾桶RFID卡、560余家餐厨垃圾产生单位的数据信息，实现餐厨垃圾产、收、运、处全流程信息化监管。

从财政投入到立法保障，结合舆论监督与考评暗访，加强科技手段，厦门的生活垃圾分类工作，在筑牢基础的前提下，正在夯实稳步前行。

第二章 『一把手』工程

厦门市委、市政府真正将垃圾分类工作作为“一把手”工程在抓，市委书记亲自挂帅，市长、市委副书记任工作组组长、常务副组长，市委四大班子一把手各司其职，全力推动，层层下压。各区委构建作为区四套班子“一把手”工程的“大城管”格局。街道书记、主任，社区书记亲自落实各项垃圾分类工作细节。强化领导机制，明确职责，定岗定责，加强监管。各区实行区、街领导挂点包干责任制，分片包干、挂钩村居，“一级做给一级看，一级带着一级干”。

引

勇立潮头唱大风

站在时间的风口回望，中国大地数千年历史长河中，改革的浪潮风起云涌，波澜壮阔。当改变中国历史和亿万人民命运的改革开放走入新的关键时期，习近平总书记又以“为千秋万代计”的胸怀和视野，深化生态文明领域改革。改革干部考核制度、开展中央环保督察、让“绿水青山就是金山银山”的理念深入人心。

“确保到2035年，生态环境质量实现基本好转，美丽中国目标基本实现。到21世纪中叶，人与自然和谐共生，建成美丽中国！”这是目标明确、催人奋进的时间表，更是谋划全局、协同推进的路线图！

当中国改革开放的战鼓鸣响，历史的坐标就将厦门定位为中国最早设立的四个经济特区之一。这个曾经偏僻的海防小城，在40年改革开放中重音不断，鼓声雷雷。

作为厦门经济特区初创时期的领导者、拓荒者、建设者，习近平同志对这座城市饱含感情。在这片充满激情的热土上，他曾与广大经济特区建设者并肩奋斗，开启了一系列改革开放、经济建设、环境保护、文化遗产保护等生动实践，取得了丰硕的成果。

2017年9月，金砖国家领导人厦门会晤时，他回首厦门经济特区的发展历程，盛赞这座城市的“高素质、高颜值”，“勇敢坚毅、吃苦耐劳的当地人民，乘着改革开放的浪潮，用自己的双手把厦门变成了一座经济蓬勃发展、人民安居乐业、对外交流密切的现代化、国际化城市”。

自古以来，历史的强者从不会被时代的巨浪淹没。

回望1985年，风尘仆仆从河北南下赴厦履新，担任市委常委、常务副市长的习近平，为厦门量身打造了中国地方政府最早编制的一个纵跨15年的经济社会发展战略规划。他身在其中，深深思考这座城市的永续发展之路。

一场自然资源环境保卫战，也开始席卷全市。

1985年12月16日，鹭岛冬日，乍寒还暖。厦门市委常委会、副市长联席会召开，气氛透着严肃。

习近平同志坐直身子，神情凝重地说："人大监督，让我们看到政府工作中的疏漏。我们要以此作为开创厦门城建、环保工作新局面的一个新起点，统一领导，层层建立责任制。"

就在十多天前，厦门市人大常委会组织有关部门领导，走进万石山风景区、登上鼓浪屿、来到海滩边。大家看到，有些地方挖沙取土、开山取石，让山峰变成了"癞痢头"，沙滩的滩底裸露。对此，市人大代表提出了批评，不仅指责乱砍滥伐乱采者，也指出政府管理不力。

会议刚刚结束四天，针对乱砍滥伐乱采现象，在城管、规划等部门深入现场勘查，摸清全市情况之后，部署与对策便已相应展开。

1986年1月10日，厦门市第八届人大常委会第十八次会议上，习近平代表市政府发言。他开宗明义表明态度："保护自然风景资源，影响深远，意义重大。""我来自北方，对厦门的一草一石都感到是很珍贵的。""厦门是属于祖国的、属于民族的，我们应当非常重视和珍惜，好好保护，这要作为战略任务来抓好。"

关于环境保护与建设发展的关系，习近平阐述了他的观点——"由于愚昧造成的破坏已经不是主要方面了，现在是另一种倾向，就是建设性的破坏，这种破坏不一定就是没有文化的人做的，但反映出来的又是一种无知，或者说是一种不负责任。"

郝松乔曾任筼筜湖管理处处长，回忆起筼筜湖的治理过程，至今仍然热血沸腾："习近平同志非常重视环境保护，对筼筜湖的治理更是投入大量心血。”

筼筜湖在岛内的中心，原来是深入厦门岛的内湾渔港，“筼筜渔火”是厦门历史上的八大景之一。20世纪70年代修堤围海造田，导致筼筜湖变成基本封闭的内湖，城市污水大量排入，湖水变黑发臭，鱼虾白鹭绝迹。

“筼筜湖何时不再黑臭？”市民群众关于治理筼筜湖的呼声，习近平感同身受。

人民有所呼，改革有所应。人民，就是改革的依归。

1988年3月30日，习近平主持召开关于加强筼筜湖综合治理专题会议，打响了厦门整治环境污染的一场大硬仗。会议明确建立综合治理机制，组建由相关职能部门和专家组成的筼筜湖治理领导小组，创造性地提出“依法治湖、截污处理、清淤筑岸、搞活水体、美化环境”的20字方针。针对前期资金不足问题，明确每年投入1000万元财政资金，占当时全市基本建设支出近10%；同时，多渠道筹措排污费、土地批租收入、借款和技改资金，以空前力度加大投入。

厦门市遵循习近平同志确立的工作方针，先后进行了四期大规模整治。曾经的臭水湖，蝶变为如今碧波荡漾、白鹭翱翔、繁花似锦的“城市绿肺”和“城市会客厅”。

万石夕照，筼筜水清。当斜阳的最后一抹余晖奋力挥洒在湖面上，折射出橙红的光影，轻风吹皱一池秋水。几只悠闲的白鹭慢慢从湖心飞向岸边，那曼妙的身姿有着不可言说的优美，还有一份“也无风雨也无晴”的清逸脱俗。

当这座城市被辉煌的灯火点亮，昔日消失在城市变迁中的“筼筜渔火”，幻化成今日更加璀璨耀眼的厦门新景——“筼筜夜色”。来过厦门的人都知道，此时的厦门岛有一种别样的美。

潮涌鹭岛，风起京城。

在全国人民都在狠抓经济建设的改革开放三十多年里，党和国家领导人一刻也没有忘记让生态自然造福子孙后代的环境保护意识。有多宽广的视野，就有多广阔的道路。有多坚定的信念，就会有多光明的未来。

随着中国经济社会发展和物质消费水平大幅提高，生活垃圾产生量迅速增长，环境隐患日益突出，已经成为新型城镇化发展的制约因素。实施生活垃圾分类工作刻不容缓，迫在眉睫。

他山之石，可以攻玉。纵观世界全局，垃圾分类革命早已经有数个冲锋者，肩扛猎猎战旗，早已遥遥领先。

日本是垃圾分类的典范国家。管理严格、细致，民众高度自觉，使他们的垃圾分类领先世界。在日本，相关部门会对何时、何地如何扔垃圾等问题做详尽的说明。市民若做不到，将会有严厉的处罚和舆论压力兜头而来。

德国是全球垃圾利用率最高的国家，也是世界上拥有最完备、最详细的环境保护体系的国家，他们的垃圾分类犹如科学实验般精准。回顾德国的垃圾分类回收历史，要追溯到1907年的德意志帝国。早在112年前，德国就开始实施城市垃圾分类收集。有意思的是，1961年，联邦德国和民主德国分别产生了比较正规的垃圾分类系统和成熟的法案，当年高度对立的东西德就此问题达成了空前的默契。

美国在垃圾焚烧问题上走得不太顺利。1885年，饱受垃圾之困的纽约建起了美国第一座垃圾焚烧炉。在之后的25年内，全美垃圾焚烧炉达到200座之多，1940年达到700座。焚烧炉给美国带来了严重的空气污染。1970年4月22日，2000万美国人走上街头“散步”，抗议环境污染，此后这一天成为著名的“地球日”。不过目前，“4R”原则“拯救”了美国。所谓4R，就是减少（Reduce）、恢复（Recovery）、再利用（Reuse）和回收（Recycle）。目前已经实现了城镇全覆盖，只是各州、各城镇的具体做法略有不同。

新加坡综合固体垃圾管理系统主要从两方面着力——减少垃圾的产生和废物回收。新加坡以“零垃圾国家”为目标，从源头上控制垃圾，并努力实现垃圾的重复利用和回收，给予垃圾第二次生命。

韩国从2005年起开始实行厨余垃圾和一般垃圾分类处理。2010年，一些地方开始对食物垃圾按量收费。重量、垃圾袋等成本因素刺激，使得韩国的垃圾“减肥”基本靠收费。

……

而我国，城镇垃圾产量巨大。2000年我国的常住人口城镇化率仅为36.22%，但到2015年末为56.1%，年均增加1.33%。城镇人口的不断增加使得城镇生活垃圾产生量与日俱增。以人均垃圾生产量1.2公斤/日来计算，2015年我国城镇垃圾生产总量为3.38亿吨，垃圾生产量在世界上仅次于美国，高居世界第二位。

与发达国家城镇化水平相比，我国56.1%的城镇化率依旧较低，随着国家新型城镇化战略的推进，预计未来城镇人口依旧呈高增长趋势，垃圾产生量也相应增长。假设“十三五”期间垃圾清运量每年保持3.27%的增速，垃圾无害化处理率为95%，则“十三五”期间垃圾无害化处理缺口总计5300万吨。现有垃圾清运能力和无害化处理能力远远不能满足营造高质量环境的要求，我国垃圾处理能力有待进一步提高。

总结世界各地垃圾分类工作经验，不难看出，所有改革的顺利推进，政府主导是一个重要原因，而立法则是实现目标的保证。

以立法为基础，以政府为主要导向，形成“倒逼”机制，从而达到垃圾分类减量、缩短与世界各地差距、形成深入民心民意与行为习惯的最终目标。厦门市委、市政府真正将垃圾分类工作作为“一把手”工程在抓，市委书记亲自挂帅，市长、市委副书记任工作组组长、常务副组长，市委四大班子一把手各司其职，全力推动，层层下压。各区委构建作为区四套班子“一把手”工程的“大城管”格局，湖里区设立城市综合管理委员会（区城管委），区委书记担任主任，将垃圾分类列为区城管委的核心工作。街道书记、主任，社区书记亲自落实各项垃圾分类工作细节。强化领导机制，明确职责，定岗定责，加强监管。各区实行区、街领导挂点包干责任制，分片包干、挂钩村居，“一级做给一级看，一级带着一级干”。

厦门，这座敢为人先、崭新的绿色之城，又一次站在时代的浪尖之上，勇立潮头，看风起云涌……

善谋善为　善作善成

从首都机场飞往厦门高崎机场的厦航波音738客机从北京起飞时正是艳阳高照，到厦门岛的上空，已是日近黄昏。飞机经过连续的高度下降，终于冲破重重云层，开始接近地面。

厦门市委副书记陈秋雄头靠座椅，坐直了身体，从舷窗向下俯瞰。蔚蓝色的海水边缘，勾勒出这座海岛城市的轮廓。静谧，端庄，惊艳。这是一座被无数人定位为“闲适清雅，优美浪漫”的城市。微风与花朵的倾诉，浪花与白云的私语，马达与汽笛的和鸣，晨曦与晚霞的交替。陈秋雄无数次从飞机上看过这样美丽的鹭岛，却每次都有不一样的心情。

这是2017年10月4日的傍晚，刚刚从深秋的北京参加完会议，鞍马未歇，又匆匆赶回仍是盛夏般的厦门，走出航站楼的陈秋雄抬手看了看表，时间还早，不到七点钟，便对迎上来的司机简短交代：“去思明区吧，看看厦港街道。”

司机问：“陈书记，不先吃晚饭吗？”

陈秋雄说：“飞机上有简餐，不吃了。”

司机不再多言，他了解书记的工作节奏。

车子驶出机场路，林木葱郁，繁花似锦，温润的空气中夹杂着花香和海水的味道，陈秋雄深深地吸上一口，长长呼出。是的，就是他熟悉的城市的味道。

来这座城市工作整整八年了，从省委到地方，从组织部部长到市委副书记，他工作起来每一根弦都绷得紧紧的。尤其是接任厦门市委常委、市委副书记以来，他一直都很疲惫。

上任伊始，垃圾分类工作就在厦门如火如荼地拉开了战幕。足足一年时间，从前一年的研究部署，到垃圾分类工作领导小组和垃圾分类办公室的成立，从制定《厦门垃圾分类实施办法》和相关处罚条例的细则，到9月10日的正式颁布实施，这一年，作为市生活垃圾分类工作领导小组的常务副组长、具体牵头负责人，陈秋雄自己都不记得有多少次连夜加班，夜兪风晚，通宵达旦，已经成了这场战事中不可避免的常态。

在此之前，他印象里好像没有哪项工作有如此多的市领导来亲自抓，亲自干。市委、市政府领导六个人做正副组长，下面就是各个部门各个区，都是一把手在全力推进。

很多时候，与相关领导谈工作时，市委书记会突然间提起垃圾分类问题，有时比探讨自己的工作还多。市政协副主席高玉顺，平时在自己家的小区里，会翻看居民送下来的垃圾有没有分好类。市人大常委会副主任刘绍清，也曾任市文明办主任，与思明区委书记廖华生会谈到垃圾分类话题，包括高楼撤桶，有着多年的城市文明创作工作经验，谈起来总能切中问题要害。可以说，整个市委、市政府班子领导全员上阵，生活垃圾分类工作成了他们关注的重要工作之一。

垃圾分类工作几十年前就成为世界发达国家力求实现的目标，也是国人一直高山仰止的梦想。而陈秋雄在市委书记、市长的指导之下所带领的这支队伍，正要在厦门这座城市，做最先将现实与梦想拉近的那群人。

2017年春节，曾庆红同志到厦门视察。当时，他对福建省委书记和省长说："习主席号召在全国推行搞垃圾分类，我看厦门这座城市不大，文明素质却很高，因为你们已经是文明城市四连冠了嘛，所以文明程度比较高，那么厦门可以先试点搞好生活垃圾分类工作，应该给全国做榜样。"省委书记和省长说："好啊！"当时，厦门市委书记、市长也都在场，虽然"榜样"的压力重于千金，但作为敢于争先城市的决策者，还是当场就接下了任务。于是，两个"一把手"都重视的情况下，垃圾分类工作也自然成了“一把手”工程。

陈秋雄认为，这也是厦门的这场垃圾大战能够迅速攻克各个堡垒的最重要的因素之一。

善谋善为，善作善成。1985年，当如今的习总书记还是习副市长时，已经制定下一个纵跨15年的厦门市经济社会发展战略规划。而那时的陈秋雄，还是一个刚刚参加工作一年时间初出茅庐的小后生。他出生在福建福清，工作在福建福州，后又调任厦门。这片闽地山水，给了他无穷的滋养和力量。

承担起厦门市垃圾分类工作具体负责领导一职之后，陈秋雄更是牢记“善谋善为，善作善成”这八字箴言，大事群策群力，小事亲力亲为，用非常之力，竟非常之功。对每一步工作的部署，都如擂战鼓，全力冲锋；如沐春雨，润物无声——

抓投放，从构建顶层设计开始，做好网格化管理的大格局；

抓收集，从区委、区政府到社区街道，再到督导员；

抓运输，从单一混装、混运到“公交式”分类直运；

抓处理，从焚烧填埋的原始做法到各个大型后端处理厂的相继落成……

从岛内到岛外，从城市到农村，陈秋雄总像是有分身术一样，无处不在。

生态环保怎样与经济发展并重，一直是各个城市苦苦寻找的平衡点。怎样让产业均衡化和环保生态化，也是整个市委领导班子努力构画的愿景和支撑。

对分管垃圾分类工作的市领导而言，陈秋雄需要立足本土，放眼世界，通过综合比较国内其他先行城市，确定厦门市垃圾分类的发展进程和目标，设计突破的思路和抓手。就如同战争的指挥者，要考虑如何排兵布阵，确定主攻方向。

思路即是出路。

厦门的五月，全城的花朵仿佛都一股脑盛开了，用“艳满全城”来形容绝不为过，世界各地众多游客来到这座海岛赏花游玩。他们不会知道，为了让这座花园城市永远以美丽惊艳的容貌面世，那些在背后默默付出的人们却无暇来欣赏身边这些唾手可及的美景。

连续多天的燥热，因为一场纷飞细雨，为这个盛夏带来一丝凉爽和清新。

2017年5月25日，市委党校教学楼，两百多人的会场座无虚席。四大班子领导、各个市直机关党委、区委、区政府以及社区、街道，都有代表来参加。下午两点钟，陈秋雄要在这里给大家讲一堂以“垃圾分类，厦门在行动”为题的课。

讲课内容立足厦门本土特点，从为什么、怎样进行垃圾分类这样浅显易懂的主题入手，总结厦门市垃圾分类实施启动情况，以及垃圾分类“厦门模式”的探索，进而引发率先实现垃圾分类先进城市的一些思考。

由于饮食文化和聚餐等习惯，餐厨垃圾成了中国独有的现象。一分钟前还是佳肴，一分钟后成了垃圾。中国餐桌浪费惊人，每天产生巨量的餐厨垃圾。

上海一年生活垃圾产生量相当于五个金茂大厦。北京一年产生的生活垃圾可以堆起一座景山。厦门市一年产生的生活垃圾可以堆起相当于世贸海峡广场两栋三百多米的高楼，如填埋于筼筜湖，三年多时间就可以把筼筜湖填平。全国668个城市，其中三分之二已处于垃圾围城之中，其中四分之一已无填埋堆放场地……

一组组有力的数据，一幅幅鲜明的画面，投影在大屏幕上，让所有人都有了触目惊心的压力和紧迫感。

话锋转回。

世界著名的未来学家阿尔文·托夫勒在1980年出版的《第三次浪潮》中就曾预言：“世纪之交要出现垃圾革命。”而2017年，美国环境专家内贝尔的研究表明：生活垃圾中的90%都可以回收。目前，德国拥有世界上最完善的生活垃圾分类收集系统，可回收物质约占生活垃圾产生总量的20%~50%，可生物降解物质占生活垃圾产生总量的20%~60%。

2000年6月，建设部确定北京、上海、广州、南京、深圳、杭州、厦门、桂林八个城市作为“生活垃圾分类收集试点城市”，旨在对这八个城市分类收集工作进行探索和总结的基础上，为全国范围内实行分类收集工作创造条件，促进我国的生活垃圾管理和处理水平的提高。

陈秋雄开宗明义：“2000年，我市作为全国首批生活垃圾分类收集试点城市，拉开了垃圾分类工作的序幕。十几年的探索，我们积累了大量的实践经验，但同时也暴露了一些问题：一是试点多年有所知晓，但全民参与不足。从2014年试点情况看，试点居民对垃圾分类的知晓率达80%以上，但实际参与率仅在三分之一，而正确投放率则更低。二是处理设施有一定基础，但未形成配套处理体系。三是管理主体单一，缺乏约束机构。”

介绍垃圾分类工作推行的原因和正确做法，工作实施情况的总结，褒扬贬抑，提出以后工作推进应该建立的产业链条和管理体系构想。

陈秋雄把这场讲课当作自己主抓垃圾分类工作半年多的一次考试、总结和检验。而当日在场者，都从这长达两个小时的一堂课中，得到了深深的启发、反思和鼓舞。

文明，是厦门这座城市的基本特质。抓各种文明建设的同时，是否树立起生态文明的理念，是领导首要的切入点。而垃圾分类工作源头的推进，实际上是每个人在观念习惯之间碰撞的挑战。在工作推进的过程中，市民的观念在转化，任何一个小节点的变化，都可以推动社会文明向前发展。

做好垃圾分类工作，就是对生态文明建设，对人类的健康发展，对环境生态的保护，对自然的尊重，对下一代人的生存现状保护。这些不能一日而立之功，也正说明，文明程度的提高，不是一朝一夕的事情。

车子停在厦港街道入口处。

“里面开不进去了。”司机说。

厦港街道空间局促，小巷和背街多而窄，并且这里正在进行市政设施综合整治提升，片区的交通改为单向循环。

2017年4月至10月，这半年的时间里，市生活垃圾分类工作领导小组集中专项整治垃圾混装混运的问题，已经先后投入了73辆垃圾专用运输车。陈秋雄选择下了飞机直奔这里，也是想要抽查一下这里的厨余垃圾转运车是否将垃圾及时运出去。

陈秋雄刚走进小巷，就看到厦港街道综治办工作人员罗长生，打过招呼之后，陈秋雄一边翻看垃圾桶内的垃圾是否已经按照标准分类，一边听罗长生介绍道："因为市政施工，我们的转运车工作难度加大了，驾驶员往往要多绕好几圈。不过经过重新踩点，多方磨合，辖区内受影响的碧山路、蜂巢山路、大学路、民族路这几条转运路线已经正常运转。"

正说着，负责这个辖区的年轻厨余垃圾转运车驾驶员张智霖开着垃圾转运车过来了。距离民族路的外贸新村转运点还有一点点距离，垃圾督导员已经提前把垃圾桶推到路边，一到站点，小张师傅立马跳下车，打开后斗按钮，娴熟地放上垃圾桶，按下按钮，把厨余垃圾倒进车里，垃圾督导员迅速撤走垃圾桶。不到三分钟，在小张师傅和垃圾督导员的无缝对接下，一个枢纽点的转运工作就完成了。听说市领导来暗访，小张师傅人勤嘴快地说："现在这个片区都在施工改造，道路限行，路况又差，我的车不能像以前那样直接开进集中转运点，只能短暂停靠在路边。我必须抢时间，还需要垃圾督导员的配合。"说完，摆摆手，跳上车走了。

实施垃圾定时定点、分类收运，是陈秋雄在推动垃圾分类工作源头和处理末端之间，最为重视的一个环节。

垃圾分类工作从中央提出至今已有16年，没有一个城市能真正做成功，包括北京、上海这些一线城市，也只是做小区试点。没有任何成效的关键，是因为没有做成全局性的、全流程的分类把控。源头上，市民在投放时分类清楚仔细，若没有分类收集和运输，到末端处理时，如何能够分类处理。再说，分类后又一起混装上车运输，群众也会觉得没有意义，分了半天又放到一起，何苦如此周折？只会慢慢失去对垃圾分类的信心和热情。

在桑德集团董事长文一波看来，目前，我国垃圾分类有两个痛点：

一是源头分类；二是终端处置。有的地方推行很久仍然无法提升分类效率，有的地方在小区分类了，离开小区却又倒进一个车里送到填埋场。垃圾分类、源头分类看起来比较简单，但要从源头到终端、从社区到市场将逻辑理通，就需要政府支持、群众参与、市场机制等各项因素。

经过六个月的集中整治，原来一个工人投放垃圾要负责三个小区，时间紧，垃圾投放点分散，所以只能混装混运。后来针对这个问题，小区内配备厨余垃圾、仓储垃圾专用垃圾车，定时定点回收运输垃圾。解决了一个大难题，攻克了一大难关。

2017年10月4日那天晚上，陈秋雄从厦港街道碧山路、大学路、民族路，一直走到沙坡尾、禾祥西路。满天星光与辉煌的街灯辉映，燃亮了海岸边的人间烟火。远处海浪阵阵，棕榈树的光影在夜色中婆娑。这座城，这些人，这样的时光，让他不由感慨，一座城市的走向，终究还是需要有昨天的沧桑，今天的期望，还有明天的辉煌。

2017年11月30日，全国城市生活垃圾分类工作现场会在厦门召开。会上住建部王蒙徽部长对厦门垃圾分类工作成绩的肯定，给所有人都打了一针强心剂。

然而，阶段性成绩的取得，也意味着与后续工作面临的压力成正比，甚至更大。

垃圾回收设施分类过于简单、居民垃圾分类知识比较缺乏、垃圾分类政策法规不健全之外，垃圾前端分类与后端分类清运处理体系建设不匹配、垃圾回收处理还没能实现全面产业化、管理体制不能满足目前垃圾分类回收的要求……

陈秋雄将一项项亟待解决的硬件问题列下来，满满的一大篇，像是漫长遥远的梦想征途。

一指流年处，光阴似飞箭。当季节轮回的时针再一次指向2018年的冬至那一天时，三百多个日日夜夜就在季节的指缝间悄悄流淌。这一年，厦门的垃圾分类攻坚战打得更激烈，更艰苦，也更有成效。

硬件配套设施建设，只争朝夕地啃下来；软件分类督导宣传，加大力度地跟上去；特殊行业执行，排除万难地谈下来；死角盲区扫荡，铺天盖地全覆盖；监督暗访考评结果，每天清晰地列出来；岛外农村分类，加快进度地赶上来；各项顶层设计的不足之处，尽早尽快地完善起来……

陈秋雄心里谋划的，仍然是去年在市委党校讲课时他提出的问题，怎样把“五个链条”和“五大体系”层层落到实处。

如果能够构建“资源—产品—再生资源—再生产品”这样的循环系统，就会达到可持续发展和环境保护，推动绿色发展的目标。在电商发展势头迅猛的当下，包括包装商厂家，都会产生不可想象之多的不可降解垃圾。网购其实是一种很不环保的购物方式，因为不注重环保，其背后产生的大量难以处理的垃圾和环保问题没引起重视。

2017年全国快递运单达到400.6亿单，用掉了80亿个塑料包装袋和364亿米胶带，可以绕地球赤道900多圈。光一年消耗瓦楞纸箱原纸，就达4600万吨，相当于砍掉7200万棵树。这样触目惊心的数字整合，是每一个电商消费者难以想象的，也是最容易被个体忽视的。

生产产品就会产生流通和消费，消费产生浪费。若能从生产源头上杜绝大量生产产生大量消费和废弃的现象，将会推动全社会的进步。所以，倡导循环经济，打造垃圾资源化利用链条，是首先要着手开展的工作。

习近平总书记所指出的“变废为宝、循环利用是朝阳产业。垃圾是放错位置的资源，把垃圾资源化，化腐朽为神奇，是一门艺术”。垃圾处理不能只是作为一种公益性事业，要推进政企分开，引入市场机制，将垃圾处理形成一种产业化链条。采取政府购买服务、特许经营等方式，引入企业介入，垃圾分类收集、运输、处理各个环节。

另外，陈秋雄一直探索提倡推行押金返还制。只有动用政府力量，回收多少政府来补贴，才能调动企业和用户的积极性。

举个简单的例子。比如我们日常消费的啤酒，大多是玻璃瓶装。啤酒瓶的生产成本低，而且又重，如果企业重复使用，运输起来不便利，也不赚钱，没有任何可利用价值，只能拿去焚烧，变成玻璃球，渣滓还要填埋到土地里，永远消除不掉。如果我们每消费1瓶10元钱的啤酒，用押金制，喝完之后退回2元钱，让销售企业负责回收重新清洗使用，将会助推2019年厦门要实现未处理、未焚烧过的原生垃圾“零填埋”目标。

政府与企业联盟，企业与市场挂钩，倡导市场机制，打造垃圾分类处理产业化链条，是垃圾分类工作大格局的第二步。

倡导法治思维，打造垃圾分类立法执法链条。可以一方面通过立法，规范商品生产者行为，从生产源头上减量，销售回收一体化上减量。另一方面，立法赋予城市管理者执法权。

垃圾产量与日俱增、垃圾分类由鼓励走向强制、垃圾处理要求的提升，多重因素综合，促进了我国环卫行业发展步入快车道。

环卫行业主要包括道路清扫保洁、垃圾分类、清扫、收运、处置及综合利用系列活动的总称。随着城镇化的发展，城市对于清扫保洁的需求在不断扩大，城市清扫保洁面积以近10%的年均增速不断增长。

环卫一体化PPP模式相比传统的外包模式更具优越性。PPP项目具体模式是政府部门与中标公司合资成立项目公司SPV，并获得特许经营权，由其全权建设运营环卫一体化项目。该模式有助于缓解地方政府财政紧张的问题，减少设备采购资金压力。另外，专业化公司服务效率更高，能提供更好的服务质量，市场化推行能形成质量统一、高效的市场环境。

智慧环卫系统实现管理运作的功能体系分为环卫规划、垃圾分类、运营管理三大类，智慧环卫系统从这三方面充分提升环卫运营效率。智慧环卫是结合互联网、物联网、云计算等技术，实时掌握环卫信息，实现车辆和人员高效管理以及垃圾的智慧分选。

居民最开始使用的环保垃圾袋是政府出资统一购买赠送的，旨在鼓励居民参与。几个月之后，居民逐渐形成分类习惯，将会开始用统一的透明垃圾袋。每天，督导员会在垃圾桶旁监督，将垃圾袋打开检查分类情况，手把手地教。有的小区会把二维码打印到袋子上，建立垃圾源头追溯体系，就能查到分类不合格的用户具体是哪一家。

运用物联网监测，用“全球眼”监视垃圾箱，把互联网转为垃圾分类的帮手，同时建立监督平台，接受来自社会各界对不文明垃圾分类的现象进行举报。

倡导科技治理，利用现代科技，一条垃圾处理智慧化链条便打造起来了。

最后，倡导多元治理，打造宣传教育、法制约束、监督惩罚、激励扶持的全民参与链条。

要形成政府主导、多元主体协同处理的垃圾管理机制。要让全社会、全体公民共同参与垃圾分类，增强社会责任感，形成社会风尚。要把自觉实践垃圾分类投放变成文明道德习惯，作为文明社会建设、社会自治的实践载体。

环保人文、理念的问题，不仅是环境生态，还有文明，关系到整个社会进步和人类文明的发展。

陈秋雄将厦门的垃圾分类工作开展以来的情况做了一个汇总，提炼出一套更符合本地实际的垃圾分类处理办法与途径，简单概括为“五大体系”。

科学合理的分类标准体系：垃圾成分越来越复杂，对回收利用提出更高要求，垃圾分类的标准就显得尤为重要。分类标准决定了后续收集、运输、处理系统的配套建设。分类标准是垃圾分类的基础，决定了分类回收利用率，决定了分类执行难易度，决定了垃圾处理运行的整体效率。

陈秋雄平时经常关注其他地区的垃圾分类工作是怎样做的。比如台湾，有搞环保的公益小组，把可回收的垃圾拿去卖，得来的钱用来救助老弱病残，形成公益慈善的氛围，这种做法非常值得借鉴。在工作开展之初，政府便派出垃分办人员去台湾学习他们的先进经验。

而在新加坡，则不要求家家搞分类，而是要求减量化，在末端处理上分类。日本、德国等垃圾分类做得好的国家，标准明确，分类科学合理，民众的接纳度高，城市发展程度更高。在中国现有国情之下，还没办法走到那一步，用经济杠杆来做，按袋计费，多就要交费，为社会少贡献垃圾，形成倒逼机制。

及时高效的收集体系：采取上门分类收集、设点定时分类收集、流动垃圾车式分类收集等方式。

便捷严密的转运体系：垃圾收运一般分为直运模式和间运模式。目前，我国生活垃圾大多采取由生活小区运输到附近清洁楼集中后运输至处理厂的方式。

近年来，受垃圾围城的影响以及垃圾中转站选址困难，一些地区在试点垃圾直运模式，如杭州的“垃圾集疏一体化平台”和山东章丘的“生活垃圾直运”模式。

绿色环保的处理体系：目前在我国的垃圾处理方式主要有四种——焚烧发电、堆肥处理、厌氧发酵、卫生填埋。

虽说垃圾可以“变废为宝、循环利用”，却也不能一概而论。没有经过分类和清洗的酒瓶、塑料制品无法利用，被污染过的塑料也无法利用，因为清洗污染的水排到地下，会造成更大更长久的二次污染。若垃圾减量化达到60%，利用率就可以达到30%。

以前的厨余垃圾基本都是填埋处理，渗到土里，造成空气和河流污染。在国外，厨余垃圾分类后大多采取生物发酵法来处理。另一种方式是焚烧，分离后的其他垃圾都可以被焚烧用来发电。厨余垃圾和其他垃圾如果没有进行干湿分离就无法发酵，也会在焚烧过程中产生异味和有害物质，对环境伤害很大。

对于实在无法回收的其他垃圾，焚烧起到了十分重要的作用，已成为德国垃圾处理的“支柱”。垃圾焚烧之后可用于产电、产热、产蒸汽，焚烧后的灰渣部分可被加工成修路材料等。垃圾焚烧厂不仅从垃圾处理中获得利润，还可凭借供电、供能等增收，也无须缴纳二氧化碳税。

医疗垃圾有专门渠道处理。有害垃圾的处理最为复杂。比如，一颗纽扣电池丢在田地里，一平方米土壤遭到的污染，一百年以内无法恢复，丢到水源里，水质就会永久被破坏。农药包装袋丢到田里或水中，农作物也会被污染。

日本垃圾分类最为烦琐，而养成如此习惯并非一日之功。首先是有严格的法律规范，其法律条文之多，量刑之重，堪称世界之最。与垃圾分类相关的法律法规分别有《废弃物处理法》《关于包装容器分类回收与促进再商品化的法律》《家电回收法》《食品回收法》等。市民一旦被举报违法，将受到严厉制裁。

如今的德国在垃圾分类回收方面的快速进步，首先归功于其完善的立法。据不完全统计，德国联邦和各州目前有关环保的法律、法规达八千多部，是世界上拥有最完备、最详细的环境保护体系的国家。这些法律均是德国各级政府为适应不同时期生活垃圾的性质和时代要求所制定的。

厦门市已经在2017年立法，并已于2018年8月开出了第一张上万元的罚单，再通过社会监督，从而对垃圾分类过程中的违法现象产生约束和处罚，逐渐建立、健全严格周全的监管体系。

“五个链条”和“五大体系”的打造，是陈秋雄对率先实现垃圾分类先进城市提出的思考，也将为厦门垃圾分类工作的开展和推动起到日趋向好的主导作用。

说到底，一座城市的垃圾分类工作是否可以快速推广推进，取决于这座城市的态度、文明程度、历史和社会担当。

如今，垃圾分类不仅仅是一种时尚，更是会成为厦门人的新生活方式。进步，对生活环境和社会的责任感；道义，对社会认知的觉醒。

2017年六七月，垃圾分类工作紧锣密鼓地进行着。有一天，湖里区常务副区长林充贺在市政府碰到陈秋雄，老远就嚷：“陈书记，我们全市七八十个农贸市场还没有开展垃圾分类，这是我们工作的盲区啊！”

噫，陈秋雄眼前一亮。是啊，以前也探讨过菜市场的责任划分问题，会上很多人认为菜市场不需要马上推进垃圾分类，经林充贺这么一嚷，陈秋雄感觉受到了点拨——菜市场当然要进行垃圾分类覆盖！

在厦门市生活垃圾分类工作领导小组成员单位里，每个区域都有主管部门，比如医疗垃圾归卫生局管理，酒店的餐厨垃圾由旅游局负责，最后，菜市场的垃圾分类工作就由所属区域的街道承包了。事不宜迟，市垃分办立即制定菜市场的垃圾分类工作方案，立即实施。

目前，中国垃圾围城的困境现象之一，是垃圾开始向广大农村蔓延，村镇垃圾也与城市垃圾总量相当。

中国环境保护集团有限公司总经理李喜联指出，虽然近年来我国农村生活垃圾处理工作实现快速推进，但是总体的生活垃圾处理规模仍然不足、处理能力仍然滞后，投资额度大、运营成本高、污染控制难等问题，严重制约了村镇生活垃圾处理。由于小规模垃圾填埋厂削减污染负荷非常有限，还要占用土地，并造成填埋厂场地污染，因此急需解决垃圾小型化处理技术和经济性的难题。

农村——因地制宜，与城市不一样。

在厦门，就在城市边缘的农村，可以和城市一样管理，比如塘边社区的城中村。离城市远的，同安、翔安的农村则不按城市方式，就地消化为主，只要干湿分离，达到转换利用的目的。

厨余垃圾，可以追肥的堆到田里，也可以喂鸡鸭，给农民带来经济效益。过去搞乡村文明工作时，村里号召一刀切，要改变村容村貌，清退了很多排放不合格的养鸡养鸭场。因为鸡鸭等家禽会产生病菌等微生物，一段时间必须要撒石灰，排放到河里，河水都是黑色的。但陈秋雄认为，家家户户都不让养就是形式主义了，农村没有鸡鸣狗叫还能叫农村吗?

而在同安区古坑村，生猪清退时遇到太多阻力。古坑村原来是养猪专业村，在农村，也没有什么太多的经济收入，养猪是村民增收较快捷的方式。在开展垃圾分类工作以前，养猪场特别多，最高峰时厦门有三百多万头的生猪产量，造成较严重的空气污染，臭味特别大。农村不再是鸟语花香，众人甚至需要掩鼻而行。

垃圾分类工作开展之后，工作组对古坑村用先进的生产方式进行了经济“转场”，加以关注和引导。开始是用补偿金的方式，大猪舍回收，小猪舍拆除，用经济手段进行补偿，将猪舍拆到不能复养。既然是“转场”，当然要以“转”为先。鼓励村民进行生态种植，补贴树苗。

现在的古坑村，已经是远近闻名的“三角梅专业村”，恢复了远古的田园阡陌之景——锦里烟尘外，江村八九家。而且相较之前养猪时，三角梅带来的经济收入更大。既能改善居住环境，又能增加家庭收入，现在古坑村的村民，再也不会走回头路了。

古坑村调整产业结构与改善村庄环境并行，相得益彰。在此基础上进而推行垃圾分类，村民生产生活有了质的飞越。

垃圾分类是一个城市较高的文明生态的体现。树立环境卫生意识，培养市民的文明习惯，树立文明素质的思想，提升文明行为的新高度。这些形而上的境界，虽非朝夕可达之功，但是对厦门这座有着高度文明基础的城市来说，陈秋雄有信心，可达之时，也是指日可待。

两年多以来，陈秋雄与市生活垃圾分类工作领导小组的领导都能看到，社区干部和基层组织不厌其烦地做群众工作，时刻不忘教育宣传监督，无数个垃圾分类工作者长时间不间断地奋战在一线，形成街道与街道之间、社区与社区之间，人与人之间一次次的情感纽带。

有一次，陈秋雄本来要在湖里区检查一些地方，临时决定到计划之外的小区，果然有督导员在坚守岗位。也正是因为有这些群众基础和干部基础，群策群力，厦门的垃圾分类工作才能取得成功。

一年又如许，万事更须忙。在流岚岁月指向这一年的岁晚之时，住建部通报的2018年第四季度全国46个重点城市生活垃圾分类工作情况，厦门再一次以总分80分的成绩排名第一！这也是厦门连续三个季度生活垃圾分类工作排名全国第一！其中，教育工作和宣传工作两个单项，厦门都拿到了满分。

骄人的成绩取得固然可喜，但领跑者的视野永远是最宽阔的。陈秋雄现在关注的，是固废行业问题。

近段时间以来，固废政策的接连出台以及企业并购的密集展开，使得固废行业再次引发市场关注。数据显示，我国每年产生固废100亿吨，堆存量超过1000亿吨。包括危废、环卫在内的固废细分领域的市场空间正在加速释放。

虽然在固废治理领域，国家不断出台政策，从顶层设计引导固废行业规范、健康和持续发展，但从具体督查的反馈来看，生活垃圾、渗滤液、建筑垃圾、餐厨垃圾处置问题仍然突出，在工艺技术、运营管理和监察督查等方面仍然存在短板。

这样的路，还有很长，很长……

又到了新一年的起点。陈秋雄从繁忙的公务中抬起头来，舒展一下酸痛的颈背，走到办公室的窗前。

窗外，余晖散尽处，鸥鹭鸣旋；暮霭沉落时，湖水流波。对岸的霓虹次第闪烁，街头的路灯开始亮起，一盏，两盏……千红万绿的花城里，灯火通明，四海长风。在祖国东南端的厦门岛，既有人间烟火的温度，也有诗和远方的脱俗。

时代使命　义不容辞

2017年春天，作为全国46个试点城市之一的厦门，全面推行生活垃圾分类工作已是箭在弦上。厦门市市政园林局、市环卫处临危受命，承担起全市生活垃圾分类工作方案制定和具体实施工作。他们不负众望，挑起了垃圾分类的千钧重担。就在2017年的冬天，在全国城市生活垃圾分类工作现场会上，王蒙徽部长向全国推介了厦门生活垃圾分类工作实践和经验做法，得到了全国各地区与会人员的肯定。这既是对厦门大半年垃圾分类工作的赞赏，同时也是对具体实施垃圾分类工作的厦门市市政园林局、市环卫处工作的认可。

会后，市环卫处处长兼市垃圾分类管理中心主任黄全能感慨万千。一方面，他对这个阶段性成果感到欣慰；另一方面，内心的压力也成倍增长，脚下的步履愈发沉重。

作为全市垃圾分类工作指挥部，厦门市生活垃圾分类工作领导小组办公室就设在市政园林局，具体工作由市容管理处承担。回想起两年来市市政园林局主导全市垃圾分类工作，市容处熊俊骥处长说，详细地写出来，几本书也承载不了；但是剔除细节，三两句话也能概括——事在人为，工作亮点某种意义上也能代表工作成就。

从2017年厦门全面推行垃圾分类工作到2019年初，龚建阳是厦门市市政园林局的局长，他率先提出垃圾分类必须实行督导服务员制，有督导员的督导，市民垃圾分类准确率将成倍增长，事实也是如此。而对于各区、各街道、各社区、各小区的垃圾分类情况，龚建阳则建议要实行暗访机制。两项机制迅速推动厦门市垃圾分类工作高质量向前，功不可没。

市市政园林局两位副局长分工明确，黄志华副局长是市垃分办综合组组长，负责落实市垃分领导小组的决策，组织方案制定与实施，称得上是全市生活垃圾分类工作的总调度，需要运筹帷幄，让垃圾分类工作管理机构科学运转起来；曹国华副局长具体执行市垃分办的每周抽查工作，把垃圾分类工作压紧压实。

厦门市除了有一个垃分办，还成立了市垃圾分类管理中心，主要业务依托市环卫处，两块牌子一套人马。相比深圳市32个专有编制，厦门市垃分中心的人是一个当成两个用。好在有市市政园林局市容处熊俊骥处长承上启下，既能准确理解上级决心意图，又能组织大家把上级的决心意图变成具体方案、计划，协调把关，一个一个抓好落实。环卫处本身也个个都是精兵强将，不仅对已有的垃圾分类业务烂熟于胸，而且有思考，懂创新。比如市环卫处黄伟林副处长专门负责监督和落实市生活垃圾分类工作领导小组和垃分办的意见，保证“政令畅通”；垃圾分类行家里手赵海涛科长，在垃圾分类工作一线摸爬滚打多年，积累的经验经常为垃圾分类工作提供好思路、好方法。市环卫处专门组织10个人，组成5个工作组，每组2人，不定时、不定点地在各个街道进行暗访检查，并每天反馈，将满分为40分的检查评分结果，在垃圾分类管理群里公布。

黄全能处长是环卫处负责人，垃圾分类工作的实际操作、综合推动、规则制定、宣传教育、公开检查、暗访推动、第三方测评等，每一项工作都不能落下。有时候他会跟龚建阳开玩笑说："垃圾分类要是能和计划生育一样抓就好了，肚子大了就能看出来，马上采取措施。可这垃圾有没有分类、分得清不清楚真的是不好追踪，全靠素质和自觉。"

龚建阳知道他心理压力大，每到这时，就总会呵呵一笑，拍着他的肩膀安慰他："别急，干就完了！"

干就完了！这四个字似乎带有魔力，让黄全能的焦虑慢慢变成了从容。一年多干下来，黄全能练就了一身"本领"。

首先是"火眼金睛"。随时随地，路过任何一个垃圾箱，打开任何一个垃圾袋，他都能一眼看出里面的垃圾分类是不是正确，有没有放错位置。

其次是熬夜。除了正常的垃圾分类推进和汇报会，市里联合各个区成立的暗访组，每天都会不定时下到片区、街道去抽查暗访、拍照，每天晚上八点以后会在暗访群里公布评分成绩，做得好的提出表扬，发现问题的立刻进行整改。基本上没有午夜前入睡的情况，经常要做到凌晨。

让黄全能浑身充满能量和力量的，是厦门市生活垃圾分类工作领导小组的组长和副组长，市领导、区领导、街道领导，还有垃分办等一百多位相关人员，成立了一个工作群。尤其是陈秋雄，几乎每天晚上都在群里与大家互动点评。哪里不行要加把劲，细节工作要落实到位，让每个区都会有压力和动力去完善不足之处。他还经常跟随暗访组，对岛内15个街道进行督促检查，有图有真相。哪一个街道做得怎么样？群众知晓率有多少？分类准确率怎么样？六个区的情况都在里面，一目了然。

七月中旬的一个中午，骄阳似火，路旁的棕榈宽大的叶子也难再招展，软软地垂向地面。在单位食堂打饭时，黄全能看到市市政园林局副局长曹国华。曹国华坐在桌前向他招了招手，他便端着托盘坐其对面。

两人交流起思明和湖里两区最近的垃圾分类推进情况。天气太热，令人食欲不振。曹国华只是象征性地喝了点汤，跟黄全能说：“吃完饭我们去沙坡尾看看吧。”

沙坡尾是思明区厦港街道所辖七个社区之一，古有“沙长数百丈，风水淘汰，毫无所损”之誉，是老厦门人心底真正的厦门港，现在也是文艺青年体会老渔港艺术的新天堂。左手传统，右手新潮，是沙坡尾最鲜明的个性和时尚。

黄全能心里有数，曹国华副局长之所以要去抽查沙坡尾，是因为厦港街道那段时间市政建设在修路，他一直放心不下那里的垃圾分类工作。

果不其然，他们顶着烈日，来到沙波尾见到的第一个督导员，是一位看起来快70岁的老阿婆，正坐在树下打瞌睡。曹国华上前问：“阿婆，您老人家知道这个垃圾怎么分吗？”阿婆从梦里神游回来，抬眼看了看，用闽南话回答道：“你恭虾米（你说什么）？”曹国华继续跟她聊，却发现是徒劳，阿婆根本连普通话都不会说。站起身时，黄全能看到了曹国华眼底的那丝忧虑。

一周以后，所有社区督导员都实行考试上岗制。

这是一条艰难的开创之旅，并非坦途。每天都有新进展，每天也都有新困难。好在，还有领导冲锋在前，真抓实干。每到有解决不了的问题的关键时刻，陈秋雄副书记都会亲自召开会议，亲自部署，提出解决方案，周期基本不会超过一个月。

比如，前端的垃圾分类从宣传到督导到方案的实行，都已经开展得比较好的时候，分类收集的问题和弊端就显而易见地体现出来了。

垃圾分类收集转运问题，全国都很难解决。居民分好的垃圾，被物业又混装在一起运走。居民看到就不干了，很多人提出来：“我们累得半死分好类，后面又混装一起运走，干吗做这些无用功？！”后端处置的企业也发声了：“你们说第二个过程是分类收集，第三个过程是企业要分类转运，第四个就是要分类处置。那你们又都混在一起了，我怎么分类处置？”

一时间，百姓怨声载道。

其实，这里面的原因之一，要么就是居民对垃圾分类本身分得不是很清楚，所以收运垃圾的工人认为反正都没有分好，干脆就这个桶那个桶都倒在一起收走了，省事了。

还有，转运车不够也是造成这种混乱局面的原因之一。比如说，厨余垃圾，从每家每户出来时，高温天气，汤汤水水的，可烂，会臭，污染空气。厦门市垃分办提出免去转运环节，实行垃圾直运，让转运车开到每个小区门口直接拉到后端处理厂处理。但是在此之前，物业还有其他垃圾，要自己雇人送到转运车上。有的物业为了省钱，就把其他垃圾也倒到厨余垃圾里，单纯只为省钱。

这样的情况，在实行垃圾分类一年多以后还会出现，实在也是因为几百万人口的城市，涉及千家万户，没有办法一下子全部规范管控起来。

陈秋雄了解到这种情况之后，马上召开大会商议对策。随后，请来综合执法局领导，通过专项整治方案。不久，综合执法局开出了华侨海景城物业第一张万元罚单。敲山震虎，这张罚单在厦门市垃圾分类工作中也算是具有划时代意义的，对其他各个不规范分类收集垃圾的物业公司起到了一定的震慑和遏制作用。

成功者总会从过去的失败中总结经验，再接再厉。

如果把此次垃圾分类工作比作一场战役，黄志华就是这场战役的参谋长。

2017年1月，市领导明确提出“2017年岛内全面推行垃圾分类，岛外逐步扩大垃圾分类范围”的目标。围绕这一目标，市垃分办副主任兼综合组组长黄志华便迅速召集综合组的同志研究工作方案和计划。面对这样一个目标，大家感受到前所未有的压力。毕竟这项工作在全国才刚刚开始，没有可借鉴的经验。

谈起过去16年厦门市垃圾分类工作的失败经验，黄志华体会颇深。

黄志华认为，之前垃圾分类工作深入程度不够，最重要的原因之一就是领导的重视程度不够。当一个复杂、系统的社会工程开始启动时，必然要动用到社会综合资源。而这个综合资源，往往掌握在各个阶层的“一把手”手中，领导出面，解决掉难点、疑点，问题往往就会迎刃而解。这也就是中国的俗语所说的“老大难问题”。但是，中国还有一句俗语，叫“老大出面就不难”。其实，就是这么简单的道理。第二个原因就是当时的末端建设还没建成。厦门市从2005年就开始招标要做厨余垃圾处理厂，当时一直不能实现，因为没有末端分类处理能力，垃圾分类相当于空谈。就像一个演员，化好了精致的妆容，穿上了精美的戏服，却没有舞台展示演技，所有努力都会付之东流。

而这次厦门能在短时间内取得如此巨大的成功，恰恰是因为天时、地利、人和。当然，孟子早有言，天时不如地利，地利不如人和。一支“能打胜仗”的强大队伍，是任何一场战役能够取得胜利的最关键因素。

熊俊骥、黄全能无疑是战役中的两名优秀指挥官。近三年来，他们带领市市政园林局市容处以及市垃分中心的几名得力干将起草全市垃圾分类综合文件，包括办法、方案、标准、导则、报告、通报等超过200份，40余万字。“五加二”“白加黑”，几乎成为他们每个人的工作常态。

2017年11月初，当得知全国现场会定于月底召开后，黄志华带领综合组的同志像临战训练一样，组织会务、现场，不放过一丝瑕疵。熊俊骥凭借在部队长期组织作战训练的经验，带着李文宏、潘恬恬两员女将，按照打仗要求，制定计划，反复推演，力争使现场会开得完美，开得滴水不漏。

大学毕业入职就参与全市垃圾分类工作的潘恬恬，虽然是个新兵，但在历次大型活动中却表现得比老兵还要练达。全国现场会后，包括46个重点城市在内的130多个批次的“取经”团，均在她的安排下事事不紊，井井有条。

转年4月，黄栩与李文宏对调，到市容处任职，与潘恬恬一道专管垃圾分类工作。几经历练，她俨然已是这场战役中不可多得的实力女将。

模式到位，是这个工程中必不可少的一个环节。从原来的简单填埋和焚烧两种方式，到现在分成焚烧填埋、厨余垃圾处理、有害垃圾处理、回收系统处理这四个后端处理系统，厦门用了短短两年时间建好。引进外来企业建成厨余垃圾处理厂、大件垃圾处理厂，环保部门建成有害垃圾处理厂，商务局分管旧电视、冰箱、衣服等可回收垃圾，几大厂区相继建成，政企联动，政府有投入，企业有利润，全封闭无死角。

做了这么久的垃圾分类工作，黄全能非常理解龚建阳、黄志华、曹国华三位局领导说的话："老百姓有时候骂的是对的！如果没有建成末端处理，那你要我们垃圾分类做什么用？"

在顶层设计过程中，第一个特点就是做大方案，第二个特点就是全过程的立法，有方案有保障，第三个特点就是责任主体和责任周期非常明确。

举个例子说明——比如投放环节不作为，谁来担责？因为每一个投放垃圾的人都是责任主体，责任人是几百万的庞大数字，法不责众，怎么去处罚几百万人？那么，最后就把责任一级一级下压，从区、街道，到社区、物业，明确责任主体的职责，既符合客观实际，同时也有很强的可操作性。

对外面来"取经"的兄弟城市，黄全能总是开诚布公地告诉他们："除非你们的主要领导特别重视这项工程，你们才能去搞，否则，就不要选择开始，千万不要把时间和金钱浪费在一件没有决心实现的事情上！"随后，他还会附上一句真诚的"忠告"，"还有一个字——钱，官方说法——财力雄厚。"这是黄全能的实诚性格说出的最以实为实的话。

作为厦门市环卫处处长、市垃圾分类管理中心主任的黄全能，经过一年多垃圾分类工作实践后，颇有些乐观精神。天天跟他一起工作的同事和领导，也都熟悉他总结的有点自嘲又蕴含深刻道理的"五把刀压力传导法"。

说到这"五把刀"，黄全能总是先捋一下他的短平头，面露笑容，不慌不忙地开始"说书"——

这"第一把刀"，就是领导的重视。

市分管领导每周开一次听评会。市委副书记、市生活垃圾分类工作领导小组常务副组长陈秋雄，副市长、市垃圾分类工作领导小组副组长张毅恭，市市政园林局局长兼市垃圾分类工作领导小组办公室常务副主任龚建阳等领导小组成员坐成一排，市各相关部门的主要领导、各区主官及分管领导、驻厦上级直属单位及驻军部队的分管领导等，则坐在另一面。

庄稼汉市长说："到年终，各个政府机关有一个拿奖金的考核绩效，总分100，垃圾分类占6分！"后来市效能办说："考核分数本来已经分得满满了，要压谁的分数都不好，从其他地方压缩出6分太多了，也没必要，2分就够了吧？"于是，市长就拿了2分给垃圾分类工作作为绩效考核。年终各区的奖金发放、各个机关的奖金发放的考核都跟垃圾分类考核分挂钩，联动年终绩效考核的。这是一把刀。

"第二把刀"，就是暗访。市垃分办每天一暗访。他们针对群众关注点比较集中的全市几十个街道数百个社区（村庄）的垃圾分类工作。暗访是四人一组，随机、随地、随时搞突击式检查，并用手机拍下现场和当事人；好的差的一起拍，早上拍，中午拍，晚上打着手电筒照着拍；节假日拍，刮风下雨也拍，然后把暗访结果按照不合格、合格、良好、优秀四个等级排名公布。让人心服口服，看到进步，更看到差距，从而营造出比学赶超的竞赛氛围。

暗访结果在每天"收视率"最高的黄金时间——晚上八点半左右公布，街道的书记、主任们说："我每天晚上都在等这个时间，提心吊胆。"暗访结果有图有真相，一目了然，好与不好，非常清楚。然后，马上就会接到那些主任电话，说怎么又把他们街道搞得这么差，他们的区长、局长等领导都在看，他受不了啊！

"第三把刀"，是第三方考核。请专业的公司来做专业的事，请专业的人士来做专业的考评。没有一个第三方考核不权威，这些第三方制定的考核指标既有综合性又有特殊性，既有不变的硬性考评又有灵活的机动考评，既有数字统计又有实物画面佐证，既有基础性工作又有创新性工作，考核完了也要公布。每天一检查，每周一总结，每月一曝光。

电台、报纸曝光，在媒体上进行各区、各街道和各社区的排名公布。让垃圾分类不到位的死角遁无可遁。

“第四把刀”，是市垃分中心去考核、跟踪第三方。跟踪第三方考核得公平不公平，没人跟踪，还是不行。如果有人去找他们，请他们喝几杯小酒，他们就可能乱来了。公司是吃市场饭的，市场饭又牵涉到各方利益，各方利益为争彩头，又会想方设法讨好和拉拢第三方为自己服务。为防止影响第三方公平公正的综合考评，市垃分中心每月对第三方进行检查，看一看他们是否公平公正，听一听被第三方考评单位有没有不服气的话要讲，查一查第三方考评时是否深入背街小巷。到群众反映强烈、问题整改迟缓或者效果不明显的地方考评，召集第三方进行约谈，肯定好的方面，指出存在弊端，提出改进的举措，始终让第三方感到利剑悬在头上，不能玩偏心，不能打马虎眼，不能睁着眼睛说瞎话。

还有最厉害的“一把刀”，是市垃分办副主任曹国华亲自带队，每周一随机巡查，当天曝光争议，随机抽查，然后及时通报，说巡查哪里就巡查哪里，随机抽。

这“五把刀”可真是要命，起到“落实责任传导压力”的重要作用。同时，“五把刀”可谓“刀刀见血”“招招致命”！

话音缓落，讲的人笑意盈盈，听的人步步心惊。

其实，垃圾分类不是简单的举手之劳，而是一个科学体系，综合体现了国家的文明程度，城市的管理水平，民众的素质高低。

如同清华大学环境学院教授刘建国说：“垃圾分类是一项需要全社会共同努力、用心参与、耐心等待的系统工程，应防止急功近利、急于求成的倾向。各地需坚持不懈地将垃圾分类抓实办好，从宣传、法律、制度、市场等各方面入手，让人民群众通过垃圾分类工作切实感受到身边环境、文明程度和生活质量的提高。”

“在厦门，垃圾分类工作的大环境是好的，从领导层面到基层群众，社会各界联动的声势和氛围已经营造起来。”2019年4月履新厦门市市政园林局局长的柯玉宗，刚到任三天之后，就对垃圾分类工作专题调研，向市垃分办提出：“我们要深入学习并坚决贯彻习总书记相关指示要求，充分认识垃圾分类工作长期性、艰巨性、反复性的特点，保持清醒头脑，坚持问题导向，讲科学，求实效，持续领跑全国。”

作为市市政园林局新任领导，柯玉宗能体会到园林局在全市垃圾分类工作中的作用以及因此带来的压力，并且深知成绩得来的艰苦和不易。“毕竟这是关乎全社会、全民众的事，与每一个人的每一天生活都息息相关。木锯绳断，水滴石穿，并非一朝一夕之功。”

针对可回收物体系尚不健全，可回收物收集利用率低的问题，柯玉宗专题调研学习并开会研讨，提出贯彻整体筹划、分步实施、国企兜底的原则，按照先易后难、应收尽收的要求，通过“两网协同”，建立可回收物收、运、处系统。调研之后，他提出“坚持问题导向，打造厦门垃圾分类升级版”的具体思路。

攻坚克难，久久为功。在厦门的生活垃圾分类旅途中，有风，有雨，也要坚信，风雨之后，定会有彩虹。

回首向来萧瑟处

2018年11月7日下午，秋阳正暖。

莲前街道瑞景社区瑞景公园小区一排桉树的浓荫下，放置着四个红黄蓝绿的分类垃圾桶，不仔细看，根本察觉不到它们的存在。正在此处调研的思明区市政园林局局长林强、副局长徐墩煌站在垃圾桶旁边，阳光透过宽大树叶的间隙，温柔地洒在他们的脸上。

他们正在就瑞景公园的垃圾分类现状进行热烈讨论，手机微信的提示音也没有将他们的讨论打断。随即，“丁零”“丁零”“丁零”，围站一旁的市垃分中心主任黄全能，思明区垃分中心主任叶明盛，筼筜街道党委书记龚佶、副主任黄彦旎等人，手机微信提示音也相继“配合”似的响起。

黄彦旎转头看了一下众人，掏出手机看了一眼，又看了一眼，难掩欣喜地迅速宣告：“好消息！思明区得了第一！”

她这低声惊叹，引得大家不由自主地围了过来，一探究竟。

黄彦旎轻触屏幕，放大了手机中刚收到的表格——这是从2018年2月起，厦门市垃分中心每个月对岛内两个区各个街道的暗访考评排名表。之前几个月，思明区各街道的排名一直不是很靠前，而那天下午他们在表格上首先看到了三个名字——思明区中华街道、鼓浪屿街道、嘉莲街道，包揽了前三名!

紧接着，“暗访群”里点赞与祝贺的信息持续不断，让这个平日里颇有些压力和严肃的微信群，瞬间充满了喜气洋洋的氛围。

虽然筼筜街道没有入围前三名，但龚佶还是仔细地比对了一下各项评分，然后认真地跟徐墩煌讨论起这两分之差，差距在哪里。徐墩煌见状，微笑着说了一句：“好成绩的取得着实不易，再接再厉吧！”

众人继续工作。

从开始的“慢”，到后来的“稳”，思明区的垃圾分类工作终于暂时结束了“追”的宿命，以这一张评分表格为转折点，完成了长达九个月时间的华丽逆袭。

对于每天不分昼夜都在跟垃圾分类工作打交道的“垃分人”来说，这个成绩不啻一支及时而来的强心剂。欢乐总是能最快得到传播，就连站在垃圾桶旁边的瑞景公园督导员和下楼扔垃圾的居民，听到这个消息，都兴奋得跳了起来。

也许在很多人眼中，只是一次全市垃圾分类暗访得分排名，思明区得个第一名并没有多么重要。但只有经历过攀爬高峰时的艰辛不易，才能体会到登上峰顶时的欣喜和释然。

这是一支从不叫苦、从不放弃的团队。

思明区地处中心城区，是厦门市的经济、政治、文化、金融中心，面积大，人口多，辖10个街道、98个生活小区、40个农贸市场，更是涵盖了南普陀寺、鼓浪屿等重要的旅游景点。众多重点中小学和高校，垃圾分类工作开展的难度可想而知。

在采访思明区垃分办副主任徐墩煌的时候，他也说出了其中的难点和顾虑："我们思明区这边有些小区确实还没有像湖里区那样做到全方位铺开，这里面有很多因素，客观来讲，思明区的条件复杂，也有很多做得不好的地方。"

徐墩煌认为，思明区的公共区域是做得比较好的。投放点大方向来讲是要定点，点位越少越好，因为垃圾桶本身藏污纳垢也是污染源。比如说，他家住的小区，里面就只设三个点，固定下来，便不再变动了。各个小区措施可能不同，因地制宜，根据各自小区的具体情况，实施不同的方式方法。反正，殊途同归，最终的目的只有一个，那就是将垃圾分类的第一步做好，不能输在垃圾分类的起跑线上。

徐墩煌等人一起到瑞景公园调研时发现，瑞景公园这么好的小区，原来是每一个楼梯口都有一个投放点，现在25个点位已经被整合成9个投放点。居民刚开始是不适应、不习惯的，他们觉得，投个垃圾还要坐电梯下楼走很远才能投放好，然后再走很远坐电梯上楼回家，很是麻烦。就像一个大山里的孩子，多年来都是走在泥泞的小路去上学，虽然狭窄而脏乱，但这是捷径。突然修好了宽阔的马路却要绕远路，明知这是一件好事，但习惯使然，行为的懒惰已经很难改变。

基层的社区干部还有物业的管理人员，每天都去同这些居民做多轮的全方位沟通，真是不容易。徐墩煌前一天去瑞景公园做沟通协调，就感觉很吃力。

因为瑞景公园是高楼，以前是每个楼道、每个楼层都配垃圾桶，必须有一个接受过程。需要社区和物业同志，花很多的精力去通过各种各样的媒介宣传。比如说传统的宣传也好，入户宣传也好，包括现在的微信业主群等，要做充分的工作，不容易。可喜的是，现在的瑞景小区，因为大家已经养成了文明规范的投放习惯，9个投放点的垃圾分类工作都做到了各项指标评分靠前。接下来，会继续将9个点压缩成6个点，甚至更少。

垃圾分类是一项系统而长期的工程，每一个环节的有效运作都离不开强有力的保障。从2017年3月思明区开始启动垃圾分类工作时，就从顶层设计出发，从全局性着眼，强化机制建设，大力度统筹推进。

全面推行的片长制便是一项良性互动机制，从源头助推垃圾分类工作顺畅运行。思明区四套班子领导担任片长、区直机关领导干部担任街长，将工作重点、难点化整为零，各个击破。

各片长、街长定期开展重难点工作调研，至少每周一次组织进行随机暗访考评，以考评促整改，以监管促提质。每个月，第三方考评方都会通报思明区98个社区垃圾分类工作开展情况的排名。区垃分办则进行"双随机"抽查，每季度覆盖98个社区，督促街道做好垃圾分类工作。

除此之外，思明区还自加压力，对辖内机关企事业单位、学校、社区等公共机构垃圾分类工作进行考评并通报，考评情况纳入单位的年度绩效考评成绩。仅仅半年时间，思明区垃分办、街道、执法局开展混装混运联合整治工作，对违反《办法》的单位及个人开具161份执法文书，其中已立案查处13起，共计处罚133320元。

还有，一场场垃圾分类工作推进会、专题会等，则针对工作中存在的问题进行分析、研究对策。辖区内的10个街道，都把垃圾分类工作作为"一把手"工程高度重视，98个社区垃分人起早贪黑，真抓实干，全力推进思明区的垃圾分类工作。

在思明区垃分办副主任徐墩煌看来，"一处处垃圾投放点的督导员如同'守门员'，对做好垃圾分类'第一公里'起着关键作用。"基于领导干部这样的认识和定位，思明区选出综合能力强的督导员组长进行"传帮带"，更精准地管理好督导员队伍。

垃圾分类督导员组长陈京萍就是其中一员。

每天早晚，在莲前街道莲薇社区8个小区的18个垃圾投放点，陈京萍都要进行流动式巡查，“盯紧”督导员工作情况。先站在一旁观察督导员如何引导，再开桶检查，有问题当场拍照记录，作为下次巡查重点。

从与居民沟通、引导准确分类到做好桶身保洁，陈京萍手把手地教。效果很快呈现，2018年8月，她“上岗”以来，在市、区垃圾分类的14次明察暗访中，莲薇社区垃圾分类工作有8次是好评。

如今，像陈京萍这样尽职尽责的垃圾分类督导员组长遍布思明区各小区。

提高督导员待遇、规范管理好督导员，增配街道专职工作者，抽调专人充实垃分办队伍，分发垃圾分类桶，确保硬件提升等工作经费……思明区在推进垃圾分类工作中，不断壮大基层队伍。

群众工作要善于依靠群众、发动群众来完成。

思明区区长夏长文深谙：垃圾分类事关每个人，和居民生活息息相关。这是做好垃圾分类的方法论。

“美丽厦门，共同缔造”——虽说王蒙徽已经不在厦门任职，但是他在厦门工作时提出的思想定位一直沿袭至今。“共谋、共管、共建”的理念，也被思明区在垃圾分类工作中贯彻始终。

思明区刚刚开始分发垃圾桶时，把市面上找得到的家用分类桶全部罗列出来，然后把这些分类桶的样式图片发布到思明区市政园林局的公众号，还在厦门日报大篇幅刊登，进行民意选举征集。每位市民都可以投票选择八种款式中的两款，再由垃分办统计有效票数，选出票数最高的两款垃圾桶，作为最终投入定制发放的款式。

100万思明区的市民积极响应，通过手机在公众号上踊跃投票。短短一周的时间，共有37623位市民投票，有效票数达到72346票。2018年7月6日，思明区市政园林局的公众号公布了投票结果，结果众望所归，选出了最受居民喜欢的两种款式的垃圾桶，并马上开始与厂家联系定制。

其实，这种民意征集，不仅仅契合了“民生事，民做主”的公平公正性，在投票选择的过程中，本身也是个宣传的过程。百姓参与，自然是因为对这件事情的关注，然后就会去了解，垃圾分类要怎么分，如何做。

有了7月垃圾桶款式征集的成功，思明区垃圾分类工作领导小组找到了正确的工作方法，如法炮制。8月，思明区市政园林局的公众号开始面向全区征集垃圾分类宣传标语。

垃圾分类工作开始的初期，人们最常见的就是“垃圾分一分，环境美十分”这样千篇一律的宣传标语。在思明区辖区内，总共有三千多个果皮箱放置在路边。为了让市民更普遍地接受垃圾分类工作，也为了让大家不会产生审美疲劳，思明区决定把这三千多个果皮箱上的宣传标语做到各桶各异，绝不雷同。三千多条标语从哪里来？思明区的做法依然是——发动群众。群众的力量是巨大的，智慧是无穷的。

公众号上，思明区市政园林局诚挚邀请所有思明区市民打开脑洞，踊跃参赛。只要作品足够优秀，足够有新意，入围获奖的口号标语，将会出现在思明区的住宅小区、街旁道路、公园景区；还有可能印刷在垃圾分类宣传手册、宣传展板上；同时大街小巷的垃圾桶也会出现市民的原创作品，为美丽思明、美丽厦门留下自己的印记，并有机会获得500元的红包奖励。

有一次，洪亮副区长（也是区垃分办主任），在每周召开的垃分工作会议上拿出了几个牛皮纸信封，有点激动地说：“这是我刚收到的宣传标语投稿作品，很让我感动。有这么多的群众支持，我们的垃圾分类工作怎么可能做不好？”

洪亮副区长手里的信封上，用黑色碳素笔工工整整地写着厦门市思明区市政园林局办公室的地址，并且注明“垃圾分类广告标语征集”字样，下面的落款是集美区关心下一代工作委员会，看字体和投递信件的认真、严谨程度，应该是一位退休的老干部。打开信封，里面的两页稿纸上，同样工整地写下了参赛作品——“垃圾分类做到家，一份真情不掺假”“垃圾投放不落地，相互监督更必须”“垃圾分类须做到，情到心到行动到”……

说实话，这样的投稿方式，这样的用心和真情，在场的垃圾分类工作人员无不被感动。垃圾分类，虽说是一场异常艰难的革命，在推行过程中会受到重重困阻。但是，正因为有成千上万的群众支持，才让这支勇敢冲锋的队伍有了不断向前的无穷动力。

“垃圾分门别类，思明精彩加倍”“垃圾分类成常态，美丽思明更可爱”……走在现在的开元街道，大街上、小巷里，一条条原创宣传标语搭配生动的垃圾分类图画，一面面宣传垃圾分类的墙绘吸引着居民眼球。

深田路57号，原本老旧的围墙披上了“新装”——以垃圾分类为主题的原创墙绘。负责这一路段的环卫工人高金星每次路过时，都会不由自主地停下脚步称赞道：“这样宣传垃圾分类，很不错。”

在征集垃圾分类宣传标语的短短二十多天内，思明区市政园林局办公室共收到五千余条原创投稿作品。这次活动，不但挖掘了群众智慧，更点燃了思明人对家园的热爱，使得垃圾分类理念更加深入人心。

“让身边的人现身说法，肯定更能感动人，更加有教育意义。”思明区委常委、宣传部部长黄碧珊想。2018年8月16日下午，由思明区委宣传部、思明区市政园林局主办的思明区第82期价值观论坛隆重开讲。论坛以“最美垃分人”为主题，邀请来自垃圾分类不同环节的七位嘉宾，与大家分享他们在工作中的故事。

在那次论坛上，居住在筼筜街道官任社区的“老外”尤金很是惹人注目。尤金是外国语学校的足球教练，已经在厦门居住了11年。他说，在他的家乡阿根廷，垃圾只分成可回收和不可回收两种。虽然阿根廷的垃圾分类也实行了六七年，但是厦门做了一年就比他的家乡做得快，做得好。现在，他的朋友教他怎么分类垃圾，他也会影响和带动身边的人。尤金有个足球队，对于喝剩下的矿泉水瓶，他告诉大家要收集起来；去外国的朋友家里，尤金也会教他们做好垃圾分类。现在，越来越多的驻厦“老外”都加入了垃圾分类“大军”。

厦港街道巡司顶社区党委书记叶晓军、开元街道希望社区繁荣广场小区繁荣物业管理处主任蔡勇、思明城市义工协会秘书长陈伟和思明区垃圾分类管理中心垃圾分类管理科负责人陈荣君等人的精彩故事，深深打动了现场两百多名观众，居民们也纷纷走上舞台，用自己创作的艺术作品来宣传垃圾分类，学生小记者们回去之后主动写出了听取分享故事之后的感动和感悟。

陈荣君是思明区环卫科科长，也是思明区最专业的资深“垃分人”，很多区内的垃圾分类工作政策的制定和执行都由他牵头完成。陈荣君不善言辞，却时时刻刻都有一份以工作为己任的大爱情怀。在他看来，垃圾分类工作虽然琐碎细微，阻碍重重，但世上无难事，只怕有心人。垃分工作最终要面对的只有一个主体——人。人是情感动物，对于与人沟通的工作，只要带着一颗真诚的爱心，就没有不能被融化的情感。

初冬来临的时候，督导员戴金花分享的视频在思明区公众平台上发布了。戴金花在拘谨与忐忑的心情下分享了自己从事垃圾分类工作以来的小故事——有对她骂粗话的，有给她吃闭门羹的，也有直接把车停靠在小区垃圾投放点上并毁坏垃圾分类设备的。包括她的家人都不理解，家里经营着卖纸钱的小生意，生活也过得去，为什么非要干这份又脏又累还受委屈的工作。执拗的戴金花挺过来了，现在，她所负责的槟榔小区垃圾分类准确率高达98%，常有居民投放垃圾时跟她聊聊天，主动了解垃圾分类的细节，甚至有些居民会在开车经过时为忙碌工作的她竖起大拇指，为她点赞。

辛酸与委屈都已随风逝去，但是，屏幕中戴金花质朴的讲述，与她情到深处的两行热泪，还是深深印在了观众们的心上……

思明区的“家校社联动”也算是一个创新。全区12万中小学、幼儿园的学生，在暑假前每人都领到几张精心设计的卡片，老师把垃圾分类工作当作一项暑期作业，号召学生在家里能够把课堂上教给他们的分类意识和分类知识带回家。

徐墩煌说，在这点上，思明区做过不完全统计，整个社会群体里面，在校学生包括幼儿园孩子的分类意识最强烈。这一点便足以说明，思明区的垃圾分类工作进校园的教育是成功的。垃圾分类工作必须是一代人又一代人的努力，现在的幼儿园小朋友以后将成为社会的主体。如果我们下一代有了垃圾分类的意识，最终还是能赶上发达国家。“现在，我们毕竟有体制的优势，垃圾分类工作开展两年的时间，厦门市能够在全国排名第一，虽然说还有很多不足，还是有很多居民不理解、不执行，总体来讲，应该还是跨出了一大步。”直面现实，徐墩煌信心满满。

在思明区垃圾分类工作中，一股来自党员的红色力量更是发挥了重要的示范引领作用。2018年以来，“绿色101”垃圾分类党员志愿服务活动、社区“十分钟党群链”，以在职党员为点，家庭、学校、社区为面，通过党员带头做表率、包片督导、包干宣传等方式提高居民的垃圾分类意识。

“‘绿色101’活动确实给基层推进垃圾分类工作很大帮助。”鹭江街道党政办主任罗婧怡认为，党员的影响力比普通群众要大得多，市民从党员身上能更清晰地看到开展垃圾分类工作的决心和信心。

在厦港街道巡司顶社区党委的引领下，2018年3月18日，碧山临海小区率先启动“垃圾分类，党员先行”活动，小区135名党员亮身份，做出带头做好垃圾分类的承诺。随后，小区党支部带领党员开展楼层包干督导活动。截至目前，小区垃圾分类参与率、投放准确率均已达标，小区业主也从“要我做”蜕变为“我要做”，垃圾分类已变成自觉行为。

别具创意的是，思明区设计了印有垃圾分类宣传标语的外卖食品安全封贴，发动非公互联网党建企业美团外卖组建“党员红骑团”，在入户过程中将垃圾分类宣传到每家每户。同时，广泛发动安溪商会志愿服务队、南普陀寺社工等组织团体，通过开展小区垃圾分类志愿服务、公园景区驻点宣传活动等，为社会各界参与垃圾分类工作创造条件，参与的义工、志愿者每月达七百多人次。

在滨海街道上李社区鹭悦小区、莲前街道莲丰社区嘉盛豪园，社区建设的立体菜园每天人气十足，居民争相拿厨余垃圾去兑换新鲜蔬菜，而厨余垃圾又可再次被利用发酵成有机肥。

在莲前街道瑞景社区瑞景公园，居民更是掀起了兑现“环保金”的热潮。这一小区引入“废品大叔”美城驿站可回收物智能回收箱。居民投入废旧纸类、塑料、金属、饮料瓶等可回收物，实现微信即时到账，平均每月回收逾四吨可回收物。

垃圾分类如何从源头减量？垃圾收运体系如何健全？监管考评体制如何加强？从街道到社区，直面垃圾分类过程中遇到的问题，迎难而上，因地制宜逐一破解。思明区垃分办干群一心，他们的坚韧和坚持，带动居民群众参与垃圾分类的热情，让垃圾分类在思明区成为新时尚。

2018年12月4日，厦门市思明区迎来一批特殊的客人，他们专门从上海飞过来，目的是考察思明区扫除盲点区域垃圾分类工作的经验和做法。由此可见，思明区的垃圾分类工作不仅得到市民认可，更引起了国内其他兄弟城市的关注。

这是一项任重而道远的庞大工程，回首垃圾分类工作两年间，其实每一位参与其中的垃分人都有太多感触的瞬间，太多感慨的片段。

任何一件事情，在实施的过程中都会向着目标不断进取。千里之行，始于足下。但是，走过一段艰难的路途之后，前行者也会思考和总结，摸着石头过河的经验和感受。

廖华生此前在厦门市政府任职，从2018年中接任思明区委书记一职，大力推进垃圾分类这项“一把手”工程。

那时正是厦门的凤凰花红遍全城的季节。廖华生上任伊始便大刀阔斧，做出了招录2500名督导员上岗、所有居民家庭按户分发垃圾桶的决定。

之前也有人提出，2500名督导员上岗，一年的工资就是7500万；思明区现在有55万户居民，每个垃圾桶按50元算，又是将近3000万。这样大的基数，动辄几千万的支出，三年之后，政府还能继续负担得起吗？如果没有了支出，督导员下岗，那么我们是不是会“一下回到解放前”？所有工作付出都会付之东流？那我们现在的工作意义在哪里？

诸多问题和质疑的声音出现，让这些领跑者们不得不陷入深深的思考当中。

其实这些顾虑早在2016年厦门市实行垃圾分类工作时就有人提了出来。而廖华生自有他的想法。每一项新政策的诞生和运行，自有它存在的道理和价值，不能一概而论，简单地从好与坏或者对与错上来区分。只是，这些政策必须满足特定的历史条件和前提。而垃圾分类就是当前国情发展条件下迫在眉睫需要去做的事情。

当然，即便是有那么多对百姓利好的政策，还依然会有异样的声音存在。比如说，按户分发垃圾桶，也有市民不接受：我家本来就有垃圾桶，你又多给我一个，扔也不是用也不是，也不是我喜欢的款式。众口难调。于是，区垃分办便想出了居民投票选择垃圾桶款式的办法。“你的垃圾桶你做主”——不是政府领导选，也不是采购员来选，而是把选择权交还给百姓手中，由大家投票来定夺，解决了发桶时的矛盾。

还有很多居民在开始分垃圾袋时，觉得袋子质量很好，他们不用来装垃圾，而是用来包食物放到冰箱里。这个时候，社区干部和督导员的作用就尤显重要，在不厌其烦地回访和验收过程中，反复做思想工作，进行垃圾分类知识宣传，直到政策深入人心。

很多老人家不会去看报纸，不知道政府在推什么垃圾分类。但是免费发放垃圾袋，有些好处，他们就会很开心，就会主动去了解，为什么政府要发这个东西？哦，是叫我们垃圾分类。那什么叫垃圾分类？为什么要分？怎么分？他们会去做一些了解。在思明区推行垃圾分类工作过程中，每一个宣传的载体，包括分类桶的征集意见，包括垃圾分类的宣传标语，包括“小手拉大手”“家校社联动”，每一个措施，都是一套组合拳。不可能是一招治百病，只能说每一个措施出去，都可以争取一部分人，哪怕仅仅是一小部分人。

至于政府财力投入，要视垃圾分类工作开展情况来看。

在当前工作刚刚进入平稳过渡期，政府的财力、物力、人力是必不可少的首要条件。后续将会有一些政策和经费相继退出——比如说分类垃圾桶，购买时便会与厂家签订质保合同，至少要保五年以上，不可能今年买了明年再买；分类垃圾袋，属于家庭生活必备的消耗品，在居民养成垃圾自觉分类之后，也将陆续由用户自行购买，不再由政府统一发放；包括督导员可能以后也会退出，政府不可能无限包起来。

而且地方立法规定第一主体是居民，管理主体是物业，物业要承担起管理责任。最后，政府在这个过程中，就要先完善一些体制机制，比如说奖罚。因为目前这个状态刚起步，不能走太快。虽然有罚则，更多是针对物业公司，居民分了，物业混装就要罚物业。就像华侨海景城物业被罚一万元，其实更多是罚这些有管理责任的人。

居民乱投目前状态没有罚，但不代表不罚。在体制内，各项奖罚机制终将会慢慢完善。在这点上，世界上垃圾分类成熟国家已是最好的证明。这也好比厦门的交通法规一样，机动车礼让行人。在斑马线上有行人通过，机动车没有礼让，就会被罚300元，并且扣3分。这么重的处罚，必将会约束和规范交通，形成文明风气。同样的道理，垃圾分类在未来也必将做到这种状态。在这一点上，徐墩煌没有盲目乐观，只是很中肯地说："2030年，我们所有人都还在世的情况下，总能做成的吧！"

垃圾分类最大的问题并不是以上罗列出来的这些，而是百姓常常不了解"我们的生活垃圾最后去了哪里？"是啊，生活垃圾去哪里，才是全民关注的问题。

以厦门岛为例，如果只靠填埋这一种方式处理垃圾，那么岛内稀缺的土地资源条件下，仅靠东部固废剩下的唯一一个填埋场，十年之后也就填满了。以后填到哪里？思明区的垃圾填到湖里区，湖里区的垃圾填到集美区和同安区？再说，填埋场也不是单纯的有块土地就可以填埋垃圾，它必须要避开地下饮水源，一旦垃圾填满，渗透到地下水源。当水库干涸只能启用地下水时才发现全是渗滤液，那个时候，便是断掉了我们最后的生命线。

这些问题，百姓不会去考虑，所以，就需要政府来掌舵。减量化和无害化处理，是唯一可行之路。

所有居民买房时都会考虑周围环境和配套设施，医院、学校、加油站等，也要有垃圾处理厂，但是，不能在自己的家门口。这就是所谓的"邻避效应"。

说到"中泰事件"，恐怕至今仍有人留有印象——2014年暮春发生在浙江省杭州市余杭区的群体性事件，一度成为舆论的焦点。当年5月10日上午，余杭区中泰街道一带的群众因反对中泰垃圾焚烧发电厂项目选址，发生规模性聚集。少数群众甚至封堵杭徽高速公路及02省道，并出现打砸车辆、围攻执法管理人员等违法情况。

“好是好，但不要建在我家后花园。”——人们把当地居民因担心建设项目对身体健康、环境质量等带来负面影响，而采取强烈的、高度情绪化的集体反对甚至抗争行为称为“邻避效应”。

“中泰事件”就是一起典型的因“邻避效应”而引起的社会事件。

这些年，提起“邻避效应”，恐怕任何地方的干部都会连连挠头。在群情汹涌中，PX项目叫停，垃圾焚烧项目流产……类似情形在国内不少地方重演。涉及环境的重大工程项目不断陷入“一上就闹，一闹就下”的窘境，甚至有人将此称作基层治理实践中新的“天下第一难”。

面对居民对垃圾末端处理的“邻避效应”，在思明区政府“迎臂效应”来处理，效果非常值得称道。

思明区厦禾路有个小区叫厦禾裕景，房价平均在八九万元每平方米。那里本来有一个清洁楼垃圾中转站，后来因为周边居民强烈反对，政府便重新规划，从以人为本角度考虑，把那个本来建清洁楼的地方，打造成垃圾分类科普展示中心，向市民和学生展示垃圾分类的重要性和必要性。因为从思明区出发到东部固废处理中心单程要一个半小时，来回要三个小时车程，所以，并不是所有的学生都有机会到后坑东部固废去参观、接受教育。投资200万元改造的垃圾分类科普教育展示基地，利用VR虚拟技术、视频等现代科技手段，向人们展示垃圾分类从本源到终端的每一步处理，用实景画面为每一个参观者解答“我们的生活垃圾去了哪里”的问题。

而在思明区筼筜街道仙阁里150号二楼的筼筜街道垃圾分类科普体验馆，2018年春节前迎来了首批参观体验者。这是一个集知识性、趣味性和互动性于一体的垃圾分类科普体验馆，以“玩＋学”的方式让垃圾分类知识入脑入心。场馆分为科普区与实践游戏区，馆内还设置废物利用创意展示区和垃圾分类小课堂。接下来，将陆续开展环保酵素制作等课程，免费对外开放。垃圾分类科普体验馆是街道构建的垃圾分类公众教育平台，旨在普及垃圾分类知识，推动垃圾分类工作开展，尤其是培养、提升青少年的环保意识。

徐墩煌一直主张不要把垃圾分类搞得很复杂，他说："我们毕竟是起步阶段，不要把垃圾分类搞得太复杂，搞得像个知识竞赛一样。目前这个阶段，只要百姓意识到垃圾不是废物而是资源，能够做到干湿分离就可以。厨房餐桌上出来的垃圾都是可降解的，其他垃圾一般都可以把它烧掉。我们之前干湿混在一起，燃烧热量不够，会把设备都烧坏掉。没有分类，厨余垃圾发酵也不可能，所以只能去填埋。到2020年，全国实现垃圾零填埋，那就需要我们现在立刻投入到垃圾分类的'大军'中去，争取早日取得这一胜利果实。"

4 一马当先啸向天

海浪，沙滩，岛屿，繁花，棕榈槟榔，白云蓝天……

这些优良的地理资源组成的鹭岛厦门，不仅仅是地图上祖国东南端的一个地名标志，更成为海峡西岸一缕让人抹也抹不去的乡愁，一份斩也斩不断的牵挂，一个承载厚重历史和蓬勃朝气的特区，一座兼备现代科技与精致秀美的花园。

这座城市，也是张毅恭、林重阳和林充贺的故乡。

说起来，似乎湖里区的主要领导都算是"老乡"。包括接任之前湖里区委书记、现任厦门市政府副市长张毅恭之职的现任湖里区委书记林建，虽然是福州人，但也是从参加工作起就一直在厦门。

厦门是我国改革开放的前沿阵地，湖里区则是厦门经济特区发祥地，是国家信息技术产业基地的中心，是中国十大港口之一，集装箱吞吐量居全国第六位，也是厦门岛对外交通的重要枢纽。这个面积只有七十多平方公里的区域，三面环海，一面通桥。在四十年改革开放的道路上，经济建设、生态保护和精神文明等领域立足时代精神，与创新开拓携手，向美好未来迈进。

在改革的雷霆中，湖里区一直保持鲜明特色，独树一帜，立马横刀，啸向长天。

当垃圾分类这场革命声势浩荡地席卷厦门之初，湖里区依然保持着一马当先的风格，将猎猎战旗高高飘扬在这片土地上。

自2018年2月起，湖里区在全市生活垃圾分类工作暗访得分排名中，累计获得了七次第一名；6月，作为先进典型，湖里区的校园生活垃圾分类工作，在全国住建系统精神文明建设工作会上被推广；11月，湖里区垃圾分类模式获得中国城市环境卫生协会颁发的“2018年度生活垃圾分类示范案例”荣誉。

这份2018年度湖里区生活垃圾分类工作汇报，刚刚摆在区委书记林建的办公桌上。清晨的阳光照在报告材料的一角，就像这几项荣誉的取得，也如同管中窥豹。

林建是个“70后”，接任区委书记时刚刚40出头。按照传统意义上来讲，“70后”是伴随着改革开放和中国社会体制转型而成长起来的一代人，在革新与吐旧之间，日渐成熟与壮大。他们大学时期经历中国大学教育最黄金年代，毕业后遇到了改革开放后的经济腾飞与社会转型。“70后”在中国的发展史上具有特别重要的意义，是承前启后的一代人。林建身上除了保有这些典型的“70后”的普遍优点之外，还兼具了一份创造力和一份务实精神。

“垃圾分类工作是城市文明程度的实战检验，更是人民文明素养的实景展示。”作为全市人口最多的行政区的区委书记，林建始终把垃圾分类作为真正的“一把手”工程，系统化、纵深式推进垃圾分类工作，形成了“法治为基、政府推动、全民参与、因地制宜”的工作格局。

点评成绩、发现问题、破解难题……从2017年3月起，垃圾分类工作在厦门全面铺开后，湖里区每周都坚持召开这样的垃圾分类工作推进会。常务副区长兼区垃圾分类工作领导小组常务副组长林充贺负责召集各街道及相关部门主要领导碰头，逐项研究垃圾分类工作中存在的问题。而每周的推进会，林建书记都会参加。

2017年5月，湖里区率先在全区铺开生活垃圾分类工作。2017年11月，湖里区开出全市第一张垃圾分类执法《责令整改通知单》。2018年6月，湖里区率先对垃圾分类督导员进行笔试与面试相结合的业务考核，全方面提升督导员能力素质。湖里区有督导员的社区470多个，总共1900多名督导员。其中，21人业务相对较差，通过考核进行了更换。

“垃圾分类是一项系统工程，我们要做的就是把每个环节都做细做实，真正让垃圾分类成为百姓生活的一部分。”区长林重阳的话掷地有声，毫不含糊。

两年来，湖里区始终把垃圾分类作为“大城管”的核心工作，明确责任清单，建立区、街、社区三级联动，各相关部门、各街道、社区主要领导“亲自抓、主动抓”，形成“比学赶超”的工作氛围。整个过程中，湖里区进一步压实责任，率先发起生活垃圾投放管理人责任书签订，已覆盖所有小区物业、酒店、农贸市场等。

一个坚强有力的组织架构，让垃圾分类工作进程稳固向前。

在垃圾分类示范线路现行的基础上，湖里区率先全面铺开垃圾分类工作，形成了推进垃圾分类的“湖里实践”。

市里有全市的顶层设计，湖里区也有全区的顶层设计，并且从垃圾分类工作一开始就有清晰的思路。首先，他们认为垃圾分类工作要有强有力的领导机构，一定要把垃圾分类当成“一把手”工程。所以，区长林重阳是总负责，区委常委、常务副区长林充贺主抓，下至各街道主官，甚至社区，都是一把手来亲自抓。宣传上全面铺开，区委常委、宣传部部长丁红斌要求全区所有媒体无缝对接，全方位、全角度宣传垃圾分类工作。

除了重视程度，也要有具体措施。在湖里区垃圾分类工作进行一年多时，湖里区垃分办总结出了一套“1322”的工作方法——

所谓“1”，是指各级政府机构一定要把垃圾分类当成日常工作的一部分，所有工作例会，只要有会议，就必须要强调垃圾分类，是要求，也是规定，强调是强制的“一把手”工程。然后，到街道和社区的基层，则要求街道和社区的书记、主任亲自抓，汇报工作也必须是“一把手”汇报，而不是一个分管垃圾分类的普通工作人员，层层下压。“1”，便是“一把手”。

考虑到垃圾分类工程任重道远，一个习惯的养成需要一个很长的过程，所以湖里区一开始是宣传发动，大造声势，让所有的老百姓家喻户晓；接下来要根据不同的阶段和不同的人群来做宣传；最后具体到教育，因为垃圾分类是需要几代人共同努力完成的一项大工程，所以，从娃娃抓起是追本溯源的事情。从“面”到“点”的三步递进，是“1332”里的第一个“3”。

第二个“3”则是推动立法工作的尽快落实。经过三个多月的努力，通过并完成立法，转成市里执法，再辐射到区里执法。按照行政级别的三级联动，组成“1332”里最重要的“3”。

“2”里面包含两层意思。第一层意思就是坚持垃圾从源头进行“双四分”——厨余、可回收、其他和有害四种，然后进行分类投放、分类收集、分类转运和分类处理。第二层意思是要极大地发挥企业和物业的作用，做到整个流程完全的封闭可控。企业和物业联动的作用，其实是在湖里区开展垃圾分类之初就首先考虑到的问题。过去16年垃圾分类失败的教训，也为今天垃圾分类成功实行提供了非常充足的经验。现在的垃圾分类是由政府出面主导推动，而未来的日子里，政府会慢慢从其中跳脱出来，企业做好后端转运和末端处理，物业来做前端源头分类和收集。这是垃圾分类工作的远景目标，也是这份工作最终的必然走向。

湖里区的好做法、好经验在全国省市生活垃圾分类工作现场会、全国住建系统精神文明建设工作会上获得推广。

而在这些诸多个“率先”的背后，却有太多不为常人所知的辛苦和辛酸。

林充贺就是湖里区甚至全市垃圾分类工作推进过程中的一员大将。提起他，没人不竖大拇指。二十多年基层工作经验，让他具备了扎实的工作作风，一副金丝眼镜也阻挡不住如炬的目光。业务熟练，了解民生，坚持原则，似乎已经成了林充贺融入骨血的基因代码。

林充贺曾任八年市市政园林局党组书记、副局长，深知垃圾分类工作的艰辛。从20世纪国人开始有了环保意识，经过几十年的探索起步、立法、实施，到2016年住建部推广，这是一个漫长遥远并需要持之以恒的工程，需要几代人共同的努力和坚持。

正因为有这样清醒的认识，林充贺一直固执己见。他认为垃圾分类工程不能轻易启动，在没有做好充分准备之前，冒失地开始，也就意味着最终必会得到失败的结果。发动宣传、制定办法都是必要手段，规划垃圾分类方案很容易，实施起来很难。如果要动，最起码的前提就是要先立法，让整个工程有法可依。因为它是涉及全民生活的每一天，涉及面之广甚至超过史上任何一场运动。既然无法每家每户都细致追踪，那么更应该有法律出台，制定主体责任人，让这项工程中的每一个环节，都有法律作为保障和后盾，有法可依，才能有法必依。

纵观国际，所有成熟开展垃圾分类工作的国家，都是法治先行，这是垃圾分类工作最有力的后盾和保障。

市委、市政府、市人大、市政协……所有相关人员意见征集汇总时，林充贺都是那个立足本地群众现实现状，敢于站出来叫板辩论的人。

厦门的立法过程只用了三个月，而国内其他有相关法律的城市，立法通常要经过两至三年时间。从市垃圾分类管理中心起草，到大量的前期走访调研，细则讨论和完善，就在一次次磨合、碰撞、讨论和推敲中，《厦门经济特区生活垃圾分类管理办法》在2017年9月10日正式出台实施了。

后来，市市政园林局局长龚建阳说：“那几个月，我清醒地经历了前几十年都没看过的厦门凌晨。”市环卫处处长黄全能说：“那段时间，我们每个人都是拿命在干活儿。”市人大常委会主任陈家东说：“那是我感觉自己人生里认真到极致的一段时间，从来都没有那么认真，对任何文字都逐字逐句审阅，甚至标点符号都去反复推敲。”

是的，厦门生活垃圾分类立法，从投放、收集、运输到处置四个环节，每一个程序都有相应的制度法规，具体到每一个监管部门、实施主体，落实到责任人。主体配套的处罚和责任措施，契合厦门本地情况，对于随意倾倒或堆放生活垃圾、混合收集和运输分类投放的生活垃圾、拒不配合有关执法机构改正等行为，均有明确的行政处罚措施。其细致程度，在全国都是罕见的。

几十场研讨，初审、二审、三审，四套班子领导每一场都参加，各抒己见，进行热烈的研究与讨论，最终达成一致，解决实际问题。

有法可依之后，湖里区城市管理行政执法局在全省率先开出垃圾分类责令改正通知书，并将违法行为的查处纳入常态化工作，街道执法中队抽调专人在垃圾投放期进行巡查、劝导、执法。不仅仅是现场执法，还可以利用“天眼”实时取证垃圾不分类行为。2018年10月，湖里区更开出了全市首张经由摄影头取证的未实行垃圾分类处罚罚单。截至2018年10月底，湖里区已经有118人“吃”到垃圾不分类罚单。

常务副区长，副局级领导干部，在外人的印象里是多么光鲜的职务。但让人难以想象的是，别说是林充贺，就连区委书记林建、区长林重阳，甚至包括陈秋雄、张毅恭等厅级领导，每天谈论最多的四个字依然是“垃圾分类”，每天打交道最多的也是“垃圾桶”。从市、区领导，到园林局、垃分办，再至街道社区和志愿者，都把垃圾分类作为头等大事，在垃圾分类面前，人人平等。

林充贺是一个有着二十多年烟龄的“老烟民”了。用他的话说：“自从正式分管垃圾分类工作以来，我不管出门走到哪里，连烟灰袋都随身带着。”

湖里区委文明办主任兼区城管办常务副主任傅芳槐，提出把城市垃圾分类管理与文明城市创建结合起来，让文明之花在湖里大地上盛开。与此同时，从2017年5月开始，湖里区全面铺开垃圾分类工作以来，领导层就把常态化考评、督查放在重要位置。

每天，湖里区垃圾分类管理中心的考评员都被分成三组，深入街巷、小区、城中村、农贸市场等地随机抽查。先看再翻，连查带问，对居民垃圾分类情况、督导员工作情况进行全方位记录和考评。同时，考评结果每天通报，并限期整改反馈，真正实现以考评促整改、促提升。

如果哪一天夜晚，你经过某个小区的垃圾投放点，看到有人拿着手电筒和夹子在翻垃圾桶，打开垃圾袋，千万不要以为他们是“拾荒者”。其实，他们是“考评员”。这些考评员里，有时也会有“林建”或者“林重阳”。

在现场——这是湖里区委、区政府各部门一把手的常态化工作方式。

每天早、中、晚，不分时段，无论暴风骤雨还是烈日骄阳。考评员们都在一次次地俯身弯腰，拆开垃圾袋检查，跟垃圾“较劲”。这样的场景和做法，其实也是他们在用实际行动，向身边的人传递出这样一种态度——推行垃圾分类，我们湖里区是认真的！

湖里区每天产生的垃圾量约1100吨，岛内两个区每天的垃圾量约2400吨，其中厨余垃圾占40%。现在湖里区能回收的厨余垃圾在380吨到400多吨，而按推算应该要在440吨。从这个占比不难得出，目前湖里区生活垃圾分类的知晓率100%，参与率96%，准确率在80%到90%。

“95%以上的居民参与了垃圾分类，这是一个多么了不起的变化！”虽然林充贺在工作上不是一个盲目乐观的人，但面对这样的成果，还是用他自己的方式很委婉地表达了内心的欣慰之情。

旋折荷花剥莲子，露为风味月为香。满塘春色的场景，谁不会期盼？但是，怎样让动人的美景动心并且永恒，才是这些“垃分人”夜以继日工作的目的之所在。

林充贺是很有工作方法的人。

塘边社区书记陈桂兰，在全区第一次垃圾分类工作大会上，一筹莫展。塘边社区是城中村，与其他社区情况有差异，居民基本都是原来市郊的农民和务工人员，整体文明意识相对淡薄，加之街道狭窄逼仄，环境老旧，垃圾成山，一天不清理都会将巷路围堵住。这样的现状，能够做到及时清理垃圾已经不易，又谈何分类？

陈桂兰在会上提出困难："垃圾分类都在做，可是一下子要在塘边全部铺开，哪有那么容易？"

会后，陈桂兰跟着林充贺来到办公室诉苦。

林充贺先是稳稳当当地坐下来，不紧不慢地烫茶具、泡茶、倒茶，再将茶杯递给一旁喋喋不休的陈桂兰。见她不接，林充贺开始开导她："万事开头难。但是再难，也跟这茶一样，要反复地泡。"

后来，城中村的垃圾分类工作开展，还真像林充贺说的那样，由居委会、村干部、街道环卫所的工作人员，每天去每个村两委泡茶，拉家常，天天督导，天天要求，不厌其烦，一点点渗透。渐渐地，村两委也不好意思了，开始亲身带动，要求村民参与垃圾分类。

看看，即便是泡茶，也能作为一种恰当的工作方法。只是，功夫茶，需要的是"工夫"。

叶燕玲是湖里区垃分中心主任。刚开始做垃圾分类时，毫无方向感可言。但她有一个非常坚定的信念——市里在推，区里在抓，我们基层在做就好了！一年多以后，她再回望来路，觉得最大的收获就是当初的信念坚定是正确的。

从顶层设计上，叶燕玲非常敬佩林充贺。作为湖里区常务副区长，主抓垃圾分类工作，他总会在关键时刻掌好舵，领好路。顶层设计中会先设计好路径，还有短时期内需要完成的目标。没有路径就没有方向，埋头向前就难免会偏离目标；设定目标，才能攻坚克难，行稳才能致远。就在这点上，叶燕玲一直很庆幸。湖里区的垃圾分类工作一直走在全市前列，这与湖里区领导自身的坚定坚持是分不开的。很多时候，包括市里各部门的意见也有分歧。可他们，用自己的坚持证明，湖里区的垃圾分类，一直没有走过弯路。

刚开始没人告诉你垃圾分类这样做不妥，应该怎么做。所以方向不能乱，方向一乱，就会投入很多金钱和时间，做很多无用功，不仅仅增加成本，效果又不好。叶燕玲很聪明，每当她找不到工作抓手，毫无头绪时，就去找林充贺“取经”。林充贺的表达能力强，实战经验丰富，又有主心骨。叶燕玲一边听他“答疑解惑”，一边走出狭隘的视野和思路，去临近的上海、广州等地实地考察，学学其他省市的成功经验，逐本溯源，取经循典。

“小手拉大手”，一直是厦门市垃圾分类工作的创新点。而湖里区，则把这项工作真正做到了细致周全。吴雪惠是湖里区教育局局长，想干事、能干事、干成事是许多人对她的评价，在她手上抓出了一大批垃圾分类好学校的示范点。

厦门湖里实验小学就是学校垃圾分类的典型，它坐落于梧桐西路，与湖里区政府毗邻，与名校双十中学相伴。

已是毕业班的魏芷璇同学担任湖里实验小学校内垃圾分类讲解员：“我们湖里实验小学贯彻垃圾分类，主要通过进班级、进年段、进课程、进家庭、进社区等不同方式进行……”标准流利的普通话，足以展示学生对垃圾分类的熟悉程度。

校长汤丽莹介绍学校的“进年段”经验时说：“‘进年段’，就是根据孩子们所处的不同年级进行相应的垃圾分类教育。对一、二年级学生，请父母与孩子一起参加垃圾分类活动；对三、四年级学生，就要求他们创作一些关于垃圾分类的标语口号。例如，‘垃圾也有家，请别乱扔它’‘垃圾分一分，校园美十分’‘今天你分对了吗？’这些都是小学生们创造出来的，用在日常生活中督促爸爸妈妈、爷爷奶奶等家庭成员，或在学校里提醒同学们；而对五、六年级学生的要求则高多了，他们要对生活中看到的垃圾分类现象做调查、写报告，还要提出自己的观点。”

2016年，在起草全市垃圾分类工作方案的时候，当时就有领导拿到了深圳的垃圾分类读本，幼儿园、小学、初中，三个学龄阶段都有。领导最初的想法比较简单，有前人的成功经验，可以套用这种模式，与厦门市教育部门做个沟通，也用这种方式将垃圾分类概念和观念渗透到学生心中。

但是，随着垃圾分类工作方案起草逐渐细化，调查研究的层面不断深入，市垃圾分类工作领导小组、垃分中心经过与教育部门的反复切磋商讨，所有人的认知都得到了升华——照本宣科、照猫画虎，这本来就是工作中的大忌。再说，每个地区实际情况都有差异，想要深入学生教育，就必须做彻底的改变。

深圳的垃圾分类读本只是课外读物，作为课堂之外的社会实践教育平台，读与不读，做与不做，并未真正纳入教育考核标准。包括广州，在2014年时就已经有中小学垃圾分类教育示范基地评审标准，并做了专门的教材和教辅资料，要求学生就近参与生活垃圾分类活动。

可是，厦门的领导在制定本地垃圾分类工作方案时，对教育系统的整体布局有了高瞻远瞩的胸怀和韬略——

“垃圾分类的读本我们要做，但是，不仅仅是读本，要做成教材！不仅仅是课外阅读的教辅教材，一定要做成校本教材！将垃圾分类知识和习惯培养融入校本教材，走进校园，走入每个学生的心中，这才是真正的教育！”

现在回过头来看厦门教育系统做垃圾分类的成功经验之一就是厦门的垃圾分类校本教材，并不是一个单一的科目教材，更重要的是在于一个字——“融”。

融入教材，是把垃圾分类一个个体概念分散、渗透，从而在老师的实际教学课程当中，润物无声，星火燎原。

在湖里区任教的老师，无论是哪一个学科，教授哪一门课程，每周一的第一堂课，都会用五六分钟的时间对学生进行提问，问一些有关垃圾分类的问题，把垃圾分类知识渗透到每一个学科里。比如，物理课时，老师会给同学们讲垃圾的物理属性；化学课时，化学老师会给同学们讲垃圾的化学反应；语文课时，语文老师会给同学们讲人类文明；数学课时，应用题里会出现垃圾分类；美术课时，会让学生画出四色垃圾桶的标志标识……把垃圾分类知识无缝对接，深入渗透到每一个学科里，根植在每一个学生心中。

另外，厦门的领导层中，不乏教育系统出身的人。湖里区区长林重阳刚参加工作时就在集美师范专科学校。当时，他就提出："融入教材，老师才是学校与学生之间最重要的载体。"

于是，所有老师要备课、做垃圾分类教案，学期末时，教案还要进行评比。学校还将垃圾分类教学纳入教师的绩效评比，这样一来，从老师到学生的"师生互动"，就已经具有一种无形的紧密链接。

除了将垃圾分类工作编进教材，将"师生互动"的链条打造成型，林充贺还发明了另一种"家校联动"的方法，被家长和孩子们戏称为"打卡"，就连主抓全市垃圾分类工作的陈秋雄副书记都为他点赞。

每个学生家里的生活垃圾投放时，由督导员进行确认，是否达到了分类投放的准确率。如果达到标准，学生就可以在督导员那里拿到一枚盖上印章的小红旗，再带到学校去，然后进行评比。红旗越多，得分越高。这样的先进做法，得到了教育部的表彰，并发文号召全国其他城市向厦门学习。

厦门五缘实验学校，也是厦门市教育局启动"垃圾分类进校园"活动的起始点。

在住建部召开全国城市生活垃圾分类工作现场会时，中共厦门市委副书记陈秋雄，厦门市人大法制委主任委员郭晓芳，中共厦门市委教育工委、市教育局局长郭献文等五名代表作了经验介绍。其中，郭献文作了题为"同心共筑校园生活垃圾分类新模式"的发言。

会后，王蒙徽等一行到五缘学村参观厦门市教育系统校园生活垃圾分类工作，来自全国有关部委、省、市领导及代表三百余人进行了现场观摩，聆听了中央音乐学院鼓浪屿钢琴学校学生创编生活垃圾分类歌曲《红橙蓝绿》，观看了厦门市教育系统校园生活垃圾分类成果展示，参观了五缘实验学校和厦门二中生活垃圾分类校园文化。

参观结束后，王蒙徽部长十分满意。他充分肯定了厦门市教育系统校园生活垃圾分类工作取得的成效，对丰富的校园文化、学生们的精彩表演和解说进行了点赞。

“推行垃圾分类不是一时的热度，需要久久为功的恒心。”林充贺这样说绝不是喊口号，而是真正认识到这项工作的艰苦性，做好了打持久战的准备。

湖里区通过不断提高标准、压实责任，通过随机抽查、到居民家中发放调查问卷的方式，进一步提升垃圾分类准确率。同时还联合区教育局、区市场监督管理局、区建设局等行业主管部门定期开展专项检查，形成工作合力，推进垃圾分类考评全覆盖、常态化。

距离2018年春节还有三天，湖里区的垃圾分类工作脚步却没有因为新春的到来而慢下半分。

2019年1月30日下午，林充贺主持召开全区垃圾分类调度会，听取各单位2018年垃圾分类工作总结以及2019年工作计划汇报，肯定了各街道及相关单位为垃圾分类所做的努力及取得的成绩，强调了垃圾分类工作作为一项“全天候”工作，春节等节假日期间务必继续紧抓不放松。会上同时明确了2019年新的工作目标，对打造垃圾分类示范社区、继续推动生活垃圾直运、督促物业落实垃圾投放管理人责任制、加大执法力度、加强公共区域的监督考评等2019年的重点工作计划进行部署，要求各街道及相关单位要对垃圾分类工作要有不进则退的清醒意识，时刻保持高压态势不放松，争取垃圾分类工作新的一年打开新局面。

2019年2月28日和3月1日，禾山街道组织环卫所工人对街道辖区众创空间、紫金家园、禹州城上城、书香佳缘、中骏天誉等物业小区垃圾分类转运点开展“垃圾拒运”督导检查工作。具体做法是“以称取证”获取垃圾分类准确率，对准确率未达标的垃圾直接拒运！要求被拒运的物业小区主任确实依法担起垃圾分类管理责任人的责任，对准确率未达标的垃圾“重新分拣”。

禾山街道垃分办同时建立回访复查工作机制，对屡教不改的物业将依法处罚。通过开展“垃圾拒运，以称取证，重新分拣”工作检查机制。其实，湖里区垃分办的目的是“二个促进”：一是促进物业更加积极主动加强对督导时间督导员工作的关心支持和指导帮助；二是促进物业更加积极主动调动物业及小区所有资源参与提升非督导时间垃圾分类准确率。

新栽杨柳三千里，引得春风渡玉关。如果说厦门市每一个垃圾分类工作人员都是一个小小的智慧点，那么其背后一定有着一个长长的智慧链。随着这条链子越来越多的人加入，将会变得坚固无比，披荆斩棘，通向明天。

5 520，春天的故事

青山，暖日，和风。

潮升，藤绿，飞红。

东风吹雨，春色十里犹画中。

这是厦门的春天。这是特区的春天。这也是经济特区发祥地的春天。

在这片土地上，邓小平同志亲笔题词“把经济特区办得更快些、更好些”。厦门经济特区“春天的故事”，就是从这里出发的。

到2017年11月全国城市生活垃圾分类工作现场会召开时，可以说，全国最好的垃圾分类工作试点城市是厦门。厦门最好的垃圾分类工作示范区在湖里区。湖里区成功的垃圾分类工作试点小区之一在兴华。

“厦门市最美街巷”“福建省先进基层党组织”“福建省巾帼文明岗”“福建省两违治理突出单位”“全国志愿者服务示范单位”……五六十项荣誉加身，让兴华社区除了环境上的外在美，更多了一份深层次的意义和内涵。

在这里，经济特区人把“敢创、敢闯、敢拼”的劲头发挥得淋漓尽致；在这里，兴华社区人把“友爱、和谐、美丽”的精神播撒到四面八方。

国务院、国家发改委、中央文明办以及全国人大常委会等各级领导都来到这里，国内各个省、市、区的兄弟单位也都慕名而来，专门考察垃圾分类工作，真正的应验了那句古话——酒香不怕巷子深。

未见其貌，先闻其声。

兴华社区辖有三航公寓、古龙公寓、信达大厦、兴湖花园、象屿花园、信源大厦六个现代化生活小区。拨打兴华社区任何一位干部、居民、督导员的手机，都有一段温馨的语音提示：“你我举手之劳，垃圾变废为宝”。充分利用互联网手段进行社会垃圾分类社区创建宣传。在兴华社区居民只要打开手机WIFI，在阅读社区垃圾分类宣传内容15秒后，就能自动免费上网。这是兴华社区利用网络宣传，跟电信公司合作推广垃圾分类工作的小细节，普及、提高公众知晓率，使得宣传工作先声夺人，全面铺开。

兴华社区门前的那块巨石，仿佛春秋战国时施夷光的面纱，又像是浔阳江头畔裴兴奴的琵琶，在状如绿毯的草坪衬托下，在矮松翠榕的掩映下，“美丽兴华·520”几个殷红的大字，在春日的曦光之中，熠熠生辉。而下面“公元2015年7月9日立”一行小字上的日期，让人不由得感叹居委会眼光意识的超前。

垃圾分类工作开展以来，兴华社区首先成立了垃圾分类工作领导小组，由社区党总支书记、居委会主任陈旭玲同志担任组长，亲自抓垃圾分类工作，网格化管理，两委都安排到各个网格中去组织开展各项工作。

谈起“520”，既是市人大代表，又是兴华社区书记的陈旭玲如数家珍，侃侃而谈。

兴华社区的“520”，并非网络用语“我爱你”谐音的直译，而是具有更深层意义，是兴华社区垃圾分类工作领导小组工作创新的智慧结晶。

这里的“5”，是指以党总支为引领，充分发挥社区居委会、公检法执法部门、共建单位的社会力量、物业公司和业委会、全体党员居民五大元素，成立垃圾分类“520行动”联谊会，深入开展居民垃圾分类工作，引导居民群众“我（5）”要参与垃圾分类活动，“我（5）”要为垃圾分类工作出力。

“2”，指的是用标准化、规范化，实现“美丽”“和谐”两大目标。

“0”，是指垃圾分类工作中倡导“有您真好”，参与垃圾分类工作的人对居民是“零距离”服务。

在“520”行动的倡导下，兴华社区的垃圾分类工作实现了无死角全覆盖的成效。

市垃分工作领导小组、市垃分办、街道领导一次次到社区进行指导，报纸、电视媒体的大力宣传，使兴华社区的垃圾分类工作的做法也得到了市里认可，全国各地各级城市都来观摩学习。现在，兴华社区每年接待本省和外省市的参观团体都超过百次。

瘦瘦的身材，健康的肤色，齐齐的刘海，利落的马尾，加之充分的表达能力和经验，让陈旭玲浑身上下都充满了动力和活力。市里组织成立了厦门市垃圾分类工作宣讲团，陈旭玲也是宣讲团成员之一。2017年，江西省宜春市相关领导在参观了兴华社区之后，曾邀请厦门市垃圾分类工作宣讲团去宜春，做垃圾分类做法的推广和宣传，效果非常好。后来，陈旭玲又受邀去过几次宜春，两地在垃圾分类工作基础上建立了友好合作关系。

兴华社区用全面网格化的细致方式实行垃圾分类管理形式，开展垃圾分类活动，按照定人、定岗、定责的要求，明确责任分工，细化具体任务，确保了责任落实到人、到位。使垃圾分类管理工作变得既严谨，又轻松。

社区书记、主任为一级网格并任网格长，社区两委分五片网格并任分网格长，社区工作人员再分别拓展下一级网格。把每一个小区的物业业委会五大元素都发动起来，业委会主任也是党支部书记，抓网格内的垃分工作。接下来把小区警察、小区城管等所有小区党员、楼组长都纳入垃圾分类的管理网格中。最后，将志愿者纳入垃圾分类督查的队伍中，把工作细化到每栋楼的每个楼道，保证每个楼道都有坚守在岗的垃圾分类志愿者。发动整个社区的力量，人人都是督察员，通过垃圾分类督察的形式，实现社区各大街道、盲区全覆盖。志愿者在日常生活中即可随时发现反馈问题，网格员、垃圾分类专员第一时间处理，建立管理、执行、监督工作闭环，形成了真正的横向到边、纵向到底的全面无死角的网格管理机制。

这样一张无边的网，使得垃圾分类工作不仅仅是社区工作人员在创建，还有兴华社区整个志愿者队伍共同创建，常态化、精细化，实现“美丽兴华·520”的和谐共进氛围。

在兴华社区微信公众号下建设垃圾分类和志愿者服务的专题栏目，兴华社区通过微信公众号发布垃圾分类的相关知识，居民可通过微信公众号报名参加志愿者，同时居民可以查看志愿者风采，了解志愿者工作，鼓励居民参加志愿者服务，提高志愿者参与积极性。

兴华社区有一位非常知名的“垃圾分类达人”，叫陈珠花，也被社区内的居民亲切地取名为“三高大妈”。这个“三高”可不是指常规印象中的血糖高、血脂高和血压高。92岁的陈大妈的“三高”，是指她的年龄最高、投放率最高、准确率最高。

垃圾分类工作刚开始宣传的时候，陈大妈就很认真地听，每场必到。开始时，社区干部还以为她在家无聊，就当拉家常一样把垃圾分类注意事项欣然讲给她听。时间长了，社区干部们发现，她慢慢也会说服别人，在小区内帮忙做义务宣传。

电视台的媒体记者听说后，来兴华社区采访，问：“大妈，你为什么这么认真做垃圾分类工作呢？”大妈拉着陈旭玲的手说：“闺女，大妈我穷了一辈子，没啥好留给子孙后代的，我只能通过这个工作，留给子孙后代一个蓝色的天空，绿色的世界。”

她讲完以后，社区干部都惊呆了。没有人能想到92岁的陈大妈素质这么高，大家都很敬佩她。

陈大妈没事时都在社区里走走看看，帮没分类好的邻居重新整理垃圾袋，看看有没有乱投放的现象，也会去自家楼下的垃圾投放点坐坐，与附近居民一起跟督导员老郭拉拉家常。

老郭是武汉人，来厦门短住。儿子儿媳都不想让他做督导员，可他却爱上了这份工作。每天早上，老郭都身着红色工装服，将红袖标、红帽子和工装牌佩戴整齐，因为专员培训他不仅是一位垃分督导员，更代表的是兴华社区形象。每天上岗后的第一件事就是要把环境清理干净，整个垃圾桶消毒洗净，只有整个环境整洁了，居民才不会排斥这个地方，在这里好好交流学习垃圾分类方式方法，正确投放垃圾。

每个垃圾投放点都按标准化、规范化的四色垃圾桶配置，每个投放点都设有引导台。对于垃圾分类督导员都是人性化管理，边上设有温馨舒适的椅子、遮阳伞，像一个咖啡座一样，这样的环境下督导员就能免受骄阳炙烤、风吹雨淋，可以安心工作。居民投放垃圾时也愿意坐下来沟通交流一下，比如灯泡是什么垃圾，电线插座是什么垃圾，在交流中掌握垃圾分类的盲点常识。桌椅和遮阳伞是兴华社区的独创，目前江西正在复制该模式。

在兴华社区的标配还包括语音督导器，通过以租代购的方式在辖区内投入194台语音督导机。兴华社区是试点社区，星湖花园是试点小区。在督导员下班以后，督导机会自动语音提示："红色垃圾桶投放有害垃圾""绿色垃圾桶投放厨余垃圾"，对垃圾分类进行智能语音督导。语音督导机可以录普通话、闽南语和英语三种语言，对于辨识不清的居民起到直接的引导作用，精准提升辖区百姓对垃圾分类的知晓率和分辨率。

居民将垃圾分类并准确投放，能获得积分。这种奖励方式很有激励作用，积分累积到一定数量，就能换取奖励，小区每户居民只需拿着垃圾投放卡，不管是业主还是租户，都能在物业管理处免费领取一张"智慧环卫绿卡"。"绿卡"在垃圾分类管理平台里绑定居民的基本信息，一天最多可积两分。

每天两个时段，垃圾桶附近区域都有督导员，居民只要提前做好垃圾分类并准确投放，就能在两个时段各获取一个积分，记录在"绿卡"

里。奖励办法调动了居民参与垃圾分类的积极性，引导居民养成好习惯，也为垃圾处理、智慧环卫建立数据库。居民还能凭“绿卡”领取到每月的垃圾分装袋，十分方便。

这也是兴华社区依托网格化信息平台，创新垃圾分类管理的新模式。

信息化手段让兴华社区的垃圾分类宣传更全面。之前社区要通过一场场宣讲会来宣传、发动、部署、落实。声音讲哑了，人也讲乏了。现在，通过网格化平台短信群发、微信群、QQ群、微信公众号发信息更便捷，7200个居民、物业都能及时收到垃圾分类的相关知识。

垃圾分类工作融合信息化手段，利用网格化信息平台，目前垃圾分类工作已经在社区全面铺开，利用信息化手段将垃圾分类知识培训借助社区书院也延伸到各个小区。

兴华社区书院跟市社区书院是对接的，市社区书院的任何培训这里都可以收看得到。把社区书院作为垃分工作的宣传阵地，鼓励居民多参加培训，社区书院引入信息化签到手段。比如，居民小彭来这里参加培训，只要带上易通卡、手机、身份证刷一下，就可以完成培训的登记及签到，以后再来参加培训只要带一张易通卡就可以完成签到了。居民参加的培训越多，掌握的知识越多，他的积分获得也就越多。社区可以统计每个网格和小区报名的人数是多少，都有谁签到成功。居民培训参与率越来越高，市里也可以随时关注到每个小区的报名人数，掌握准确的数据，跟社区有一种正向的对接。

“废品大叔”，是一种“互联网+回收”的方式，打造全民参与的社区可回收物运营体系，对一些可回收垃圾，可以刷二维码直接投放，解决了居民要卖钱的问题。采取积分制回收，对准确投放垃圾的居民进行积分，减少劳动力，方便居民投放垃圾，让居民更乐意把可回收的废品放置在这边，提高居民参与垃圾分类的积极性。设有获奖积分的APP软件，设有曝光平台积分奖励环保档案，这些方式都是为了鼓励居民多参与。

“互联网+垃圾分类”是兴华社区推广的好做法，提升和推动了全湖里区城市垃圾分类进程，是厦门市垃圾分类工作的又一项创新举措。

现在大街小巷都是监控，物业监控、公安监控、交警监控等，这些监控怎样拿来为垃圾分类服务呢?

兴华社区的想法比较超前。

他们通过信息化网格平台可以把所有监控都汇集到一起，就能看到每一个垃圾投放点的状况，可以拉远拉近，也可以旋转来看。如果有居民手提垃圾走来走去乱扔垃圾，首先会有语音提示，之后会有网格员走过去看，让居民不敢乱投。这也是对垃圾投放点的监督和观察。在网格化信息平台工作间，工作人员只需坐在电脑前查看各路监控视频，即可了解到小区垃圾分类投放情况。

陈旭玲让网格员拖出几路视频，她指着大屏幕上播放的监控视频说："现在，我们具体来看一下兴湖花园垃圾投放点的摄像头，我们可以通过放大缩小，旋转摄像头查看整个投放情况。如果没有正确投放，督导员没有认真督导，网格员都能直接看得到，并且马上用对讲机通知联系，确认督导员工作有没有认真到位。"

当下社会，手机应该是最普及的通讯工具，也成了老少咸宜的掌上宠物。如何把手机和互联网利用好，并且转为垃圾分类工作的助手，兴华社区也有高招。

只要关注兴华社区的微信公众号，利用文明督查微信版，社区的志愿者在日常生活，比如散步的过程中，发现有任何不文明投放垃圾行为，只要拍一张照片，及时反馈给区域网格员，一分钟内，网格员就会回到现场解决处理，并拍照反馈处理结果。同时，社区和街道还能通过网格化平台查看问题的反馈处理情况，对于社区处理不了的问题，也能通过文明督察微信版上报给街道，让街道协助处理。

社区还将守望互助队的力量融入垃圾分类的工作中，他们除了每天的治安巡查外，重点督促垃圾分类工作的有序运行。公检法力量齐出动，加入垃圾分类工作队伍当中。同时融合环卫力量，采用"环卫＋执法""环卫＋交警""环卫＋市政""环卫＋园林"的"四＋"模式，可以实现全方位多专业捆绑式行动，有效发挥1＋1>2的城市垃圾分类管理效果。

兴华社区共有六个小区，四个网格，端口就从网格化信息平台切入。目前，在“互联网＋垃圾分类”的工作中，全国各地做得最好的就是兴华社区。

兴华社区用独有的特区精神，发动各方面的资源力量，在垃圾分类工作的路上，闯出、创出、拼出了一条阳光大道。在春天里，为人们开始讲述一个全新的、春天的故事。

第三章

『岛内外』全覆盖

厦门岛外各区的生活垃圾分类工作的全面开展，并且各具特色；部队营房、宗教场所，生活垃圾分类工作无死角，开启了厦门生活垃圾分类工作全面推进的2.0升级版。

在新的一年里，厦门市委、市政府领导对厦门环境、厦门家园美化的重视，对垃圾不落地、垃圾分类工作的重视，注定了厦门生活垃圾分类工作在攀上一定高峰后，会迎来更加全面和可持续的发展之路。

不忘初心得始终

2019年3月23日，春天的鹭岛，草长莺飞，风光旖旎。

厦门市全市各区的志愿者“小伙伴们”分头行动，拉开了一场主题为“快乐健步走·文明齐动手”的洁净家园活动。刚上任一个月不到的福建省委常委、厦门市委书记胡昌升，和庄稼汉、陈家东、张健等市各套班子领导分别带头参加了活动。

胡昌升、叶重耕、黄文辉拿着垃圾袋，与市委办公厅机关党员、思明区志愿者们一起，从深田社区出发，他们一边健步走，感受春天的勃勃生机；一边捡垃圾，仔细地把绿篱中的烟头、塑料袋等清理干净，以行动爱护家园。不少垃圾藏在绿篱深处，胡昌升拨开灌木枝，走到绿篱中间，一处处细细清理。在把垃圾投放垃圾桶之前，他还仔细对垃圾进行了分类。

市委书记亲自上街捡拾垃圾，更深层次的含义正如胡昌升所说的：“我们要为服务厦门而感到快乐、自信和自豪。”爱一座城，就要从小事做起，从平时做起，从自己做起，大家齐动手，家园更洁净，让厦门“因你而美”。而“文明城市，是有温度的城市”。因此，他认为，洁净家园，更重要的是要在全社会倡导和形成文明的良好习惯。文明城市建设过程中，就是要借助各种活动载体和宣传平台，更好地凝聚全市力量，弘扬城市精神，发掘文化底蕴，展现人文关怀。

庄稼汉、孟芊带领市政府办公厅机关党员，来到海湾公园片区，边健步走边开展文明志愿服务。在湖滨北路、湖滨西路等地，一些穿着红马夹的志愿者正在清理垃圾和违规广告。庄稼汉对志愿者们主动利用业余时间洁净城市、服务群众的行为大为赞赏。在他看来，志愿服务是厦门这座全国文明城市宝贵的精神财富。文明创建提升永远在路上，志愿服务人人可为、处处可为、时时可为。作为城市的主人，我们每个人都应该从自己做起、从平时做起、从细节做起，持之以恒、久久为功，让志愿服务成为一种生活方式、一种行动自觉，让城市越来越文明、生活越来越美好。

市人大常委会陈家东、刘绍清、林德志和市人大机关党员干部，分成四组，健步走在湖滨中路、湖滨南路上，深入振兴社区、天湖社区。他们迈开步子，一边健步健身，感受这座城市春天里的绿意盎然，一边随手捡起隐藏在背街小巷、绿化带里的垃圾，劝导市民、游客的不文明行为，号召他们共同参与到健步行和社区洁净家园活动中。不少居民也加入其中，和党员干部们一起在春风中健步，清理美化家园，传播文明理念，助力我市建设高素质、高颜值、现代化、国际化城市。

市政协张健、高玉顺、黄学惠和市政协机关部分党员从市行政中心西楼集合出发，参加清洁家园志愿服务。他们一边用劳动工具捡拾地上的烟头，把藏在灌木丛里的废纸一一捡出；看到路边不规范停放的公共自行车，一同协力将其摆正位置。他们认为，这些新兴产物方便了市民的生活，但也需要市民的文明意识能同步提高，规范使用，让它们成为厦门的一道文明风景。

一个小时的路程里，他们健步健身，走进自然，传播社会文明风尚，身体力行扮靓厦门。

不忘初心，继续前行。

厦门岛外各区的生活垃圾分类工作的全面开展，并且各具特色；部队营房、宗教场所，生活垃圾分类工作无死角，开启了厦门生活垃圾分类工作全面推进的2.0升级版。

在新的一年里，厦门市委、市政府领导对厦门环境、厦门家园美化的重视，对垃圾不落地、垃圾分类工作的重视，注定了厦门生活垃圾分类工作在攀上一定高峰后，会迎来更加全面和可持续的发展之路。

1 活力海沧　不甘为人后

海沧，杳渺天地之间享海之苍茫。半城湖海半城绿，登高遥望，碧波荡漾、鱼虾成群的海沧湖边，一群群美丽的白鹭悠闲地在此栖息繁衍；路边的变电箱上飞扬着柳条，绽放着百花，新城变得五彩缤纷。这片约186平方公里的土地上，散落着大自然赋予的青山、绿水、白鹭的自然美，而那一条条精心规划的蜿蜒绿道、错落于高楼之间的挺拔绿树、沿途亭亭玉立的缤纷花盆，更让海沧成为一张图纸规划下风情万种的天地。

海沧区位于厦门岛西面、闽南金三角突出部，西与漳州市接壤，北与集美区相连，东南与厦门本岛隔海相望。目前，海沧下辖4个街道，海沧镇、东孚镇共28个行政村，以及海发、海沧2个居委会，另有海沧农场、第一农场、天竺山林场等3个农林场。海沧港口条件优越，海岸线全长26公里，可建设万吨级深水泊位36个。海沧大桥将海沧与厦门本岛连成一片，便于利用岛内完善的基础设施和各种优势，与厦门本岛形成较强的互补效应。

在厦门市的地图上，思明、湖里两区犹如散落在外的明珠，点缀在辽阔的大海上。而海沧，则是一根坚固的锁链，将这颗明珠与大陆连接在一起，成为沟通厦门和其他城市之间的桥梁。而如今，在厦门市的垃圾分类工作如火如荼开展之时，海沧区也自然地成为垃圾分类工作重点开展的区域。

海沧区共有4个街道：嵩屿街道、海沧街道、新阳街道、东孚街道；有物业小区共119个，如天湖城小区、绿苑新城、蓝水郡、文圃花园等；无物业小区共16个，如吉祥花园、水务宿舍等。自2018年5月出台《2018年海沧区生活垃圾分类工作实施方案》以来，海沧区的垃圾分类工作取得了重要进展。全区共135小区已全面开展生活垃圾分类工作，总户数达86379户，占比100%，同比增长8.7%。垃圾收运路线覆盖全部小区，厨余垃圾直运全覆盖，建成区生活垃圾分类覆盖率达100%。

垃圾分类，教育先行。“小手拉大手”是海沧垃圾分类工作效果最显著的方式。厦门海沧延奎实验小学作为厦门教育系统校园生活垃圾分类的样板学校，其“文明小袋鼠”已是海沧区垃圾分类工作的一部分。它正和无数致力于垃圾分类实践的学校携手奋进，共同推进生态文明建设。

早在2014年，延奎小学在各级部门的指导下，率先启动“垃圾不落地”“垃圾要分类”环保活动。

“这些学生学会垃圾分类之后，可以影响到上一代人。1+2+4>7，一个孩子带动两个父母、四个祖辈，一整个家族。我们学校有2500人，这样就可以带动数万人！垃圾分类家庭化、社区化，就会辐射出去，影响更多的人。这是利国利民的大事，更是造福子孙后代，千秋万代的伟业！”易增加校长的目光掠向远方，仿若穿越时空眺望到遥远的未来，言语间满是壮志豪情。

十年树木，百年树人。垃圾分类任重而道远，正如易增加校长所言，垃圾分类并不仅仅只是为了垃圾分类，而是为了提高人们的素养，最终促进人的全面发展。

海沧区各学校的垃圾分类工作做得好，海沧区生活区垃圾分类工作一样可圈可点。

厦门市政府副市长、海沧区政府区长孟芊任区垃圾分类工作领导小组组长，区各个部委办局一把手担任副组长或成员。区垃分办陈允强说：“厦门市委常委、海沧区委书记林文生和孟芊区长两位一把手亲自抓，特别是区垃分办主任林天德副区长，落实生活垃圾分类工作可以说不遗余力，只要有利于垃圾分类工作，给钱给物给人，毫不犹豫。”

相关部门各司其职。区委常委、宣传部部长欧阳丽娟与区文明办主任李晴在垃圾分类宣传和文明创建促垃圾分类方面，做了大量工作；区教育局局长田云慧要求学校全力做好宣传教育工作，实现“小手拉大手”的最大化；区城建集团董事长李金景率领公司在分类后垃圾转运处理上，积极响应，克服困难，顺利完成各项任务……大家按部就班，共同奋进。

更为可喜的是，海沧区生活垃圾分类工作是和基层工作者的努力紧密相连的，这是取得成功关键的关键。

在海沧区天湖城小区，我们见到了社区指导员陈晓娟。天湖城小区建成年头不是很久，喷泉四周雕刻着精美别致的天鹅，它们伸展着细长的脖颈，向天空喷出雪白的泉水，起落之间，恰似天鹅引吭高歌那一瞬间的风采。晨起的阳光之下，闪亮的泉水与天鹅，二者交相辉映，为天湖城增添了别样的风情。

一袭蓝色衣裙的陈晓娟热切地上前招呼，迫不及待地向我们展示天湖城的好景、好物、好人情。

海投天湖城位于海沧兴港路东侧、滨湖南路北侧，配套有住宅、幼儿园、清洁楼、社区服务中心等，总户数3227户。小区由18栋高层住宅及1栋4层的幼儿园组成，中间1条直通百万平方米海沧湖的景观中轴将小区分为南北2个大型组团。简约的欧式建筑高低错落，3个绿化组团，心旷神怡的湖海双景，形成了立体交错的景观视觉。

从建设之初就配备的垃圾分类中转站、环保小屋、天湖幼儿园等设施，凭借着自身优越的配套设施和较高的居民素质，天湖城成为厦门市垃圾分类工作第一批试点小区。早在2015年，天湖城就开始筹备垃圾分类工作。在海沧区环卫处、区城管的指导下，天湖城成立了垃圾分类减量办公室。“减量”二字，虽还未成为其他区域的重点工作，却是天鹅城从一开始就提倡的目标。同时，嵩屿街道也成立了专门的垃圾分类减量办公室，招聘专职人员。天湖城立即响应街道招聘了两名指导员，负责监督督导员的工作。于是上至街道，下至社区督导员，天湖城形成了合理完善的层层服务督导系统，为接下来垃圾分类工作的顺利开展打好了基础。

2016年10月，工作人员在天湖城的31个楼梯口前放置了投放点，配合线下进行宣传。在此期间，为了鼓励居民进行垃圾分类，天湖城开始使用积分卡系统。平时垃圾分类分得好的用户都可以获得积分，用来兑换一些生活用品。

“积分卡的出现调动了居民的积极性，更多的人愿意加入我们。前期我们是以鼓励为主，所以投入非常大。2016年和2017年我们总共举办了三场居民积分兑换奖品的活动。积分换奖品形式现在看起来已经不稀奇了，在当时是个不小的创意。”陈晓娟笑着说，“作为试点，我们在垃圾分类工作中进行了比较到位的宣传，包括在小区日常开展的活动、联合天湖幼儿园进行‘小手拉大手’活动、垃圾转运工作等。当然，那个时候只有部分厨余垃圾可以直运，混装现象还是比较多的。有害垃圾没有后端的处理，只能让物业先保存起来。幸好现在有专门处理有害垃圾的后端，一个礼拜或是半个月，我们就联系海沧区城建来进行清运，方便多了。”

除了积分卡，天湖城也是最早一批发放垃圾袋的小区，并且不断改良垃圾袋，平均每半年就要更换一次。经过了三年的垃圾分类推进，垃圾袋已经升级为第六代。

“发放垃圾袋时，我们也遇到了一些困难。督导员在站岗期间的职责是引导居民垃圾分类，不能发放垃圾袋。当有居民需要垃圾袋时，我们只能进行登记，下班后把垃圾袋送给居民，或者居民自行领取。虽然我们每到月初时都想用一个星期时间尽快发完，但有的居民不在家，又或者懒得领取，我们只能在业主群一个个通知，让居民和督导员预约时间上门发放。这样的工作量持续下来，二十几天才能全部发好。然而没过几天，又是月初，就这样循环不断，督导员和志愿者几乎没有休息的时间。”说到这里，陈晓娟无奈地摇了摇头，“但是没办法，这是我们的本职工作，哪怕一个月要发30天，我们也会努力把它做好。”

正因为天湖城精益求精的追求，目前垃圾分类在天湖城家喻户晓，参与率可以达到90%以上。最令陈晓娟自豪的是，天湖城成为厦门市其他区域垃圾分类工作开展的借鉴对象。她骄傲地说道：“现在厦门市的垃圾分类工作模式其实很多是借鉴天湖城的，最新颁布的《厦门经济特区生活垃圾分类管理办法》中对城建集团统一采购分类垃圾桶的规定，就是参照我们天湖城采购垃圾桶的做法。”

谈起天湖城现在垃圾分类工作的成果，陈晓娟说，这还多亏了天湖城的另一特色——好人情。

天湖城的好人，当然指的是海沧区高素质的督导员——一群退休的老党员。他们怀着建设城市、造福后代的崇高理想，献身于垃圾分类这项事业中。在环保小屋中，我们巧遇了正在愉快交谈的唐雪珍、李明凤两位督导员。

唐雪珍将近五十岁，头发却没有一处斑白，整齐地梳在耳后。穿着枣红色的毛衣，外套一件督导员的绿色马甲，估计是刚刚结束工作，正坐在小屋里和另一位督导员家长里短地寒暄。她的脸上带着淳厚朴实的笑容，当我们问起她为什么做督导员的时候，她有些害羞地笑了。虽谦虚，却不带一丝扭捏，大方地跟我们分享了她三年的督导经历。

唐雪珍是天湖城的居民，也是最早的一批督导员。她原先是一名小饭馆的老板，得知垃分办在招聘督导员以后，热衷于公益的她立刻报名了。刚开始的工作开展得十分艰难，居民并不知道垃圾分类的概念，当唐雪珍上门宣传时，大部分人的态度都是：分什么分？麻烦死了！

然而唐雪珍并没有气馁，不断地对居民晓之以理，动之以情。“我那时候就坚持对他们说，这是环保，如果大家没有这个意识的话，环境就会被污染，危害我们的子孙后代。在我们反复地进行上门宣传之后，大多数人也都认同垃圾分类这件事了。”

虽然唐雪珍说得轻描淡写，但天湖城三千多户人家，就是靠像唐雪珍这样认真负责的督导员一次又一次地反复上门宣传，才开始了垃圾分类之路。其中不乏态度不善者，闭门不开者，工作繁忙者，以及冥顽不化者。他们或许都对唐雪珍摇过头，关上过门。但每一次礼貌的敲门声后，露出的永远是一张热情的笑脸，亲切而认真地对他们一遍遍讲述着这项造福民生的伟大事业。这些督导员身体力行，用一句句诚恳的话语、一颗颗坚定而真诚的心打动了居民，才能使这项工作从零开始，到现在的90%参与率。

跟很多垃圾分类督导员一样，唐雪珍做这项工作并不是为了谋生，而是为了公益。

自打做督导员后，唐雪珍起早摸黑，早晨七点到九点，晚上六点到八点，必须守在垃圾桶旁边。而这一时间，恰恰是饭馆最繁忙的时候。无两全之法，唐雪珍为了做好垃圾分类督导工作，毅然决然地放弃了饭馆的管理，聘请了一位小工来代替自己。每个月虽入不敷出，但唐雪珍却收获了比金钱更珍贵的东西，那就是献身公益、服务大众的快乐。在这一过程中，虽然居民的不配合、他人的不理解使她备受煎熬。幸运的是，她的家人都十分支持她，志同道合的督导员们给予她关心和鼓励，让她能够坚持下来，笑对困难。

“做垃圾分类首先自己要懂，其次要敢管。实际上我是对垃圾分类有感情，就是想把这件事情做好。别的督导员刚进来，我也跟他们说，我们督导员要以身作则，才能跟别人宣传。我们本身就是居民，我们自身做好了，也是对工作尽一份力。现在政府投入很大，我们督导员还是要做好居民的工作。”

“那你觉得如果有一天政府投入减少，垃圾分类情况会不会变差？”

“哈哈，我有时候跟居民聊天，他们也会聊类似的问题。有一个居民很有爱心，他跟我说不要再分垃圾袋了。他觉得分垃圾袋很浪费。我觉得浪费倒是不会的，这也是一种很好的宣传。我做督导员这么久，也知道政府投入巨大。我对居民说，我们最重要的是分好垃圾，袋子不是很重要，因为政府不可能一辈子免费发垃圾袋，你们要做好思想准备。”

让唐雪珍倍感欣慰的是，小区中督导员们相互鼓励，和谐共处，有许多新进的督导员就是在唐雪珍的指导下逐渐熟悉自己的工作。在教导他们的过程中，唐雪珍与这些督导员建立了深厚的友谊。在环保小屋中与她亲热交谈的，就是她曾经指导过的督导员之一——李明凤。

李明凤是天源小区的业主，她的情况和唐雪珍有所不同，在成为垃圾分类督导员之前，她已经做过爱心家长、斑马线守护、家委义工、交警志愿者等公益活动，热衷于奉献社会、服务他人的她，在第一次看到督导员的招聘广告时，便激动地报名加入了，成为天源小区第一批督导员。

“她刚来报名的时候，我们都在想，穿着华丽、妆容精致的人，能做得了吗？”提到当时的情景，陈晓娟笑了。

然而，当年让大家怀疑难当此任的李明凤，现在却不施粉黛、颜容素净地坐在我面前。她穿着简单的纯色毛衣和督导员马甲，扎着利落的马尾辫，身上没有多余的装饰，脸上却一直绽放着明朗而自信的笑容，阳光轻轻洒落在她白皙的侧脸上，呈现出一种返璞归真的纯洁和美丽。

听到陈晓娟的话，李明凤也有些不好意思：“我来了之后，物业主任还反复地问我，你能做吗？我说我确定是以一颗公益的心认真地做这件事。现在督导已经一年多了，我依然还是这颗初心。”她的言语之间满是坚持的自豪和幸福。

坚持初心，砥砺前行，这句话在李明凤的生活中得到了实践。李明凤的家境好，本可以高高在上养尊处优，她却经常带着孩子在灰飞尘扬的路边擦小黄车，站在熙熙攘攘的斑马线风雨无阻地引导人潮和车流，为成绩落后的学生进行义务辅导，顶着烈日定时参加志愿者培训……

而这一切都起源于一件在四年前的下雨天发生的温暖人心的事——那是一个普通的早晨，李明凤照例开车送刚入一年级的孩子上学，却因为有事在路上耽搁了一会儿。眼见着离上课时间越来越近，李明凤的内心焦灼不已，她本应在停车处将车停下护送孩子上学，然而时间却不允许。她只能将车缓缓停在学校门口，让孩子自行上学，但新的顾虑又瞬间涌上她的心头。雨天路滑，车又这么多，孩子这么小，能一个人安全到达学校吗？正在她心烦意乱之时，由爱心家长组成的护导志愿者及时出现，穿着绿色马甲的志愿者撑着仿佛可以阻挡一切风雨的伞，帮她打开车门，温柔地接走了孩子。护导员的贴心和善意一刹那触动了李明凤的心。虽然对于护导员来说，这只是她清晨护送的几百个孩子的其中一个，但对于李明凤来说。护导员护送的却是母亲担忧孩子的拳拳深情。李明凤立刻决定要加入护导员的队伍。

在护导的过程中，李明凤遇到了一些义务交警队的爱心人士。他们鼓励她参加义务交警的培训，具备专业知识的她可以在守护斑马线时更好地保护自己和孩子。自此，李明凤真正开始了自己漫长的志愿者之旅，她将大量的空闲时间投入于各色的志愿服务的工作中，并逐渐形成了自己的初心——奉献社会，服务大众。

一年前，她把工作重点放在了垃圾分类督导上，投入了更多的精力和时间。

李明凤清晰记得在天源小区摆点分发垃圾桶的光景，从上午八点半一直到下午六点半。有些业主下午六点才下班，为了等他们，李明凤坚持到七点半。即使这样，人们热情还是不高。于是，李明凤和同事就给业主挨个打电话，告诉他们还在天源门口等他们来领分类垃圾桶。很累，很冷，风特别大。李明凤说："我在厦门很少穿羽绒服，但那几天我都穿着羽绒服，还是好冷。没办法，我们必须摆在显眼的地方，那里恰好是风口，为了让他们能领到垃圾桶，我们一直坚持着。"说着，李明凤的身体条件反射般地打了个寒颤，仿佛那时候的寒凉还未散去。

然而，分发垃圾桶只是宣传工作的开始，分发垃圾袋也是李明凤在岗之余需要解决的问题。2017年底，有的业主还是不愿意接受垃圾袋，认为绑定了垃圾袋之后就会被物业监督。李明凤反复地上门解释，垃圾袋实际上是让业主拥有了解自我垃圾分类状况的权力，是对自己更好的保护。在李明凤的不断劝说下，这部分业主才逐渐接受了垃圾袋。

"说苦也不算苦，现在我熟识了许多业主，像朋友一样，他们经常在路上遇到我，拉着我聊天。有一个业主跟我说，'每次见到你都很开心，你们真的好辛苦。’那个垃圾袋其实很重，我要从仓库搬到小区，只能自己开车去，提起来的时候手特别痛，要送好多天，有时候我的手都会抽筋。我朋友开玩笑说，‘一瓶护手霜三四百块钱，被你用来做提垃圾袋的工作。’但是我不是为了赚钱才来做垃圾分类的督导工作。像我认识的一位大哥，他A栋有一套房子，B栋也有一套，两套加起来一千多万，但是他很真心地加入进来，就是想来做公益。基本上大家都是这种想法。”

爱心，是与唐雪珍和李明凤的交谈中听到的最多的词汇。它俨然成为天湖城小区和天源小区的督导员们坚持不懈的动力，支撑他们在艰苦的环境中不断献身于垃圾分类工作，将工作做到最好。他们不为名利，只为守护自己一颗真诚的心。

可是，并不是所有的人都聘得起小工替自己干活，也不是所有的督导员都可以开车送垃圾袋。许多督导员，在督导垃圾分类工作之外，依然兼着紧张而忙碌的工作。在海沧区的另一个地方——海达社区，督导员李云华是真正将垃圾分类督导工作作为一份养家糊口的工作在做。她凭借着一双辛劳手，兢兢业业，任劳任怨，将垃圾分类的督导工作做到极致，获得了小区业主的一致赞扬。

海达社区水务宿舍是海沧区第一批垃圾分类工作试点小区中唯一一个无物业的小区。小区只有60户，建造时间为1996年，至今已有23年的历史，岁月为小区雕刻上了纵横交错的皱纹。

然而，在入口不起眼的角落处，四种鲜艳明亮的色彩瞬间吸引了人们的眼球。原来，在这一片污浊的水迹之上，安放着洁净如新的四色垃圾分类桶，它们整齐一致、井井有条地靠在社区的宣传栏前，像四个坚强的战士，用它们的庞大的身躯默默守护着小区的整洁和卫生，形成了亮丽的风景线。

这片风景的保卫者就是督导员李云华。李云华是无锡人，今年已65岁。几年前，她随着出嫁的女儿一起来到厦门。2016年底，李云华得知小区在招聘垃圾分类督导员，勤劳肯干的她怀着贴补家用的初衷报名了，没曾想，这一干，就是两年。

海达社区垃分辅导员林慧卿说：“无物业小区相对于有物业小区要累得多，但是阿姨真的做得非常好。有物业小区有专门配备保洁员，这里就阿姨一个人。洗桶、运送垃圾桶都是她一个人。这里的路很窄，垃圾车进不来，阿姨每天都要自己把桶推到路口，在路边等待垃圾车来收。”

“这个垃圾桶这么重，阿姨推得动吗？”李云华身材娇小，一个垃圾桶的高度甚至超过她的腰部，我难以想象她每日将垃圾桶运送到街口是怎样的艰辛。

“推不动也要推啊，所以有时候阿姨的爱人会来帮阿姨运，把垃圾桶放在自行车后面运出去。但是叔叔不在的时候，阿姨也只能自己搬运了。”林慧卿说。

李云华其实是小区中的第二位督导员，第一位督导员在搬运垃圾桶时，一不留神被垃圾桶中发酸的泔水浇了一身，导致身上部分皮肤腐烂。在开始做这份工作时，最困扰李云华的也是垃圾桶和周围的环境。那时候的垃圾桶，因为分类不清，垃圾和着汤汤水水都往里丢，桶身脏兮兮的，散发着恶臭，里面的垃圾混乱芜杂。周围是散落的垃圾，围着垃圾桶堆成一座肮脏的小山，污水肆意流淌，路过的人们都赶紧掩鼻跑过，垃圾桶成为蟑螂、苍蝇、老鼠长居的天堂。李云华第一天上班，便花了一整天，忍着恶心将垃圾桶从里到外清理了一遍。晚上，看着干净的垃圾桶，她虽已浑身疲惫，却心满意足地笑了。

第二天，她欢欣鼓舞地来到垃圾桶旁，却傻了眼。昨天刷了一遍又一遍的垃圾桶，此时又沾染上厨余垃圾滴漏的污迹，垃圾桶旁散落着乱七八糟的垃圾，污水蜷缩在垃圾桶下，仿佛嘲笑着她的不自量力。那一瞬间，这位活了六十几年的老人，气得甚至想放声大哭。

“还有一次，社区里换了新的垃圾桶，我非常高兴，结果第二天一来，发现垃圾桶里被人倒了半桶油漆。我当时真的急哭了，不知道怎么办。幸好我老公用自行车把垃圾桶载回了家，我们两个刷了一个晚上才刷干净。”李云华的笑容掩藏不住那苦涩的心酸，或许劳累没有击垮这位老人的身体，但小区有些居民的冷漠却像一把把利剑，刺痛了老人那颗热忱的心。

“那你觉得做了这么多，值得吗？”看着这位依然乐观开朗的老人，我一时竟不知该说些什么。

“值得，值得。”李云华的眉眼瞬间弯成了一轮新月，她连连点头，“你看啊，现在大家分类好了，小区垃圾桶也不脏了，我每天站在垃圾桶旁边都很高兴。”李云华的胳膊搭在光滑的垃圾桶盖上，手轻轻地抚摸着盖沿，眼神柔和，仿佛这些垃圾桶都是她最疼爱的孩子。她的眼角流露出母亲般的光辉，水务宿舍这一方天地成为这位母亲含辛茹苦经营的家园。每一个楼道，每一户人家，每一层阶梯，都刻印着她的足迹。居民分类意识淡薄，她便和工作人员每家每户宣传。居民垃圾分得不好，她丝毫不放松，常常中午才结束工作，吃完饭又匆匆来到岗位。从四个小时到六个小时再到八个小时，李云华夜以继日地为小区垃圾分类工作竭尽全力。

但是，只依靠一位督导员的热心感动居民是远远不够的。海达社区居民最初将垃圾放在楼道里，由专门的人来收，这不仅浪费人力物力，也使楼道长期堆满垃圾，影响居民生活。这种现象对垃圾分类工作来说是个巨大的拦路虎。然而，万事开头难，习惯并不是一朝一夕可以改变，其中又涉及诸多居民的利益，在重重压力之下，楼道垃圾桶只撤掉了一半。直到现在，林慧卿还依然为撤桶这件事奔波操劳。

不仅如此，垃圾转运也是林慧卿烦恼的事。垃圾需要督导员推到路口，大概等二十几分钟车才会来。但是这个过程，岗位是没有人督导的。小区没有物业费，也没钱另外聘请保洁员。有时候遇到大件垃圾，还需要李云华阿姨和叔叔用自行车载出去，打电话预约人来收。

不同于有物业小区每个月有充足的物业费，水务宿舍的物业费约等于无，资金经常短缺。没有垃圾袋时，居民会打电话质问，说没有垃圾袋就不分类；有垃圾袋时，林慧卿又有了新的烦恼：“分放垃圾袋要扫码啊！有的人就不扫，怕你监督到她。有些老人会装作没有手机，故意不扫，年纪大了我们也不想去争执，只能先记下来，以后再说。”

基层工作往往意味着琐碎和繁重，因为面临的居民各有不同，意见相左是常事。一件事情看起来简单，却总有出乎意料的状况发生。如何在其中周旋并做好自身工作，考验着每个基层工作者长期练就的勇气和智慧。同时，也需要政府和社会的配合。

“现在情况好多了，大部分人能做到垃圾分类。为什么呢？首先政府决心大，我们做起来有信心。其次学校也在一直帮助宣传，减轻了我们的压力。社区也有做宣传活动。不然只凭借着我们基层工作者，不可能将垃圾分类做到今天这种程度。”林慧卿的话语里充满着对奋斗在这条战线上同行的感激之情。

确实如此，垃圾分类工作从来就不是某一行业，某一阶层，某一群体所做之事，整个社会都应参与进来，为所生活的环境，为自我素养的提高，为后世的子孙后代，尽一份属于自己的力量。众人拾柴火焰高，哪怕只是日常的点点滴滴，哪怕只是微不足道的举手之劳，但水滴石穿，只有这样，垃圾分类工作才有希望。

同样是无物业小区，海翔社区的吉祥花园也面临着与水务宿舍相似的难题。位于海沧两条主干道海富路和沧元路交叉路口旁的吉祥花园，本是一个环境优美、管理良好的居住小区。但在垃圾分类工作开展之前，它存在严重的管理问题，楼间道路杂物垃圾到处堆，粪便污水四处流，还有“四害”大量滋生，整个小区的环境是脏乱不堪。由于缺少物业的管理，居民们各扫门前雪，对这些现象视而不见。然而，小区中的一位老人——杨建容，却无法忍受这种情况。

杨建容是厦门本地人，今年已经七十几岁，但身体却依旧十分硬朗。他戴着志愿者的小红帽，腰板挺直，声音洪亮，举手投足间皆透着干脆利落。据说，杨建容除了每日的督导工作还要花大量时间运动。动，成了他日常的爱好。

面对小区脏乱差的现象，杨建容主动开始开展小区的清洁工作。小区地下水道堵了，他不动声色地疏通了；垃圾脏乱，他默不作声地带着垃圾桶在小区中清理垃圾；车位难以协调，他主动站在楼下为大家调整车位……当小区招聘垃圾分类督导员时，所有人的脑海都出现了杨建容任劳任怨的身影。“只有他最适合这份工作了。”大家异口同声地说。

社区指导员找到杨建容时，杨建容二话不说，同意担任小区的督导员，但他坚持不领工资。“我做这些是志愿做的，不是为了钱。”杨建容笑着摆摆手，“无所事事过一天也是过，忙忙碌碌过一天也是过，我不如趁还能干活的时候为社会作点贡献。”

吉祥花园于2017年5月正式开始垃圾分类试点工作，2018年1月杨建容成为吉祥花园的督导员。在做督导员一年多的时间里，杨建容乐在其中，但社区指导员小蓝却知道，老人经历过多少艰辛：“杨叔早晨督导时间是七点开始，但他需要提早半个小时上班，因为收运车是七点左右到达，杨叔需要将桶里垃圾进行二次分拣，然后拖到路口等待收运车来收。”

与水务宿舍一样，吉祥花园作为无物业小区也没有保洁员，除了督导，杨建容还需要承担洗桶、运桶、分拣等一系列工作。吉祥花园的道路狭小，收运车无法进入，杨建容需要每日将一百户人家的垃圾拖到路口，等待收运车的到来。

“大概要拖两百多米，这些垃圾桶比较重，一般一百多斤一桶，如果是厨余垃圾则将近两百斤。而平日拖运大概是四桶，周末会多三桶，也就是七桶。”小蓝皱紧了眉头。

七桶的垃圾，搬运需要来回走十四趟，路程大约三千米，相当于六点半的清晨就要绕着四百米的操场走七圈，而且是拖着一百斤甚至两百斤的垃圾走七圈。一个壮实的年轻人尚且做不到如此，七十多岁的杨建容老人却这样坚持了一年多，夜以继日，寒来暑往，风雨无阻。

小蓝说：“我们也想让杨叔换轻松的工作，毕竟他现在已经七十多岁，我们社区连保险也没办法帮他买。我们非常担心他的身体，可他总说没事。但是，现在也很难找到代替他的人。”

杨建容笑着抬了抬帽檐，露出充满活力的脸庞：“我身子骨还健朗着呢！每天结束督导我还得去运动。再说，我也放不下小区的卫生啊！”

杨建容所做之事有目共睹，一年的时间，足够改变人与人之间的关系，整个小区的居民都十分尊敬和喜爱他。

“有些年轻人很好啊，很懂事，会支持我。有时候有人说些不好听的，年轻人也会站出来帮我理论。我年纪大了，管不动小区了，他们就自行成立了业委会来管理。”杨建容欣慰地赞叹道。

如今，吉祥花园的环境大有改观。在此之前，吉祥花园的居民随意乱丢垃圾，甚至经常出现高空抛投垃圾的现象。但经过杨建容督导员和居民一年多的努力，现在的吉祥花园垃圾分类参与度可以达到90%。“成就感还是有的，就觉得我们小区无物业也不会比有物业的差了！”杨建容笑得像孩子般灿烂。

“看来这里居民的素质很高啊。”我忍不住赞扬。

“哪能啊。”小蓝无奈地苦笑了下，“开始时我们经常被拒之门外，而且这里很多从乡下来的老人家，讲方言我们都听不懂，只能等他孩子周末回来再宣传。可是老人家不懂啊，一句两句也说不清楚，就像是外国人住在小区里，我们也很辛苦。现在情况好得多，但还是有闭门不开的人，比如401那户，一年多了都不给我们开一次门。”

面对这种棘手的情况，小蓝希望能加强2017年9月10号出台的管理办法的执行力度。“虽然低于50元罚款不用走程序，但我们毕竟不是以罚款为主，而是教育宣传为首，第一次还是警告式，实在不分类的我们才会有罚款，所以他们不会怕。”

条文可以铁面无私地执行，但这对于个人来说，接受垃圾分类需要一个过程，条文接受市民的考验也需要过程。这其中，必然会遇到诸多艰难险阻，但终会有两全其美的结局。

小蓝等指导员也迈出了第一步。“我们已经开出了罚单，比如今天早晨就联合四龙中队给北附小附近的小区开了整改单。虽然还没有给个人开出罚款，但这也是一种进步。”小蓝笑着说。

暮色降临，华灯初上，海沧区留给人深刻的印象——情。不管是易增加校长还是唐雪珍、李明凤等督导员，不管是爱心公益还是本职工作，每个人都在用自己的方式为垃圾分类工作添砖加瓦。他们都曾受到过挫折和质疑，但又能相随相伴，砥砺前行。在这条前行的道路上，相信会有越来越多的人加入他们，或许是已经具有浓厚垃圾分类意识的居民，或许是成长的年轻一代，或许是芸芸众生中的任何一人，垃圾分类终成人类文明素养的基石之一！

2 人文集美　垃分有新意

集美区，是进出厦门本岛的重要门户，著名的侨乡和风景旅游区，是厦门市的文教区。区内有杏林、集美两个国家级台商投资区，是福建省文化先进区、一级达标文明城区和厦门市精神文明建设先进区。

比起厦门岛内思明和湖里两区的繁华与喧闹，集美区像是另一个静谧和谐的世界。人行道两旁随处可见的桉树，树干呈灰白色，笔直得仿佛要直插云霄，树顶呈剑状，永远碧绿，就像一个个坚强的战士，在保卫集美区的安全和美丽。三三两两的学子嬉笑着走在道路上，玩闹中洋溢着青春的气息。远方，是集美的海，海岸边有绿树、白墙、红屋顶，交错叠映。嘉庚风格的建筑蕴含着别样的风致，天际线参差错落，屋脊飞翘，首尾相接，充满着向上的精神气儿。这别致的建筑群面对着大海一字排开，像是对着大海缓缓述说着集美的历史和那个人们深深感激的老人。

而如此美好的景色，与近年开展的生活垃圾分类工作的成功是分不开的。

随着岛内思明、湖里两区全面推行生活垃圾分类，岛外四区也相继启动，厦门正全面开启“垃圾分类”时代。2017年以来，厦门市财政已投入逾五亿元资金，覆盖垃圾投放、收集、运输、处理等各个环节，逐步构建起全方位的资金保障体系，推动全市垃圾分类工作顺利实施。

集美区委、区政府高度重视生活垃圾分类工作，根据厦门市委、市政府的部署，集美区委书记李辉跃亲自抓，区长何东宁任区垃圾分类工作领导小组组长，他们要求集美紧紧围绕生活垃圾“减量化、资源化、无害化”的目标，通过制定《集美区2017、2018年生活垃圾分类工作实施方案》，建立集美区生活垃圾分类的规章和制度体系，做到有组织、有部署，细化责任分工、明确时间计划，扎实开展各项工作。

截至2018年底辖区内的建成区和行政村已经全部开展垃圾分类，区企事业单位，星级酒店（宾馆），中小学及幼儿园，农贸市场、车站、公园、景区等公共区域，以及驻辖区部队已全部推行生活垃圾分类。垃圾分类的覆盖率达100%，知晓率达95%，投放准确率达61%。集美区也成为岛外垃圾分类最先全覆盖的区。

回想起垃圾分类工作开展之初，集美区垃分中心贺春林主任仍记忆犹新：“其实在最开始，垃圾分类对于我们也是一片‘雾里看花不见花’的镜像，不知从何入手。当时集美区垃圾分类工作开展得比较慢，领导不满意，让我们加强这一块工作。我到现在都还记得区垃分办常务副主任邹荣生对我们说的话，‘你让乞丐去要饭，碗筷要先给他。’想要老百姓垃圾分类好，政府要先把垃圾桶、垃圾袋分发好，做好宣传。没有东西给老百姓，他们怎么去分类？”

话糙理不糙。从最开始邹荣生就找到了一条集美区垃圾分类工作开展的正确道路——政府要先将自己的工作做好，宣传到位，老百姓才有意识去分类，才能分类好。

吴金平副区长是区垃分办主任，他对生活垃圾分类也有着清醒的认识：“垃圾分类是一个细致的活儿，长远的活儿，必须做到每一个角落每一个部位都要走到看到，每一个干部和督导员都要细致检查。”这句话也获得了垃圾分类工作人员的一致赞同。在这样一个浮躁的时代，集美区垃圾分类的工作人员只有保持对工作的兢兢业业和勤勤恳恳，用渺小的身躯做着改善民生的大事，事才可成。

遵循这种信念，区委书记、区长多次召开专题协调会，部署推进集美区垃圾分类工作；区政府、建设局分管领导每月组织召开工作推进会，掌握各个阶段垃圾分类工作进展情况，带队深入各小区实地调研，及时协调解决各街道、小区的工作难题。

同时，集美区的工作人员深刻地记着邹荣生的“碗”的比喻——集美区不断加大资金投入，确保硬件设施在辖区内按需铺开。2018年集美区垃圾分类工作的设施设备、宣传经费、人员配置已投入约9940万元；已采购入户双分桶约11万个、入户袋6529.2万个、户外四分类垃圾桶约1.77万个，四轮接驳车32辆，电动三轮车29辆；强化人员保障，从“规范操作”上下功夫。

目前，集美区参加垃圾分类工作的专兼职人员共228人，督导员997人，日常参与垃圾分类的志愿者则多达5000余人。各镇街、各相关单位定期组织辖区垃圾分类工作人员、督导员、志愿者等开展培训，从而使全区垃圾分类培训工作形成常态化、制度化。

集美区的垃圾分类工作前景一片光明。但是，一切事物的发展都不是一帆风顺的。面对集美区的情况，贺春林叹了一口气道：“你现在去找居民问问，知道垃圾分类的有90%以上，但是有些人说一套做一套，还有的人专门挑督导员不在的时候去扔没分类好的垃圾，这些都是问题。从2018年12月到2019年1月的督导员抽查情况来看，依然存在大量督导员值班时不在岗、脱岗、做不相关的事的情况。”

对垃圾分类工作存在的问题，贺春林不回避。甚至知道我们即将把集美区生活垃圾分类工作写进报告文学时，贺春林连连嘱咐我们：“一定要实事求是，务必真实。做事就和做人一样，好中坏不同层次的情况是一定存在的。收集第一手资料是写报告文学的前提，而这必然涉及坏的情况。我们不想听到一片赞歌，只有最真实的情况才能督促我们不断改正、进步、完善。所以，请你们务必实事求是。”

贺春林的真诚打动了我们。

世人都爱歌舞升平，粉饰太平，然而基层工作者以一颗真心对待自己的工作，脚踏实地不浮夸，面对现实解决问题，果真如此，何事不能成？于是我想，集美区作为福建省文化先进区、一级达标文明城区和厦门市精神文明建设先进区，是用灵魂哺育了一代代求真之人的精神，还是这些人以伟大的灵魂铸造了集美区的精神文明大厦？

静下细思，大抵是二者皆有吧，互为滋养。

“我带你到实地采访，真切体验一下集美区垃圾分类情况吧。”集美区垃分办副主任刘传林说。刘传林行伍出身，做事干脆利落，说走就走，带着我们去万科金域华府、海光花园、田头村进行采访。

在路上，刘传林向我们介绍集美区各地现有的垃圾分类情况。

集美辖区总面积276平方公里，辖灌口、后溪两个镇和杏林、集美、侨英、杏滨四个街道，常住人口约67.4万人。其中有45个社区、21个行政村，有物业小区132个、无物业小区49个、城中村46个。

我们采访的第一个地点就是物业小区垃圾分类工作做得比较好的万科金域华府。刚一到门口，负责接待我们的杏林街道环卫站负责人方政晴便热情地迎上来与我们握手。方政晴是一个和蔼可亲的人，她指指后面的小区，不无自豪地说：“这就是万科金域华府，是我们区垃圾分类的试点小区。”

我们随着她所指的方向望去，只见小区的大门赫然几个红色的大字“垃圾分类，清新万科”，形状可爱，引人注目。旁边一簇簇火红的花争奇斗艳，都抢着为这几个字增色添彩。地面干干净净，没有一点落地垃圾。管一斑而知全豹，仅仅一眼我便对小区充满了好感，几乎是迫不及待地走了进去。

小区内，抱着孩子的妇人从我们身边悠闲走过，时不时点头微笑。背着手散步的老人，怡然自得地绕着小区一圈又一圈，享受着小区安然的静谧。蹦蹦跳跳的孩子在大人的带领下欢欣着玩耍。整个小区整洁、干净，一切都井然有序，充满和谐。

值得令人注意的是，小区内随处可见垃圾分类的宣传信息，但并不张扬，一般出现在灯牌、广告牌、楼道的入口处等地，无处不在却又完美地融进了居民的生活中。

对此，方政晴解释说："我们的初衷就是不夸张，但又能让居民在生活中不断看到垃圾分类的宣传。我们一直奉行的就是减量化设计，不能让民众觉得政府一直在说减量，却在不断增量。"

金域华府小区的垃圾分类宣传以图片为主，这也是花了心思的。做成图片，居民不需要花太多时间就能看明白。宣传画上用可爱的卡通图像生动形象地描绘出垃圾分类的小知识点，简单易懂，老少皆宜。这些画色彩鲜艳，在宣传过程中也为小区增加了一分亮色，相得益彰。

同行的社区书记周婉青补充道："常常说细节决定成败，真是这样的。万科金域华府小区垃圾分类做得好，与认真考虑细节是息息相关的。比如垃圾分类督导员所穿的马甲就经过精挑细选。我们想让它与垃圾分类有关，又不想和常规志愿者的马甲混淆。最后，我们以四分类黄色为底色，以'垃圾分类·环境美丽'为口号。这个口号我们也讨论了许久，区里的口号是'垃圾分类·清新集美'。但是我们认为环境美丽更能引起居民的共鸣。颜色上考虑，红色与普通志愿者冲突，而且红色在垃圾分类中代表有害垃圾，影响不好。绿色代表厨余，会臭和烂的一种，所以也放弃了这个想法。最后选择黄色，比较显眼，行人经过都会注意到。"

小区的垃圾桶都非常整洁、干净，犹如新的一样，甚至有几个孩童在旁边欢乐地玩耍，毫不在意自己身处曾经令人"闻风丧胆"的垃圾桶旁。"你们的垃圾桶一直都这么干净吗？"我好奇地问道。

方政晴笑着摇了摇头，说："怎么可能！原来垃圾桶旁边会有垃圾落地现象，有些人扔垃圾就像投篮球一样投射过去。偶尔会爆满，很脏。现在才变得好了。"

谈起最开始做垃圾分类工作时，方政晴缓缓说出那段艰辛的时光："2017年3月看到生活垃圾分类的条例，当时我们完全不懂，心急如焚。上网去搜，没有搜到可参考的例子。听说湖里区做得不错，我们就跑去湖里区学习，观察了好几个小区，却还没有一个直观的垃圾分类方式、方法。后来才知道，湖里区和思明区也是5月才全部正式开始垃圾分类。”

5月底，集美区下发垃圾分类方案之后，杏林街道马上开会制订了2017年街道垃圾分类方案。当时也是摸着石头过河，并不知道一个街道的垃圾分类需要多少费用。好在从开始垃圾分类到现在，街道都是无条件支持。刚开始是400万，后面又追加了600万。2017年后半段又追加了1500万。2018年年初预算工作经费3000多万，督导员工资几百万，总共是4000多万。

虽然预算不少，但街道垃分部门还是精打细算。比如，入户袋的发放按照实际需求，整个辖区覆盖9万多户居民，但从实际大家来领取的情况来看，并没有这么多，于是从按估分配转变为按需分配，最后实际支出2400多万。节约的大都是户外桶和入户袋，当初户外桶是准备15000个，但在实际中，在能够用的情况下，尽量不换桶。预算要充足，支出要节约，这是杏林街道垃圾分类工作的原则。宣传上时时刻刻让居民知道，生活垃圾分类不仅仅是有利于政府的工作，更是与百姓利益密不可分。

方政晴认为，生活垃圾分类宣传就要润物无声，像雪融于水。所以，2017年7月，街道委托天下集美来做宣传布置时，就提出不要夸张的原则，不能让居民感到自己早晨出门家是这样，回到家变了另一个样子。在场地牌、宣传牌、围栏、指示牌、公示栏等氛围设计出来之前，他们修改了三四稿，对材质、颜色也反复斟酌。

区委宣传部部长赖朝晖也是区垃圾分类领导小组副组长，在垃圾分类宣传工作方面，区垃圾分类刚一开始，他就要求区电视台、集美报以及区属新媒体全面展开宣传报道，进入千家万户，入脑入心。

“街道主任林朱强住在宁海社区中，每次找他汇报工作他都会跟我说，哪里哪里做得不好，需要修改。有一次，他没有看到督导员，就质问我。我只好跟他解释是每300户配1个督导员，他那栋楼居民较少，所以2个投放点配1个督导员。”说完，方政晴不好意思地笑了。

开弓没有回头箭。2017年9月7日集美区杏林街道举行生活垃圾分类启动仪式后，当时大家都有一个信念：动了就不能停！他们跟区城发集团协调，要先让居民看到垃圾桶、垃圾袋和分类转运车，让居民直观看到我们在做分类收集、分类运输、分类处理。

当时的居民甚至都不相信政府会投入那么多资金做垃圾分类。每天垃圾车来收垃圾时，大家都在一旁围观，交头接耳地讨论着，目送着直运车远去。这样的情况持续了一周，之后就再没有人来观察了，因为大家都已然相信政府是真正要做垃圾分类。

要先将实事做好，居民才会相信你！

“街道要求社区全覆盖时，我们压力也是比较大的。”方政晴说，“需要不断地走访、调查。难就难在怎样设置好垃圾桶的点位，做好宣传氛围的布置。我们一直强调，要做但不要浪费，又要达到效果。”

但是当他们现场去设置垃圾投放点时，还是遇到了很多困难。比如垃圾桶分散对于居民来说比较方便，但督导员较难分配。垃分工作人员在现场跟居民协商，要垃圾分类，首先要减少垃圾桶投放点位，减少二次污染。大部分居民会支持，觉得只要是真正为了垃圾分类，为了保护环境，应该服从。也有些居民是抱着怀疑的态度，真分还是假分？能成功吗？

精诚所至，绝大多数居民被政府的行动和决心所感动，他们积极融入生活垃圾分类工作中。人们对政府的信任，也是工作人员辛劳奉献的结果。它散发着耀眼的光芒，支撑着“方政晴们”度过那段艰辛的岁月。

周婉青在一旁补充道：“政晴常常说，好的开始是成功的一半，所以一开始就要一一把关。她常常六点多就来小区监督垃圾转接直运的过程，有时连早饭都来不及吃。我们有37个小区，她每一次到小区中都要看细节，在检查工程中坚持不走马观花，因为检查不仔细不如不检查。还要跟居民交流。如果认真检查，一个小区一般要用四天，这个还算速度很快的。晚上也要到小区去，不能一直都是白天检查。工作时间根本不够，所以一般早晨六点多就要到，然后检查到晚上。”

“很繁忙，那段时间基本没时间陪老公孩子，幸好他们也很支持我的工作，才能让我把小区的垃圾分类工作建设成今天这副模样。”在方政晴眼里，也许是以苦为乐吧，所有的辛苦付出，怎能是一句轻描淡写的话所能概括的。

我的眼前仿佛浮现出一个风尘仆仆的方政晴，不顾疲倦，不断驻留于不起眼的角落里，用她清澈的眼睛，细细探寻着垃圾分类工作开展缺陷和改进的可能性，在各个小区踏下了无数深刻的脚印。她和杏林街道的工作人员日夜奔劳，换来的是万科金域华府垃圾分类的成功。

目前，金域华府小区垃圾分类工作可谓是家喻户晓、深入人心。经阶段性的数据分析统计，金域华府小区的垃圾分类准确率由刚开始的不到10%提升到了目前的70%。让人欣喜的是，不仅是金域华府小区，周边其他小区陆续自发组织开展垃圾分类，辖区关于垃圾分类话题也逐渐丰富起来。

垃圾分类工作是一项长期工作，他们的工作尚在探索初期，还有很多工作需要在实践中不断摸索、总结、提高。他们相信，只要坚持“以人为本、以民为先”，真正从居民群众的需求出发、从实际出发，一定会得到广大群众的支持，垃圾分类工作一定能取得成效，垃圾的减量化、资源化、无害化的总目标一定能实现。

“其实垃圾分类工作也改变了我的家庭。”方政晴卖了个关子，笑着说道。

原来，早在2016年底方政晴就接触了垃圾分类的概念。当时听了一个深圳、浙江巡回的垃圾分类的讲座，她的心灵受到了极大的触动，作为环卫站的工作人员，她决定要从自己做起。

回去之后她先引导爱人和女儿。在此之前，她都是将大件的、比较重的垃圾抱到垃圾桶旁边，让保洁员来回收。现在的她会先将可回收物整理出来，再拿去投放。还有垃圾减量，她们家常常出现剩菜剩饭，听完讲座她开始用碗量米，菜也从四个减至两个。后来她又听了清华大学刘建国教授的课，明白了回收物放在厨余垃圾中污染过就回收不了的道理，她开始对各种垃圾细分，不管自己能不能回收，也要确保别人能够回收。

听了那堂课后她最大的感触就是，不是你有钱，生活水平高，就有资格制造垃圾。反而是生活层次越高的人，越要减量垃圾，分类垃圾。同时，她也不断教育孩子：现在生活好了，但并不代表你有资格去浪费。

2017年3月，她去区里开会，区里提出要垃圾分类。她觉得这是一件很好的事。当天回家之后，她召开家庭会议，要求家里所有人必须垃圾分类。

“当时我的丈夫持怀疑态度，他认为这个工作很难开展。但是我认为，不管这个工作难度如何，作为环卫站的工作人员，我们都要用自己的行为去带动身边的人。”

跟家人提出垃圾分类的要求之后，她家协商出了一个家规：第一次发现没有垃圾分类就上交10元，第二次20元，依次递增。而上交的钱用于家庭聚餐等活动。

“平常在家里，我们就会采用互动的方式，女儿会说，‘爸爸，我考你一个垃圾分类的知识，你跟妈妈抢答！’到后来变成轮流出题的游戏方式。大家都很快乐。”

一家三口，其乐融融。垃圾分类不仅是方政晴兢兢业业、持之以恒坚持的工作，也是她和家庭关系的润滑剂。丈夫从最开始的怀疑到最后的支持，其实也是千千万万的普通家庭面对垃圾分类的态度。

垃圾分类是一件需要长线坚持的事情，工作人员要和方方面面增加互动，做到居民愿意参与，政府愿意投入，最后达到共同目的。促进居民观念的改变，习惯一旦养成，现在看起来有些勉强的举动，到时就会变成举手之劳。

然而，举手之劳，谈何容易？这离不开一群热心、热爱公益的督导员，有了他们才使得“举手之劳”成为可能。他们风雨无阻，全年无休地守在垃圾桶旁。早晨七点，整个城市还在睡眼蒙眬间，他们便冒着寒风，挺直了身板站在小区楼下。晚上六点，正是人们吃完饭窝在家里懒散地看电视的时候，他们却在暮色霭霭中，孤独地坚守岗位，用他们锐利的眼睛，监督着人们垃圾分类的情况。他们用自己的身体力行为这份“举手之劳”不断添砖加瓦。一支素质过硬的督导员队伍，是全面开展垃圾分类工作的重要保障。

采访中，我们见到了这群无私奉献、不畏艰苦的人们。

秦家鸣是万科一期3号楼的督导员，年纪虽大，人却精神抖擞，说起话来中气十足，脸上挂着灿烂的笑容。秦家鸣原来在福建电熔厂工作，企业买断后就离厂了。平常没什么事，刚好碰到了这个机会，就赶紧报名参加了。

垃圾分类的督导工作给秦家鸣带来了不少幸福，让他感觉自己每天都生活得有意义。但同时也发生过令人不快的事。有时候大家上班忙，会拜托秦家鸣帮他们分类，将垃圾袋往垃圾桶上一放，就走了。有的人甚至直接将垃圾丢在垃圾桶旁。

面对这种人，秦家鸣总是很豁达地说：“没办法，他们年轻人一般上班比较着急，为了多睡五分钟，我们也不是没有年轻过，都能理解。”

对于垃圾分类的未来，秦家鸣则坦言：“我认为垃圾分类是可以做得起来的，因为现在很多孩子都比家长做得好。有时候家长为了锻炼孩子会让孩子扔垃圾，我们看到了会问小孩，你丢的是什么垃圾呀？孩子都能说得清清楚楚。我从下一代身上看到了希望。”

而从曾营社区金銮湾督导员游云凤那里，我们得知了每个督导员寒来暑往的工作流程。

游云凤每天早上六点起床，吃过早餐就到督导岗位，一般都会提前几分钟到岗，从不迟到或早退。早上七点的小区还是静悄悄的，上班族和上学的小朋友都还没有出门，游云凤就利用这一段没人投放垃圾的空隙，巡查一遍所有的垃圾桶，把遗漏在地上的垃圾捡回桶内，对前一天晚上下班以后投放错的垃圾分拣好，然后对每个点位进行整理清洁，包括桶身清洁和点位周边地面清洁。做好这一切，陆陆续续就有人投放垃圾了，这时她就像一位站岗的哨兵，站在各自负责的点位上做宣导，并记录好每天的分类台账。碰到有手上提其他物品的、抱小孩的、分类不到位的，她会主动上前接过他们手中的垃圾，掀开桶盖并检查每袋垃圾的分类情况。晚上上班后，经过初步的点位整理，她还会入户进行宣传。

“刚开始做督导员时，我满腔热血，想着一定要把垃圾分类工作做好，但是总是碰到一些居民不理解分类工作，不配合分类。慢慢地，我觉得说还不如做，对那些不配合的我就自己帮忙分。直到有一次和一位小区业主聊天时，业主说，‘你们督导员要开口说，要开口做引导，要宣传，不然只靠你们几个人自己动手分拣垃圾，那你们督导员会累死，垃圾分类只有全民参与才有意义，才能持久。’我感触很深，于是我变得越来越有耐心，越来越爱开口说话，分类好的加以赞美，差的我会心平气和面带笑容地给予指正。凡是我宣导过的居民个个都心服口服，而且很多居民还会报以微笑的感谢。我上岗一年多，从来没有和居民红脸过、争执过。我觉得只要以诚待人，并注意表达的方式方法，大多数居民都乐意接受宣导，也都会积极改进。”

在这些日复一日，年复一年的工作中，辛劳和困难没有摧毁这群督导员的信念，那些艰难前行的岁月反而将它们打磨成一颗颗真诚奉献、至善至美的心。他们都铭记着那些令自己感动的瞬间，在漫长的工作过程中时不时回味，激励自己。

园博社区督导员谢冬梅幸福地说：“有一个五岁左右的小男孩随妈妈下楼扔垃圾。当妈妈把一袋其他垃圾扔进厨余垃圾桶里时，小男孩立即指正妈妈，让我很感动。”

宁海社区督导员柏新民也激动地说出了自己的经历：“一位小伙子一天一手提着分类分得很标准的其他和厨余垃圾，一手拿着手机边走边看地来到垃圾桶前，分别把垃圾扔进垃圾桶里。可走出三四十米后忽然跑回来打开垃圾桶盖，我上前问他，‘找东西吗？’小伙子说，‘不是，我是回来看看我刚才有没有把垃圾扔错桶了。’”

窗外早已是暮色沉沉，黑暗即将席卷这个房间。然而我却在这些督导员的眼睛里看到了犹如太阳般的光芒，那是坚守岗位的奉献，那是历经困苦的坚持，那是支持这些督导员日移月转、寒来暑往依然持之不懈的信念。它穿越人类文明的精神大厦，历经千万年的时光，点燃在这一群平凡而又不平凡的人们的瞳孔里，燃烧着的、恒久不灭的熊熊大火。

时光飞逝，转眼已快六点，督导员们纷纷起身准备上岗。秦家鸣说他从孩子身上看到未来，而我从他们的坚强的背影中看到了垃圾分类工作的希望。

方政晴将我们送出小区，临别时感慨道："我们羡慕我国台湾地区和日本已经形成的高素质，而垃圾分类正是个人素质的表现。我们应该展现出自己的个人魅力，提升自我的综合素质，这不是说你的文凭多高，你有多少财富，而是你表露出来的一些行为，让别人觉得你的综合素质是怎样的。我们就是要这样，厦门人就是要这样！"

在一瞬间，我们被这段话深深地感动了。垃圾分类工作做到现在，有90%的知晓率，又有多少人能有方政晴的觉悟？但是我相信，只要有一个方政晴，就会有越来越多的方政晴，他们怀抱着信念，在崎岖的道路上勇敢前行，用平凡的身份做着不平凡的事业。

第二天，我们来到了位于集美文教区的海光花园小区。该小区是厦门市集美建设发展有限公司开发的，共计房屋242户，小区为自主物业。它处于喧嚣的城区，却又自得一隅，独享宁静和谐，于繁华中获得清平安乐。淡黄底色的建筑温柔地伫立其间，在晨光的照耀下像个不愿醒来的朦胧而美好的迷梦，引人驻足。

海光花园是集美区无物业小区垃圾分类第一个试点小区。虽然没有物业，居民自治管理，但海光花园小区却以垃圾分类工作高质量开展，成功成为无物业小区的典范。

这样一个小区，管理者一定是位能者。集美街道环卫站站长曾章泽的出现，证实了我的猜想。曾章泽不到四十岁，身材高大，剃着干净利落的板寸，有着北方人的爽朗和热情。

曾章泽为我们介绍了海光花园小区的基本情况。全区开展垃圾分类工作之后，该小区按照区里的要求，2017年成为全区率先实现100%覆盖率的小区之一。

“能做到100%全覆盖，是因为在工作最开始我们就注意做到这三点。第一个是我们始终坚持党建引领党员带头，机关事业干部带头；第二个是社区小组长的努力，这涉及我们很多基层小组；第三个是推广小组选定，很多就是我们社区的这些人员带头，每栋楼都有指定的负责人。”曾章泽对此如数家珍。

“刚开始居民是不相信的，说实话厦门十几年前也曾经做过，后面因为种种原因，没有持续下去。居民会怀疑政府很有可能又是复制以前的做法，只是搞噱头。垃圾不分类状况确实很难改变，当时搞一两个试点都有种种质疑和看法。但是，我们通过实际行动消除了他们的顾虑。我们把每栋楼的负责人全部定下来，大概有四百人左右。让他们进入街道、进入党员中间去宣传。这项工作大约是在2017年开展，我们现在做得更好了，海光花园现在是党建示范点，连福师大都来观摩我们垃圾分类的情况。”

曾章泽的语气如此云淡风轻，但其中的艰苦恐怕也只有他和当时的工作人员才可得知。毕竟相对于有物业的小区，无物业小区垃圾分类工作的开展更为艰难。首先是缺少物业的管理，居民自主意识较强，日常生活习惯倾向便捷，要改变他们的生活习惯，配合做好垃圾分类工作难度较大。其次是无物业小区老旧房多、背街小巷多、分散住户多，难以集中收集垃圾。这些都使垃圾分类工作难以正常开展。

说到他们的工作方法，曾章泽不无得意地说：“我们坚持从群众中吸取一些好的经验做法，没有硬推，而是注重发动群众。比如说小区没有业委会，但是每个楼梯都有一些相对来说威望比较高的居民。我们就把他们召集起来，一起来做这个工作。这需要协商，让他们清楚街道实际是什么情况，必须要开展什么、怎样开展等，同时我们也会对他们提出要求。这就像请德高望重的长辈来管理公司，职员自然就服气了。在小区中，这种做法取得了出乎意料的效果。如果由我们去做居民的工作，居民可能会抵触，但是由天天和他们生活在一起的长辈来劝导，工作效果明显更好。”

除了发动德高望重的长辈，曾章泽认为，督导员的选定也是一门学问。不能把督导员定位成简单的体力劳动者，他们更多地跟群众打交道，要具有很强的交际和随机应变的能力。

曾章泽迫不及待地向我们分享了几件督导员的趣事："有些督导员很有办法，比如说他发现有一家总是分类不好，他就善于分析他们家是懒还是其他原因。有一个督导员，他会天天给不分类的家庭发短信，直到这家情况改善为止。还有一个督导员了解到不分类家庭的孩子在哪里读书，通过居委会找到孩子的班级，然后跟老师协商，让老师上课的时候抽他背一些垃圾分类的知识，表扬他，鼓励他，让大家向他学习，最后告诉他回去也要带家里爸爸妈妈一起分类。这样效果也好，我们没有批评孩子，孩子却受到了教育，回家他也会自觉地监督爸爸妈妈一起分类。所以，好的督导员不是生硬地说'这是政府要求做的'，而是动脑筋用智慧去解决问题，这些都是很好的例子。"

曾章泽还为我们讲述了另一个小区——红树康桥垃圾分类的故事。

红树康桥由13幢12层的楼宇组成，当前户数有769户，居民总数近3000人。根据小区基础的调研情况，曾章泽等人以"智能便捷好分类，红树康桥最集美"为主题，对小区进行垃圾分类智能示范点打造。

"2019年5月，我们已经将红树康桥的督导员撤掉了。"曾章泽的故事一开始就具有爆炸性。目前，厦门市的垃圾分类工作开展、宣传、维持主要是靠督导员。然而，督导员只是阶段性的存在。垃圾分类是一件长远的事，终究要依靠居民综合素质的提高，环保意识的加强，才有可能真正进行下去。撤掉督导员是居民真正开始自我监督的第一步，也是厦门市垃圾分类工作的一个重大突破。

但新的机遇就意味着新的风险和挑战。撤掉督导员之后，垃圾分类还能保持现在的水平吗？居民会不会又回到之前垃圾不分类的状况？这些都是值得思考的问题。

面对这些疑虑，曾章泽说："做这个决定，我们也很谨慎，反复酝酿方案。因为区里抓得非常紧，每周都有通报，我们也担心撤掉督导员后，会不会使分类水平直线下降。经过调查，百分之七八十的居民都说应该没有问题。但是我们首先要严格要求自己，不管居民会不会监督自己，我们都要把本职工作做好。所以压力很大，我们一直在反复斟酌方案。”

集美区选择红树康桥小区撤督导员是有原因的。从2017年10月开始实施垃圾分类，小区各方面条件都符合撤督导员的条件。红树康桥的溯源到位，物业每天都会检查垃圾分类的情况，可以清楚地知道哪一家没有做到位，通知他们把垃圾认领走。没有督导员之后，红树康桥的居民自我管理，自我自治，然后相互监督。物业和党员相互监督，形成良性循环。

红树康桥为集美区的垃圾分类工作打开了一个新的局面。它的顺利进行，得益于曾章泽这些基层工作人员的努力，也得益于自身天然的优势。

红树康桥小区紧临集美学村，高校资源丰富。他们利用小区现有的楼道广播设备和街道集美学村的良好资源，邀请集大学生帮忙录制垃圾分类倡议书，在居民进出户比较集中的时间点进行播报宣传；还在社区楼道出口处的视频设备上投播垃圾分类主题宣传视频，尽量实现居民在日常生活里、在举手投足中都能感受到垃圾分类的必要性和迫切性。

他们更注意发挥群众性品牌，大有不把垃圾分类知识传遍整个社区誓不罢休之势。归来堂前，垃圾分类知识在歌声中一道飘扬，垃圾分类融入闽南特色歌仔戏，融入闽南独有的博饼活动等。

“个人感觉垃圾分类工作在我们集美街道，应该是超出了居民和很多领导的想象。虽然说跟分类好的国家和地区相差很大，但是很多人都没想到通过一年多的努力可以达到这样的效果，你们看现在普通小区知晓率都可以达到100%，分类率60%，这就是成功。”曾章泽自豪地说。

然而，正如冰心所言：成功的花儿，人们只惊羡它现时的美丽，当初它的芽儿浸透了奋斗的泪水，洒遍了牺牲的细雨。如今的海光花园和红树康桥的垃圾分类工作的成绩硕果累累，自然也离不开曾章泽等人对这份工作付出的辛勤汗水。

因事来迟的社区书记张幼莹徐徐道出了曾章泽和其他工作人员的艰苦：“辛苦是真的很辛苦，因为垃圾分类这个东西确实很难。第一个就是大家没有重视，观念上没有改变。虽然我们一直宣传，但是有的时候还是有人不分，所以我们督导员也很辛苦。曾站长和抓这一块的工作人员，每天早出晚归，想各种办法，真的挺不容易。我们街道老，设施旧，在这种条件下做到每次考评都是全区第一名。我知道，曾站长本身就是很会想办法的人，督导员们也很优秀。因为我们在垃圾分类资金方面投入比较少，相对别的镇街，特别是相对岛内的一些街道，我们投入是不多，但是我们能干到这样子，真的很不容易。”

“岛内的垃圾分类工作投入的资金很少有在3000万以下的，我们街道财力比较有限，街道税收才7300万。但我们很重视这个工作，一年还是要投10%在垃圾分类上。去年我跟上级汇报工作说我们投入了600万，领导给我打电话，你是不是少报了个‘0’？我还少报了个‘0’，我们哪有那么多钱啊？”曾章泽想笑却又笑不出来，终转为一抹无可奈何的苦笑。

钱少工作一点不能少，这就要求垃圾分类工作人员多想办法。首先市里要求的标配，他们一样不少。他们充分发动志愿者，从居民、各个楼栋长、高校当中发展志愿者，不花钱、少花钱。在宣传活动上，常常借台唱戏，不搞形式主意。问题在哪里，大家一起坐下来聊，讨论解决问题的办法。比如安全生产工作搞宣传，他们把垃圾分类宣传融入进去；食品卫生做宣传，他们也把垃圾分类宣传融入进去；物业公司搞业主博饼活动，他们还是把垃圾分类宣传融入进去——把这些事情做实了，问题解决了，花费却少，两全其美。

“也亏你们能想得到这些办法。”我感叹道。

“也是没办法。”曾章泽不好意思地连连摆手。

张幼莹心疼地说：“他们真的太不容易了。”

“真的不容易”，这句被张幼莹下意思反反复复吟喃着的话语凝聚着无数垃圾分类工作人员的心血。这五个字，浓缩了无数为垃圾分类工作起早贪黑的瞬间。

对于曾章泽来说，这样的工作不仅与每个人息息相关，往大了说也是在为民生谋福利。甚至可以说，曾章泽实心实意地在垃圾分类中奉献着自己的力量，并不是完全因为自己的工作职位才如此尽心尽责，而是对这份工作有了更深远的考虑，想到了环保，想到了人类的生存环境。因此，每一笔投入，每一次活动，每一个细节，他都严格把关，力求把仅有的一点经费真正落在居民身上、落到垃圾分类工作上，这样的心意，这样的智慧，着实令人肃然起敬。

2018年，厦门市在垃圾分类工作的投入高达五亿，做到每家每户配备垃圾桶，每月定时发放垃圾袋，举办了许多大型的宣传会。但正如很多人所想到的，政府不可能永远投入如此大量的资金，垃圾袋也不可能永远发放，那么到那一天，谁能保证垃圾分类率不会下降呢？

所以，在垃圾分类知晓率达到90%的今天，垃圾分类工作者们的任务更多在于将垃圾分类生活化、常规化，促进市民养成垃圾分类的习惯，这才是最重要的。

事成于道，无规矩不方圆，为垃圾分类的工作保驾护航，必须要有法制保障。

2018年，集美区在辖区各主干道沿街店面开展全覆盖检查，累计出动督导巡查289次，纠正生活垃圾分类行为952起，共开具26份《责令改正通知书》。同时加大执法力度，规范执法行为，及时有效地对垃圾分类投放收集不规范、主体责任不落实等违法行为进行处罚，完成40起违反《厦门经济特区生活垃圾分类管理办法》规定行为的行政处罚案件，共罚款14000元。其中39起为店商家违反《办法》，通过简易程序处罚；另有1起为集美中心花园物业公司对生活垃圾分类履职尽责不到位，监管不力，进行立案查处，该起案件对单位和管理责任人共处罚款12000元。

厦门市的垃圾分类工作不再只有德治，而是以法治为基础、德治为主导的新型管理方式。二者相辅相成，共同促进厦门市垃圾分类工作的开展。

集美区地处厦门市岛外，除了街道和社区，还有更多的农村。田头村离城区半个多小时车程，却仿佛远离尘嚣之外。远方是苍茫的群山，重峦叠嶂，连绵不绝，起伏的瞬间似乎也将云雾怀抱其中，犹如一副墨色留白的山水画，笔端是最浓重也最纯粹的颜色，在天地浩大，寰宇辽阔之间，泼墨成绝色。

一方山水养一方人。淳朴、自然也成为田头村人的底色。孩子们刚刚放学，在学校门口嬉笑打闹。过马路的路口，有志愿者拿着自制的小红旗组织孩子们上下学。两位清洁人员带着面罩驻足在村里的宣传屏幕前认真观看。当听到我们问她们是否了解垃圾分类时，二人都笑弯了眉眼："咋能不知道呢？有了垃圾分类之后，我们的工作都轻松多了，环境也更好了！"

田头村的小路是村里人修建的道路，蜿蜒曲折，并不宽阔，却别有阡陌风情。在大片庄稼油绿色的映衬下，安置在路旁的垃圾分类桶，让每一个过路人都将垃圾分类时刻入眼、入心。

田头村支部书记林锦辉仿佛看出了我们眼中的赞赏，自豪地说："田头村是集美区首批垃圾分类试点村，在全民参与的情况下，实现了分类知晓率100%，参与率90%以上，准确率60%以上。"

田头村位于厦门市集美区灌口镇西北的仙灵旗山麓，属丘陵地带，由洋坑、大岭、仙景、田头、枋塘5个自然村组成，分10个村民小组，1055户，全村本地人口3110人，外来人口869人。田头村被列入灌口镇首批生活垃圾分类试点行政村以来，紧紧围绕"减量化、资源化、无害化"的目标，严格按照上级要求，制定《生活垃圾分类工作实施方案》，营造宣传氛围，建立村级网格员、保洁员、督导员队伍，落实"三分类"（分类投放、分类收集、分类运输）。全村共设置垃圾分类投放点9个，宣传栏8个，公示栏1个，墙头广告20处，配备督导员4名，垃圾分类户外桶43个，发放户内桶1055个，率先实现农村生活垃圾分类全覆盖的目标。

"我们村是典型闽南古风，生态水乡，它打响了厦门美丽乡村品牌。临近村庄农民都说我们村越来越好，他们哪里知道我们做了多少努力？早在2007年，我们村就有了乡村振兴的概念。为了建设乡村，污水分离、垃圾不落地、村容村貌整治等都需要我们来做。当时为了让垃圾不落地，我们付出了许多努力。”林锦辉感慨地说，“包括上门收垃圾、每家每户配备垃圾桶。那时每个小组都有一个垃圾池，统一规划，我们定期到垃圾池去收取垃圾。到了2012年，几乎能做到垃圾不落地，村子里也干净整洁多了。”

2017年6月，田头村成为垃圾分类首批示范村。对于这一点，村民并不感到惊讶，他们有着深厚的垃圾分类基础意识，有之前的垃圾不落地为基础，所以，现在村民都能自觉地做到垃圾分类。

听到这里，我不禁感慨，农村的自然和景色，是需要有环境保护意识的人来维持的。有些农村本来美轮美奂，却因为村民缺乏环保意识，比如向河里倾倒垃圾，不顾一切地消耗着大自然赋予他们的宝贵资源，最终使农村变得乌烟瘴气，破落衰败。田头村的存在无疑给广大农村垃圾分类处理提供了一个正面的例子。

田头村垃圾分类做得好，还在于他们充分利用村里的微信平台，充分发动村老人协会、乡贤理事会，利用“小手拉大手”等活动进行宣传。村里的书院也参与进来，手把手地教导村民分类，才有全村垃圾分类今天这个状况。

农村的垃圾种类和城镇还是有所不同。田头村以种植仙景芋为主，但由于每家每户都有养殖鸡鸭，所以厨余垃圾反而较少。针对农村小巷道路狭窄，垃圾清运车无法进入、垃圾桶无法放置及居民垃圾无处投放的实际情况，镇村主动协调区城发公司采取摇铃定时收集分类垃圾的方法，每天早上七点半和下午一点，村里准时响起“叮叮当当”的铃铛声，垃圾分类转运车开进田头村，村民听到响铃声便会把分类好的垃圾拎出，丢进分类转运车。督导员在收运过程中，发挥督导作用，指导村民如何正确分类，大大提高了农村生活垃圾分类准确率。这一举措在农村垃圾分类中取得了一定成效，得到了村民的高度肯定。

为了检验垃圾分类知晓率，我在路上随意拦住了两个刚刚放学的小女孩：“小朋友们，你们知道垃圾分类吗？”

一个小女孩马上举手兴高采烈地说：“我知道，我知道，学校里有学过！”另一个则害羞地低下头，手指拽着衣角，嗫嚅着不敢言语。

一位抱着孩子的农妇恰好路过，忙上来解围，她露出淳朴的笑容：“说呀，你们学校里天天学的，垃圾分类，你知道的。”

小朋友怯生生地看了我一眼，涨红了脸，终于鼓足勇气“嗯”了一声，随即不好意思地跑走了。

她们的小小身影渐渐远去，留下的声音却像清冽的山泉一样缓缓流过我们的心田，使人一瞬间也同这山光水色般通透明亮起来。

远处是黛眉似的山，柔软的线条，盈盈的秋波，却在众山此起彼伏的相互交映之下，透露出一股天地合一的磅礴大气，遥遥向我们倾倒而来。云雾若有若无地游离其间，随风起，随尘落。

近晚，天穹从高空缓缓压降而来，雾层翻涌，宛若纯白色的天河，流向不知名的远方。

江流天地外，山色无中有。

这天地都远了。

刚刚拿着自制红旗的老奶奶护送走一批又一批的小朋友，她似乎有点累了，倚在红旗杆上冲我们有些羞涩地笑，手却依然下意识地护着身前的孩子。

那面红旗不知在奶奶的岁月里摇曳了多久，也不知在多少孩子的生命中摇曳。它的旗面破败，颜色早已褪去，只剩下薄薄的一片，可就是这么一小片，在这大山里日日夜夜地飘扬着，守护着一代又一代的孩子，守护着这美好的河山，守护着祖国的未来。

或许有一天，奶奶不能再守护这些孩子们了，但一定会有人珍重地接过那一面红旗，让它飞扬在昨日、今日、明日。

而垃圾分类的工作，不也如此吗？方政晴主任、曾章泽站长、林锦辉书记，以及一切默默无私奉献的工作人员，不也如老奶奶一般，用他们的心血，为集美区的垃圾分类工作树立起一杆随风高高飘扬的旗帜吗？

那旗，一定有着最明艳、最纯粹的颜色，它的名字叫作——中国红。

富美同安　“银城”变金山

厦门这个海岛小城，素来以精致、精美著称。一个“精”字，也足见其土地面积的“小”。的确，在祖国东南端，海峡西岸，被四周广阔蔚蓝的海水所包围的这座花园之岛，能够拥有的本岛陆地面积的确有限。所以，美丽厦门的建设尤其注重一个“精”的本源。

同安区，别名“银城”，是厦门珍贵的土地资源中占地面积最大的行政区，建制比厦门早许多年，也是著名的侨乡和台胞祖籍地。

这里山清水美，风景宜人。既有数百平方公里的山林耕地，还有12万亩浅海滩涂，11公里曲折迂回的海岸线上，渔民世代依海而生，农家尽享田园之乐。

与所有农村面临的状况类似，同安区只有祥平和大同两个街道，城区居民相对于岛内的思明区和湖里区占比较小，大部分居民居住在六个乡镇和竹坝经济开发区。地形种类的多样性和复杂性，决定了同安区各条战线上的垃圾分类参与者需要花费更多的时间和精力，花费更多的心思和智慧，才能打赢这场旷日持久的攻坚战。

2019年元旦刚过，正是厦门深冬的季节。车子沿着集美大桥，穿过集美区，顺着被规划为北部级中心、风景优美的同安区环东海域，一小时的车程，美景尽收眼底。冬季的风吹进车窗，清澈清凉，清新清爽。道路两旁一排排粗壮笔直的桉树，寒凉中的叶子愈发显得青翠和坚强。

同安区环卫处位于环城东路，一座四层的灰色楼房。张宏安主任已经在他的办公室等候多时了。

张宏安是同安区垃圾分类和减量中心主任，与他电话联系多次，却总是约不上一个合适的时间见面。这次相见，也未感陌生，寒暄落座后，同安区垃圾分类的状况就在这个山东大汉股掌之间的一盏茶香里缓缓展开。张宏安一身年轻干练的气质，一口流利标准的普通话，说起同安区垃圾分类如数家珍，条分缕析。

开门见山，张宏安一张口便彰显了北方人豪爽直接的一面："同安区垃圾分类工作非常不好开展，难度很大。"

以这句话为开场白，简单明了。

当然，以目前同安区垃圾分类工作的进展来看，这只是一个过去式。仅2018年一年时间，同安区按照市里统一部署要求，将垃圾分类工作与乡村振兴、农村人居环境整治等工作相结合，大力推动实施该项工作。在完成84个有物业管理小区的基础上，积极推动290个无物业管理小区垃圾分类工作的开展。同时，大力推动农村垃圾分类工作，已推行79个村居，有序完成建成区全覆盖、农村覆盖三分之二的推行目标，取得积极成效。垃圾分类工作稳步推进的同时，居民垃圾分类知晓率、参与率、投放准确率不断提高，分别达到了90%、80%、60%以上。全区垃圾减量18457.38吨，其中厨余垃圾7979.94吨，餐厨垃圾5365.94吨，可回收物5107吨，大件垃圾4吨，玻璃陶瓷0.5吨。

一盏茶后，张宏安开始娓娓道来。

同安区工作开展难度大，主要与居民的居住条件有关。总体来看，同安的垃圾分类，是以城镇社区中的有物业小区、无物业小区、乡镇农村三大块来采取不同措施，逐步开展工作的。

工欲善其事，必先利其器。同安与岛内两区的工作模式初期出发点一样，首先从健全机制入手，强化顶层设计。成立区政府主要领导挂帅的生活垃圾分类工作领导小组，区委副书记、区长王雪敏亲自挂帅，承担起"一把手"的责任；区委常委、区委办主任林国财任常务副组长主抓全区垃圾分类工作。各镇（街、场）也配套成立领导小组及工作机构，同时按要求配齐配强人员。定期召开工作例会，研究协调解决相关事宜，扎实推进垃圾分类工作落实。不断完善垃圾分类专职管理人员和督导人员配置。同时，将垃圾分类纳入“一把扫把扫到底”工作机制，充分利用区属国企同安城建公司资源，将垃圾分类专职管理人员、督导人员配置与该公司人员配置相结合，做到“扫清楚”与“分清楚”有机结合，达到相互促进的目的。目前，同安区将垃圾分类与“一把扫把扫到底”相结合工作机制做了有益探索，初见成效。

粮草充足，兵将齐备，“器”已利，接下来便是善其“事”了。

同安区垃分办以祥平街道为切入点开展工作，先从基础建设和社区环境较为成熟的有物业小区着手，建立示范联动机制。

经过反复的商榷和权衡，区垃分办决定，以祥平街道祥文社区的银溪春墅小区作为首个试点，通过入户宣传、调查问卷、回访，以及依托小区现有多媒体方式，滚动播放厦门市垃圾分类宣传片；在小区宣传栏、电梯口等张贴垃圾减量分类海报；在小区活动中心、主要出入口悬挂垃圾减量分类横幅，社区办公楼入口摆放垃圾减量分类温馨提示牌等传统的宣传方式，在社区内营造垃圾分类的良好氛围。

一番大规模、全覆盖式的宣传“轰炸”，将一千多户居民的积极性充分调动起来。

同时，开始投入配套设施。撤销小区内原本放置在楼道口的垃圾桶，只在小区公共空间设置四分类区域，分类投放。高层住户采取定点定时投放方式，别墅区及店面采取保洁员上门分类收集方式。桶换桶电瓶收集车将厨余垃圾载至小区内的厨余垃圾集中点，由厨余车定时到集中点转运至厨余垃圾处理场；其他垃圾由保洁员统一收集后，运到就近的清洁楼，统一转运至东部固废中心；可回收物由保洁员统一收集后，纳入专业资源可回收网络；有害垃圾则暂存后定期运往市级处理场所。

基础垃圾分类源头工作扎实稳固之后，开始进行工作形式创新。

举办“垃圾分类·你我共话”随手拍有奖征集活动，并设置专用宣传栏，发动居民褒扬垃圾分类文明行为，监督不文明行为，通过他人监督和自我约束相结合，提高垃圾分类意识；同时组建“文明小天使”督导队，让垃圾分类的环保理念深入孩子内心，通过孩子影响大人；首创“垃圾分分类”磁贴板游戏，并精心设计了不少垃圾分类小游戏，如垃圾分类大灌篮、飞行棋、亲子环抱DIY等，积极向小朋友宣传垃圾分类知识，由小朋友带动全家人一起参与。

社区聘用垃圾分类督导，在四分类点上督导居民分类投放。同时，推行小区督导员轮岗制度，形成督导员带动居民，居民监督督导员的工作氛围。但是，社区垃圾分类不仅仅是督导员的事。督导员下班后，党员代表、小区保安、保洁员要接力负起监督督导责任，要联动巡查督导，时间衔接无缝。

联动机制的创新，也是同安区有别于其他区的工作方法和经验之一。

经过几个月连续推进之后，银溪春墅小区开展的垃圾分类已经进入轨道，试点效应已然成熟，逐渐成为同安区内可推广、可复制的小规模样板工程。垃分办的领导们接下来便是一鼓作气，把祥文社区芸溪四期、厦航高郡和古龙御园也发动起来，“照葫芦画瓢”，举一反三，三千多户人家的垃圾分类工作有序进行，成了同安全区有物业小区的示范。

这样一来，有物业小区的垃圾分类工作在全区推广起来便容易了许多。

一场热热闹闹、轰轰烈烈的垃圾分类革命首战告捷，张宏安讲得风轻云淡，听者却是热血沸腾。

现代人购房，除了考虑房子的位置、价格、交通等问题，物业管理已经成了购房者列入标准的必不可少的一大硬件。相对于有物业小区来讲，无物业小区就如张宏安所形容的“像一个没有亲妈管的孩子”。无物业小区设施陈旧，卫生条件也落后。

解决问题要从根本入手。这次垃分办选择的试点小区依然是祥平街道，从陆丰社区开始。

居民钟惠群从1991年陆丰社区成立开始就一直住在这里，已经快30年了。据她回顾，这30年来小区没有物业，无盖的大垃圾桶四周苍蝇到处嗡嗡乱飞，老鼠时常出没，经常还能闻到酸臭味。想想那样的画面就令人心有余悸。

“先洗脸，再洗澡”是张宏安等人一致的观点。他觉得，垃圾分类工作一定是循序渐进的。这个道理如同孩子的教育一样，从幼儿园开始，小学、初中、高中，不能还没学会走路就要求他去跑。

所以，区垃分办与街道社区的领导们同心同德，在加大垃圾分类宣传力度的同时，先派人加强地面清扫，撤掉原有的、不规范的垃圾桶，重新安置规范垃圾桶、环保垃圾屋。居民看到地面整洁了，小区环境大大改观，政府出钱出力，将小区的“脸”洗得干干净净，既觉得受到前所未有的重视，同时也意识到这是利人利己的大好事，积极性也高了起来。居民纷纷主动要求合理增加投放点、配合做好垃圾分类工作。

2018年9月9日上午，陆丰社区中福花园内，人群熙熙攘攘，一队腰鼓队员彩衣着身，红绸舞动，锣鼓喧天，热闹非凡。原来，这是祥平街道陆丰社区在举行垃圾分类环保屋试点启动仪式。

陆丰社区党总支书记李甘澍已经在社区工作了十几年。那天，他特别激动：“陆丰社区成立于1991年，属于比较老旧的小区，这次根据小区特点，因地制宜设置了四个垃圾分类环保屋，服务于社区内五个无物业小区，每个垃圾分类环保屋都会有专门的督导员在垃圾投放时间进行督导。现在有了垃圾分类环保屋，整个小区环境有了质的提升，垃圾不落地了，空气好了起来，我们居民实在太开心了。”

以前，正常的垃圾分类桶容量为120升，垃圾分类环保屋里的桶容量达到660升，减少了垃圾桶的设置。环保屋顶部还设计了夜视灯，方便居民夜间投放垃圾，还具有排气、通风等功能，对整个小区的环境起到了明显的改善作用。

“祥平街道生活垃圾分类工作自启动以来，一直呈现着上下联动、重点突破、稳步推进的良好态势。”祥平街道党工委委员陈超岚向前来检查的领导们介绍道。祥平街道管理中心多次组织社区、物业联合会议进行指导，先后开展相关业务知识培训讲座近20场，祥平街道已完成全街道22个物业小区的垃圾分类实施工作，陆丰社区无物业小区垃圾分类工作也正式启动试运行。

在同安区的垃圾分类工作上，祥平街道一直致力于工作方法推陈出新。其中，凤祥社区推出的垃圾分类积分兑换礼品活动受到了广大居民的欢迎。

凤祥社区通过对社区住户发放有特定二维码的垃圾袋，让住户扫描垃圾袋上的二维码绑定微信号后，社区就可以知道住户垃圾分类和投放是否准确。居民陈女士的感受比较实在，她说："垃圾分类本来就是居民应该做的，现在还有礼物兑换，可以说是意外的惊喜，很受大家欢迎。"

"垃圾分类做得好的居民可以获得积分，在微信公众号上会显示居民的积分以及可以兑换的礼品，如食用油、纸巾等日常生活用品。"凤祥社区党支部书记林方园是凤祥社区推动垃圾分类之后最高兴的人。现在，凤祥社区每个小区的出入口都设置了垃圾分类积分兑换实体柜，居民可以直观地了解积分可以兑换的礼品，大大调动了社区居民参与垃圾分类的积极性。

祥平街道陆丰社区环保屋启动仪式，标志着同安区首批垃圾分类环保屋投入使用，以及无物业小区垃圾分类工作试运行。

目前，同安区290个无物业小区，以陆丰社区打造"垃圾分类环保屋"区级示范小区为契机，一手抓实效，一手抓推广，逐步铺开，全面覆盖垃圾分类工作，至2018年底，基本实现了所有无物业小区以及三分之二的农村社区全面推行垃圾分类工作。

在我国，农村垃圾分类问题一直是最难突破的瓶颈。农村比无物业小区还要脏乱差，村干部和村民一开始对垃圾分类都是有抵触的——"农村条件所限，垃圾不落地的问题都解决不了，还谈什么垃圾分类啊？"

村民的话语总是不加修饰的质朴。的确，就像厦门市委副书记陈秋雄一直牵挂的，做好农村的垃圾分类工作，就解决了整个垃圾分类工作"最后一公里"的问题。

但这“最后一公里”，既因地处偏远而难以持续监管，又因居住分散而无法全面覆盖，这是全国各项重大措施和政策执行时都会遇到的难题。

但是，垃圾分类这场硬仗，即便再艰难，也要进行到底。

同安区的实施抓手，是先整治农村垃圾不落地、整治脏乱差的普遍现象，这是开展农村垃圾分类工作的前提条件。同安区实施的措施非常形象，叫“一把扫把扫到底”。他们把农村保洁和垃圾不落地、垃圾分类、垃圾处理一揽子交给同安区城建公司。

当然，这个“一揽子”并不是推门不管的意思，而是交由城建公司之后，有了主体责任方，也就相当于工程的“施工方”。同安区城建公司负责日常公共区域保洁、垃圾接驳转运处理等事项。

同安区给每个乡镇投入了500万元，用以整治每个村的房前屋后的环境卫生。短短的两个月内，同安区100多个乡村全部处理得干干净净。

接下来，开始安放垃圾投放设施，按城市的四分法来规范村民投放。农村垃圾分类以“干湿分离”为原则，采取四分类方式。因农村村庄相对分散，分类垃圾桶的设置采取以2~5户不等作为1个小组设置，若干个小组垃圾投放点。以厨余垃圾桶、其他垃圾桶两分类桶为主，由村民源头分类，督导员指导投放，采取保洁员定点收集与上门收集相结合的方式，即村民自行到小组垃圾投放点分类投放和保洁员定时上门收集垃圾，早上和晚上各收集一次，确保及时做到日产日清。

厨余垃圾进入清洁楼，其他垃圾进入热气化就地处理系统。可回收的垃圾可以寄放在村里的店铺，由废品站工作人员定期上门收购，村民得利。政府给被寄放的店铺和主人一定补助。有毒有害的垃圾也统一堆放，店铺主人依量给分好送来的居民奖励，政府除了支付这部分奖励，还给店铺主人一定补助。

无论是居民还是村民，只要是跟他们的切身利益相关，能给他们带来好处的事情，他们参与的积极性就高，垃圾分类的准确率就高。

农村亟待解决的是垃圾分类后自行处理的问题。如果将所有农村垃圾运到城里的处理终端处理，不仅耗费大量人力、物力、财力，还会造成二次污染。偏僻、分散等农村普遍存在的问题更让实施的难度加大，而且农村厨余垃圾居多，如何就地窝肥转化再利用，既可减少人力、物力、财力，又能减少污染，最大限度废物利用，一举多得，一直是所有垃圾分类工作领导们绞尽脑汁想去解决的问题。

根据同安区农村点多面广且相对分散的特点，区垃分工作领导小组积极探索农村生活垃圾分类后末端就地处理模式。他们大胆向前，引进了“中环国投生态科技股份有限公司”——环保部唯一直属产业平台中环国投环保集团有限公司一级子公司。中环国投与中国科学院针对中国农村垃圾处理市场合作开发的分散式垃圾热气化处理系统，是一项国内领先、国际先进的垃圾处理技术。在同安区莲花镇西营清洁楼旁建设福建省首座分散式垃圾热气化处理厂，目前已进入运行阶段，在不断的探索与实践中，基本解决了偏远山区村庄垃圾末端处理问题。

同安区莲花镇军营村和白交祠村，是厦门这座向海而生的城市中少见的高山村。绿意盎然，山路蜿蜒。油绿的梯田式茶园，美似一帧彩图。

翻开厦门地图，1699平方公里的版图在西北角有一条狭长地带向外延伸，东北面是泉州安溪，西南面是漳州长泰，军营村和白交祠村就在这条狭长地带上。对长期生活在厦门岛上的多数厦门人来说，这几乎算得上是全市最远的地方。

历史的机缘把军营村、白交祠村带入了人们的视野之中。

时光回溯到1986年4月7日，一个晴朗的下午，地处厦门第二高峰状元尖脚下的同安偏远山村——海拔近千米的莲花乡军营村依然春寒料峭，但季节已悄然为山区披上了春天的绿装。村子周边几个山头上还是有点萧瑟，稀疏分布的茶园中，吐着嫩芽的茶菁在风中摇曳，仿佛在向人们热情地招手致意。那天，这个遥远的山村迎来了时任厦门市副市长习近平这位特殊的贵客。

1998年10月16日，一个阳光明媚的午后，正是军营村满村飘着茶香的季节，时任福建省委副书记的习近平在时任厦门市副市长蔡景祥等人的陪同下，再次走进了这个阔别了12年的莲花边远山村。

前后12年时间内，军营村和白交祠村的村民生活已经旧貌换新颜。柿子林长势旺盛，茶园整齐茂密，路变宽了，房子变大了，就连军营村的小学也已经投入使用了7年。

这些改变，还是要得益于习总书记第一次来到军营村、白交祠村时留下的殷殷嘱托——“山上戴帽，山下开发”。

如今，三十多年过去了，军营村、白交祠村再也不是当年“地瓜当粮草，孩子当背包”的破败和贫苦，而是按照习总书记指引的路线，依靠勤劳和智慧，乘着“五位一体”建设的东风，迈向了富美的崭新时代。

蓝天白云相映，绿树红花成趣，干净美丽的军营村、白交祠村又迎来环境提升的新机遇——2018年6月28日上午，同安区莲花镇垃圾分类试点启动仪式在军营村举行，军营村、白交祠村被列为同安区垃圾分类试点村。同时，一并列入试点村的，还有莲花镇莲花村和后埔村。这也是同安区首次在边远山区开展垃圾分类试点工作。

在边远山区大力推进垃圾分类试点，是同安区的全新尝试。莲花镇环卫所所长叶荣坤是莲花镇焕然一新的亲历者，他的感受也很有高度：“近年来，随着‘五位一体’建设和美丽乡村建设的推进，军营村、白交祠村的村民们纷纷主动参与到美丽家园建设中，两村的村容村貌显著提升，此次选择两村作为试点，相信可以起到很好的示范意义。”

在那之前，军营村已经被评为“中国最美休闲乡村”，并且连续七年获得市级环卫考评第一，被列为免检村。试点工作尽管才刚启动，两村垃圾分类工作的号角早已吹响——两村每两户发放一个干湿分离垃圾桶，每户发放小垃圾桶及垃圾袋，六百余户已全部发放完毕。镇里在军营村设立五个点、白交祠村设七个点摆放四色垃圾桶，进行垃圾分类回收。村民早已经行动起来，村庄里洋溢着浓浓的垃圾分类氛围，一系列工作已经迅速展开。厦门市农村商业银行股份有限公司作为村里的金融驻点企业，不仅在军营村设点经营金融业务，方便高山居民，逢年过节慰问村里贫困户，而且这次垃圾分类工作，他们也积极参与进来，体现出一个有社会责任感企业特有的温度和意识。

军营村还开了一场村民代表大会。会上，大家都同意把垃圾分类写进村规民约，成为村民的行为规范。作为同安区13个农村垃圾分类的试点村之一，“垃圾革命”在这个边远山村开展得愈发热烈。垃圾分类工作已经取得了非常好的成效，做好垃圾分类已经成为村民的普遍共识，并且逐步深入人心。

为什么要把垃圾分类写进村规民约？这还要把这份功劳归于军营村村民高求来。

高求来在军营村当了二十多年的党支部书记，退休以后，他成了老人协会的会长。在军营村被列为垃圾分类试点村的消息传到村里后，尽管试点还没正式启动，高求来就已经主动请缨，与协会其他成员一起，挨家挨户入户宣传垃圾分类知识。每到一处，老人协会成员都将垃圾分类宣传手册、《给村民的一封信》以及镇里统一购买的垃圾桶、垃圾袋交到村民手中，并仔仔细细告诉村民垃圾分类的注意事项。军营村老人协会还主动作为，进行日常巡查，义务监督村子的卫生保洁工作。随着垃圾分类工作一步步地推进，高求来说，他们接下来不仅要监督村民有没有把自己的门前屋后打扫干净，还要监督他们有没有把垃圾分类做好，“家乡越来越美，游客们来到村里，都要夸一句好，我们也跟着心里高兴！”

有了老人协会和热心村民的主动参与和带头示范，军营村做好垃圾分类的信心更足了。

把垃圾分类写进村规民约，是希望通过村规民约的约束，进一步强化村民的意识，让村民能够将垃圾分类变成一种日常习惯，也是村民自愿进行的一项自我约束，并形成《军营村卫生设施长效管理措施》《军营村保洁员工作制度》《军营村环境卫生管理岗位责任状》等规章。

“垃圾分类工作是我们再次提升环境、提升村民素质的良好契机。事实上，这几年经过‘五位一体’建设和美丽乡村建设的推进，不仅村庄变美了，更重要的是‘人美了’，村民素质提高了，大家都希望共同出力，让家乡越来越好。”现任军营村党支部书记高泉阳认为，当前军营村正在大力发展乡村旅游，而美好的环境是发展乡村旅游必不可少的条件，通过垃圾分类，让该回收利用的资源不再浪费，同时也让环境越变越美，未来将吸引更多游客前来观光。

垃圾分类的进行，对于军营村和白交祠村来说，是对村庄环境的又一次提升。垃圾分类的推广，可以说是解决了军营村环卫工作“最后一公里”的问题。

过去的2018年，整个同安区上下联动，建立区、镇、村三级督导机制，层层抓落实。区级建立考评奖惩机制，对宣传氛围布置验收合格的村（居）给予奖励，镇级负责各村居垃圾分类日常考评和监督管理工作，同时将垃圾分类工作纳入镇包村干部的工作职责。督导员负责督导，村两委和党员每人挂钩3~5户村民，在村里明显的位置标明责任人，负责监督指导这几户人家的垃圾分类和投放。

村（居）建立四级保障机制，一是每家每户按照“门前三包”要求落实垃圾分类制度，如军营村已将垃圾分类写入《村规民约》；二是每个小组垃圾分类投放点设立小组长，由村委会与小组长签订垃圾分类倡议书，对小组内村民的源头分类、分类投放等环节进行跟踪、指导、督促；三是建立党员挂钩小组长机制，推动党员模范带头，以身作则，监督小组长工作落实；四是村两委成员分别挂钩几个分类投放小组，并负责监督垃圾分类小组工作落实，对村垃圾分类准确率等进行不定期抽查。

在军营村、白交祠村等垃圾分类试点村的带动下，同安区6个乡镇100多个村，已经全面拉开了垃圾分类的序幕。

继军营村之后，家住新店社区禹州阳光花城小区的陈女士，在新民镇《生活垃圾分类责任书》上郑重地签下自己的名字。这也是新民镇第一份生效的《生活垃圾分类责任书》。责任书的内容，主要摘自《厦门经济特区生活垃圾管理办法》，如“垃圾分类标准”和“违反垃圾分类规定，将受到哪些处罚”等。

新民镇总人口有20多万，其中外来人口就占了80%以上，要推广垃圾分类，首先就要做房东、业主的工作，通过房东带动租户做好垃圾分类，“光靠传统的宣传形式还不够，要让房东、业主签下责任书，强化制度的约束力，增强他们的法律意识和责任意识。”

接下来，新民镇的垃圾分类督导员，将带上《生活垃圾分类责任书》和相关材料，挨家挨户做工作，普及垃圾分类法律法规。

除了与居民签订责任书，同安区新民镇还刮起了垃圾分类的“绿色风”，与同安区垃圾分类工作领导小组办公室、区委宣传部等多部门联合，开展“绿色低碳你我他，垃圾分类靠大家，同安邻里一起来”的主题活动，将垃圾分类常识融入趣味游戏中，通过群众的共同参与，寓教于乐。

在新民镇“垃圾分类大灌篮”趣味游戏现场，参与游戏的人排成长队，现场气氛踊跃热烈。“我也要投一个！”“荧光灯是有害垃圾，应该投入红色的筐。”……工作人员随机提出一个垃圾的名称，参与者需判断该垃圾应投入哪类垃圾桶，并将飞盘正确投入相应的篮筐内，即可获得小奖品一份。来自江西、在新民镇务工的霍先生说，通过参与游戏，自己也学到很多垃圾分类知识。类似这样好玩又能长知识的互动游戏，在现场还有不少，如“垃圾分类跳格子”、“贪拾绿海鸥”闯关大挑战、“红橙蓝绿”抢椅子等。

新民镇垃圾分类工作小组的负责人林添家在现场也忙得不亦乐乎。这次活动，新民镇的垃分工作人员经过了十几天不眠不休的精心筹备，就是想通过软性的宣传手段，更亲民、更普及、更易被群众接受。所以，他们根据新民镇工厂较多、外来人口多的特点，在当天的活动设置了一系列垃圾分类趣味游戏、文艺演出、互动教学等环节。其中，手工达人现场教学，将垃圾分类融入居民生活中的小物件，通过“利乐包再利用手工教学”“环保酵素制作”“生活达人课堂”，激发了参与者的浓厚兴趣。

而那时，2019年春节的脚步已经临近了。

2019年，是全面实施乡村振兴战略的关键一年。同安区委书记黄燕添和区长王雪敏在全区农村工作会议上分别强调，2018年，随着白交祠村成为同安第四个“中国美丽休闲乡村”，五显垵炉村、汀溪前格村、莲花军营村获评“全国文明村”，同安试点带动、示范引领的发展格局初步成型。实施农村人居环境整治三年行动，是美丽乡村建设的重要载体，也是同安推进乡村振兴的一场硬仗。

开年之际，同安区又传来了一大喜讯——有“厦门生态第一镇”之称的同安区汀溪镇古坑村声名鹊起，在春节6天时间内，喜迎10万游客驻足观赏三角梅。而在古坑往上12公里的顶村也不甘其后，依靠优越的自然山水资源、“与世隔绝”的静谧，成为近年来我市乡村旅游的热门目的地。春节期间，顶村游客超6万人次。几乎每个到顶村的游客，都会在古坑的三角梅基地留下足迹。欣赏过火红四海、灿若烟花、铺天盖地的三角梅园景，再到幽深静谧、古色古香的顶村小住，的确是在喧嚣城市之外难得的休闲之旅。

顶村和古坑村旅游的火爆，让汀溪镇党委书记蔡志宏看到了同安区汀溪镇乡村旅游串点成线、集聚成片的格局。但是说到底，想要振兴乡村，发展乡村产业基础，一定是以村容村貌的整洁为前提的，垃圾分类便是一切绿色工业、生态农业以及高端康养产业的依托。

垃圾分类开展以来，同安区总共投入5000多万元，统一采购一批垃圾分类设备，包括36250个室外垃圾分类桶、265部桶换桶电瓶车、4座垃圾分类生态流转屋、109.2万卷垃圾分类袋、22部大型分类转运车辆。为全面推动同安区垃圾分类工作，2019年，拟投入2000万元，组织采购新一批垃圾分类桶、桶换桶电瓶车及垃圾分类生态流转屋等设施设备。通过落实垃圾分类经费投入，垃圾分类设施设备逐步完善。

整整一个下午，张宏安主任就像在播放一部纪录片一样，一幕幕镜头回放，一个个人物聚焦，一个个场景重温，而这部纪录片里，唯独没有他自己。

作为一个采访者，我此时已完全忘记了“我”的存在，而是深深沉浸在他那番与开场白风格完全迥异的结束语中。

他说：“故乡、乡村、农村、村庄、土地，其实每个人内心里都有一份自己的乡情。而我们，无法为这片土地留下什么，那就让我们尽自已所能，尝试着让它变得更好、更美。”

这番听起来让人无限伤感惆怅的话语，出自一个山东汉子之口，很文艺，也让人无法不对那些基层的垃圾分类工作者肃然起敬。

也许，这就是厦门无数垃圾分类工作者都为之前赴后继、勇往直前的想法和心声吧。返程时，华灯亮起的路上，我这样想。

典范翔安　奋勇直向前

翔安，寓意翱翔安康。

翔安区是厦门市实施海湾型城市发展战略，重新调整行政区划后新设立的一个区。它地处厦门东部，东北环山，西南临海，东有小盈岭峰峦高突，北有群山绵亙为屏障，西南有金门、厦门两岛分列水口之左右，依山临海，地蕴山川灵气，群峰耸立，自北奔越而来，逶迤雄伟。翔安地区地形奇特，有山有海，丘陵绵延，风光绮丽，人杰地灵，在地、物、人方面具有其他地区无法媲美的奇特。

翔安区是厦门市最年轻、最具活力和发展潜力的行政区。

几年来，随着社会经济的发展，翔安区的垃圾量成倍增加，造成收集、转运和处置困难，垃圾乱扔乱放、堆积如山的现象频频出现，给生活环境带来极大影响。从2017年开始，翔安区掀起了一场全民参与的“垃圾革命”，让这个自然美丽、风光秀丽的行政区，在农村垃圾治理中迎头赶上。

在市垃分办的有力指导和支持下，翔安区把推行生活垃圾分类作为推进城乡管理转型升级的重要抓手，以实现生活垃圾“减量化、资源化、无害化”为目标，紧抓分类投放、收集、运输、处理“四个环节”，深入发动，有力、有序推进生活垃圾分类，不断改善人居环境。翔安区农村生活垃圾分类工作立足实际、因地制宜，勇于探索、敢于创新，走出了符合区情民情的分类减量模式。2018年6月13日，光明日报以《三次分拣，让垃圾分类有序进行》《要让农村垃圾处理接地气》为题，对翔安区农村垃圾分类进行了报道。

截至2018年12月31日，翔安区共在全区内96个村（居）、38个小区推行生活垃圾分类，覆盖率分别达80.67%、100%；全区机关企事业单位全面开展该项工作，为推动全社会普遍实现生活垃圾分类制度起到率先垂范的作用；农村生活垃圾分类减量试点成效明显，分类投放准确率90%以上，大分流渠道畅通，餐厨垃圾日均收运25吨，家具类大件垃圾日均收运25立方米，新店镇钟宅建筑垃圾消纳场投入使用，可消纳建筑垃圾7万立方米。翔安区的垃圾分类工作在区委、区政府的带领下逐步走向正轨。

“其实从金砖会议明确在厦门市召开之时，我们区委书记和区长等区领导就非常重视垃圾分类工作。那时候的大会小会都在不断商讨城市的布置。2016年文件执行之后，我们就开始有依有据地发布那些垃圾分类工作的正式布置。”回忆起那段开始与同事们共同开展垃圾分类工作的时光，翔安区生活垃圾分类管理中心的王琦主任仍觉历历在目。

“2017年5月20日，那天周六加班，我们召开全区垃圾分类布置会。当时胡盛区长现场问大家，‘纸巾是其他垃圾还是可回收垃圾？’大家都被问倒了。他接着解释说，‘如果没有污染的纸巾，那是可回收的，如果污染了就叫其他垃圾。’之后，他又举了玻璃的例子。这些都是胡盛区长自己先去学习的，他将垃圾分类工作生动直白地诠释给大家。他还告诉我们，‘你们必须去学，必须去干，即使是很小的事情也要说清楚，即使是很大的方向也要指明，这些很关键。’”

不仅是区长，整个翔安区委、区政府的工作人员都在为垃圾分类工作出谋划策。

我们没有见到副区长李德才，但王琦对他的工作很是服气。据王琦介绍，李德才是行伍出身，虽转业多年，军人雷厉风行的作风犹存。他精心打造了琼坑村的垃圾分类模板工程，从末端处理1.0版本到2.0版本，不仅从整个琼坑的体系上进行建设，更是从精神上对琼坑的百姓们进行教导。他常常说，我们就是要让垃圾分类深入人心，深入到百姓的生活当中，从源头减量，从末端处理，体现这座城市的文明素养。

在垃圾分类工作开展之初，翔安区就着手成立了由区长任组长，区四套班子领导任副组长的生活垃圾分类工作领导小组。设立了区、镇、村、户四级生活垃圾分类工作机构，共有区级专管员11名、镇（街）专管员19名、村（居）专管员35名、督导员435名。落实领导小组例会制度，领导小组办公室每月召开2次例会，分析工作形势，协调解决存在问题，及时总结工作经验，定期编写工作简报。

然而，不同于湖里、思明等城市集聚地，翔安是以农村为主。依山傍水、自然曼妙的无限风景不仅滋养着这方土地，同时也为他们的垃圾分类工作带来了新的挑战——“垃圾靠风刮，污水靠蒸发；房里现代化，屋外脏乱差”。这意味着翔安的工作者们在学习其他区的经验之外，也必须毫不懈怠地探索出一条属于自己的新道路。

对此，作为垃圾分类工作领头人的胡盛区长深有体会：“最大的难点是居民垃圾分类意识的树立和习惯的养成。垃圾分类是一项复杂的社会治理工作，必须以教育和监管为突破口，走进社区、走进校园等进行广泛宣传，搞好思想发动，通过宣传、引导、教育，提高群众的参与积极性，让分类意识深植村民心中。通俗地讲，就是要做好三件事：一看、二干、三点赞。”

“看”，就是政府引领示范，大力倡导垃圾分类并以实际行动推进工作的开展。为村民分类投放创造条件，配好分类投放桶、配齐分类收集转运车、完善末端分类处置，让村民实实在在看到政府在行动。

“干”，就是要“抓落实”，加强指导村民如何进行分类，简单明了地让村民学会分类、懂得分类，以实际行动推进垃圾分类工作。

“点赞”，就是要激发群众参与热情。坚持村民事村民议、村民定、村民办，让村民拿主意，强化主体意识。比如村庄保洁谁来承包、村民缴费标准怎么确定、经费用到哪里等，都明明白白告诉村民；生活垃圾分类怎么搞、搞到什么程度、收集装置如何设置，主要由村民说了算。

这种“一看、二干、三点赞”的模式让政府克服了“政府干，群众看”的问题，使翔安区的垃圾分类工作深入人心，也为翔安区进一步的工作打下基石。

然而，一个口号的喊出，一种模式的施行，一块基石的建立，在轻描淡写的描述里却隐藏着工作者们数不尽的辛劳和汗水。成立领导组织、发动多样宣传、现行试点有效……为了寻找到一种接地气的农村垃圾分类方式，翔安区的垃圾分类建设者在吸收借鉴湖里、思明两区的经验之后，又探索出一条新的垃圾分类之路。

首先，政府通过细化村规民约，鼓励村民积极参与垃圾分类，形成村民自治、全民共督的推广氛围。在具体实施过程中，探索出适合农村开展的“两桶分装”简易模式，即配置“可腐烂”和“不可腐烂”的两格分装桶，方便文化程度相对较低的农村妇女和老人的可行性操作，减轻了源头分类压力。同时，按每个农户家庭门牌号配备一个对应号码的两分垃圾桶，强化了日常评比及每个农户责任的划分。

其次，要求党员必须先学会、弄懂、做好垃圾分类工作，并与垃圾分类督导员对所包干农户的首次分拣进行监督和纠正，从源头提高农户垃圾投放的准确率，并通过保洁员的再次分拣，真正实现农村生活垃圾精拣化处理。

最后，建立垃圾分类考评机制，成立自评考核小组，不定期对每户的垃圾分类情况进行考核，公布考核结果。同时，设置“优秀”和“促进”两档考核分，表现优秀可兑换实物或现金奖励，鼓励优秀户，激励促进户，调动农户参与的积极性。

“客观来说，我们所做的一切，最终效果不是由我们，而是由老百姓自己来评价。就像送垃圾袋，这个费用很大，但是必须得花。花的效果不是说老百姓就必须要用袋子来搞这件事，而是应该让老百姓知道我们在做这件事，这才是关键。”王琦语重心长地说，“就像文化下乡那样，你必须敲锣打鼓，人家才知道演出队进去了。我们现在也搞了个绿海鸥宣传队，后续能够达到什么效果还是需要各方面来共同推动。”

为了让百姓知道垃圾分类的重要性，政府的工作人员马不停蹄地向百姓宣讲生活垃圾分类常识，通过多渠道、多形式开展宣传，如入户宣传、举办主题活动，编排生活垃圾分类三字经、答嘴鼓等，宣讲生活垃圾分类知识，营造工作氛围。各中小学校、幼儿园通过“小手拉大手”活动，普及生活垃圾分类知识，培养分类意识；举办丰富多样的演示活动，让居民掌握正确分类方法；在农村地区开展“最美庭院”“文明卫生户”等评比创建活动，设立“环境卫生评比公示榜”，形成比、学、赶、帮、超的浓厚氛围，并将生活垃圾分类处理和公共设施管护等农村环境卫生管理长效机制纳入《村规民约》，引导村民生活习惯。

除去这些常规的宣传活动，翔安区还根据自身特色进行了X＋的宣传活动，依托在当地的厦门大学、厦门海洋学院的志愿者和一些热心公司的赞助，既降低了宣传投入成本，保持队伍相对稳定的高素质，又达到良好的宣传效果。

然而，在宣传工作如火如荼开展的背后，却是工作人员日益焦灼的心。有太多的问题没有解决，首当其冲的是垃圾的分类收集问题。城市一般居住地集中且有垃圾统一收集点，收集方便，而农村多是自家修建的房屋，居住点分散，且无垃圾统一收集点，分拣困难。在这种情况下，翔安区想出了三级分拣、分装不混装的办法。

首先，农户在家里按照“可腐烂”和“不可腐烂”两种类别，对生活垃圾进行分类。两类垃圾易区分，减轻了源头分类压力，方便文化程度相对较低的农村家庭妇女和老人操作，扫清了全面推广的障碍。其次，实行入户督导，按照每300户配1名督导员，上门检查农户分类情况，纠正分类错误，并指导农户动手进行二次分拣。跟进落实，逐户突破，有效提升源头分类投放准确率。再次，实行保洁员每天2次上门收集，将“不可腐烂”“可腐烂”垃圾分类收集，并对“不可腐烂”垃圾中少量的可回收物和有害垃圾分拣装袋。这些措施既让农户看到实实在在的分类收运过程，又彻底解决分类不到位的问题。

每天傍晚，一辆辆密闭式压缩垃圾直运车，穿梭在翔安区新圩镇各个村，收集村内的生活垃圾。垃圾直运车将垃圾分类桶直接吊起，桶中的垃圾被倒进车内，全过程没有滴漏。这种垃圾“快递式”直运新模式，让新圩镇摆脱了二次污染的尴尬。过去，镇里一直沿用传统的垃圾清运模式。在垃圾中转环节，由于劳动强度大，垃圾池平均三五天才能清空一次，而且容易发生滴漏，造成二次污染。加上村居垃圾池配套覆盖面小、分布不均，满足不了收运要求，导致垃圾乱堆放现象突出。

为彻底解决传统垃圾运输模式产生的二次污染问题，新圩镇于2016年底在厦门率先启动垃圾直运模式，加大资金投入力度，购买10辆垃圾压缩车、2100个垃圾分类桶，并制作了118块环卫工人责任牌。为保证垃圾直运模式规范运作，新圩镇还专门委托镇属企业新曦公司，对全镇的清洁工人、管理人员和车辆设备进行统一管理。

垃圾压缩直运车个头只有中型卡车般大小，但其后部伸缩自如，可一口气“吞”掉30个桶垃圾，并且像公交车一样，根据固定线路每天定时收集垃圾，“快递式”直运到东部固废中心，做到“日产日清、垃圾不落地、垃圾不外露”。

“以前，村民把垃圾随便扔在路边，大风一吹，满大街都是垃圾。”后亭村村民黄腰治说，自从推行了垃圾直运措施，从村民扔垃圾到垃圾被运输车带走，真正做到全程不落地。

两年来，新圩镇垃圾直运模式带来的显著变化，用村民的话说就是“二次污染没了，村居环境美了”。新圩镇也在全区卫生评比中扬眉吐气，从过去的垫底直接跃升前列。这一运输模式正在翔安区进行推广。

不仅仅是运输模式，令翔安人民自豪的还有他们的垃圾分类末端处理方式。厦门市垃圾分类从20世纪90年代就开始做，时间较早，属于先行先试、走在全国前面，但是由于末端处理不完善，造成垃圾处理不彻底，影响了前端分类。现在厦门不仅能做好主要四类垃圾的处理，还能对细分类的玻璃、陶瓷等进行分别处理，种类可以达到48种之多。不断完善的末端处理能力，让百姓知道分类是有去处的，使百姓垃圾分类分得安心。

最开始，翔安区建立了“户集、村收、乡转运、县处理”的农村生活垃圾治理模式。但随着农村生活垃圾量的急剧上升，这一模式的弊端日益凸显：现有填埋场使用寿命缩短，新建选址又成了问题；垃圾处理成本日益提高，财政负担重。而这时，浙江金华的农村终端处理的新模式——阳光堆肥房为翔安区农村垃圾处理提供了新的借鉴样式。

王琦告诉我们，刚开始他们去同安区学习，发现他们的热熔设备虽然可以做到减量化、无害化处理，但是耗电量大，不利于环保。在权衡利弊之下，他们将目光投向浙江金华的阳光堆肥房。这是利用垃圾自然发酵、自然窝肥产生能量的方法，将垃圾变废为宝来减少对环境的破坏。

这种处理方式也存在问题：垃圾腐熟速度慢，堆置过程臭气熏天，并滋生大量苍蝇和蝇蛆。怎么办？于是，他们请教了位于集美的中国科学院和环境研究所相关专家，对整个经济运行成本进行了综合分析。在不断摸索和借鉴过程中，翔安区又引进了2.0版本——垃圾快速成熟模式。这是一种新型的阳光堆肥方式，通过补气、调水、加菌种，垃圾投入堆肥房后，堆置两个月左右就腐熟，并且没有恶臭逸出或苍蝇滋生，同时增加窝肥的种类和速度，产生的有机肥还可以用于林地增肥，相得益彰。

为了使2.0版本真正发挥它的效用，翔安区扩展清洁楼功能，安装机器成肥机，利用机器辅助破碎、控制含水率、搅拌菌种，对秸秆、菜叶等农业垃圾进行发酵堆肥，产生的有机肥用于农田增肥。他们还建设环保小屋，通过积分兑换形式，鼓励村民将家中的有害垃圾、低值可回收物收集到环保小屋，登记积分，兑换礼品，极大提高了居民的自觉性和参与度。

谈到这个，王琦忍不住与我们说起他对于翔安区末端处理的看法：“其实阳光房和快速成肥，前期投入成本很高，就像东部处理厂一投就是几个亿，所以投资成本高低关键看效果。第一次我们花一百元，效果可能只有一元钱，第二次花一百元效果可能只有两元钱，但是第三次、第四次效果就会不一样。所以必须去积累，不然永远都没有效果。”

面对未来，王琦信心满满：“其他垃圾我们是拉到东部去焚烧处理，全市的垃圾焚烧处理能力会进一步加强，到2020年基本可以实现全部焚烧，实现资源最大化利用。厦门的垃圾分类走在全国的最前端，包括它的垃圾处理能力也是为各地专家、媒体交口称赞的。我们也在不断摸索末端的处理能力和水平，不断向前走。我相信我们能够将末端处理工作做好。”

翔安区农村垃圾分类和处理不断探索新方式、新路子，社区的工作则比照其他区。曾坂社区管辖范围为汇景新城中心、宝嘉誉园、招商雍华府、五华偶遇四个楼盘小区。其中宝嘉誉园小区是翔安区首批实行垃圾分类的试点区域，它的现状无疑是翔安区社区垃圾分类工作开展情况的一个窗口。

新店镇总共41个社区，从2017年开始，垃圾分类工作就在全部小区中逐渐开展。由副镇长朱志远带头，层层培训垃圾分类知识。曾坂社区书记康淑琼感慨道：“街道领导给我们培训垃圾分类，我们再培训下面的那些专管员和督导员，下社区也是进行垃圾分类的宣传和培训。我依然牢牢记着街道环卫所所长蔡彬彬在培训时告诉我们的话——宣传指导，跟踪落实。”

郭小鹏说：“我们2017年招的垃圾分类专管员现在慢慢承担起整个新店镇的小区垃圾分类宣传。哪个小区要成为试点，哪个小区需要宣传，我们就去哪个社区宣传。首先，你要告诉别人什么是垃圾分类，还要在现场指导他们具体怎么分。指导过后，我们不能说他知道后就不管了，让他自己去投，而是要跟踪、检查他到底有没有在分类，才能最终确保‘宣传指导，跟踪落实’。”

前三个月，虽然进行了大量宣传，但是居民的分类意识不是特别高，会有抵触情绪。有些人很凶，还会说些风凉话。针对这些现象，翔安区加大宣传力度，区委常委、宣传部部长黄运要求区属所有媒体，开辟专栏、专刊宣传垃圾分类工作。新媒体、微信业主群、微信公众号全部开动，把垃圾分类工作宣传出去。督导员加强督导，慢慢做多了，居民也就理解了，现在没有原先那般抵触了。

社区还设了一个专管员，负责几个督导员的督导和培训工作，经常召集督导员来培训、上课，共同探讨他们在督导过程中存在的问题，以及怎样来改善。每个人个性不同，居住人群不同，产生问题不同，所以解决方法也要因人而异、因地制宜。

刚开始曾坂社区并没有聘督导员，基本让各个小区的保洁员兼职，但是保洁阿姨光做保洁就很忙了，兼职督导必然会影响她的保洁效果。居民和物业都反对，同时也没办法定人定岗，督导效果差。

保洁员邢女士对此最有体会，她无奈地笑道："自从垃圾分类进入小区，我们每天早上五点就要出门做垃圾分拣，六点我们就必须将垃圾分拣好，第一时间运走，大家才能在七点半的时候有垃圾桶扔垃圾。中午，我们也要趁居民吃饭的时候赶紧把垃圾清理走。我们一天打扫50层楼，工资才1900元，从早晨做到晚上，现在又多出了垃圾分拣。小区保洁员和督导员合二为一，有些人累得辞职了，但我依然还坚持着。现在小区很缺人，我的工作变得更困难了。"

说到此，邢女士深深地叹了口气："不仅如此，还有垃圾转运的问题。地下车库有一个垃圾房，我们都要在那边分拣整理好，再外运。垃圾直运车车型大，只能停在东门收集垃圾。可是东门是一家水果店，每天垃圾摆在那边，一天转运一次，人家也需要谋生，所以是不可行的。也不可能在小区外面设垃圾场转运。我们现在的做法是，垃圾桶拉上接驳转运车后，马上清洗干净。但是现在的没有专用垃圾房，我们只能在马路边洗桶，这样就会影响到居民，一天就有十几通投诉电话，真的是进退两难。"

正如邢女士所言，最初的工作进退两难，困难重重，不仅考验他们的能力、耐力，还考验他们对职业的热爱与否。每天凌晨，当大多数人还在梦乡里，瘦小的邢女士便裹紧衣服行走在冰凉的夜色里，只为了让居民们拥有更加干净整洁的环境。每天深夜，邢女士等人拖着疲惫身体蹒跚地回到住处，草草整理一番便睡下，她们的枕头旁依旧是明日五点的闹钟。

“她们做得很好！”康淑琼充满感激地称赞道，“保洁员的专业和负责可以说是我们社区的特色了。小区随时有人打扫，桶擦得非常干净。你知道她们一天收集几次垃圾吗？五次！真是太了不起了！”

邢女士自豪地说：“我们在垃圾分拣的时候，一包厨余都没有漏出去。真的，我们每天现场现清，每一桶都被我们拆出来，再次经过分拣。”

邢女士们在最基层，坚持自我，坚定本心，一丝不苟，努力做到最好，值得所有人敬佩。

随着垃圾分类的观念深入人心，越来越多人自愿加入垃圾分类的督导工作中。2017年11月，曾坂社区成功招聘到为数不多的几名督导员，陈美银就是这批督导员之一。刚开始时，她发现小区的垃圾不落地都难以做到，更别提垃圾分类。有些人不想投到桶里，有些人不想打开盖子，连翻都懒得翻，哪怕桶下面有脚踏。面对这种情况，她也曾打过退堂鼓，但农村出来的她深知环境需要人持续改变，她坚持了下来。

“其实环境差还是次要的，关键是在做居民思想工作时，有些人会把你气死。我们入户宣传时，有些人说不发垃圾袋他就不分类，还有些人当着你的面就把垃圾扔在地上。有一次我碰到一个年轻人，我问他，‘帅哥，你这是什么垃圾？’他说什么垃圾都有。我说，‘你这个要分开处理。’他说，‘那给你分吧。’说完放下垃圾就走了。后来我跟他说了好多次，终于把他感动了。渐渐地，他开始自觉分类，经常见面也会互相打招呼。”

康淑琼补充道：“很多督导员都有这种感受，你多去宣传几次，他来投的正确率就高了。因为你每个星期不间断地入户宣传，是人都会有感情，督导员的工作要做得比较细致才行。”

除了保洁员和督导员的清理和督导，曾坂社区的成功还依托于层出不穷的宣传方式。

“做宣传的时候会借助一些外力，比如说社区举办文化下乡活动，我们就跟主办方商量，把舞台借我们几分钟，我们来宣传一下垃圾分类。因为这种大型活动，观众比较多，我们借台宣传几分钟，效果可能会比我们平时宣传的效果更好。”

还有，翔安有一个“92580志愿者联盟”，在他们到社区做活动，宣讲遇到危险怎样救助的时候，社区也和他们联合，一起宣传，一起讲解，把救助和垃圾分类捆绑，各得其所。

学校的老师也会带领小学生进入社区，用“小手拉大手”的方式，给居民讲解垃圾分类。

“目前来看，垃圾分类在翔安区才开展几个月，随着时间的推移和工作力度的加大，准确率也会越高。我坚信，垃圾分类工作会越来越好。”康淑琼的眼睛在述说中不断发出光亮来，那是希望的光芒，那是自信的光芒，那是照亮黑暗道路得以前进的光芒。这份光芒的种子存在于每一个垃圾分类工作者的心中，支撑着她们砥砺前行。

或许正如王琦主任说的那样：“我曾经也想过，这件事太难了，做不下去了。但我总是有个念头，为什么我们走到全国垃圾分类工作的最前端，不再多走一走？路是要靠一步一步地扎实往前走，你永远都在设想可能会有什么困难的话，就永远没法往前走。而这条道路，刚开始一定是困难的，但越向前走，正向的东西越多，激励会越多。你不妨告诉自己，再走一步，再走一步。每走一步可能都比前一步更加艰难，但只要我们一直向前，总有豁然开朗的一天。”

宗教场所　清心大道行

禅宗是汉传佛教的重要宗派之一，融合了印度佛教和中国文化精髓。禅宗起自释迦牟尼佛，而传自达摩初祖，传习“直指人心，见性成佛，不立文字，教外别传”的顿修顿悟的祖师禅，倡导在行住坐卧中觉知和修行。

南普陀寺历史悠久，在厦门这个如此繁华的海边城市中，承担着重要的信仰角色，成为南禅临济宗喝云派支派流行于闽南大地上。

每天，直插天地的五老峰顶总会最先迎来第一缕晨曦，它们像五位阅尽人间沧桑的老人，默默遥对着远处的苍茫大海，静静地回顾着五老峰麓南普陀这座千年古刹的前世今生。

从林中鸟儿的第一声啾鸣，叫散了天地之间的袅袅薄雾，也叫醒了这座寺院众生新一天的信仰和生活。洒水、打扫、做饭、抄经、诵经……对于佛门弟子来说，认真做好工作中每一件小事，都是佛海之中必不可少的修行。

很多人都说闽南人信佛。其实，这只是一个笼统的说法。确切地说，是闽南人更愿意寻求内心的宁静，而佛教信仰也因此借势而起，这些都是顺其自然的事情。

佛门圣地，普渡众生。对于出家人来讲，最重要的便是要做到心净。心净，才能国土净。心，是内在意识；国土，是外在环境。从心净到国土净，简单来说，就是从内向外，都要保持干净。也是奉劝信众，要时常保护心念，不要被贪、嗔、痴等毒害侵袭，更要积极救护世界，不要让暴力充斥社会，让灾难破坏家园，污染大地。

法师们对弟子的教导也是由内向外，以身作则，内外“干净”，存有“敬畏”，保持“静心”，从而达到佛法修行的“境界”。

南普陀寺始建于唐，兴于宋，明代荒芜凋敝，清朝得以重修。数百年以来，经历代住持景峰、省已、喜参诸和尚多次重修扩建，至民国初年，已构成三殿七堂俱全的禅寺格局，成为近代闽南最具规模的名刹。而弘一法师修行过的地方，更是让很多人心向往之。

五老峰上的苍松翠柏阅尽过寺院的繁华鼎盛，也承受过抗日战争时炮火的轰炸袭击。观音菩萨的智慧法眼，终还是看到了几经兴衰的南普陀寺千百年之后的香火，袅袅燃于庄严雄伟的大殿之前。

香火，自古以来便是寺院重要的维系。在国内，绝大多数寺院都已作为游览景点收取门票，商业化运营，以使寺内香火更旺。

可南普陀寺不收门票。不但不收门票，还免费赠送线香一炷。寺内常年布施稀粥，每天前来拜谒的善男信女络绎不绝。

南普陀寺香客和信众常年熙来攘往，香火极旺。每年接待的游客和信众人数总额大概有1300多万人次。加之常住寺院的法师和工作人员近600人，每天产生的生活垃圾大概有2吨左右。

但是，在25.8万平方米的视线所及之内，却看不到任何垃圾。不但没有垃圾，而且整个寺院内没有一个垃圾桶。不得不说，作为闽南地区的千年古刹，南普陀寺率先成为由心净到国土净的佛门宗教之地的典范。

早在2014年2月，厦门市人大会议上，南普陀寺的方丈则悟大师作为全市人大代表，率先提出“垃圾不落地”的提案。在人大会议闭幕之后，世界环保日那天，则悟大师就在南普陀寺内开始实施这一举措。

佛门净地对于“国土净”的环境问题，则悟大师是非常重视的。他首先要求撤掉寺院内所有的垃圾桶，并且配以多层次的宣传，制定方案，不断查疑补缺，使得南普陀寺的垃圾分类工作先行于全市。

“垃圾不落地”方案实施初期，撤掉公共区域的垃圾桶，只在生活区域放置生活垃圾桶，每天定时定点投放垃圾。宣传方面，则悟大师引进国外的一些先进经验，提议将广告宣传标语融入佛教术语来做，比如“垃圾不落地，你我都得利”“庄严佛道场，垃圾不登场”等，制成宣传栏，放置在香客比较集中的通道一旁。因为寺院之内修的是清静，不能大声喧哗，所以广播的形式是无法实施的。那么，香客们更多会看到有一些义工，静立在甬道一侧或者围墙旁边，手中高举着广告标语，让垃圾分类概念深入香客内心。

潜移默化的效果很重要。

南普陀寺的信众大多来自五湖四海，素质良莠不齐。而寺院想做的，不只是让他们来求个平安，更要让他们带走一些文化，一些寺院对社会有影响的向善理念。这些理念，就融入广告宣传中，融入寺院内的行为和环境里。

2017年3月，全市开始推行垃圾分类工作时，市民族与宗教事务局也是冲锋在前。4月，全市工作部署不久，市民宗局局长黄娇灵和副局长苏人登便以南普陀寺为根据地，举办题为“垃圾分类·生态厦门”讲座，邀请厦门市垃圾分类管理中心专家赵海涛科长来进行授课指导，局机关干部职工、全市各宗教团体负责人、宗教活动场所负责人、宗教教职人员、义工代表、闽南佛学院学僧代表共300余人参加听讲。

之所以选择南普陀，苏人登和赵海涛事先进行了商量：一是因为南普陀寺名气大，场所大，是厦门宗教界的一个代表；二是南普陀属于一个寺院两块牌子，同时也开办了佛教协会的佛学院；三是南普陀的“垃圾不落地”已经实施了三年，效果显著，垃圾分类工作可以作为“垃圾不落地”的深化。确定场地之后，苏人登便着手联系寺院的法师，很快确定了讲课的具体细则。

赵海涛至今还清楚地记得那天的场景。

赵海涛是北方人，在厦门市从事环卫工作已经有30年，是工作经验极其丰富的一员大将。

虽然他去过南普陀寺很多次，也讲过大大小小无数堂课，专业知识信手拈来，滔滔不绝，从未有过任何纠结。但那天从单位开车到南普陀寺的路上，赵海涛还是很认真地思考了一下开场白。

一般情况下，讲课要看受众对象，知道下面坐的什么样的人，就知道如何开场。“先生们、女士们，大家好”“领导同志们好”“各位朋友们好”，似乎都不合适。等到法师把他领进寺院大讲堂的讲台上，向大家介绍：“这是垃分办专家赵老师，来给大家讲垃圾分类……”赵海涛就很自然地接上：“各位大师，大家好！”

事后讲起，赵海涛总还意犹未尽。那天，厦门市宗教界的所有代表人物几乎全部到场，佛教、道教、伊斯兰教、天主教、基督教，和尚、尼姑，信众、居士，济济一堂，安静地听他讲了40分钟。从垃圾分类的具体实施，到现实意义与宗教修为的融合，赵海涛的一堂讲座，可谓圆满成功。

五大宗教的负责人统一意识，认为这是利国利民的事情，也符合宗教的要求。宗教要求大家要减少社会的负担，多做善事，跟宗教教义不冲突，也是符合宗教界的理想，所以他们非常支持。

后来赵海涛跟苏人登去考察了几座教堂和寺院，如厦门比较知名的妙法林尼姑庵，也是爱国主义教育基地，垃圾分类工作开展得很好。他们引导信众：垃圾分类其实是一个人道德的修为和功德的积累，由己及人地去影响他人。

2018年1月的一天，则悟大师把证湛法师叫到方丈楼开会。进得屋内，证湛法师发现当家师和大知客也在。那时候的证湛法师负责寺内物业管理工作。他隐隐预感到这场会议的重要性。

果然，则悟大师说："证湛，这一年之内，你主抓的垃圾分类工作进展很好。但是，按照目前的情况，我们应该继续深化一步，以保障从源头到终端的封闭性。"

证湛法师双手合十，洗耳恭听。

原来，方丈考虑到寺院内的垃圾从源头分类好之后，运输出岛外的过程中，会有混装混运的现象发生。寺院内有清洁楼，环卫处会有一部车来一起装车运走。这样，原本分好的垃圾又混到一起，等于大家一直在做无用功。则悟大师的意见是，先不管外面的设施何时能够完善，首先要保证内部的设施硬件齐备。所以，采购一部自己的垃圾接驳车势在必行，也能保证南普陀寺内产生的垃圾从源头到终端，都是分类清楚的。

在原有的"垃圾不落地"基础之上，深化垃圾分类工作，南普陀寺自有一套完整的体系方案。经证湛法师的一番表述，南普陀寺的人员构成和垃圾分类推进图表便清晰明朗起来。

南普陀垃圾分类工作一把手就是方丈则悟大师，方丈下面管理日常事务的有两人，一位是当家师，另外一位是大知客。当家师负责内务，大知客负责对外。知客汇报给大知客，大知客汇报给方丈。

证湛法师是护寺，相当于副当家师。护寺会有几个，分工不同。有的负责采购，有的负责日常事务，细分到每一位，这样的话方丈好明确每一件事叫谁做。

通俗地说，若将寺院比作一家公司，方丈相当于CEO，底下就有执行董事等。寺院的课堂负责对外的接待和人事管理，所以它有点像公司的接待部门和人力资源部融合在一起的一个部门。

由于寺院内每年正月十五都会有一次人事调整，管理层的人员一任一年期。所以，2018年时，证湛法师还是当时南普陀寺垃圾分类工作主要负责人。下一年，诚一法师接任他的工作，证湛法师则去负责饮食、基建和维护。

当时负责垃圾分类的证湛法师带上洪向平和郑建运两人参观了厦港社区，了解社区的垃圾分类需要准备哪些物料；之后又去民宗局学习，看看他们的宣传专栏怎么做。到两个地方参观学习回来后，他们便取长补短，着手制作具有自己寺院特色的宣传栏和宣传手册，制作垃圾袋。

洪向平和郑建运两人，一位是南普陀寺的，相当于办公室副主任；另一位是物业部的，专门负责整座寺院的卫生。接下来的两步，采购垃圾接驳车便由办公室负责，制定垃圾分类日常管理办法则与物业部密切相关。

最后一步，准备完所需的一切物料后，就召集寺院的所有员工，向他们发放垃圾分类宣传手册，发放可降解垃圾分类塑料袋，集体再次正式学习垃圾分类。

学习的时候，跟其他的地方还有点不一样。因为寺院在2014年就提倡“垃圾不落地”，垃圾桶都撤掉了，所以寺院内的垃圾主要是房间的生活垃圾。

现在，每个常住人员的房间里面都有两个可降解垃圾袋，一个放其他垃圾，一个放厨余垃圾。像矿泉水瓶一类的可回收垃圾，允许他们把它跟其他垃圾放在一起，因为大家上班之后，把分类好的垃圾推到压缩车里时，在检查的过程中，会把可回收垃圾从其他垃圾中挑出来。

寺院制定了房号标签，在房间将垃圾分好，垃圾袋外面贴上标签。

比如，证湛法师的房间号是22号，垃圾袋上标注的便是22号，不用贴法师的名字，自然会按号查找，以号码对应到人。虽然取消了垃圾桶，但是每天晚上会把保洁车放到固定点，这一栋楼马上就知道自己扔垃圾的地方就是在这个点，就跟外面小区一样。只不过小区是24小时放在那个地方，而寺院内只有到了时间点车才会推过来。下午五点以后，会有清洁车、保洁车推到固定的点，大家把房间的垃圾拿出来扔在清洁桶里。第二天早上八点，负责人分成慈善会、佛学院、正面楼、普照楼四个点，分别有四个组长，组长负责检查那一栋楼，每一个房间的垃圾分类情况，检查无误后，再把分好类的清洁车推到寺院的垃圾分类压缩车里面去。然后，厨余垃圾会由思明区环卫处来收走，其他垃圾则用寺院的清洁车送到海沧区垃圾处理站。

寺院内产生的垃圾种类主要是其他垃圾和厨余垃圾。厨余垃圾，主要产生于寺院内两个大厨房，菩萨楼和思明区环卫处给他们一个固定点，再提供几个桶，到了每天下午五点半左右，将厨余垃圾放到一个固定的区域。六点多，环卫处会自动上门来收。办公室内用过的茶渣、宿舍内削下的果皮等，大家会自行在房间分类好，下班就放到固定区域，与厨余垃圾一起运走。

整座寺院光保洁员便有50人，按面积划分每个人会有一个保洁的区域。因为公共区域都是没有垃圾桶的，白天，每个区域有负责卫生的人员，他们会将信众们产生的垃圾自行分类，晚上再统一送到固定的垃圾回收点。每天每一个区域有一个组长，组长带两个副组长，一级一级地落实下去——方丈落实到主管，主管落实到组长，组长落实到两个副组长，副组长再去落实到保洁员。层层把关，每天巡查，既规范，又严密。

有害垃圾相对较少，隔一段时间会送到南华路的垃圾清洁站集中处理。

可回收的垃圾也很好处理，游客扔的水瓶、寺院扔的纸壳箱子，员工下班后都会带走，变废为宝。

人的习惯养成是需要时间的，特别是垃圾分类工作每天每时都会涉及。但是，在南普陀寺内，除了常住人员在自己的生活范围内可能有点反弹，在公共区域是不存在这种现象的。

寺院早在2014年提倡“垃圾不落地”时就制作了环保手册发放到每个人员手中，推行垃圾分类以来，更是将垃圾分类手册制作得详尽易懂，人手一册。所以，开始最大的困难就会有一小部分人员不自觉，会把一些吃过用过的水果和茶渣混在其他垃圾里。若是在日常生活区域，依然有人员不遵守垃圾分类规则，分类不清，寺院也是有一套严格严厉的惩罚制度的。

比如，在四个负责分运垃圾的组长的检查下，发现哪一个房间的人员没有将垃圾分类，组长便会上报给主管。第一次，主管会对他进行严厉的批评学习；如果有第二次，还会进行一次现金的罚款，一般情况是50元；若是第三次，发现同一个人屡教不改，依然没有进行分类，寺院则会将他的职位下降等级。

试行了几个月之后，惩罚制度根据寺院内的实际情况逐渐有了一些变通。

当前，厦门市个人罚款不是很多，因为执行起来比较难，超过50元就必须执行法律流程，所以寺院开始的罚款上限也只是定位在50元。

寺院在每周的某一晚都会有不固定时间的查房，包括垃圾分类和用电情况等。如果在查房过程中，发现有垃圾不分类的，第一次会当场进行批评教育。寺院里的人员大部分都是年轻人，习惯的养成与自律还很困难，批评之后还会忘记。那么，第二次发现同样情况，便会让他在课堂上到佛前去念经。除了念经，还要求他抄写经书以示惩罚。抄写的经书篇目不固定，也许是《心经》，也许是《大悲咒》或者其他经典，以课堂主管指定的哪一部经书为准。这样，既加重了惩罚，让人印象深刻，同时也以佛经为载体，将佛法更深刻地印在他的脑海记忆之中。

这样一整套从源头分类垃圾，再到严格的惩罚制度，南普陀寺已经在自己的天地之间，创下了垃圾分类能够长久实行的有明显宗教特色的办法。

从全市开始推行垃圾分类之初，证湛法师便是南普陀寺的垃圾分类主管人员。虽然只做了一年，但这一年，却是垃圾分类深化的一年。所以，他的介绍非常详尽："南普陀寺做垃圾分类，其实是受2009年的影响。那个时候，我们就提倡文明进香，寺院提供免费的香火，外带的香火严禁进入寺院。这样一来，大家就不会提着塑料袋，也不会带着一把香进来了。其实从那个时候基本上埋下了伏笔，到后面做的时候就已经减少很大一部分压力了。至2014年的世界环保日，我们开始实施'垃圾不落地'，也是为后续的垃圾分类工作打下了坚实的基础。"

在实行"垃圾不落地"之前，整个寺院角落都有设置垃圾桶，面对每日一万多人的客流量，香火、纸钱、供奉的水果膳食等都能入寺，常常只需十分钟时间，就会产生满满一箱的垃圾。一天下来，平均的垃圾产生量大概有四吨，这个数字还不包括厨余垃圾。现在，整座寺院内的垃圾产生量足足减少了一半，只有两吨左右。每天两吨垃圾还是很好处理的。

这之间，还有一个小小的概念性问题的争议。

南普陀寺占地较为广阔，寺内花木繁多，草木葱茏。植物自然生长必定会经历季节的轮换，落花与落叶，也不可能全部化作春泥来护花。在质的归属上，落叶应属绿化垃圾类，不适合与其他垃圾放在一起。每到秋冬交替之际，大家每天都会到后山收一些树叶下来。若是以单纯的绿化垃圾来处理，还要多出一种类别来，而且不是常年都有，很麻烦。证湛法师请示过方丈之后，多次与市环卫等部门进行磋商，觉得不多又不少很难处理，是不是可以将少量的树叶混到厨余垃圾里，大量的树叶和其他垃圾放在一起。经过反复研究后，环卫处同意了寺院的提议。

其实，在实行"垃圾不落地"的初期，方丈则悟大师就有一个设想，如果南普陀寺能够自己做一个小型的焚烧厂，将垃圾焚烧之后发酵或者堆肥，将成品免费发放给游客带回去养些花花草草，一来可以将垃圾内部消化不外运，也算是循环利用，利国利民；二来游客进寺上香，带回寺院自制的有用之物，自然会满心欢喜，也算是功德圆满了。后来，因为担心小型焚烧厂建成，可能会对周边的环境产生影响，此事便作罢了。

环境和行为最能改变人，带动人。

现在，当所有游客、信众们双脚踏进南普陀寺院大门，便会感受到这里既庄严肃穆，又温馨舒适。佛门之地的清静与清净，在这所闽南寺院里体现得最为深刻淋漓。

有一次，诚一法师走在回廊里，突然，有一个游客将一只空瓶子扔到地上，“哐当”一声响，在清静的回廊里显得如此突兀。很多人转头回来看他，他自己感到很尴尬，又默默地把瓶子捡起来拿在手里。夏季炎热，也会碰到游客用面巾纸擦完汗水，站在树荫下休息，却没将手中的纸巾扔地上。因为这个地方实在是太干净了，即便再觉得不方便，他们也会将垃圾留在手中，等到出了寺院，再找一个垃圾桶扔掉。

来此地参观旅游的跟团客，也会在旅游车上被导游“洗脑”——南普陀寺是一个没有垃圾桶的佛门圣地，所有游客都不应该在寺院内产生垃圾。有游客在围墙下吸完一支烟，想找个树丛下或者花丛扔掉烟蒂，被他五岁的女儿看到，小女孩天真地指责他：“爸爸，导游姐姐刚刚说过了，不能在寺院内随意丢弃垃圾啊！”这个爸爸面红耳赤，赶紧翻出来一张面巾纸，将烟蒂抱起来揣在了口袋中。

其实，这就是环境对人产生的力量。它的力量可能很微小，但它的影响可能很深远和强大。

“五老峰峦万木葱，白云仙阁醉清风。香炉日照紫烟绕，踏入佛门万欲空。”

南普陀寺历经千年的朝代更迭，看透了世间冷暖，像是伫立在闹市中的隐士，波澜不惊地看待这繁华凡尘。

可是，世间慕名而来的朝拜者众，谁又能真正了解这份波澜不惊，是需要多少时间的打磨和锤炼，才能如此淡定从容，初心不改，依旧向善向暖？

世人只知爱国僧人弘一法师，曾在该院任教，却鲜有人知，该院除教授佛学、中文外，兼设日文课。抗战时，佛学院校遭日军炸毁，多数僧人逃亡内地和海外。直到1985年5月17日，停办多年的闽南佛学院举行隆重的复院典礼，南普陀寺方丈妙湛法师出任院长。1980年后，妙湛法师历任中国佛教协会常务理事、咨议委员会副主席，福建省佛教协会会长、名誉会长，厦门市佛教协会会长等职。

为在慈善事业方面多作贡献，利国利民，1994年12月，妙湛法师创办了“厦门南普陀寺慈善事业基金会”。到1995年底，该基金会为社会慈善事业方面捐款约73万元，为文化教育事业捐款约16万元，受到社会一致好评。厦门市人民政府授予慈善基金会为特殊教育先进单位。

如今的方丈则悟大师，在历代住持为南普陀寺倾注的心血之上，将佛家的慈悲为怀继续发扬光大。他除了潜修佛法，打理寺院日常事务，关注环保问题，还在南普陀寺慈善基金会里设立了一个子项，把慈善与垃圾分类很好地结合起来。他号召众弟子和信徒，把可回收垃圾卖钱所得捐到这个户头，既是环保又做慈善。如果能有更多人参与，所得资金，可以回馈给某一阶层的人，比如说现在进行垃圾分类以后，好多原来靠捡破烂、拾荒为生的人可能就失业了，回馈给这些人应该是一种平衡。现在拾荒者没有讨生活的地方，如果专项慈善基金能对应这些人做一些回馈，也会相应地减少社会压力和矛盾。

垃圾分类工作，说白了就是大象无形，大爱无言，大音希声。它只能通过几代人不断向前引领，从而带动和改变后来者的态度和方式。

这件事情，需要发动全社会、全人类共同参与，而个中辛苦，有时却只能化为一江春水。只有在江河中不断奔流着的水滴，才能懂得奔跑的艰辛和力量汇聚的动力。

厦门市的宗教界，基本做到了全员参与。在中国这个多民族融合的国家里，宗教的力量是强大的，不容忽视的。很多时候，它们既是信仰的场所，又是旅游的圣地。所以，厦门市民宗局也十分重视这些宗教场所的作用。

黄娇灵和苏人登等民宗局的领导，在推行党和政府的垃圾分类政策时，更加注重方式方法，既能顺利推行垃圾分类工作，又不与各界不同宗教信仰相悖。

明代著名思想家、军事家王阳明，精通佛、道、儒三教。虽说他创办的“王学”“心学”被后人定论为“儒学”派别，他所受到的道家思想明显多于佛家。但是，他提倡的“知行合一”与“随缘”理论，也是佛、道、儒等学派一直沿袭倡导的。

各家学说与信仰，终究万变不离其宗。

比如说佛家，有“庄严国土、利乐有情”之说；基督教、天主教讲究“万物皆有生命”；伊斯兰教更是以清洁为圣，礼拜前有大戒和小戒；道教，则讲求环保理念，提倡自然和谐，春季不打鸟、不捕鱼，草木生长期不砍伐。这些，都是宗教场所所具备的良好基础。

随缘也好，知行合一也罢，总之在推行垃圾分类政策时，苏人登便以“不搞复杂”为前提，据势变通，以免出现任何抵触和排斥。

比如，在分类垃圾桶的配置上，就曾出现过问题。四色垃圾桶放置在街道社区居民楼里没问题，但是有些宗教圣地，放进去有碍观瞻。南普陀比较开阔，但早在2014年就已经撤桶；延寿寺狭小精致，占地不到200平方米，是无法放置四色桶的。所以，苏人登就与机关管理局提供的环卫公司联系，通过网购那种精巧、美观的小型垃圾桶来放置，既解决了垃圾分类问题，又不占空间，皆大欢喜。

在厦门老居民区第八菜市场，竹树礼拜堂是厦门最大的基督教堂，信徒大概有五六千人。这是一股不容忽视的力量。苏人登与各个教堂沟通协商，要求他们的牧师在每个礼拜日讲经布道时，将垃圾分类内容加进去，利用信徒的力量，开展造福社会和民众的公益事。一千个信徒，便会带动一千个家庭。积跬步，才能行千里。

南普陀寺大门边巨大的垃圾分类宣传栏、竹树礼拜堂门楣上滚动的电子屏幕，清真寺内醒目的标语，都是垃圾分类工作向前推动的大江之水。通过宗教语言来引导信众参与，让信众知道垃圾分类不是出于功利的，而是信仰之需。

目前，厦门岛内仅佛教场所便有二十多处，加之基督教堂、道观等，共有将近四十处宗教场所。宗教界组织义工队伍，协助居委会去宣传垃圾分类工作，义工基数大，影响范围也就大了。他们曾经组织义工到二十多个社区，入户五六千户宣传垃圾分类，获得全国性表彰。

2018年春节前，南普陀寺主办了一台义工晚会，就在厦大建南大礼堂举行，其中就有一个专门讲垃圾分类的节目。节目寓教于乐，大家看了都哈哈大笑，觉得很受教育，影响挺好。他们注意在重大活动中，把垃圾分类宣传结合起来。利用各种节日活动，进行垃圾分类的宣传。

南普陀寺负责日常事务管理的人很少，只有十来个人。比如说物业部负责日常生活环境保洁，基建办负责寺院建筑与维修，弘法部主要负责网络上的宣传等。每个部门分工不同。各部门会有一个主管法师，法师下面再招聘一些社会精英，一个主管法师加上一个法师干事，加上社会招聘、志愿者就把一个部门运转起来了，这跟寺院外的公司有点类似。

但是，不同于寺外，在南普陀寺内的各个部门，在运作的过程中，都会有一整套非常严谨的制度和计划在有条不紊地进行。

在这一点上，诚一法师因为刚刚接管物业部，体会特别深。在寺内，整个垃圾分类工作的运转，不管是学习宣传，还是日常的每日每时保洁，都离不开这一整套制度。寺院在讲堂上，也会做一些宣传，把生活上的“垃圾不落地”和“垃圾分类”的这些理念，通过佛法的引导，渗透进每一个弟子的佛心。另外，一定还要上升到制度，比如说目前寺内执行这种网格化的管理方式，不管哪一片区域，一定要落实到定点定人，哪怕有交叉的地方，可能不归你管，但你还会管，相互之间都有一个协同，这样确保工作无死角。

各大宗教场所纷纷落地实施垃圾分类工作，离不开民宗局的大力推动和宏观指导。

与市里其他各市直单位类似，民族宗教事务局的领导小组由局长黄娇灵挂组长，具体工作由苏人登负责。连同五种不同宗教，包括佛教、道教、基督教、天主教、伊斯兰教，也成立自己派别相应的领导小组。另外，细化到各个宗教场所，都有相应的一个班子来负责垃圾分类工作。有些宗教场所比较小的，就指定一个专人负责这一块工作。

这样责任明晰的主要责任人负责制，相当于一个领域内的顶层设计。它的好处就是“一把手”负责制，层层落实，便于管理。

方案做好了，不能纸上谈兵，苏人登会经常带人下去检查和指导。

执行双随机抽查时，把垃圾分类结合进去，作为一个重要内容；进行消防安全检查时，也把垃圾分类结合进去，作为其中重要的工作检查项目。双随机的方式相当于暗访，现在机关各个部门都有，比如苏人登分管的二十多座寺院，在这里面随机挑选五六个进行随机检查。一般一年一次或两次，在进行消防检查、安全检查的同时，也把垃圾分类工作结合进去，通过这样的方式，来督促推动岛内各个宗教场所进行垃圾分类。

在各大宗教协会内部，也会积极响应行动起来。像位于江头的新区礼拜堂垃圾分类做得比较好，基督教协会就组织基督教各个教堂的信众到新区礼拜堂去现场观摩，看看那里的垃圾分类工作是怎么开展起来的。

除了结合其他检查工作来抓垃圾分类，市民宗局还有个专项检查。2018年进行了两次垃圾分类专项检查，2019年组织过一次专门的垃圾分类检查。主要检查有没有重视宣传，有没设置垃圾分类桶，有没有按照要求分类，垃圾分类准确不准确等。然后根据不同场所的垃圾分类情况进行单项测评打分。

佛法最初就是来源于生活，用佛门术语讲，就是“缘起”。所以，佛法从来就没有离开过生活。

垃圾分类是利国利民、利他利己，更是一项功在当下、利在千秋的功德。宗教在信众的心中是信仰，信仰的根本是向善，向善的目的是积功德。对宗教团体和信众而言，垃圾分类，就是在积功德。

部队军营　垃分无禁区

势连沧海阔，色比白云深。全面铺展的厦门生活垃圾分类工作无禁区、无死角，驻厦部队全员呼应，动人动心。

来过厦门的人应该都对胡里山炮台并不陌生。它位于厦门东南端海岬突出部，南与漳州临海，北与高崎机场相邻；西边是与鹭江汇合的九龙江入海口，晴天碧浪的海滨沙滩，白色飞旋的演武大桥，恬静幽深的厦门大学；东边是厦门东侧水道，波光粼粼的海面上，小金门岛清晰可见，再往东，就是台湾海峡了。

建于第二次鸦片战争之后，素有“八闽门户，天南锁钥”之称的胡里山炮台，口径280毫米、射程19公里的两门克虏伯大炮代表了当时世界上最先进的海岸防护力量，见证了中国近代以来国际化与民族独立交织的悲怆历史。

国家领土代表了国家主权，神圣不可侵犯。边防、海防的守卫是国家领土不受侵犯的重要保障。

厦门，自古便是海防重镇，有史以来便是东南沿海对外贸易的重要口岸。厦门海防在几个世纪的政治纷扰、文明砥砺中艰难前行，承担着守卫祖国东南大门要塞的重责，也是国家战略、国防格局的缩影。

国无防不立，民无兵不安。

战争年代，厦门海军是海上作战行动的主体力量，担负着保卫国家海上安全、领海主权和维护海洋权益的任务；如今的和平时期，驻厦边防部队虽无硝烟战场，依然负有巡逻海上、岛屿、海岸线，以及重大抢险及维护地方经济建设的神圣职责。

若有战，能打胜仗；若无战，作风优良。严明的纪律是中国军人显著鲜明的特点。在垃圾分类这场没有硝烟的战争中，军队依然是其中一股强劲的力量。

早在2017年，生活垃圾分类刚一开始，厦门市双拥办立刻会同厦门警备区召开驻厦团以上部队垃圾分类推进会。厦门警备区方副司令员亲自动员部署，厦门市垃分办人员开展专题讲座，组织观摩垃圾分类示范小区。一年间先后四次发函商请部队每月20日前反馈生活垃圾分类工作的进展信息，定期收集部队工作中的好做法、好经验和典型事例。同时，开展实地察看工作，利用“八一”建军节走访慰问部队之际，到部队营区实地察看工作进展，邀请市垃分办先后到73军合成三旅、海岛部队等营区，现场指导部队官兵开展好生活垃圾分类工作。

指导、培训、学习，轰轰烈烈展开，但务实的举措必不可少。2017年厦门市双拥办筹集约80万经费，集中采购一批垃圾分类容器分发给部队；针对市人大解放军代表提出的关于解决陆军第73集团军所属部队的驻地生活垃圾集中站建设和清运问题，市双拥办及时与市市政园林局对接联系，协调处理并初步解决部队反映的问题；针对部队改革调整、人员调动等情况，市双拥办不断督促驻厦各部队与辖区区政府、街道办、社区及环卫等职能部门主动搞好双向联系，完善各层次军地对接机制，加强业务交流，实时保持军地双方的信息畅通和资源共享。

浪花轻舞，鸥鹭飞翔。冬日的暖阳和着轻柔的海风，我们走进风景优美的厦门岛东部的驻厦海防某旅31614部队74分队，走进他们的日常生活，走进他们开展垃圾分类工作之旅。

接待我们的是连队连指导员俞礼龙、二排排长季真澍和连报道员陈俊铭。

一人一个小马扎，我们就围坐在操场一角的围墙下。远处，一排战士正在操场上进行障碍云梯训练。列队时，战士们喊的口号整齐而且嘹亮。阳光抚在脸上，让人稍稍有些慵懒的小想法，也被这口号声喊得精神抖擞起来。

说起垃圾分类在连队的推行，连队指导员俞礼龙说：“我们开展得比较早，但是在推行的过程中，报道员陈俊铭功劳、苦劳可都不小啊！”

在一旁小马扎上正襟端坐的陈俊铭稚气未脱的脸上露出了腼腆的笑容。

指导员的开场白是一个伏笔，随后他给我们讲述了一件事情，我们才明白他这样说是有原因的。

陈俊铭是江苏兵，从高中毕业之后就应征入伍，经过紧张的新兵集训之后，到厦门边防某旅驻地开始军营生活，如今已经从军四年。当兵第三年，连队主官推荐他做了宣传报道员。

俞礼龙对他的评价是：踏实、认真、有责任心。

部队生活简单而充实，连队给养除了正常调拨，还另外开垦了一大片菜地。闽南地区气候湿润，适合农作物生长，一些普通的瓜果青蔬一年两季种植，战士们四季的果蔬基本可以做到自给自足。

有一天下午，陈俊铭正在菜地里浇水，绿油油的白菜刚刚长到手指长短，鲜嫩可滴，长势喜人。夕阳还在远山红着，像一个巨大的蛋黄，晕染得晚霞都似乎让人有了食欲。陈俊铭一边浇水，一边想着，再过几天，小白菜就可以用白水煮了，再加上几颗鸡蛋成汤，味道一定格外鲜美。

下午五点半，保洁阿姨准时来了，蹬着脚踏三轮车，停在菜地旁的垃圾箱前，前身探进垃圾箱内，耐心地翻找着。

连队的垃圾一向都是由这位保洁阿姨每天准时来收，里面一些废旧纸箱和塑料瓶，她都会小心清理干净，再仔细收集起来，去废品回收站卖掉，其他的垃圾则用三轮车运送到垃圾站。阿姨每日很守时，收完垃圾就走，与战士们并无交流。但因为连队属于军事基地，很少会有外人到访，所以战士们都认识阿姨。

忽然，陈俊铭看到保洁阿姨停止了翻找，站立半天，从口袋里掏出一根布条，左手在右手上一圈圈缠绕，表情很痛苦。

陈俊铭赶紧扔下手中的水管跑过去，一看，阿姨右手的几个手指被垃圾箱里的碎玻璃划伤，血流不止，用于包扎的布条都被血浸透了。

看陈俊铭跑过来关切地要帮忙，连连摆手说："不碍事不碍事，皮糙肉厚的，包一下就好了。"一边匆忙地用牙咬着布条打个结，就又继续收拾垃圾。

阿姨娴熟的包扎手法，让陈俊铭看得心酸。相谈之下他才了解，原来阿姨一直靠收废品为生，家里还有一个读书的孩子，需要她每天不停地游走于各处的垃圾箱前。相比较手指划伤，养家糊口的重担显然更让她无暇顾及其他。而且她说，被垃圾划伤也是经常有的事，碎玻璃、易拉罐、铁皮、铁钉，她都被弄伤过。多捡一个矿泉水瓶，就能多卖出八分钱。但是积少成多，对于她来说，生活所需的一切，都在这一个个杂七杂八的垃圾箱里了。

陈俊铭说，那天晚上，他辗转反侧，久久不能入睡，保洁阿姨那满是鲜血的手一直在他眼前晃动，让他坐卧不宁。如果我们能够把垃圾分开投放就好了，就不会伤到任何人。他当时就是这样想的。

睡不着，他起身来到信息室打开电脑，上网查询有关垃圾分类的信息。这一看，就看到了天亮。黎明前，他把网上查来的信息整合，总结归纳好，打印出来，就去找连长汇报。

陈俊铭的想法很简单，虽说保洁阿姨的手被垃圾划伤的事情是起因，但上网查得垃圾分类的好处也让他思路大开。在发达国家，垃圾分类已经是必须做的事情，不仅仅是出于公德，不让拾荒者受伤，而是因为垃圾不分类就无法实现健康地球的愿景。"垃圾分类，从我做起"这句口号我们国家喊了几十年，却一直没有实现，作为军人，他觉得每个公民都有义务从自身做起，集腋成裘，滴水成泉。

听完他有些激动的汇报之后，连长很重视，当下就召集连队党员骨干召开临时会议，最后决定：开展垃圾分类，就从连队做起！党员带头示范，陈俊铭毛遂自荐，自告奋勇请缨负责垃圾分类宣传。

他把从网上查来的国外先进经验以板报的形式书写刻画下来，制作成宣传栏，摆放在连队的露天长廊一侧；平时连队召开日常会议，他负责详细讲解垃圾分类的常识；利用吃饭、读报、休息的时间，他也见缝插针宣传垃圾分类；通过平时教育时间开展垃圾分类知识小竞赛……一天天下来，陈俊铭脑里心中全被垃圾分类的大小事情填得满满的。

垃圾分类开展初期，连队很多人不理解，也不配合。毕竟，这与拉练、野战训练一般的军事指标硬性规定不同，开展垃圾分类，这不是没事找事吗？有些怨言不能直说，便都体现在实际行动上了。

干湿垃圾是靠水分多少来区别吗？有机垃圾和无机垃圾怎么区分？如果一件垃圾同时归属两个类别，该扔到哪种垃圾箱里？一系列问题，让垃圾分类的成效反反复复。日常监管，成了垃圾分类工作的主要方式和手段。彼时，被动的分类占据主导，而主动的投放则稍显弱势。监管不到位时，成果自然不理想。

不得不承认，很多时候，人的情怀厚重，总会得到该有的眷顾。

就在连队开展垃圾分类工作举步维艰的时候，双拥办的领导来了。

部队与地方隶属不同，所以，很多地方政策与部队之间并不能及时沟通。在厦门市政府如火如荼地开展垃圾分类时，也正是连队有了垃圾分类举措之初。

市双拥办主任许天福与连长沟通接洽之后，觉得时机正好，便请来市垃分中心赵海涛科长为连队官兵讲课，从专业的角度为大家讲解垃圾分类常识。

同时，在连队实地参观之后，把营房、厨房等生活区和不保密的军事区都重新布置规划。因为连队没有购买垃圾分类设施的经费，垃分办协调双拥办，由政府出资为连队配置了四色分类垃圾桶，为整齐划一的连队量身定做了一套垃圾分类具体的实施方案。

仅仅一周的时间，双拥办和垃分办就完成了分类桶的招标工作，把所有驻厦部队的垃圾桶全部配备完成。

因为很多驻厦部队的驻地是保密的，外人不允许进出，就连快递也是只能送到驻地岗楼。所以，对于部队的垃圾运输，垃分办采取部队之外对接点的形式来运输垃圾，一改以往部队内部垃圾焚烧或者填埋的方式。

在双拥办和垃分办的大力支持下，连队迅速成立了垃圾分类工作领导小组，由连首长担任负责人，各班副班长为小组成员，垃圾分类工作首倡者陈俊铭担任监督员，协调小组负责人开展检查督导，帮带各班副班长组织开展工作。

一个月内，连队先后三次召开垃圾分类工作培训会，让战士们从思想上认清垃圾分类的重要性，结合当年9月即将召开的金砖会晤，让连队官兵都荣誉感加身，觉得之前不屑的小小垃圾分类，也能为厦门金砖会晤尽一己之力。从长远计，垃圾分类的重要性，的确是他们之前没有深入考虑过的。

在我们聊得火热时，一旁沉默寡言的二排排长季真澍也被我们的聊天氛围感染到了，主动补充说："那段时间，从连首长到士官和新兵，大家都积极主动进行分类投放，好像这就与按时吃饭就寝一样自然的事情。甚至，很多人在扔垃圾时，心里多少都会有点压力。"

"为什么会有压力呢？"我有些不解。

"因为怕自己万一分得不好，影响了整个连队的荣誉感啊。"季真澍也笑了。

季真澍也是江苏人，在重庆读的军校，一毕业就到厦门来。他说，在军校读书时，学校也有接触过垃圾分类，但是比较简单，只分为可回收和不可回收两种。而连队开展垃圾分类之后，让他对垃圾分类有了新的认识。比如，像炊事班的素食水饺有塑料包装的，便不能算作厨余垃圾；还有纸张属于可回收，但厕纸就不可回收。再比如，鸡骨头算是厨余垃圾，但是大骨头就不算。以前从来没有想过，垃圾分类居然可以做得如此细致。

季真澍的话题一打开整个人便不拘谨了。他来连队的时间短，又担任排长一职，接触的管理工作相对多些。连首长主要负责统筹，具体监督便由各排长和宣传员来执行。更多的交流经验，也要有更多的理论指导和思想指导。

指导员俞礼龙说，部队不同于地方，还有一个很明显的区别，那就是“铁打的营盘流水的兵”。每年连队都会有退伍老兵走，也会有入伍新兵来，所以，在思想指导上，持续性教育则尤显重要。

其实，垃圾分类工作开展两年来，良好的氛围已经形成，就像是连队根深蒂固的优良传统一样，新兵踏入这个营盘，便会自然遵照连队的传统去行事。

以前，连队的垃圾基本都是能烧的就烧，不能烧的就埋。而现在，他们自己也有多种多样的处理方式。比如，连队的很多文件都是机密文件，很多纸张用过之后要粉碎，之后再焚烧。算作其他垃圾之后，这些平日里他们不以为然的废品也会在后端处理中为厦门的热能发电贡献一点力量，他们便不自行焚毁了。还有，连队自力更生，养了几头猪和二三十只鸡、鸭、鹅，厨余垃圾便成了家畜家禽的饲料。

菜地里吃不完的菜叶子翻地之后也有很大的量，让保洁阿姨来收很麻烦。指导员提议菜叶子不应该浪费，在菜地旁边挖了一个肥料池，清理干净，在专家的指导之下进行堆肥。“把菜叶子堆进池子里，放点水，时间一久就成了肥料，很简单，又能保持菜地的养分。”俞礼龙说。

厦门是一座生态环境优美，人文环境优良的城市。垃圾分类需要全民参与，身为军人，更不例外。通过一下午的连队采访，我们更加深切体会到这一点：中国军人的素质，不仅仅体现在有艰难险阻的时候，而是在我们生活的角角落落，方方面面。就像陈俊铭那番总结式的感言：“我觉得，垃圾分类是一项伟大的工程。为了连队的绿色环境，为了厦门的美丽依然，也为了地球未来的洁净，我们军人更应该首当其冲，参与到垃圾分类的队伍中来，为共建美好和谐社会发挥自己力所能及的作用。坚持做好垃圾分类，是我们每一个军人的责任，也是作为一个文明中国人最重要的体现！”

采访结束时，天边晚霞正红。硕大的夕阳已经渐渐沉落在海平面上，温暖的余晖散发出的耀眼光芒，将万物都披上了橙红色的霓裳。远方，海风徐徐，波光潋滟；近处，营盘肃穆庄严，军人英勇果敢。在他们身上，我看到了明天的朝阳，后天的希望！

『小手』拉『大手』

第四章

“生活垃圾如何处理才能将对环境的污染降到最低？分类处理是一个非常好的办法。但是，很多人对垃圾分类的知识不了解。即使受过高等教育的人，遇到简单设置的分类垃圾箱，都需要犹豫一会儿，更不用说详细分类的垃圾箱了。毕竟我们从小到大所受的教育里，很少有人具体地讲过这方面的内容。”在厦门市教育局局长郭献文眼里，垃圾分类不是一阵风，不能搞临时效应、短期行为。他认为，让孩子们从小掌握垃圾分类知识，对将来的垃圾处理会有助益。

在孩子心中发芽

当新一天的第一缕阳光透过窗户照进来时，伏案小憩的厦门市教育局宣教处的同志们抬起了头，伸开腰，努力揉了揉一双双略显疲惫的眼睛后，望着窗外重峦叠嶂的新绿，又历经了一个不眠之夜的他们，心如潮涌……

全市教育系统几十号人几个月的艰苦奋战，用数不清的加班之夜换来的努力成果将在今天亮相验收，并在接下来的日子收获成果。不知是紧张还是喜悦，走出教育局大楼，他们的步伐越发快了起来。

这一天，是2017年的5月18日。厦门市教育局将在教育系统文明创建再提升动员部署会上启动“垃圾分类教材进课堂”活动。副市长国桂荣参加并主持动员部署会。作为教材编写人员，张宙见证了当天的一个重要仪式：向全市中小学、幼儿园代表分发由厦门市自己编写的中小学、幼儿园垃圾分类教材《绿海鸥伴我行——厦门市垃圾分类知识读本》。同时，部署会还启动了“垃圾分类小手拉大手”实践活动。

“垃圾无生命，循环利用寿比天；废物有价值，分类再生贵如金。”部署会那一天，分别挂在主席台两侧的两条有趣标语清晰地印在张宙的脑海里。

来自全市44所学校的几十位代表走向台前，从国桂荣副市长等领导手中接过《读本》。接下来，教材会被陆续下发到全市的每一所学校。这就意味着在将来的日子里，全市中小学及幼儿园学生要在课堂上系统学习垃圾分类减量知识。

“垃圾分类知识成为校园必修课，还怕环保意识不深植在下一代的心田吗？不久的将来，厦门市八十多万对垃圾分类减量熟谙于心的青少年将为整个社会带来正面影响。”一年多的努力浇灌，即将迎来芳草破土的尘香，参与教材编写的老师们在心里默念着，这注定是一件在厦门市掀起狂潮、足以影响千千万万个家庭的大事。

然而，这却是一个从零开始，毫无蓝本可参的拓荒之旅。

2016年底，厦门市教育局启动垃圾分类教材的编写工作。在紧锣密鼓的教材编写研讨会上，对此高度重视的厦门市教育局局长郭献文作出了全方位的部署，全局霎时进入严阵以待的备战状态。

“生活垃圾如何处理才能将对环境的污染降到最低？分类处理是一个非常好的办法。但是，很多人对垃圾分类的知识不了解。即使受过高等教育的人，遇到简单设置的分类垃圾箱，都需要犹豫一会儿，更不用说详细分类的垃圾箱了。毕竟我们从小到大所受的教育里，很少有人具体地讲过这方面的内容。”在厦门市教育局局长郭献文眼里，垃圾分类不是一阵风，不能搞临时效应、短期行为。他认为，让孩子们从小掌握垃圾分类知识，对将来的垃圾处理会有助益。

从全市中小学、幼儿园中抽调一批经验丰富的教师组成研究小组后，新教材的编写在紧张有序中展开……历时三个多月，这套参考新加坡、德国等国教材，集合厦门特色，借鉴国内一些城市优秀做法的新教材，终于成功通过了厦门市教育局、市垃圾分类管理中心及市市政园林局的审核。

迎来好消息的那一刻，大家内心总算石头落地。不过，他们早就认定，这套既符合各年龄段学生的认知水平和成长规律，又融入生活垃圾知识，并与课堂教学内容有机结合的教材没有理由不通过审核。

《绿海鸥伴我行——厦门市垃圾分类知识读本》饱含厦门特色。教材分为幼儿园、小学和中学三个版本。虽然都是讲垃圾分类，并引导学生开展社会实践活动，以达到知行合一的目的，但不同版本根据学生的认知规律，内容却各有所侧重。幼儿园以图为主，最有趣的是一张“垃圾减量分类游戏棋”，类似飞行棋，把分类垃圾的理念融入其中。譬如说，如果外出自带水壶，那么可以前进三步，乱扔垃圾则要退回起点。而中学版的垃圾分类第一课，是从皮克斯动画大片《机器人总动员》开始的。每个章节都布置垃圾分类的作业，基本上都是实践类。例如，让孩子们计算自家的垃圾量，或是变废为宝的小制作。

为了保障垃圾分类教材真正落到实处，厦门市教育局还组织一批骨干教师进行培训。教师在课堂上怎么开展教学、垃圾分类教育如何更好纳入校本课程、合理安排课时等系统问题都将有章可循。

而这还仅仅是第一步，“小手拉大手”才是由始到终贯穿于教材的宗旨。通过孩子的行为影响成人，将家长也“拉进”垃圾分类的队伍中来，才是教材最根本的目标。《绿海鸥伴我行——厦门市垃圾分类知识读本》布置了不少课后作业，这个过程需要父母和孩子一起动手参与。

课堂上融入，班会里强调，综合实践课动手体验……垃圾分类教材走进课堂后，是否可以确保师生对于垃圾分类的知晓率和参与率达到100%？厦门市44所中小学校用如火如荼的热烈响应来证明，肯定的回答毋庸置疑。

在厦门，在孩子们心中，垃圾分类意识和观念，已然开始生根发芽。

天台上的“百草园”

“秀行于外，德馨于内。”这简短的八个字，巧妙地将“秀德”嵌入其中，在童话世界般的秀德幼儿园里，是那么赫然夺目。

其实，这不仅是秀德幼儿园新颖别致的办园理念，更是幼儿园厚德载物的文化内涵。

园长吴志青的解读更加深入，她说："从园名入手，寓秀德以文化内涵，外有秀，内有德，内外兼修"。

的确，在这座有着35年建园史、先由港商出资创办的厦门市第一家私立幼儿园，后华丽转身为公立，易地复办，在福建省示范性幼儿园的验收中以绝对高分居于全市之首，各项荣誉不胜枚举。

在金山小区，秀德幼儿园就像一位精致的少女亭亭玉立。信步园中，仿佛走进了一个艺术花园。每一个空间和角落，都营造着美与爱的氛围。天真与快乐在孩子们的脸上跳动，文明与求知在孩子们的眼里洋溢。绿草青青，流水潺潺。一个个快乐奔跑的小小身影，与大自然合成了一幅幅和谐完美的画面。

在山水花草的美景中，一个班的小朋友们排着整齐的队伍出场了，他们的旁边，同样整齐的排列着家长的队伍。一大一小两支队伍在老师的带领下出发了。

吴志青园长说，这是秀德幼儿园的"假日小分队"。三年来，幼儿园利用节假日组织的亲子活动，大多是以垃圾分类为主题。

小一班的"垃圾分类环保小卫士"们去海湾公园亲近自然，在老师的引导下进行垃圾分类，用身体力行的方式，孩子和家长们共同学习垃圾分类环保小知识，并通过实际体验活动，了解垃圾种类的区分，了解不同垃圾分别投放什么样的垃圾桶。

小二班的宝贝们则组成了垃圾分类宣传小队，在忠伦公园内呼吁更多的人加入垃圾分类的队伍之中，热爱家园，自觉养成垃圾分类的好习惯。

在欣赏美景、亲近自然的同时，既增进孩子与家长的融融亲情，又把垃圾分类常识和观念潜移默化地根植于每个家庭。家长与孩子们一起享用美味的野餐之后，也不忘将垃圾打扫干净，并分类投放到垃圾箱里。所以，这样的活动特别受到孩子和家长们的喜爱。

2017年6月28日下午，一场别开生面的主题活动——"多彩的服装"在中二班教室拉开帷幕。这是中二班的家长和孩子利用报纸、破布、废旧衣服、塑料袋、环保袋等废旧材料变废为宝，设计出一套套精美而有特色的服装，举行“我型我秀——绿色家园亲子环保时装秀”活动。报纸晚礼服、塑料手绘蜘蛛侠等各种让人脑洞大开的设计作品穿在孩子们身上，在爸爸妈妈的陪伴下像模像样地登场了。大道至简，形象化、直观化，孩子们印在脑海中的“变废为宝”“垃圾也是资源，可以再利用”从此根深蒂固。

对于大班的孩子们，郑淑敏老师做了一个以“哭泣的绿海鸥”为题的教学设计，让人印象深刻。活动之前，郑老师让孩子和家长选出自己最喜欢的厦门美景，并将照片自由张贴到展板上。

然后，郑老师开始播放绿海鸥动态课件：“美丽的厦门吸引了很多游客，也吸引了它的到来。它叫绿海鸥，它和其他海鸥有什么不一样的地方？它为什么是绿色的？它胸前的标志是什么意思？”

通过这样的互动问题，让孩子们了解绿海鸥胸前有可回收的标志，它代表着绿色环保。它是厦门市垃圾减量分类的小小代言人。

随着分组拼图游戏的深入，郑老师的话锋一转：“可是，绿海鸥最近却哭了。它哭的原因就藏在这些拼图里。”原来，绿海鸥发现，我们居住的美丽家园已被垃圾包围，越来越多的垃圾正在污染着我们的生活环境，威胁着我们的身心健康，带来巨大的危害，绿海鸥非常着急和伤心。

“平时你们还在哪里看到过垃圾？你看到的垃圾是什么样子的？能闻到什么气味吗？路过垃圾堆时，你们感觉怎么样？垃圾还会造成哪些危害呢？我们一起来看看视频。”

视频短片里，垃圾腐臭时会散发出难闻的气味，不仅破坏风景侵蚀土地，使人和动物生活的地方越来越小，而且它们还会滋生病毒，招惹苍蝇蚊虫，传播病菌，让人生病……

大班幼儿已经能够感知环境变化与自身的关系，在实践和游戏当中意识到环境被破坏的危机感，了解垃圾的危害，激发垃圾减量分类、保护美丽家园的热情，树立垃圾分类意识。

除了对孩子从小的引导，学校还会不定期组织“共话创建绿色家庭”家长培训会，并且鼓励家长写出自己在垃圾分类和保护环境中的心得体会。

小一班的沈芯平妈妈就在她的文章里写道："我们深刻地认识到创建绿色家庭的重要意义。创建绿色家庭是实施绿色社区的一项细胞工程，绿色社区的每个家庭都要通过选择绿色生活来参与环保。绿色是我们地球永恒的颜色，是我们的生命色。拥有绿色，就代表拥有了健康。家，是我们安全的港湾，是遮风避雨的地方，我们在她的温暖怀抱中学习、生活、娱乐、休息。要过环保、安全的生活，就要建绿色家庭。"她还建议，垃圾分类首先从家里开始，和孩子一起做，大人小孩一起学习，一起成长。这样，不仅能够真正把垃圾分类做好，也能培养更深厚的感情，一举多得。

秀德幼儿园十分注重德育教育和习惯的养成。

幼儿园走廊的墙上，一幅幅充满童真的垃圾分类主题绘画和手工制品扮靓了长廊。利用废旧物品做手工，既提高孩子们的动手能力，同时也树立孩子们循环经济的理念。

大班的孩子也会为小班的孩子讲解垃圾分类，他们充当小老师，增强主人翁精神和责任感，同时锻炼孩子们的口头表达能力。

一次次亲子活动的顺利开展，也体现着垃圾分类已经深深地植入孩子们幼小的心灵中，小手拉动大手，孩子影响家庭，家长也会正确引导孩子。

秀德幼儿园内，还有一处别致的风景，就在天台上。

吴志青园长把天台打造成一个"百草园"，上面种满了各种绿色植物。"百草园"的存在，不仅仅是为了让孩子认识各种植物，更是要让孩子们明白一个道理——任何一种好的行为习惯，就像一颗种子，有了适合的土壤，春风吹拂，雨露滋养，慢慢生根发芽，有的开花结果，也有的会长成参天大树。俗话说，"十年树木，百年树人"。对小孩子的教育也像是种植物一样，要在他们心里脑中埋下正能量的、善良的种子。

吴园长在对幼儿教育的理解上，有一番深有感触而又充满诗情的话语："我们办园的宗旨就是尊重个体——每个个体都是一片朝霞，满怀期望，值得仰视；读懂个体——每个个体都是一本书，百读不厌，其义自现；等待个体——每个个体都是一朵花，花开花落，顺其自然。”

其实，芬芳的“百草园”里各种不同的植物，不就是一个个不同的孩子吗？尊重个体，读懂个体，等待个体。教育，就是播种爱和正确的观念，然后静观花开。

把良好的道德行为习惯教给孩子，这是秀德幼儿园献给孩子最好的礼物。

2 幼儿园里的“垃分达人”

“看我手机里的这些图片，都是学生家长发来的。”厦门市第十幼儿园的林婷老师打开手机图片查看器，随着手指在屏幕上的滑动，一个个可爱的孩子投放垃圾的身影出现了。有的孩子小手里提着垃圾袋走在楼梯间，有的孩子正掀开垃圾桶盖把垃圾扔进去。

“最有意思的在这里！”顺着林婷老师手指的方向看，手机小视频画面里出现一个穿着芭比裙装的小宝宝，因为长得太小够不到垃圾桶盖，被爸爸抱起来投放垃圾。费力成功投放之后，小宝宝对着妈妈的镜头嘟起小嘴，并且握起粉嫩的小拳头做了一个“加油”的手势。

“哈哈哈哈！看她那小嘴！”性格开朗的林婷情不自禁笑起来。

这是这个暑假厦门十幼给每个小朋友的一份家庭作业——每天傍晚，孩子都要把家里当天的垃圾分类好，厨余垃圾、可回收垃圾、其他垃圾等各归各类，分别放入不同的垃圾袋，而且还要亲手提下楼，放入小区内的四色垃圾桶里。这个过程，需要家长拍照留证并发给老师才算合格。有的家长会拍下孩子投放垃圾的瞬间，有的家长则会全程录像。

虽然是家庭作业，孩子们却完成得有趣又认真。照片里“垃分小达人”一个个开心的笑脸，让家长们不会觉得家庭作业是负担，相反他们很欣慰。不少家长在群里跟老师说，自从开展这项家庭作业后，自家的孩子就懂事多了。不光会帮忙做家务，还会监督大人，要是哪一次没有给垃圾分类，小家伙眼尖嘴利，马上就会不留情面地提出批评。

林婷老师说，上个学期，厦门十幼还开展了非常有意义的活动，那就是每周开展一堂以大带小的“垃圾分类”课。

让大班的孩子来当小老师，给小班的弟弟妹妹上课，让大一些的孩子用自己的语言和方式，把垃圾分类知识传递给小一些的孩子。

上课的内容老师会提前和大班孩子做好交流沟通，但真正登台时，就全靠小朋友自由发挥。有些孩子会唱关于垃圾分类的歌曲，有些孩子会讲一个跟垃圾分类有关的故事，活动的总体效果非常好。课堂上的“垃分小达人”不仅让大班的孩子通过切身体验，强化了垃圾分类意识，更让小班的孩子通过新颖的学习方式，对垃圾分类有了更清晰的认识。

“林老师，您帮我把鞋盒子钻两个眼，我想把绳子穿过去。”一位同学抱着鞋盒子，跑到手工老师林燕面前。

做环保垃圾桶，林燕可是行家，也是幼儿园教师队伍中真正的“垃分达人”。不久前，她还在社区里教居民制作垃圾桶；现在，她又走进课堂，给学生们上起了手工课。给干果纸袋贴上标签、给油桶开口钻眼、用胶带、绳子进行加固……这边老师教得认真，那边小朋友们做得也都很仔细。“看我做的纸袋子，它可能装东西了，装六瓶水都不成问题！”拿着自己的新作品，一个大班的小朋友成就感十足。

前几天，厦门十幼大班小朋友的一堂手工课，孩子们摆弄着大大小小、花花绿绿的杂物，忙活了两节课，每个人的手里都有了漂亮的成品。贾蒙同学拿着自己最满意的作品“防臭味垃圾桶”，在同学们面前展示开来。接下来，这些由纸壳盒、旧挂历、废油桶做成的手工垃圾桶就要在校园里大有作为了。

“我们学校在每个班里，都放置了大家的作品。大小不同，形状、材料各异，班级也因为‘垃圾桶’而增添了不同风采。”原来，厦门十幼教室里的垃圾桶，都是大班孩子们在老师的带领下，动手自制的。“垃圾分类，就要进行得彻彻底底。”林燕老师说，自制垃圾桶不仅激发了孩子们的创意，还有利于节能减排。

在自制垃圾桶的启发下，心灵手巧的孩子们，开始用废弃物品装扮起校园里的每个角落。瓦楞纸、羊毛毡、枯枝废木在这里被赋予了新的生命，华丽变身为憨态可掬的木偶人、花盆、童话小屋……

走进厦门十幼的手工展示区，不少人都会被这里四处洋溢的童趣所吸引。这里的每一个小物件都是孩子们将废品改造后的杰作。瓦楞纸，小朋友们就做成卡通小人，小人的眼睛、鼻子来自布料的边边角角，三根旧牙刷，做成小人的大嘴巴；“游乐场”里的摆设，是旧沙发中的海绵；一个小房子，是用木棍搭建的；就连枯枝落叶也被孩子们做成了盆栽……

虽然引导和操作由手工老师完成，但创意和想法都来自孩子们。于是，这些本应丢在垃圾桶里的材料就变废为宝了。展示区里同样用废旧彩色毛线环绕而成五彩斑斓的三个大字“我要学”，更是凸显了孩子们的心声。

“我们的作品，不光自用，还会送人呢。”回忆起发生在前一段时间的几件小事，林燕有些感动。十几个学生在几位家长的发起和带领下组建了一个周末公益小团队，他们走进幼儿园所在的社区，要把自己的作品送给真正“有需要的人”。很快，在孩子们眼里最为珍贵的自制垃圾桶、环保花盆和大米、食用油等生活物品一起，放在了社区特困户、五保户的家中。

“幼儿园大门口有一套四色垃圾桶。孩子们的想象力真是无穷无尽，我们的小朋友在无人引导的情况下，自发把各种颜色的贴贴纸剪成不同的形状贴在了这套四色垃圾桶上。”园长姚思言提及大门口的垃圾桶贴纸，语气里总有抑制不住的满意和自豪。

果然，在厨余垃圾桶上，孩子们剪了鱼骨头、蔬菜叶、果核等贴纸；在可回收垃圾桶上，剪了塑料瓶、酸奶盒等；在有害垃圾桶贴上电池、药品等剪纸；而在其他垃圾桶上，则贴满了碎石头、瓷砖等。

幼儿园门前的四色分类垃圾桶，被这些擅长手工的“垃分小达人”装扮得既温馨，又暖心。

幼儿园内这些大大小小的“垃分达人”把垃圾分类开展得热热闹闹，幼儿园外的家长们也不甘落后，大显身手。

有一位非常用心的学生家长，因为看到“巴巴爸爸”非常火，就在网上收集了一套《巴巴爸爸收垃圾》绘本音频，特意拿到学校播放给孩子们听。《巴巴爸爸收垃圾》里不光告诉小朋友垃圾会破坏地球，还通过生动的故事，告诉孩子们如何正确处理垃圾，尤其是遇到玻璃、电池等危险垃圾时的正确做法。教室里，小朋友们坐得端端正正，听得认认真真。

还有一位幼儿园大班孩子的家长正好是市政园林局的职工，听说幼儿园正在搞垃圾分类后，这位家长非常支持。他利用业余时间，主动找到幼儿园，来给孩子们上了好多堂垃圾分类公益课。这位家长风趣幽默，熟悉垃圾分类知识。更难得的是，他还有一套跟孩子打交道的方式方法。他把垃圾分类知识融入儿歌、动画片、故事中，用歌声、肢体语言向孩子们传递垃圾分类知识，非常受欢迎。

这两位家长中的“垃分达人”，幼儿园大班、中班、小班的所有小朋友都认识，并且特别受小朋友喜爱。

厦门市第十幼儿园，用简单易懂的方式，引导孩子们接触并投入垃圾分类中去，让园里园外、家里家外都充满了垃圾分类的小情趣、小乐趣。也让孩子们幼小的心灵中，早早播种下了垃圾分类与地球和家园关系密不可分的种子。随着时光的推移，总有一天，现在这些“垃分小达人”，日后将成为祖国建设的中坚力量，成为洁净地球、美丽家园不可或缺的力量。

让垃圾分类“不流动”

随着我国城镇化建设步伐的加快，近些年来，大量农村人口涌入城市，以暂居为主，工作不稳定。这些务工人员的子女教育问题早已引发关注。在农村，一部分儿童留守；另一部分，随父母迁入城市，通过积分派位到所在城市的公办学校就读。厦门市江头第三小学就是这样的一所公办校。

这所小学的流动人口生源比率占了全校学生数的52%以上，孩子的家长大部分是来厦的务工人员。

针对特殊的生源情况，校长刘聪德在开展垃圾分类之初就坚定了一个想法——学生有流动性，但是垃圾分类理念不能“流动”！要让孩子从小接纳和养成垃圾分类的好习惯，就必须杜绝形式主义，针对学校自身现实情况，办实事，搞创新，做出自己的品牌特色来。

“纸上谈兵容易，如何把流动人口家庭垃圾分类从纸面上落实到行动中？”刘聪德校长一直在思考这个问题。他召集了全校的老师召开垃圾分类专题会议，老师们出谋献策，提出了许多建议。学校、家庭之间的纽带是孩子，“小手拉大手”的意义也正在于此。从孩子入手是最现实的选择。

可是，江头三小毕竟不同于其他兄弟学校，要想将垃圾分类知识由学校到学生再到家庭普及，首先就要扎实地做好宣传工作。

刘聪德坚持宣传工作以人为本，分成声势浩大的两部分，分工协作，齐头并进。

首先培训全校老师，只有老师弄懂弄通，才能影响孩子；其次灌输孩子垃圾分类思想，让他们在丢垃圾时，无时无刻想到要分类。

于是，一场场以垃圾分类为主题的教师培训会开展起来了，学生们一次次在“国旗下的演讲和表演”开动了。刘聪德认为，一个人的行为习惯单纯只靠讲道理是远远不够的，必须加上政策的引导，让老师和学生们从思想上重视起来。

2017年3月12日，江头三小发布“垃圾分类不落地，校园干净又美丽”活动方案，通过发倡议书、国旗下讲话、国旗下表演、班队课、三小晨曦电视台、手抄报展评等系列活动，开始进行生活垃圾分类知识的宣传教育。

之后，学校紧锣密鼓地开展“垃圾分类进课堂”的活动。在少先队活动课上，班主任老师让同学们了解垃圾分类的意义。在综合实践课、科学课上，开展垃圾分类渗透课程，让同学们明白了哪些是厨余垃圾，哪些是可回收垃圾等具体的分类知识。在美术课上，通过垃圾分类主题绘画，让同学们将自身掌握的垃圾分类知识，通过创意画进行传播……同时，举办垃圾分类知识竞赛、科技节“变废为宝”等活动，提高孩子们在课堂所学知识的接受能力。

通过一系列的宣传造势活动，孩子们热情高涨，人人争当“垃圾分类小卫士”的荣誉感和责任感被充分调动起来。但是，孩子在学校学到的垃圾分类知识和意识，会影响到自身的家庭吗？刘聪德并没有为校园内“一片大好”的现象而沾沾自喜，他亲自带领教师队伍，开始了“两走进，两服务”活动，进行“垃圾分类”家庭调查。

六年级三班学生饶贺杰家不足三平方米的简陋厨房里，热锅里的油“刺啦”一声冒起，屋里迅速被刺鼻的油烟味儿充满。正赶着给两个孙子做饭的奶奶连忙将切好的青菜放入油锅里，一边把堆放在灶台上的黄瓜皮、菜叶杆子，连同刚用完的酱油瓶、食盐袋子，一股脑儿地往垃圾桶里丢。班主任问她：“贺杰有跟您讲过垃圾分类吗？”贺杰奶奶一边翻炒着锅里正在冒烟的菜，一边用赣南方言回应道：“不要的东西尽管往垃圾桶一丢，哪还有工夫想那么多啊！”

刘聪德和几位老师站在黑洞洞的厨房门口，略显尴尬。

走访了多个家庭，刘聪德深切地感受到“现实总是那么的骨感”，垃圾分类想要走进家庭，担子真不是一般的重！

“垃圾分类，听说过啊，经常有小区或社区穿红背心的人上门宣传，没说几句，我就把她们打发走了。”坐在沙发上的饶贺杰爸爸粗着嗓门有些不耐烦地嚷道。不过，面对几位老师，他还是热脸相迎，端茶倒水。

“垃圾分类对我们来说真的很难做到，我和他妈妈整天在外工作，下班回来休息，也没多管家务，垃圾不赶快清出去，这么拥挤的房子不就臭死了？”饶贺杰爸爸开门见山地说道。他还指了指摆放在外面的分类垃圾桶说：“他奶奶年纪大了也不懂这些垃圾桶分那么多颜色干啥用。”他叹了口气，“哎，我平时也不太在意这些，倒是贺杰回家跟我们说，上周班会课上，老师组织孩子们开展‘垃圾分一分，生活美十分’主题活动，孩子对垃圾分类知识有了更深刻的了解，也要求我们在家要认真履行垃圾分类。”

“班会课上老师给我们看了《‘长鼻子’奇遇记》。”饶贺杰兴奋地插嘴道，眼睛里似乎还在回放着那堂生动有趣的“垃圾分类”主题班会活动，“《‘长鼻子’奇遇记》中的主人公小淘因为乱丢垃圾，导致受到鼻子变长的惩罚。后来在环保精灵的启发和引导下，小淘改掉了乱丢垃圾的坏毛病，而且投放垃圾时做到认真思考，仔细分类，受到了环保精灵的表扬，鼻子也变短了……”可以看出，孩子对故事的情节和垃圾分类的做法还印象深刻，回味无穷。

听到孩子对故事如此兴致高昂，在场的班主任高老师立马掏出手机，把已经放在班级群里的创客作品地址链接打开。刚满五岁的饶贺杰弟弟也跑过来围观，一同围在高老师身边兴致勃勃地看起了视频。小小的房间，顿时温情起来，和谐气氛也开始弥漫开来，房间似乎也变得越来越宽大。

“好看，太好看了！”弟弟兴奋地一直拍手，“我们也进行垃圾分类，我们可不要全家都长长鼻子。”弟弟天真的话语，逗得一屋子人会心大笑。

“是啊，老师教给我们很多垃圾分类的知识，我可以回来教奶奶、教你们，就让我当个家庭垃圾分类小小‘监督员’，我们一起行动起来，一定能做好的！”贺杰不停地摇着爸爸的臂膀，眼神里充满着期待。

爸爸看看满脸期待的贺杰，又看看刘校长和老师们鼓励的眼神，逐渐缓和了口气，慢慢消除了先前的畏难情绪：“行，有我儿子在，有我们刘校长在，有我们老师在，我们还怕啥麻烦！”

满屋子顿时忙碌了起来，有的讲解垃圾分类的方法，有的摆放垃圾桶，有的套垃圾袋……有了心，行动就有了底！

饶贺杰家里的这一幕，只是江头三小流动人口随迁子女家庭生活中的一个小小缩影。

走访中，江头三小的校长、老师们发现，大多数外来务工人员环保意识淡薄。孩子的父母每天长时间在外工作，家里只有留守老人帮忙带带孩子、做做饭、洗洗衣服。祖孙三代往往挤在三四十平方米的出租房里，厨房、卧室、客厅连在一块，拥挤的过道再摆放一张供孩子读书写字用的折叠矮桌，如果再多摆放一个垃圾桶，他们都会觉得格外碍眼。

生存的现实往往会击败精神的需求。“垃圾可变宝，分类更环保”“混放是垃圾，分类成资源”……家长们面对学校的宣传，道理他们都懂，但如何从行动上加以引导，让他们自觉地履行垃圾分类，这才是垃圾分类工作的难点。

这也是刘聪德一开始就坚定地“不搞形式主义，办实事”的原则和原因。

通过一段时间的摸索，江头三小的老师们发现，“家校社联动”的方法在针对流动人口家庭的垃圾分类是最行之有效的。街道社区居委会发放给每个学生的垃圾分类登记卡，需要学生回到家里与家长一起分好垃圾，由社区督导员盖章，再交还学校用以监督。这种形式，既有方向的引导，又有政策的强制和监督，相得益彰。

位于厦门乌石浦油画街的乌石浦小学，学校艺术氛围浓厚，但这所学校同样有高达74%占比的外来务工人员随迁子女，比江头三小多了将近一半。两所学校的校长也经常在一起泡泡茶，聊聊天，互相探讨、分享工作经验。

乌石浦小学校长杨志杰介绍说，在垃圾分类工作上，因为学校生源情况相似，两“兄弟”学校的做法大体相同却又各具特色——垃圾分类知识竞赛、假日小分队走上街头做宣传、深入公园社区搞社会实践、主题日活动表演等多种形式，向广大市民宣传和普及垃圾分类的相关知识和常识，得到了大多数群众的积极响应和大力支持，效果明显。

乌石浦小学家委会学习部征集建立了乌石浦小学“家长人才库”，根据家长的职业及个人专长，设立了“爸爸妈妈大讲堂”。按照不同年段，设立不同课题，每周一小时，请可以担任“教师”的家长走进校园，分享他们的职业见闻。纺织、建筑、乐器、法律，包括旅游、摄影、茶文化等各行各业的经历和故事，在这些奉献在劳动底层的家长朴实真挚的讲述中，体会到父母的艰辛不易，增进家庭关系，丰富了课外知识。

“大讲堂”上，也有来自环卫一线的保洁员和社区督导员，用自己的工作经历，来为孩子们普及垃圾分类常识，介绍进行垃圾分类的必要性，让孩子们从自身的角度出发，更深地理解和推动垃圾分类的现实意义。

另外，乌石浦小学的“垃圾分类”知识竞赛活动与众不同——题库是由高年段学生出题建立，考卷由家长作答。孩子结合参考资料进行改卷、评分。在引导、教育全校1000多名学生垃圾分类知识的同时，影响覆盖到至少2000多名学生家长，使垃圾分类宣导活动在学校学生与家长中涉及面达95%以上。

生源是不断流动的，但是垃圾分类的理念是坚决不能“流动”的！在这两所流动生源占比较大的学校里，一直在为学生们的新生活、新视界灌输新概念：垃圾分类源自点滴，美好环境始于言行；只有垃圾分类走出一小步，健康文明才能迈出一大步。

有思考，有特色，有成果

两年时间，两个画面，是厦门市湖里实验小学全体师生印象最为深刻的。

第一个画面是2017年11月30日，全国城市生活垃圾分类工作现场会在厦门召开时，湖里实验小学作为全市教育系统仅有的两所小学代表，在五缘湾学校向王蒙徽部长汇报校园垃圾分类工作阶段性成果；另一个画面是2018年6月15日，全国住建系统精神文明现场会在厦门举行，其中一个议程便是到湖里实验小学现场观摩。没想到，“湖里实小版”的垃圾分类，惊艳了住建部副部长带队的来自全国各地二百多人的代表团，湖里实验小学也是当时全市唯一一所被参观的学校。

这是两项沉甸甸的任务，也是两项闪亮亮的荣誉。

作为一所公立学校，湖里实验小学能够两次作为全国性会议的样板学校，必然有它独特的优势。带着好奇，我们采访了湖里实验小学校长汤丽莹和其他相关人员。

汤丽莹校长是一个让人看起来就很有亲和力的人。但在教育工作上，她绝对是一个雷厉风行的校领导。不施粉黛，却不怒自威。思路清晰，言简意赅。在学校垃圾分类工作的总结上，汤校长不假思索地用了三个“有”来评价——有思考，有特色，有成果。

思想上的高度认同是至关重要的。

垃圾分类工作是2017年2月开始启动的，正因为湖里实验小学思想上的高度认同，在垃圾分类工作开展初期，学校全体领导、老师就意识到，这真是一件功在当下、利在千秋的事情。如果这一代孩子能够把这件事情做好，至少可以影响身边的三代人——祖父母、父母和兄弟姐妹。全校1700多名学生，便能带动1700多个家庭。1700多个家庭，又会辐射学区内的20多个社区。细想一下，这样的力量还是很强大的。

湖里实验小学并没有把树立垃圾分类的正确理念当成一种强制的约束与监督工作来做，而是在宣传与学习中，把理念化为一种自觉的行动，也是让孩子学会慎独，进行潜移默化的教育。

熟知汤丽莹的人都知道，她治校最重要的办法并不是抓成绩、抓纪律，而是抓习惯。

就在我们采访的前一天，学校德育处老师晚上七点多还接到在学校值班的汤丽莹的电话："咱们的德育手册图文都已经做出来了，我觉得有个别地方需要修改。学生的德育教育是首位，不能含糊，所以一定要精雕细琢，仔细把脉。快开学了，我们要抓紧时间把这件事情落实好，新学期新生入学仪式上送给孩子们。"

老师们当天就加班修改，与汤丽莹不断探讨推敲。他们知道，汤丽莹与其他学校办学理念有些不同，她在内心里给孩子们的定位顺序是身心健康、品德良好、习惯养成，最后才是学业优秀。

在这点上，老师们也与汤丽莹有过深入探讨。汤丽莹举了一个例子："如果你有两个孩子，一个成绩100分，却骄纵自大，无所畏惧；另一个80分，但彬彬有礼，懂得敬畏。你更喜欢哪一个？"老师们挠挠头，想了半天，还是会选第二个。

垃圾分类就是在德育教育上培养孩子的好习惯。

正是基于校长的治校理念和育人思考，才有今天湖里实验小学垃圾分类工作的巨大成果。

湖里实验小学的学生们已经把垃圾分类当成一种自觉行为，不但在学校进行垃圾分类，在家里也会主动承担起垃圾分类主力军的责任。现在，更是上升到班级集体荣誉感的层面上。

在湖里实验小学，每个班级之间会有每天的垃圾分类评比，有专门的老师负责查看，垃圾分类好的，加盖一个“绿海鸥”章，一周满了，会在门上贴上一个“绿海鸥”标志，证明这是“绿海鸥班级”。在这种赶学比超的氛围下，每个学生都充满了强烈的责任感和荣誉感，谁也不愿拖班级后腿，文明行为习惯便自然养成。

老师的办公室之间也会进行这样的评比。甚至，就连学校的保安室也早已纳入校方垃圾分类的评比当中来。汤丽莹有空闲时会去保安室坐一下，了解他们的工作难点，顺便查看一下垃圾分类。她觉得，保安也是学校的一分子，是另外一种老师。在垃圾分类开展之初，保安并没有自觉分类。但是，后来汤丽莹的一句话触动了他们——“保安室就是我们学校的门面，也是我们学校的名片。”

思考的过程其实也会波动。首先开展垃圾分类工作，会给学校和老师、学生带来更大的工作量，带班老师担心影响教学成绩。但是湖里实验小学两年来的总体成绩一直稳定在全市小学的前三名，这足以证明一切。就连市教育局局长郭献文都忍不住夸赞：“你们这样做是对的，垃圾分类绝对不会影响教学质量。”

湖里实验小学垃圾分类的成绩取得，不得不提到汤丽莹的爱人、福建长泰县坂里乡党委书记——黄丽坤。作为农村垃圾治理能人，黄丽坤在2016年被福建省住建厅邀请，为全省10期乡镇长培训班作“垃圾不落地”经验做法介绍；2017年至2019年，连续三年被福建省委组织部邀请，为全省选调生和大学生村官讲授乡村治理经验；2019年，中央人民政府驻香港特别行政区联络办公室邀请他在厦门大学为香港青年精英先进理念传播与能力提升研讨班作乡村治理专题讲座……一个农村垃圾治理的践行者，何以有如此魅力？

原来，早在2013年，黄丽坤在学习借鉴台湾和湖南等地先进经验的基础上，他从改变群众的行为习惯入手，提出了“垃圾分类、巡回收集、集中转运”的治理方法。那时他是长泰县岩溪镇镇长。首先，他选择了岩溪镇霞美村作为试点，通过半年的探索，2013年年底建立起了农村垃圾“户分类、村收集、镇中转、县处理”的模式，形成了“有章理事、有人管事、有钱办事”的农村垃圾治理长效机制。有章理事，就是按照“户分类、村收集、镇中转、县处理”的模式，垃圾从农户就开始分类收集，由保洁员逐家逐户定时收集，改变传统“垃圾池堆放、保洁员清运”的做法，由末端清理向源头管控，从源头开始实现“不落地”，实现农村“垃圾不落地”，保洁常态化；有人管事，就是明确各部门人员的职责，村民负责垃圾分类，定点投放；保洁员负责与群众约好收集垃圾时间，定好入户收集垃圾路线；村级负责具体组织实施；镇级负责“垃圾不落地”前期宣传引导，并做好督促。群众主动参与垃圾文明投放、左邻右舍卫生监督、保洁员工作监督等，群众由环境污染的主体变成环境维护的主体；有钱办事，就是采用县政府补一点、镇里贴一点、村民出一点的方式筹集，保障基本运行开支。县、镇两级每年按人均20元的标准分别给予补助；村民则通过“一事一议”，每人每年缴纳卫生保洁费10元，村民交了钱购买了服务，自然就成了监督主体，主动督促垃圾保洁员工作，形成良性循环。2014年2月，他又在岩溪镇剩下的10个村进行了全面推广；2014年5月，岩溪镇11个村全部建立了垃圾治理长效机制，实现农村“垃圾不落地”。

2015年年初，国务院召开全国农村环境整治视频会，会议提出要用五年的时间建立农村垃圾治理长效机制。黄丽坤在岩溪镇探索出来的“垃圾不落地”长效机制，走在了全省乃至全国前列，引起了社会各界的高度关注。

在黄丽坤探索农村垃圾分类治理过程中，汤丽莹积极参与其中，受到丈夫的影响，汤丽莹也成了校园“垃圾分类治理”的倡导者、践行者和拥护者。

而对湖里实验小学垃圾分类工作的特色，爱家物联网的董事长颜昌龙很有发言权。因为企业跟学校联合，打造出“家校社企”四方联动的做法，湖里实验小学绝对是教育行业内的垃圾分类标杆级学校。

颜昌龙用他的行业术语，将湖里实验小学的垃圾分类阶段性推进，比喻成三个网络版本。

一开始，学校自己单打独斗，教授垃圾分类常识、营造宣传氛围，与其他学校无异，这是网络初期的1.0版本；后来感觉辐射的面有限，而且让孩子们学会的目的是要去影响大人，影响家庭，然后影响社区和整个街道，甚至整个厦门市。所以，学校就跟禾山社区联手来打造这个垃圾分类，就进入了2.0版。

这里非常值得一提的是，现在全市推广的“家校社”联动，与社区联动的垃圾分类盖章卡，第一个蓝本就出自湖里实验小学。可以说，湖里实验小学是家校社联动模式的研发地。当时，学校设计出一张盖章卡，上面有30个格子，用于学生每天将家用垃圾准确分类之后，去社区督导员那里盖一个章。30天的章盖满以后，就可以换领礼物。其实不在于礼物是什么，就在于这是一种肯定，是一份坚持。

接下来就是3.0版，这时候，爱家物联登场了。

爱家物联（福建）环保有限公司，是一家主要从事再生资源分类回收、物联信息平台管理运营，致力发展成为物资回收环保事业的创导性企业。

爱家物联的创始人颜昌龙和总裁肖玉贞都是非常有行业前瞻性的人。

肖玉贞的解读深入浅出：“目前环保行业看似形势一片大好，但毕竟土壤还很稀薄。企业以盈利为目的，但是在盈利之前，要先做公益。引进家校社企四方联动的模式，就是先把垃圾分类这个大型的公共服务类工程先从宣传教育入手，提高垃圾分类的意识素质和行为水平。只有基础工作先做好，先公益，再收益。从商业角度来讲，这个行业太大了，必须多家联手才能做好。所以我们也希望把这个理念推出去之后，能有更多的同业公司参与进来，共同推动垃圾分类的早日规范化。”一番话，展现了一个女总裁宽广的商业胸怀。

爱家物联进入湖里实验小学后，帮助学校解决了特别多的实际问题。比如，学校需要相关设施——环保屋，不在于简单地将垃圾分成几类，更关键的是要让孩子进一步懂得更细化的垃圾分类。比如说，可回收垃圾，它分成瓶罐、纸皮等不同类别可回收物；然后实验室资源化，爱家物联的互联网教育板块模式引进，可以进行科学化、精细化管理；每天，爱家物联都会提供一位志愿者在学校帮忙登记所有垃圾种类，以及垃圾分类的准确率，这样就极大地减少了学校的工作量；另外，公司也会派一些专家来帮学校搞培训，比如说酵素这一块怎么做好？如何利用厨余垃圾做酵素？甚至一年级刚入学的新生需要跟家长进行亲子活动，他们也会无偿的来帮忙做。无形当中，爱家物联既具备了专业性，又可以大大减轻学校的经济压力。

看似“无用功”，颜昌龙却心中有数。这是一项全国性的全民教育行为，跟学校配合就是在推动这种氛围和教育，建立渠道，为后期的可回收垃圾做好资源的精准利用。

接下来，汤丽莹还想考虑4.0版，甚至5.0版，对学校的垃圾分类未来有一个更高级的规划。

学校的第二个特色叫垃圾分类的适龄活动。根据孩子年龄的不同，有针对性分层次地开展。在这点上，汤丽莹也给我们做了详细的介绍。

比如说，一年级已经开展了两三轮试点活动。内容是孩子回家与爸爸妈妈设计手绘本的垃圾分类连环画，孩子负责画画，爸爸妈妈负责文字，爷爷奶奶也可以参与。无形当中就有家庭教育，实际上这些都是很宝贵的财富。

二年级又不一样了，是垃圾分类的口号设计；三年级是跟爸爸妈妈一起来做垃圾分类海报，或者是以学习小组的形式来设计海报；四年级可能就是垃圾分类童谣的征集；到五年级就要走入社区，对社区最近的垃圾分类情况展开调查，形成调查表，将调查结果递交学校——比如说，欣悦园小区原来的垃圾投放是什么样子？现在如何？存在什么问题？有何建议？这些都会形成数据，填入表中。

而六年级的孩子思维就更活跃，他们可以来研究酵素。

湖里实验小学的垃圾分类工作还有一个显著特色，就是党、团员与路长制有机的结合。润物细无声地融入，既能够达到教学的目标，又能够渗透垃圾分类的意识，还能够把社会主义核心价值观的理念巧妙地结合进去。

湖里实验小学在厦门这座垃圾分类较为先进城市里，已经做成了独具自己特色的模范，各项荣誉加身。但是作为这所学校的一校之长，汤丽莹只希望，在治校期间，能够带领全体师生坚持、坚定地做一场“垃圾分类训练”。最后的结果，一定是好习惯促进成绩的提升，促进整个修养的提升，促进精神上的富足与自信。

5 垃圾分类我先行

若以占地面积来说，厦门实验小学不算大，在这个十几分钟就能走遍的校园里，随处可见的垃圾分类元素因为师生的巧妙用心而成为显而易见的特色。

教室外一排排整洁的宣传栏里，最醒目的就是垃圾分类主题了。“垃圾分类我先行，实小少年创文明”“‘三融入’促分类，实小少年在行动”等主题宣传标语下面，是厦门实验小学各年段、各班级的垃圾分类行动和成果展示。垃圾分类进校园、进家庭、进社区、进社会，早会课、班队课、国旗下，劳动节、读书节、儿童节……一个个小小的身影活跃在生活区间的各个时段，各个角落。

林卫红是厦门实验小学校长助埋，在她的办公室里，整齐地陈列着一期期厦门实验小学校园内刊《凤凰树下》。随意翻看一本装帧精美的校刊，都能找到有关垃圾分类的文章。有学生写的，也有家长写的关于垃圾分类的感受。学生们会以童话、日记、作文等形式，用稚嫩单纯的笔触，写下自己开始垃圾分类之后所学到的知识、经历过的事情；而家长的角度，大多是自己的孩子开始垃圾分类之后，给孩子自身和家庭所带来的改变。

林卫红在工作疲劳时，总爱翻翻这些校刊，看看这些孩子们用稚嫩的笔触，用不加粉饰的语言，写下他们将环境保护进行到底的信念和决心。对她来说，这也是一种放松和休息的方式。

“正因为孩子们拥有一颗纯净的内心，才让他们始终对垃圾分类报以巨大的热忱。”林卫红喜欢看孩子们的作文，也是因为她在里面看到更多的是孩子们纯净的内心。

“有人说，垃圾是危害我们健康的‘毒品’，是破坏地球的‘不良少年’。其实垃圾只是放错地方的资源，它们也有重新利用的价值……”

“在一片大森林里，到处堆满了垃圾，整天洋溢着臭烘烘的气味。忽然，垃圾堆里发出一个声音，‘哎呀，臭死啦！’冒出来一个脑袋，原来是小兔萌萌。它气愤地说，‘你看我浑身上下又脏又臭，都怪你们！’……”

这是上学期厦门实验小学举办的垃圾分类征文大赛，其中两位四年级同学的作品。孩子们总是会有无尽的潜能和想象力。

梳理厦门实验小学的垃圾分类之路，林卫红不禁陷入十年前的回忆当中。那时候，林卫红是厦门实验小学的一名年段长，负责学校的“红领巾夏令营”。

她还清楚地记得第一次带学生开展夏令营活动的情形，是同两位班主任老师带孩子们到学校附近的图强路收集垃圾。玻璃瓶、易拉罐、塑料、纸盒、旧报纸、矿泉水瓶等，收集到一起，然后将废品分类，再统一卖到废品收购站。卖得的钱，会以“红领巾夏令营”的名义捐给偏远山区小学，用来购置学习用品。后来几次夏令营活动，还会带孩子们收集废旧电池，然后专门把废旧电池做一个妥善的处理。

厦门实验小学“红领巾夏令营”，是学校跟社区共建，单纯从环保的角度考虑，校方觉得让孩子们走出去，做公益活动，分发传单，让社区居民懂得怎样区分可回收的废品，并且让居民懂得废旧电池是有害的、不可回收的，会污染我们现有的土地、河流，很多年仍不可恢复。

十年前，林卫红组织的几次拾捡收集垃圾废品为主题的活动，后来被评为年段优秀夏令营。现在想来，其实那时候的夏令营的主题公益活动，纯粹是环保公益，并没有上升到垃圾分类的高度。但不可否认的是，十年前的举措，便是日后垃圾分类的基础和雏形。

自厦门市开始开展垃圾分类工作以来，厦门实验小学垃圾分类工作应声而动。

2017年5月3日下午，借国际青年节之机，一场别开生面的垃圾分类宣传教育活动在厦门市思明区虎溪社区辖区——新华城小区里隆重举行。活动中唱主角的是家住新华城小区的厦门实验小学学生代表及其家长。一批由家庭推举、小区考察、学校认定的“社区垃圾分类小标兵”走上台来，接受由社区和学校共同组成的评委会联合评审通过的荣誉称号。

那天，厦门实验小学校长何宝群在活动结束之前发表了一番热情洋溢的讲话。他说：“垃圾分类工作功在当下、利在千秋。厦门实验小学作为全国文明单位，要坚持以教育促进学生，以学生带动家庭，以学校牵动社会，在垃圾分类工作中大胆创新，狠抓实效，把垃圾分类工作的根扎进家庭和社区，家校社共同发力，把这项利国利民的大事做好，为护航厦门会晤再立新功。”

思明区虎溪社区党委书记陈晓梅也在现场表示：虎溪社区希望通过此项活动的开展，从小培养青少年环保意识，带动居民积极参与垃圾分类，为共建美丽家园贡献一份力量。

现在的厦门实验小学夏令营、冬令营活动，一直在延续。每到学期末考试结束，学校会组织学生走出校园，走进社会。活动的主题按不同年段来设置：一二年级是文明礼仪，三四年级是垃圾分类实践，五六年级则动手制作，垃圾变废为宝等。学校还会组织孩子去参观垃圾分类末端处置企业，垃圾焚烧厂、大件垃圾处理厂等，让孩子们了解生活垃圾的去向和处理方式。

在厦门实验小学，垃圾分类仿佛是件自然而然的事，无须刻意强调，亦不要过多引导。因为在垃圾分类的路上，厦门实小，已经先行。

松柏终有参天时

当垃圾分类成为厦门人的一种责任时，厦门市松柏第二小学的校园内就掀起了一股推行垃圾分类的热潮。

当《厦门城市垃圾分类指南》送达每一位师生手上，松柏二小就展开认真、深入的学习。

校园三楼电教室里，厦门好猫生态文明推广中心的老师，正在为全校近100名学生授课，那是一节长长的课，却是让学生不愿下课的“垃圾分类”专业知识讲座。这些学生来自每个班级，每班精选的两名，他们即将组成校园“垃圾分类小小督导员”队伍，每天戴牌上岗，随时监控班级垃圾桶，确保每一位学生精准分类。这堂课上，学生们认真学习，踊跃互动，积极发言，都恨不得将课堂上老师所讲的每一句话牢牢记在心里。因为他们都知道，接下来他们将是“垃分人”学习的榜样。

而松柏二小的每一位教师，则在学校工会的组织下进行了垃圾分类考试。当一个个老师走下任教的讲台成为被考的“学生”时，却都轻松自如地完成了试卷，交上了一张张满分卷子。“谁让我们这么认真，生活中常见的垃圾，尤其是校园内产生的垃圾常识，我们已是了然于胸了！”一个刚从“考场”走出来的老师笑着说。

校园内，四色垃圾桶摆在最显眼的校门口，用最直接的方式告诉每一位师生，垃圾必须分类；学校围栏上也上了精美的“垃圾分类”知识宣传展板，图文并茂地宣传垃圾分类的基本规范；教室里的后墙，被精心布置了垃圾分类的儿童画和手抄报，扮靓了每一间教室，到处充满着浓浓的“垃圾分类”宣传氛围。

国旗下的讲话，一首首“垃圾分类”童谣、一段段“垃圾分类”表演，让多少学生陷入了沉思；班级里的班会，老师和学生认真了解厦门“垃圾分类”的知识。在《综合实践活动》和《道德与法治》课堂上，老师认真地为学生讲解着垃圾分类知识，把宣传落到每一位学生心里。

家庭中，松柏二小的学生拿着宣传单，兴致勃勃地向家人介绍垃圾分类的知识和重要性，想通过“一个孩子带动一户家庭”的理念来推进垃圾分类宣传，让孩子带动父母以及身边其他人，让垃圾分类的理念更好地延续。

陈念其是松柏二小二年级学生，她在学校接受垃圾分类知识教育后，在家里主动承担起每天下楼丢垃圾的任务，督导员奶奶每次看见她，都会表扬她家的垃圾分类做得好。陈念其的奶奶以前不懂得分类，后来跟着孙女一起学，她说，也就是厨房多放一个垃圾桶，并不麻烦。

校园外，到处流淌着“红色身影”，那是松柏二小的党员教师，带着一群学生形成志愿宣传队伍，走街入户为居民宣讲。

2018年5月24日，“思明先锋”公众号推出《“绿色101”，吹响集结号》，正式发布活动信息，一时间引发党员广泛关注，越来越多党员报名参加。在短短30天时间里，98个社区发布229个“绿色101”项目，2753名党员先锋带头响应，4215人次参与志愿服务。

松柏二小党支部也在这次“绿色101”系列主题党日活动中，由校长郑海燕带头，积极响应。“店门前清扫的落叶属于厨余垃圾，不是其他垃圾，要注意分类噢！”同时还是校党支部书记的郑海燕正指导着一名清扫落叶的小姑娘。谢艳玲副书记和同组的党员教师，拿着“平安三率”宣传单，给刚下楼的老爷爷介绍着：“群众安全感满意率、执法满意率、平安创建知晓率”……一时间，屿后社区四处“红色”流动，引来赞许声一片。

松柏二小党支部宣传委员黄瑞琼老师对这样的活动知之甚深。在她做宣传委员的几年里，也就是厦门市倡导垃圾分类之初，松柏二小部分党员教师就常常“大手拉小手”，带着部分学生在学校周围的沿街店面，进行垃圾分类知识宣传，并指导店面商家进行精准的垃圾分类投放，获得了屿后社区居民不断的“点赞”。

党员教师还带动许多学生家庭一同加入。郑海燕说：“通过‘绿色101’项目，发挥党员的先锋模范作用，可以把垃圾分类知识传播到更多人的心中。”

《教师办公室垃分评比奖惩制度》出台了，每月工会组织工委评选“垃分示范办公室”，满分给予经济奖励，末尾三名则要缴纳相应的“罚金”。

谈起这项评比，德育处兰劲松主任第一句话就是：“要想满分，就连剩饭盒里的剩菜剩饭都要刮出来，分别放到厨余垃圾和其他垃圾。”一句话就道出了垃圾分类的精准度要求。

班级垃圾分类纳进学校“五星班级”评比制度，这些与师生有关的场所，在学校制度的推动下，将每一位“松二”人的垃圾分类落到了实处，让垃圾分类不再是口号，而是一种日常习惯的践行。

还记得刚开始实施班级垃圾分类时，一位高年级的孩子对班主任说：“我们用完的黑色水笔，塑料笔套和笔芯好像不同类型呀？”一言激起万层浪，“蜡笔涂鸦的纸张和铅笔涂鸦的纸张一样吗？”等在学习中涉及的垃圾分类问题，在老师和同学之间不断被热议和探索。

自此，师生们的环保意识更加提高了，垃圾分类也越来越精准了。

“垃圾分类”实践活动也成为松柏二小2018年大队委竞选的一个必备项目。所有的大队委候选人都需要利用周末进行“垃圾分类”社会实践，然后将自己实践过程，或用图片，或用视频，展示给参与投票的学生代表，用最有意义的“垃分人”行动为大队委的竞选增加色彩。

阳光假日小队活动一直是松柏二小的德育品牌。自垃圾分类工作开展以来，阳光假日小队活动就有了各种形式的垃圾分类活动，有的进社区进行创意宣传，有的到旅游景点宣传，有的还参与厦门好猫生态文明推广中心拍摄的“最美垃分人”宣传视频呢！

这不，这个烈日炎炎的暑假，松柏二小的志愿者们又出动了，开始了暑期社会实践。他们上街扶起共享单车，捡拾垃圾，宣传垃圾分类……“别看我个头小，今天发了几十份垃圾分类倡议书。”同学小乐说道，“做文明有礼思明人，我们还要成为文明友爱的小白鹭。”而同学们一幕幕暖心的志愿场景，也感动了不少市民。家住屿后社区的张阿伯，接过了同学们手中的垃圾分类宣传材料，他说：“孩子们这么认真，回家我也要好好学习垃圾分类了！”

校长郑海燕内心感到莫大的欣慰。响应思明区“善心善行365”号召，在学校氛围熏陶下，这些小小志愿者，正用自己的微小行动回馈社会，同时也从小培养孩子们的社会责任感，让他们学会服务社会、关爱他人。

经过一个暑假的行动，松柏二小荣获了“厦门市绿海鸥行动示范校”。2015级01班荣获了“厦门市绿海鸥行动示范班”，张冬冬老师荣获了“厦门市绿海鸥行动使者”荣誉称号。2015级01班周子涵、2015级02班谭明志荣获了“厦门市绿海鸥之星”荣誉称号。在为数不多的获奖名额中，“松二”学子在行动上真正做到了无时无刻不在垃圾分类。

垃圾分类，已然成为厦门目前最时尚的话题和最时髦的行动，为了不负美丽鹭岛上那一抹盎然的绿，全体松柏二小师生学习垃分知识，开展垃分宣传，进行垃分行动，让垃圾分类成为“松二”校园里最美的一项行动。

松柏终有参天时。松柏二小的全体师生在垃圾分类工作的推进中，正用自己的实际行动来诠释这句话。

“文明小袋鼠”从这里出发

阳光正好，绿树满荫，天朗气清，惠风和畅。

延奎小学坐落于厦门市海沧区沧裕路2号，尽管身处海沧区闹市中心，但这里却是闹中取静，风景独美。

周一早上升过国旗后，就读延奎小学三年级一班的陈思颖穿过校园，一路小跑着来到“小袋鼠文化长廊”。从书包里掏出上个周末的杰作——十几盏“创意花灯”轻轻地放在长廊的一个角落后，脸带笑意静静离开。

这些“创意花灯”是陈思颖和妈妈共同完成的，共耗时六个小时。上周六是陈思颖的生日，他邀请自己的同班同学来家中做客。父母为他们准备了一顿丰盛的午餐，在阵阵祝福声中，陈思颖拥有了一个别开生面的生日宴。午餐过后，与同学们陆续告别的陈思颖习惯性地收拾起桌子上的杯盘残羹。“骨头属于餐余，蛋糕包装纸是其他垃圾……”他一边在心里默念着，一边把手中的垃圾一一分装入绿色、黄色的垃圾袋中。

易拉罐属于可回收垃圾，正当陈思颖准备分装桌上喝剩的易拉罐时，学校的“小袋鼠文化长廊”让他灵光乍现。何不给它们在那里找一个新家呢？陈思颖找来妈妈帮忙，在母子俩的创意协作下，原本属于废弃物品的十几个易拉罐被设计成花灯造型。为了保证做工更为精细，十岁的陈思颖上网收集了大量“花灯”的制作流程，他还把学到的“技术”绘制成一张技术图。每一个步骤，所需要的每一件工具，各个环节所要耗费的时间，都被他用笔记本悉心地记录下来。经过一个下午的努力后，化腐朽为神奇的“花灯”就出炉了。

其实，对于延奎小学的家长和孩子们来说，这样的场景并不陌生。因为在这里，积极进行垃圾分类，巧手变废为宝早已是融入血液、深入骨髓、根植在每个人心中不可分割的习惯。而这些正得益于全校师生合力打造的“小袋鼠”文化。

“小袋鼠文化长廊”“小袋鼠形象大使”“小袋鼠志愿服务队”“文明袋鼠夏令营”……在延奎小学，垃圾分类蔚然成风，垃圾分类意识无处不在。

洗衣液瓶子变身成美丽小天鹅，鸡蛋壳也能化作美丽的鸡蛋花，旧衣物再造为华丽礼服……日常生活中的废弃品，经过巧手再制作后，在这里被赋予新生命，华丽变身为充满设计感的艺术作品。展示在这里的每一件物品，均由孩子们亲手制作。而这些物品的原材料，大多为被人们弃之不用的垃圾。这里，就是厦门市首个倡导“垃圾不落地”环保理念的“小袋鼠文化长廊”。

除了展示孩子们的作品外，“文化长廊”里还摆放着不少文字资料，随时准备向关注这里的人们诉说“小袋鼠行动”的点点滴滴。只要轻轻点击放置在长廊一侧的液晶显示屏，“小袋鼠行动”一路走来所留下的每一个印记便会瞬间呈现在观众眼前。与其说这是一个变废为宝、物尽其用的展示长廊，倒不如说，这是一个用独特方式持续推动孩子们持续关注环保、深化未成年人思想道德建设的平台。

要回顾“小袋鼠”文化的发展历程，时光还要追溯至几年前——

2014年6月，海沧区委宣传部联合地方媒体共同发起“向台北学习垃圾不落地”的动员，并在全市范围内征集“垃圾不落地”卡通logo设计。当时就读于延奎小学六年一班陈梦羽同学设计的“萌萌小袋鼠”形象被选用。

2014年7月，海沧区教育局率先启动“我是小袋鼠，垃圾不落地”行动。作为此次行动的环保大使，“文明小袋鼠”从延奎小学出发，走向全市。2016年2月，延奎小学的“我是小袋鼠·垃圾不落地”青少年环保项目在由中共中央宣传部、中央文明办等11部门共同主办的“全国宣传推进志愿服务‘四个100’”活动中被评为“100个最佳志愿服务项目”。作为厦门市唯一获得该奖项的学校，延奎小学获得广大市民的一致赞誉。

然而，这仅仅是延奎小学“文明小袋鼠”环保行动的开始。

继“我是小袋鼠·垃圾不落地”环保行动之后，延奎小学又陆续推出了升级版“我是小袋鼠·垃圾要分类”“我是小袋鼠·垃圾变宝贝”“我是小袋鼠·志愿服务行”……随着环保活动范围的不断扩大及影响力的提升，“文明小袋鼠”更是延伸并拓展出大量丰富多彩、主题多元化的志愿者活动。

每个新学期，延奎小学校长易增加都会进行国旗下总动员，号召师生时刻心怀环保理念；而同学们也会在国旗下讲话时，进行垃圾分类情境解说；在延奎小学，每个年段都会组织关于垃圾分类的主题班会课，班主任会在这时候对垃圾分类进行细致讲解；垃圾分类专家、厦门市垃分中心赵海涛科长走进校园，为教师进行专业培训。学校定期邀请社区志工，为孩子们讲解垃圾分类知识；年段及班级之间经常性的知识竞赛，更是让垃圾分类深入人心；垃圾分类小知识，在校园随处可见；不光在校园公共区域有特别定制的垃圾箱，在各个教室、办公室也配备着贴有标识和指导示意图的分类垃圾桶。每一张标识和指导示意图，可都是由同学们亲手绘制而成的，在充满童真的笔下，铁钉、塑料盒、蔬菜瓜果，都被赋予了卡通形象……

万涓细流，汇爱成海。延奎小学师生用点滴努力构建起一座环保绿色新校园。细微之处见精神，完善而全覆盖的评价体系更是将这里的垃圾分类推向臻于完美的极致。

延奎小学垃圾分类评价体系分为校内评价、家庭评价两个大板块。其中，校内评价涵盖了各办公室每日垃圾分类评价及各班级每日垃圾分类评价。手持分数表，进行监督打分的裁判员就由孩子们担任。

垃圾分类良好习惯的养成，更赖于全家总动员的保障。在延奎小学的家庭评价体系中，设计精巧的评价本是突出的亮点。像存折一样的家庭评价本，不仅明确给出了自身家庭的评价标准，还设置家庭与家庭之间的互相评价要求。

得益于“‘争章夺币’个人评价、‘积卡升级’班级评价、‘服务积分’家长评价”奖励制度的密切衔接，环环相扣。在延奎小学，备受孩子们追捧的潮流，既不是时尚明星，也不是发烧热歌，而是印有学校校名和“文明小袋鼠”logo的奖品。

“一起来了解我们的垃圾分类小知识！”“请把塑料袋丢在可回收垃圾桶里！”“你们的城市也在开展垃圾分类吗？”周末的早上，在厦门市海沧大道，五名手拿宣传单、身穿红背心的“小袋鼠”吸引了不少市民、游客的目光。

捡起地上的落叶，黄静怡有条不紊地装入随身携带的绿色垃圾分装袋里。“单子别随意丢弃，要保管好！”每发出去一张宣传单，黄静怡都不忘认真地叮嘱一句。

一对推着婴儿车的夫妇从身边走过，周冰拦住了他们：“阿姨，这是我自己制作的垃圾分类益智小卡片，最适合学前班的小朋友玩了。送给你们的小宝宝，让他从小就接触垃圾分类，树立环保意识。”

在一家水果摊位前，林向阳向一对摊主夫妇介绍起了“垃圾不落地”的理念。看到一群“小袋鼠”的到来，正在切水果的陈阿姨赶忙让身边的老公也停下手中的活，认真地听了起来。

这就是延奎小学组织发起的“小袋鼠志愿者服务活动”。孩子们利用课余时间，走上大街小巷，深入社区广场、公园、公交站台等地，为广大市民进行垃圾分类宣传。承载着孩子们的初心和期许的文明公约，伴随着“小袋鼠”文化的传播，将垃圾分类理念深入到市民及游客的心中。

在“文明小袋鼠”品牌力量的影响和推动下，2018年3月3日下午，厦门市海沧区2018年学雷锋志愿服务系列活动暨“小袋鼠文明行动日”主题活动正式启动。这也意味着，今后每个月的第一个周六都被确定为“小袋鼠文明行动日”。“让垃圾找到自己的家，从此不再流落天涯。”当天下午，一群朝气蓬勃的小学生，牵着憨态可掬的“文明小袋鼠”亮相，通过歌舞表演拉开了主题活动的帷幕。

启动仪式现场，海峡两岸义工联盟开展了小袋鼠家族合影环保秀；作为启动仪式的配套项目“小袋鼠环保沙龙之社区环保达人分享会”上，几位环保达人展示了他们变废为宝的技术力量。用旧CD当“车轮”，铁丝做车架，就是一辆个性十足的自行车摆件。在杯子、旧水壶里种上植物，一件满眼绿意的盆栽就出场了；在延奎小学，同样作为“小袋鼠文明行动日”的配套活动，“小袋鼠动漫课堂”首次开课。课程通过与动漫相结合的方式，让孩子们与文明小袋鼠有了更丰富、更多元化的体验。

“袋鼠一家”卡通形象就矗立在进延奎小学大门的右侧。面带微笑的袋鼠爸爸、妈妈挥起手向人们问候致意，在它们的育儿袋里，装着废弃光碟、塑料制品等物。而萌态可掬的袋鼠宝宝则头戴小红帽，一手倒持喝光的矿泉水瓶，另一只手则护着肚子前装满空可乐瓶、利乐包的大口袋。“袋鼠一家”是“小袋鼠志愿服务队”的吉祥物，寓意小手拉大手，环保理念“袋袋相传”。

小袋鼠的创作者，是曾就读于延奎小学的陈梦羽。再一次行走在母校的小径上时，陈梦羽已经是16岁的少年。

“有只袋鼠真奇怪，胸前有个大袋袋，不装水果不装菜，各种垃圾放进来……”学弟、学妹稚嫩的歌声不时在耳畔响起。陈梦羽这才明白过来，原来，这是母校根据小袋鼠形象创作的《文明小袋鼠之歌》。她又想起，同样由学校创作的《文明小袋鼠》校园短剧，还在2015年度的福建省艺术节戏剧展演中，荣获了一等奖！

2014年，12岁的陈梦羽手绘了一只小袋鼠。几年后，这只没有翅膀也能飞翔的小袋鼠随着厦门人创建生态文明城市的热情和决心，进入学校、家庭，进入孩子们的心田。而“文明小袋鼠”系列活动也随着央视《新闻直播间》、新华社等多家媒体的广泛关注和报道，被全国人民熟知。

2016年2月，延奎小学“我是小袋鼠，垃圾不落地”青少年环保项目被评为全国“100个最佳志愿服务项目”。时隔多年，谈起这件事，易增加校长依然自豪地挺起了胸膛。“这是中宣部和中央文明办以及中央电视台评比出来的项目。福建省3个，厦门1个，莆田1个，还有福州1个。全国30多个省市，我们能拿到这个奖项是挺不容易的。而且这100个志愿服务项目，唯一一所学校就是我们，其他的社区，比如说学雷锋、一元钱理发店等都是志愿服务，只有我们是通过‘垃圾分类不落地’来做的。”至今，这块奖牌还高高挂在延奎小学宣传走廊的最前面。这个项目的获奖也鼓舞了延奎小学，使他们决定将“垃圾不落地”“垃圾分类”工作作为学校特色，坚定不移地持续下去。

8 江头的“世外桃源”

在厦门众多中职学校中，厦门信息学校是最“中心”的一所——位于江头，紧邻SM商圈和繁华的仙岳路，也是厦门岛内唯一的一所国家级重点中职学校，同时还是国家中等职业教育改革发展示范公办中职学校。

每年被录取到厦门信息学校的新生，总有一部分人会充满挫败感——他们对职业教育的认识还有误区。很多人都认为，自己成绩差，考不上重点高中，只能来到信息学院这样的职业学校“混”三年，毕业后随便找个工作继续“混”生活。

但是，厦门信息学校用自己独有的教学方式，递交了一张张令人惊艳的高职招考“成绩单”——2018年，厦门信息学校参加高考学生中，97%上大学，而全省升学率是90%；美术类44人参考，38人上本科。而在2018年春季高考中，福建省艺术类第一名的陈君岚，就来自厦门信息学校。

高分考生也不少，譬如说，在计算机类、电子信息类、土建类考生中，全省前10名，厦门信息学校占5人；前50名，信息学校占24人。计算机类表现尤为突出：全省前10名，第二、第六、第九、第十名，都是这所学校的学生。

如果以本科上线率来衡量厦门信息学校春季高考成绩，那么，这所学校计算机类、电子信息类、土建类考生，本科上线率达50%以上。在2018年9月开学季，福建工程学院、厦门理工学院中近百名厦门信息学校的学长学姐，迎来了一批学弟学妹——有31名计算机类学生考上厦门理工学院，21名电子和建筑类学生考上福建工程学院。

这样一份份骄人的成绩面前，校长庄铭星便成了众人心目中最好奇的“神秘”人物。

传统办学并没有把校园环境当成多大的事。不过，厦门信息学校党委书记、校长庄铭星并不这样认为。在他看来，校园的美丽最终会有助于教和学。

整洁的道路花木掩映，繁花似锦，美丽的师陶园、汉白玉的升旗台、寓意深刻的文化石、灯光辉映的夜景工程、陶冶情操的背景音乐等点缀其中。校园里到处都“隐藏”休闲小花园。其中有13棵七里香球，至少有20多年历史，据说是厦门校园里独一无二的。

在厦门中职，正高级职称的老师（相当于正教授）凤毛麟角，目前仅有两名，都在厦门信息学校：校长庄铭星和计算机动漫专业老师刘斯。

庄铭星参加工作至今从未离开职业教育，他曾创造过一个记录：在原福建化工学校当校长时，化工学校成为“国家中等职业教育改革发展示范学校”。2011年，庄铭星赴任厦门信息学校，又带领老师将学校建成“国家中等职业教育改革发展示范学校”。厦门市在信息学校成立了“庄铭星劳模创新工作室”，致力于职业教育的改革创新、示范引领。

致力于教学，却又不完全依附于教学。对于校园文化的打造，庄铭星似乎情有独钟。他说，我们或许很难用语言描述校园文化，但它无处不在，环境就是其中之一。它深入学校每个成员的骨髓，甚至可以影响人的一生——我们给孩子什么，他们就会去追求什么。

在厦门信息学校，通过丰富校园文体活动、多元的教学模式锻炼，三年后完成逆袭的励志学生，每年都有。

一个个青春花季的学生，从影响，到改变，再到逆袭，潜移默化的影响，在厦门信息学校得到了完美的诠释。以培养职业教育的高素质人才为己任，开展“垃圾分类”活动更成为厦门信息学校“创示范、彰名校、谋幸福”的强力助推器之一。

寂静的教室里，一堂电子工艺课已接近尾声。由于使用的元器件和耗材都比较复杂，产生的废弃的元器件和耗材也相应较多，与往常老师非常无奈又有些严肃地命令学生收拾垃圾的情况不同，在电子工艺实训课的教室后面悄然出现了五个印有不同颜色字体的回收盒，醒目地标明了“可回收白色导线”“可回收黑色导线”“可回收蓝色导线”……而此刻，班级的学生正在井然有序地把耗材放入不同的回收盒中。不知不觉中，课桌上的废弃耗材已经消失不见，教室变得干净整洁。这些耗材不再是被直接丢弃的命运，相反，它们也将变废为宝，被再度利用起来。

建筑实训课曾经也是垃圾的“重灾区”，遗留了大量的工程废料。而自从参照了电工实训课的教学经验，垃圾分类也走进建筑实训课之后，细心的同学们在垃圾分类的过程中发现原来不少工程废料里竟然还可以分拣出很多有回收价值的塑料管、导线、钢筋等，下次实训课还可以继续使用。

从事电工课教学的沈老师说：“在垃圾分类尚未进校园时，垃圾乱扔，耗材浪费的现象还是比较严重的。自从引进了垃圾分类这个理念之后，再结合我校的‘6S管理’特色，电工课出现了前所未有的秩序感，垃圾分类进入课堂，潜移默化地影响着我们学生的行为习惯和思想认识，看到他们的进步，我很欣慰。”

庄铭星校长所管理的厦门信息学校，德育的“6S管理”一直是这所学校办学的特色所在，而自主管理又是“6S管理”的重要组成部分。垃圾分类工作看似简单，实际操作起来却又非常耗时耗力，因此动员学生自主管理是垃圾分类工作得以实施的好捷径。

厦门信息学校结合自身办学特点，确定了以电工实训课和电子工艺实训课为试点课程，渗透垃圾分类知识，其他实训操作类课程参照学习相关的实践经验来深入推进垃圾分类知识进课堂。课堂教育作为学生教育的主战场，也是培养学生素养的主要渠道，垃圾分类知识要渗透到课堂里，才能更鲜活，更有说服力。

厦门信息学校的学生自主管理一直是学校的一大特色。垃圾分类就是其中一项。

随意走进任何一间教室就可以看到，所有的教室都是干净整洁的，墙角一律配备了多功能卫生柜，卫生柜下层配置了可回收垃圾桶和其他垃圾桶。上层左侧收纳扫把、拖把、畚斗等劳动工具，右侧作为班级用品的收纳储物空间。不锈钢材质，不仅耐用，还便于清洗。

其实，在推行垃圾分类之前，厦门信息学校早已开始实行“垃圾不落地”。多功能卫生柜的设置，让垃圾分类更加深入，让教室更干净整洁，鲜明的标识也让同学们更容易做好垃圾分类，从而有效实现班级学生对于垃圾分类的自主管理。

为了进一步推进垃圾分类教育进课堂，教务科趁热打铁地做一次垃圾分类知识微课视频征集活动和微课教案征集评比活动，全面深入发动老师们的智慧，集思广益，在各个学科渗透垃圾分类思想。

信息化建设是厦门信息学校教学的命脉。结合学校办学优势，让垃圾分类得到切实有效的落实，厦门信息学校不断开发学生的创新思维，推行“互联网＋”模式，积极将垃圾分类信息化融入智慧校园信息化建设中。

2018年上半学期，学校完成了德育管理APP软件。

此APP软件主要用于学生个人行为管理和量化登记评比、班级管理和量化评比统计，最后根据基础数据生成学生三年在校的德育综合评价。

垃圾分类下一阶段的工作准备就是在完善智能垃圾投放设备的基础上实现与学生和班级管理的德育APP的融合，将学生和班级垃圾分类数据及时反馈到量化评比里，从而有效实现垃圾分类投放信息化。通过手机上的APP，学生们可以查看垃圾投放信息和积分、兑换物质奖励，积分奖励还和他们的综合素质评价挂钩，有效地促进了垃圾分类的实施。

庄铭星会利用周末时间，与老师们一起分批次地带领学生们深入社区，做各种垃圾分类的志愿公益活动。两年多时间，4000多名学生走进54个社区，在与市民共同活动的过程中，宣传垃圾分类常识。现场参与者热情高涨，学生们成就感爆棚，因为在活动结束时，能够正确投放垃圾的市民会得到学生亲手制作的徽章等小工艺品。师、生、民同乐，这也是庄铭星校长在垃圾分类工作中一个寓教于乐的方法。

当夕阳温暖的光线只够得到树梢时，便到了放学时分，也到了学生会最忙碌的时候。

班级卫生打扫完毕之后，校学生会的同学们就开始进行教学区生活垃圾定时定点投放活动，各班负责倒垃圾的同学就会把一天下来收集的垃圾在学生会的指导下投放到定点的垃圾箱中。此时虽然已经是放学时间，工作量大，垃圾又散发出一些难闻的味道，但是所有的同学却丝毫没受到影响，仍然保持一丝不苟、认真负责的态度，校学生会通过每日投放记录登记认证，投放情况与班级德育量化考评挂钩，努力督促同学们养成垃圾分类的良好习惯。

如果此时的你刚好走在下班的归途，不是那么急着赶路的话，只要你稍微仰起头，在江头的车水马龙中，便会看到厦门信息学校绽放着美丽的光芒。整个学校典雅幽静，层林尽染。在江头的繁华喧闹中，静若处子，仿佛一处世外桃源。

这是一所全国一流、海西顶级的中等职业院校，因着80%的绿化率而成为“全国绿化模范单位”；也因为优秀强大的师资和出色的领导成为“五星级学校”；更是因为创新的管理模式和教学方式，让这所学校更加大放异彩。

青少年是垃圾分类的参与者，同时也是垃圾分类工作的倡导者，从小树立他们的垃圾分类意识，对于整个垃圾分类工作的宣传与推广都有着重要的积极作用。厦门信息学校把垃圾分类融入课程教学、促进教学，激发学生自主管理的潜质，开创德育工作新方法；他们创新校园管理新模式，实现管理信息化。这些举措都使得垃圾分类在厦门信息学校校园里落地生根，开花结果。新一代的信息学子作为垃圾分类的受益者与践行者，将尽自己之所学，为守护美丽的鹭岛，为伟大祖国的繁荣富强添砖加瓦！

垃圾分类"牵手"特色学科

"干电池中所含有的汞、镉镍电池中的镉、铅酸电池中的铅等重金属都是有毒物质，电池在生产过程和废弃后都会对环境造成污染。就以铅酸蓄电池中的铅和硫酸来说，铅污染水系后可被植物吸收，通过食物积累在人体内，影响精神、消化、骨骼和血液系统并造成贫血；硫酸可造成土质变劣，影响作物生长。镉镍电池中的镉化合物能在植物和水生生物体内积蓄，人体中毒主要通过消化和呼吸道摄取水、食物和空气而引起，镉在人体中积蓄潜伏期长达10～30年。镉能引起高血压、神经痛、骨质松软、肾炎和内分泌失调等病症。日本曾发生过骇人听闻的'骨痛病'就是镉中毒。"

戴着白手套，手持一节废弃电池的庄唯誉老师站在实验室中间，随着讲解的深入，他的神情越发严肃。这位与理工科打了几十年交道，同时又在七尺讲台上讲授了二十多年高中化学课程的老教师深知，随意丢弃干电池会对环境造成巨大的危害。

"为了保护人类赖以生存的地球，人们的环保意识越来越强。各国政府对禁止使用有污染电池都非常重视，有不少国家和地区都以法律的形式严格限制和禁止使用有污染的电池，并要求对废旧电池进行统一处理。我国在1997年底由国家九部委局联合发出了《关于限制电池产品汞含量的规定》的通知，规定自2001年1月1日起，禁止在国内生产各类汞含量大于电池重量0.025%的电池；凡进入国内市场销售的国内、外电池产品（含与用电器配套的电池），在单位电池上均需标注汞含量（例如用‘低汞’或‘无汞’注明），未标明汞含量的电池不准进入市场销售。2002年1月1日起，禁止在国内经销汞含量大于电池重量的0.025%的电池。该通知还规定：自2005年1月1日起，禁止在国内生产汞含量大于电池重量0.0001%的碱锰电池；自2006年1月1日起，禁止在国内经销汞含量大于电池重量0.0001%的碱锰电池。”庄老师继续讲着，实验室里的孩子们屏息凝神，生怕一不小心，就错过了这道科学大餐。

“日常生活中，不光要注重电池的回收处理。更值得提醒的是，一定不能在没有专业指导的情况下，随意拆卸电池、加热电池。”

“会发生什么后果呢？”庄老师话还没说完，学生就急切地问道。

“操作不当，发生短路等问题，很可能导致电池内部剧烈发热，致使气体膨胀而引发爆炸……”听到这个答案，一群高中生面面相觑。

小心翼翼地走近操作台，这群身穿校服的学生在庄老师的指导下，耐心地把手里的废电池拆成若干部分。拆解刚刚完成，趁大家还沉浸在心无旁骛的实验中，庄老师适时地讲解起垃圾分类知识。

“如何设计、生产出更为环保绿色的电池？世界各国是如何来要求环保电池的？”庄老师的一系列问题引发了学生们的思索和一阵头脑风暴。热烈地讨论后，学生们不忘为被拆解的电池进行垃圾分类。

这个周四的下午，一节高大上的实验转化课《拆解锌锰酸性电池》在厦门双十中学开讲。作为双十中学垃圾分类进校园的主题课程之一，这堂实验课通过拆解电池，旨在让同学们在实践中切身体会到环保的重要性，树立更为坚实的垃圾分类、废物利用的观念。

实验后，同学们依据所学知识，将一节原本应丢入有害垃圾垃圾箱的电池，拆分成可回收、其他与有害等不同部件，分别投入了分类垃圾箱中。

一节电池，在拆解中提升了它的再利用价值，也以小见大地让同学们明白了垃圾分类的重要性，并且让他们再一次深刻地认识到“垃圾是放错地方的宝贝”这句话的深刻含义。

如何让垃圾分类扎根校园？双十中学根据自身优势及学生年龄特点，探索出一条特色鲜明的路径。作为福建省首批（16所）省级重点中学，双十中学以教育水平高，教学质量好，教育科研能力强而闻名遐迩。在建设数学、物理、化学等王牌学科过程中，学校在不少含金量极高的全国性科技类竞赛中培养了大量获奖选手。

结合王牌学科力量，实行多学科教学渗透，在推广垃圾分类的过程中，双十中学巧妙地借助了自身的优势。通过化学实验和技术课的手工实践提升学生垃圾资源再利用的科学意识，这是双十中学的特色。化学试卷以垃圾分类作为考题背景，以垃圾所含主要成分作为化学考点，两者有机结合，又很快在学生之间引发了热议和关注。除此之外，学校还在各班级中开设了垃圾分类主题班会，通过讨论学习、合作探究、对比分析、小组活动等内容，深化学生对垃圾分类的认知，内化于心，外化于行。

2017年，双十中学学生会组织成立了“垃圾分类自愿组织”。这是一个从垃圾精准分类、家庭垃圾分类、社区与城中村垃圾分类、公共场所垃圾分类等四方面进行相应课题研究的学术组织。旨在通过科学素养的训练，为垃圾分类提供来自中学生的智力支持。

学校“垃圾分类自愿组织”成立的那天，黄轩就憋足了一股劲，他说：“厦门的美丽有目共睹，但尽管如此，城中村垃圾废弃的治理也为这座城市带来了不小的困扰。”出生、成长于厦门的黄轩对这里的一草一木都充满了感情。为城中村垃圾治理出谋划策，是他一直以来都有的想法。垃圾分类的大力推广与自己多年的夙愿不谋而合，这下终于师出有名。2017年，还在双十中学就读高二年级的黄轩跃跃欲试。他准备对“厦门城中村垃圾废弃物整治”这个课题进行研究，在找老师请教了课题结构、研究方向后，黄轩更是信心十足。

进行“厦门城中村垃圾废弃物整治”研究，必须清楚地了解辖区内城中村数量，每日产生垃圾量及投放、收运模式等基础数据情况。想要搞明白这些，实地走访必不可少。可是即将冲刺高考，黄轩的课业相当繁重，如何权衡有效时间，这对于他来说是个巨大的挑战。

厦门市有几条街、几条巷、多少城中村？黄轩借助网络，收集到不少资料。不过，在进行具体研究时，他只能选择拉长战线的办法。

进行田野调查、数据分析、提供应对策略后，历时数个月的努力，“城中村定点投放”分类方法研究报告在黄轩的坚持下诞生了。

大量生产、大量消费、大量废弃的模式所产生的生活垃圾，是亟待治愈的现代文明之病。打开这份科学合理的分类方法，黄轩的观点不仅集中在垃圾问题的分类、回收再利用等技术和经济层面的探索上，更在于城中村空间的再造和居民主体意识的重建。

基于通过教育来推动居民的自助和对社区价值的重新认识，以及公共性互助纽带的重建，黄轩提出了在城中村和城乡接合部建立一套独立完善适用于城中村的垃圾分类管理体系、建立垃圾分类数据库、建立运行体系、完善垃圾处理体系四项设想。

“厦门城中村垃圾废弃物整治”，第一次以中学生的身份进行研究思考，为厦门市城中村生活垃圾治理提供了重要参考价值。

几年来，双十中学的学生们一直在默默地用自己的方式推动着垃圾分类的进展。

2017年，双十中学组织垃圾分类征文活动。2016级学生陈飞羽一气呵成写下以下长文——

我们置身于这样一个时代——势不可挡的城市化进程飞速推进，带来的是生活物资的极端丰富。多少扬尘的沙地洗心革面，多少蒿草错杂的野地被“高新”席卷，多少躁动的灵魂投身一个接一个的蓝图与规划……

我们似乎是一直进步着，殊不知这可喜的发展背后，我们正以什么作为代价？

现今中国，约有三分之二的城市陷入垃圾围城的困境，全国仅城市垃圾的年产量就接近1.5亿吨。作为厦门市民的你我，也许每一天走在被工人们清理过的柏油马路，并不觉得这座城市与“垃圾污染”有丝毫关联。然而，我们却也确确实实地处于垃圾环带的包围之下——当堆积如山的废弃物，难以降解，难以焚烧处理，被露天堆积在离我们并不很远的郊外之时，我们的生活早已被它们影响。

你知道吗？成堆的垃圾长期无法清除，将会影响周遭的土壤、大气甚至水源。也就是说，即便身处城市中心的你，闻不到泔水的肮脏气息，也有可能饮用着被污染的水而不自知。垃圾污染对公民的健康的恶劣影响不言而喻。与此同时，暴露在白日下的渣滓摧毁了我们追求“市容完美”的可能，也让资源的“完全利用”不可能实现！

你可能会说，我们处理垃圾的方式很有限，也只是集中起来投放到指定地点而已。的确，前些年社会上打出的号召是“垃圾不落地”，可是仅仅“不落地”，仍然让垃圾处理的事业捉襟见肘。要想真正做到依靠每位市民的力量缓解这个问题，社会开始强调“垃圾分类”这个概念。“垃圾分类”并不是一个新的名词，从我记事时，大街上就已经分为蓝灰双色的垃圾桶，那时候的垃圾被分类为“可回收”与“不可回收”。而今，随着分类科学的不断改进，我们不难发现，小区各处，分布有“可回收物”“厨余垃圾”“有害垃圾”及“其他垃圾”四种类型。更加具体化的分类标准，无疑是城市垃圾分类指导者们的科学思考和身体力行得来的结果。不过，正如往年我们在可回收垃圾桶里看见香蕉皮一样，如果每位市民心中没有“垃圾分类”的一杆秤，不论旁人设计多少科学分类的垃圾桶，用多少种颜色、多少个文字、多少人监督，垃圾桶，仍然只是一个“桶”。我既庆幸着大多数人有意识将垃圾入“桶”，同样也担心着这些垃圾难以入对“桶”。

无可置疑，公民的“分类意识”才是社会垃圾分类工作最重要的一环。在此我呼吁大家，切实了解各类废弃物所属的类别并准确投放废弃物入桶。我们应该坚信，每一个人的力量都不微薄，而这一股股毫不虚弱的力量汇聚一起，将能最终实现垃圾的妥善处置！

当工业化的喘息化作雾霭，侵吞我们美丽蓝天的一寸一寸；当城市化的汗水流淌成河，注浑浊污水进入条条清溪；当我们无心分类的举动让废物积累成山，一座座城市陷入一次又一次“白色恐怖”……朋友，你知道，垃圾分类的工作已迫在眉睫！那么请让我们携手，从生活里小小的一“丢”做起，一步一步，打破城市垃圾围城的桎梏枷锁！

一篇《走出围城》气势磅礴，情感激越，让人们再一次看到了厦门双十中学、厦门中学生强烈的垃圾分类意识和社会担当。

师为表　行为范

三月时节，料峭的寒冬刚刚过去。春光乍泄，暖风徐徐，厦门市第三中学门口粉红色的花朵们悄悄从嫩绿色的叶丛中探出娇羞的脸庞，好奇地打量着过往的人们。明亮清爽的晨光混合了甜蜜的花香轻轻洒在窗明几净的教室里，也给校园中古朴典雅的雕梁画栋增添几分艳丽的色彩。

厦门三中原名禾山中学，创办于1924年。这是一所具有光荣的革命传统的英雄学校，饮誉全国的“英雄小八路”群体就在这里诞生。《中国少年先锋队队歌》从这里唱响。1962年2月，郭沫若先生为学校题写校名。校园门口那幅栩栩如生的“英雄小八路”图见证了历史的变换，岁月的沧桑，依旧光彩不减，引得行人注目。而今，它也正见证着厦门市垃圾分类从开始到逐渐完善的艰难又可喜的历程。

清晨，整个城市才睁着惺忪的睡眼刚刚醒来，错落有致的校园里已传来了朗朗的读书声。厦门三中的陈增武校长热情地带着我们参观整齐干净的校园，只见乳白色的教学群楼隐隐笼罩着一圈光芒，将随处可见的宣传栏上垃圾分类的彩图映衬着格外引人注意。

“我们从2017年5月开始进行垃圾分类教育宣传。”陈增武校长指着各色各样的垃圾分类宣传册说道，“我们以垃圾分类为内容编写了宣传手册，班会课上都要求学习，不断地强化学生的意识，家长会也要求对家长进行宣传，通过家长把垃圾分类的意识带回家。除了这些常规的师生、家校宣传，我们在每个老师办公室和休息处都设置了简单两分垃圾桶——可回收和不可回收。因为学校里重点还是老师的教育指导，所以从顶层设计上先让老师有这个意识，能够一以贯之。这样不仅仅是学生参与，老师也参与进来，日积月累养成垃圾分类的意识。学生带着垃圾分类的意识回家，老师也带着垃圾分类的意识回家，老师和学生、社会就慢慢融合在一起。我觉得这是我们学校有特色的地方，虽然实施起来慢，但意识就是慢慢培养起来的。”

在陈增武看来，垃圾分类的成功首先需要人们有自觉的意识，而学校就是培养这种意识的摇篮。“虽然这个过程比较长久，但如果下一代有这个意识了，接下来就是很顺的事情了，真正的入脑入心。日本、台湾等地也是花费了二三十年才做得相对比较好。垃圾分类的事情不能急功近利，首先应该认识到这件事对整个国家、民族、社会都有利，并且做起来难度不大，谁都能做，谁都要做，这一切都需要自觉的意识。而且我们也看到学生能渐渐养成垃圾分类的意识，2017～2018年这两年改变非常大。”陈增武欣慰地说。

校园垃圾分类情况的改善，陈增武和其他教师看在眼里，喜在心中。首先是垃圾量的减少。曾经，学校的垃圾桶总是满的，废纸塞不下甚至乱扔一地。现在的垃圾桶只有一些学生纸张和学习用品，其他垃圾很少。每天，各个班级都会派人将分类好的垃圾送到垃圾房进行二次分拣。班级产生的垃圾量少，终端处理更加轻松方便，从而促进投放的自觉和规范，形成良性循环。

“我们的校园有68000平方米，除了每一层教室公共区，我们还设立了三个垃圾分类点。第一个是教学楼醒目的地方，方便学生上学、放学扔垃圾。第二个是食堂，考虑到学生就餐使用纸巾，除了厨余垃圾桶之外，我们还设有其他垃圾和可回收垃圾桶。第三个是运动场，学生喝完水方便扔瓶子。当然，这是集中的三大块。在学生经常经过的地方，我们都设立分类垃圾桶。不乱扔，要分类。这样就将垃圾分类和安全卫生结合起来。”

从教师的意识养成到学生的自觉参与，从前端的垃圾减量到中间的分类再到后端的处理，厦门三中无疑在意识习惯养成和行为习惯养成的链条上形成了一个循环，相辅相成，生生不息。

“我希望学生们可以做到少生产垃圾，不乱丢垃圾，多分类垃圾。”陈增武说。

正如陈增武校长所言，垃圾分类需要通过人们几年甚至几十年的思想意识转变才能真正完善。

“垃圾分类其实是环境保护的一种，体现着人和自然的和谐共生，功在当代、利在千秋，所以一定要持之以恒。垃圾分类后不仅减少污染，还可以发电，对人类和自然都有益处。大家不要小看小孩子，我们教给他们一些最基本的垃圾分类知识、物理常识、化学常识。他长大以后就懂得垃圾怎样处理，危害怎样减少。然后，慢慢从垃圾分类到保护自然，最后做到人和自然的和谐，这就是意义。”

学生们穿着白色的校服三三两两地从班级里结伴而出，脸上洋溢着青春活泼的笑容。这些孩子再过20年，可能是企业家、科学家、教育家……现在给他们的教育潜移默化地影响着他们的未来。环境问题不仅是垃圾污染，还有石油污染、化学物质污染等等，从教育者的层面来说，通过垃圾分类培养他们敬畏自然、亲近自然的意识，培养他们做事、做人的良心。

“当然，垃圾分类习惯养成，需要时间、人力、金钱的大量投入，不可能一蹴而就。”陈增武校长说，“但是一定要有信心，慢慢地走下去，不放弃一点一滴的进步，一定能够成功！”

夕阳映红了整个校园，来往的学生们走到角落两分垃圾桶前，一丝不苟地投进已分类好的垃圾。他们认真的神色，投放的仿佛不是垃圾，而是垃圾分类后带来美好环境的希望。

立己以达人

“平实、坚韧、立己、达人”——正如校训所示，厦门市湖里实验中学以一种平实坚韧的态度对待学校的教学活动，也延续这一认真负责的态度，迎接厦门市推行垃圾分类工作。

随着岛内思明、湖里两区全面推行生活垃圾分类，岛内各所学校也积极响应行动。“活动一开始，我们学校的领导和老师，甚至是学生的家长都十分重视这项活动。”带领我们参观校园的陈丽珠老师指着校园内各式各样宣传“垃圾分类，循环回收”的宣传牌说道，“不仅仅是校内的宣传看牌，我们还通过LED、校内广播、微信公众号等途径向学生科普垃圾为什么要分类，应该怎么分类的知识。刚开始时，湖里实验中学的同学们就积极参与市里举办的垃圾分类知识竞赛征文，获得了中学生组的一等奖。”

陈丽珠认为，学生是学校的中心，让学生亲自参与到垃圾分类的活动中来，更是启动这项活动的重中之重。“我们学校不仅按时完成上级布置的任务，校内也经常举办关于垃圾分类的知识竞赛，将垃圾分类的知识宣传落到实处。”

为了加大宣传力度，校领导在校园内精心布置了一条教育环保长廊，展示着各种形式的宣传牌宣传环保和垃圾分类的理念。“垃圾变黄金，黄金变爱心。爱心化清流，清流绕地球”“保护环境不能少我一个，破坏环境不能多我一个”等通俗易懂又朗朗上口的口号，在学生上下学的地方随处可见，通过这些隐形的校园文化潜移默化地影响学生。

同时，教育环保长廊上还有一些“环保达人”“优秀环保志愿者”等学生和家长的看牌。只见一处墙上赫然挂着一个清秀女孩认真写下的话语：“我积极主动保护环境，不怕脏，不怕累。每次看到地面有垃圾就主动捡起扔进垃圾桶，不仅自己的小手不乱扔垃圾，还主动劝别的同学保护环境，改掉乱扔垃圾的行为，做一个出色的环保小卫士，为环保作出自己小小的贡献，并坚持下去。不能说我是出色的，但我绝对是尽力、敬业的。太阳依旧升起，我的工作如昔，你我多一份自觉，校园多一份清洁！创卫工作人人参与，美好环境家家受益！”照片上的她眼神坚毅，仿佛一个小卫士，默默注视着每一个路过的人。

陈丽珠告诉我们，这是学校的特色活动，每一个班级都会有一个环保志愿者和五个环保小卫士。环保小卫士负责本班的垃圾分类工作，环保志愿者则会参与到学校环保站的回收活动中。在学期末时，他们会对这些志愿者和小卫士进行评比，最终评出最出色的环保达人，让他们写下自己的心得体会，装裱挂在墙上，给他们自己和其他同学以激励。刚刚那段话就是环保达人刘莹同学所写。

然而，全校有2000多个孩子，怎么能保证每一个人都有垃圾分类的意识呢？在常规的宣传之外，湖里实验中学将目光投向了学生的日常生活。在湖里实验中学，绝大多数的学生都有在校就餐的习惯，学校抓住这个机会，在食堂倡导光盘行动，减少厨余垃圾，定期评定文明用餐的小标兵和年段、班级，利用学生的基本习惯养成来促进校园垃圾分类的整体水平提高。在这些措施下，学校的垃圾分类状况有了较大的改善。

除此之外，湖里实验中学还有改善垃圾分类的秘密武器。交谈间，陈丽珠带领我们来到校园内幽静的一角，骄傲地告诉我们，这是湖里实验中学的特色，也是他们引以为豪的创造——环保站。

“自从实行垃圾分类之后，我们便取消了教室里的垃圾桶设置。我们倡议班主任指导学生做好垃圾的分类回收。教室的回收分类大体包括纸张和水瓶，对于瓶装矿泉水的回收，我们要求学生自己带水壶来学校接校内饮水机里的热水饮用，但还是会有些学生去校外购买矿泉水饮用。对于这些购买瓶装矿泉水的学生，我们教师会给他们一个环保购物袋，让他们把回收用处不同的瓶身和瓶盖分开收集；至于纸张的回收，起初是每个班级分配一个纸箱进行废纸的回收，但后来有教师反映，可以让孩子们设计自己班级的纸箱。通过这种方式，让学生更乐于参与垃圾分类的活动。”

为了方便学生生活，教学楼的每个拐角处都设置一个可回收垃圾桶和其他垃圾桶，一些班级内纸箱和环保袋所装不了的垃圾便由学生收集好，然后统一丢入其他垃圾桶中，而教室内的可回收垃圾桶则以一周一次的频率回收到校内环保站中。

进行垃圾回收的工作就像摸着石头过河。陈丽珠告诉我们当时回收垃圾的曲折过程：“一开始我们是想联系政府的回收点，但因为一些原因，我们就先联系普通的回收站。这时我们有了一个新想法，那就是可以把回收所得的费用作为校内的环保基金，一部分捐献给国家环保事业，另一部分用来美化我们的校园。”

这件事也获得了一些家长的支持，每周五的中午11点50分到12点30分之间，这些家长就会来学校参加回收活动。不仅如此，家长们还配合学校积极组织以环保为主题的义卖活动。

2018年3月26日，湖里实验中学精心策划的义卖活动拉开了序幕。这次义卖以环保为主题，号召全校师生、家长共同参与。义卖会场上，陈列着琳琅满目的工艺品，它们都是由家长和学生使用可回收垃圾制作而成的。丰富多彩、形态各异的工艺品不仅显示了制作者们的心灵手巧，还展现了大家对于环保的热忱之心。义卖之后，那些钱用来资助社会上或本校一些需要帮助的孩子，在环保之余也帮助了他人。

义卖会上，制作者们热情地推销着自己的作品，将所得的钱放进义卖箱中，这些钱将用来资助社会上或本校一些需要帮助的孩子，在环保之余也帮助了他人。而那些购买者欣喜地捧着美轮美奂的工艺品，爱不释手。他们或是商界精英，或是都市白领，或是政府官员，或是全职太太……无论是谁都如同天真的孩子一般，尘世的浮躁在这场为爱而生的义卖会上被洗涤干净。孩子带着大人，小手牵着大手，共同流连在这场环保盛宴中。

这种胜景或许正体现了王明杰校长的初衷："垃圾分类进校园，不仅仅是对孩子进行教育，而是要让学校在整个社会大环境之下成为教育的场所，教育一个学生，影响一个家庭，带动一个社区，最后引领整个社会的良好社会氛围——垃圾分类工作人人参与，美好环境家家受益！"

去『后顾之忧』

第五章

不积跬步，无以至千里。在厦门市的生活垃圾分类推动过程中，源头分类的民众参与组成了绝大多人数的阵营，而各类优秀企业的积极探索和投入，则成了高高扬起垃圾分类旗帜，占领高地并牢牢坚守的勇者。垃圾分类过程中，所牵涉的人与事，又岂是一本书便可写得详尽的！

引 风起于青苹之末

中国经济高速发展的背后，环境问题一直如芒在背，已经渗透到生活的方方面面。随着经济发展和消费主义的兴起，越来越多的生活垃圾被不断制造出来，为了保证城市的正常运转，大量的垃圾被运往城乡接合部，对城市形成包围之势。

我国从2000年开始推广垃圾分类制度，16年间各地政府做出过各种尝试，但是垃圾分类制度始终无法大范围推行，背后的症结到底在哪里？

在进入厦门市后端垃圾处理企业采访之前，我的脑海里一直萦绕着与市环卫处赵海涛科长两次谈话都反复提到的一个话题——“倒逼体制”。

试点、经验、短板，这些词汇频繁地出现在之前被采访者的口中，成为厦门市垃圾分类不可避免的议题。

总结2000年开始的全国垃圾分类试点工作，赵海涛直言不讳：“试点城市虽然没有全面持续推行垃圾分类，但是，如今回过头来看，八个城市都获得各自不同的经验。那就是，试点工作暴露了什么问题？今后真正开展垃圾分类，要从哪些方面作为抓手？”

的确，干了一辈子环卫工作的赵海涛，分析问题总能一语中的，一针见血。

我们面临越来越多的环境问题，其中的一些比如垃圾处理问题必须要得到公众的参与才能解决。16年垃圾分类试点工作遭遇滑铁卢的原因，社会各界关注，环保专家人士对垃圾分类的问题众说纷纭，大家都根据自身所在城市的实际情况给出了各种意见和建议。

同济大学循环经济研究所杜欢政教授认为，要消除垃圾围城的隐患，首先要从改变公众观念做起，特别是要推进垃圾分类。浙江省公共政策研究院蓝蔚青副院长也认为政府部门要通过顶层设计让全民参与处置垃圾。

而社会学家马歇尔认为，将公民身份拆解为公民权利、政治权利和经济权利三个方面。这三种权利就是培育公民的土壤，而这个土壤的养护，则需要政府和社会的共同努力。

任何一件新生事物都是摸着石头过河，专家的建议也只能结合自身，取其精华。

在垃圾分类试行过程中，到底是居民个体的内在因素重要，还是垃圾分类制度和配套制度的完善更重要?

在厦门正式实行垃圾分类的两年间，这座全国卫生文明城市，给出了最有力的答案。

目前居民的知晓率、投放率和正确率的数据，解决了居民个体的内在因素问题；顶层设计的前瞻性和完善方面，使得这条路径变得笔直而宽阔，没有弯路；而在早于国家垃圾分类方案制定的本土方案时，厦门便把配套闭环考虑得非常全面——源头分类投放，中间分类收集、分类运输，然后末端要分类处置。

宏观的框架搭起来，剩下的就是一步步建设、完善。

当初的试点只是从源头紧抓，而现在的体系是从末端建设，下决心把短板补齐。垃圾分类就是有所分、有所不分这样一个原则。分清楚是有害的、是厨余的、是可回收，剩下都是其他的了。

有了这四种处置体系，就可以“倒逼”前面的运输、收集、源头的分类，这是厦门市垃圾分类工作开始之初就已经存在的完整构思。当这个构思完成以后，体系就比较顺畅，剩下的就是所有细节的推动完善，才有了今天的成效。

赵海涛是理科生，他自嘲学理科的人追求完美。所以，他也认为目前取得的这个成效离真正的成功还差得很远，只是“万里长征第一步”。

但是，不积跬步，无以至千里。在厦门市的生活垃圾分类推动过程中，源头分类的民众参与组成了绝大多人数的阵营，而各类优秀企业的积极探索和投入，则成了高高扬起的垃圾分类旗帜，占领高地并牢牢坚守的勇者。垃圾分类过程中，所牵涉的人与事，又岂是一本书便可写得详尽的！

后端保障得人心

垃圾直运车

每天上午10点15分，育秀中心小区门口都会准时出现一辆崭新的蓝色垃圾收运车。这种被网友们亲切地称为“大蓝”的垃圾收运车是专门的厨余垃圾收运车。这个接驳点，摆放着从育秀中心小区、住总佳苑等居民小区运出来的厨余垃圾桶，服务了近千户居民。

“大蓝”在路边停靠后，司机动作麻利地将一桶桶分类好的厨余垃圾倒入车厢内。不到十分钟，所有垃圾都收运完毕，“大蓝”又朝下一个接驳点驶去。在大家眼里，这辆“大蓝”就像公交车一样，定时、定点、定线路，接驳点就是“公交车站”，厨余垃圾就是“乘客”。它也像《机器人总动员》里的“瓦力”一样，勤勤恳恳，把一车车堆积的垃圾打包运往各自该去的地方。

最初实行垃圾分类的时候，有些市民看到自己分好的垃圾在装运时，又被混装在一起。“那我们前面的分类还有什么意义呢？”市民张先生说，“后来大家分类的积极性都不高了。”

当问题反馈到垃分办后，环卫处副处长黄伟林立即展开了调研，并从业务流程上进行了认真地分析和筹划。“居民参与垃圾分类，最担心的就是，分好类的垃圾又被混装在一起，所以，我们必须解决好后端及设备的问题。”报告递交到市领导案头，经过几次富有成效的工作会议后，配备专门的厨余垃圾装运车很快就提上了议程，在厦门大小街道上，奔跑的“大蓝”也成了一道风景线。

“当亲眼看到这些车辆确确实实有在分类收运垃圾，居民的积极性一下就被调动起来，对垃圾分类也更有信心！”五缘北社区居委会书记孙锦看来，由环能公司的专业队伍、专业车辆收运垃圾，有效地保障了垃圾分类工作的顺利开展。目前，五缘北小区的垃圾分类知晓率和参与率都达到了100%，分类准确率也在90%以上。

这辆“大蓝”只是环能公司246部转运车中的一辆。

环能公司，全称“厦门市环境能源投资发展有限公司”，是厦门市政集团有限公司下属国有独资企业。公司专注于城市固体废物的综合处理处置，主营业务包括生活垃圾收集转运、生活垃圾无害化卫生填埋、生活垃圾焚烧发电、工业危险废物综合处置、餐厨厨余垃圾处置等的投资、建设、运营，是实现城市固体废物无害化、减量化、资源化的综合运营服务商。

根据市委、市政府部署，环能公司于2017年上半年正式接管思明、湖里两区环卫清洁楼及垃圾转运的运营管理，目前共投入246部转运车，用于思明、湖里垃圾分类转运。其中其他垃圾转运车173部、厨余垃圾转运车67部、有害垃圾转运车6部，负责生活垃圾分类收集转运。接管运营后，环能公司积极解决两区清洁楼及运输车辆短板问题，并对相关设施设备进行提标改造，为重大会议期间市容环境卫生提供有力保障。

厦门市环能公司党群工作部经理林鹭芳介绍说，在生活垃圾分类收集和转运工作中，环能公司全资子公司厦门驿鸿环境服务有限公司负责岛内两区垃圾转运车辆的运营管理，承担厦门市生活垃圾分类转运保障工作。

45条厨余垃圾直运线路、1502个小区的收运，厨余垃圾实现“三定”模式，即定点、定时、定线路的公交化直运；每天近400吨厨余垃圾经小区接驳点直运至后坑垃圾分类厂，为厦门市的垃圾分类工作提供有力保障。

此外，他们还负责生活垃圾的分类转运及91座清洁楼的运营管理工作，配置有253部垃圾分类转运车，负责分类收集转运至垃圾处理处置终端进行无害化、资源化处置。

在垃圾转运过程中，驿鸿公司不断更新转运设备，基本采用密闭式餐厨车和后压式餐厨车，以减少运输途中跑冒滴漏的现象发生，避免造成二次污染。

后坑压缩中转站占地面积11779平方米，承担厦门市岛内分类垃圾的压缩转运工作，配备2套垃圾压缩设备、垃圾转运集装箱车辆19部，日压缩转运垃圾量达1800吨。

在这期间的环节，厦门市环保局承担起了监督作用。市环保局副局长周海萍和固废处处长许特主要负责生活垃圾中有害垃圾处理的监管业务。

在最初开协调会期间，周海萍带队到湖里区的旗山清洁楼现场调研，一起去的还有市环卫处的黄伟林、驿鸿公司的吴副总等人。

很多问题摆在眼前亟待解决：比如，这些有害物质要在哪里放？怎么称重？

周海萍说得很直接："因为称重才能结算运费是多少钱，运输企业运一车要多少钱，那边处置的烧一吨要多少钱？这些怎么衔接好，不能让财政的资金随便乱花，你说多少就多少？我们协调好这几家运输公司，以谁的数据为准？比如说称了是多重，然后处置单位确实烧了那么多，财政到时候才会给你这么多钱。要不然没有人员监管的话，随便说100吨，你怎么敢签？不可能每一吨都去称。从这些方面，我们帮他们理顺，最后就怎么称重、怎么结算，我们都帮他们协调好。"

许特在一旁补充道："我们去的时候正在倒垃圾，现场的环境实在不好。但当时在现场办公的时候，我们也没有特别感觉，清洁楼的脏臭一下被我们忘了似的。"

周海萍接过话继续说："我们到现场看一下中转的场地是怎么样，

因为现在千家万户都是小区里面分类。小区装满以后就打电话叫运输公司来运走，最后集中到垃圾中转站。我们要把有害垃圾从转运到末端处置这一整个链条都监管起来。”

看来，赵海涛等人在试点时所担心的“短板”，近年来厦门市政早已将其补齐。

垃圾处理厂

厦门市的生活垃圾分类后端处理基地，包括位于海沧区的西部环卫综合处理基地、位于翔安的东部固废处理中心和本岛的后坑环卫处理基地。

在海沧区的西部环卫综合处理基地，我见到了厂长林思裕。

林思裕对自己战斗的这片土地饱含深情，也对海沧基地的处理能力满怀信心。

海沧的西部环卫综合处理基地一期，日处理垃圾量是600吨，而新建成的二期基地日处理生活垃圾量可达1250吨，日发电量可达52万度。

从处理能力上讲，原来厦门市三个后端处理厂加起来，每天的垃圾处理量也只能达到1600吨，而现在的二期基地建成投产后，单单这一块的处理能力就提升了1250吨，可以保证海沧区生活垃圾日产日消的基础上，还能同时消化掉湖里区的生活垃圾。从处理方式上说，原来的垃圾是以填埋为主，而现在的焚烧占比则大大增加；从现实意义上说，可以将生活垃圾进行更好的资源利用，节约土地，使垃圾彻底达到无害化目标。

“其实，海沧二期投产之后，市长热线少了很多投诉！”林思裕有些神秘地说。

“哦？为什么？”我问。

林思裕开始跟我讲其中的玄妙。

在海沧二期投产以前，岛内思明和湖里两区的生活垃圾，除了后坑能够处理的400吨、海沧一期能够处理的600吨，总量1000吨以外，其余的垃圾每天都要通过后坑的转运站用转运车运送到填埋场。垃圾车一多，就会造成交通拥堵，喇叭声音会扰民，市长热线经常会被打爆。而现在，林思裕的提议就是直运，减少中间二次污染的环节，包括清洁楼的垃圾都可以直接运到海沧二期来处理，直接减负最少600吨。

“你说，市长热线是不是会少很多？”谜底揭开，林思裕和我都会心地笑了。

隔行如隔山，垃圾分类和焚烧的工艺流程远没有想象中那样简单。

原来的生活垃圾，需要经过中转站粗略的分类和收集后，通过专用的密闭垃圾运输车经地磅称重后运至垃圾储坑。经过3～5天的储存，待其含水率下降至一定程度之后，经由抓斗和推料机将其送入焚烧锅炉内。若此时垃圾的含水率仍然过高或垃圾热值过低，则采用喷入轻柴油助燃的方法，使垃圾得以充分燃烧。在余热锅炉中，未饱和的水吸收烟气热量后成为具有中温中压的过热蒸汽，输送至汽轮发电机组，热能被转化为电能，完成整个生产过程。

焚烧炉燃烧时产生的带有各种污染物的烟气，该烟气进入“半干法＋活性炭吸附＋袋式除尘器”烟气处理系统处理后排放；焚烧炉燃烧后产生的炉渣，经过金属磁选器吸附炉渣中的金属后外售，进行综合利用；焚烧产生的飞灰在厂区的储罐密闭储存，定期由密闭槽罐车运至翔安东部固废中心，经飞灰固化站稳定化处理之后进入填埋场填埋处置。

作为垃圾分类末端处置点，西部（海沧）垃圾焚烧发电厂需要保持24小时连续运行，现场值班人员采用“三班倒”的形式，才能确保每天运进来的生活垃圾能够及时得到处理。

田民坤是一名运行值班长，从事垃圾焚烧发电事业已近十个年头。他凭借坚韧不拔的精神和突出的工作能力，围绕安全生产，带领他的团队，在垃圾焚烧岗位上大力弘扬青春正气，凝聚正能量，为垃圾焚烧发电事业奉献着青春和热血。

当别人已经进入甜美梦乡的时候，值班长田民坤带领着锅炉、汽机、电气、热控等值班人员精心操作，用心监盘，确保生活垃圾在整个焚烧过程中能充分燃烧，同时在生产过程中全程贯彻“安全、稳定、经济”的生产目标，大家在他的严厉要求下，也逐渐养成了勤观察、勤思考、勤调整烧好垃圾的习惯和能力。他所在的运行班，小指标竞赛总能拿出让人刮目相看的业绩，每吨垃圾焚烧发出的电量达到450度，是各个运行班组最高的，可以供三口之家使用两个月的日常用电。

深夜的厂房，垃圾焚烧炉现场有他的身影；汽轮发电机的现场，也有他的身影，下井钻沟巡回检查设备状况。他不怕脏、不怕累的工作精神深深地感染着在场的每一个人。也正是他这样的品格和精神，激励着全体职工队伍在垃圾焚烧发电工作中发挥了突出的作用。

海沧二期建成承担了海沧全部500吨的生活垃圾处理，分担了思明、湖里600～800吨生活垃圾，减少因在后坑转运而带来扰民的投诉；承担集美400吨垃圾处理，减轻集美运往翔安长距离，以及运输等待造成垃圾处理转运衔接的不顺畅。

生活垃圾分类，带来更高效能的发电量；垃圾分类水分减少，就减少了垃圾中的渗滤液，提高垃圾热能，减少垃圾污染。

这是生活垃圾分类带给后期处理的好处。

位于翔安区新圩镇的东部固体废弃物处理中心，是厦门市规模最大、处理工艺最先进的垃圾处理基地，也是厦门唯一集垃圾分拣、堆肥、焚烧发电、动物无害化处理、卫生填埋等功能为一体的环保生态园区。每天产生的生活垃圾、动物尸体、废旧汽车、废旧家电等垃圾都可以在东部固废中心得到集中处理和综合运用。

然而，在初夏的季节里，这里却完全不像是处理垃圾的地方。茂盛的生态防护林整齐排列，凤凰木高大挺拔，小叶榕垂须丝绦，南洋楹郁郁葱葱，夹竹桃花开粉面。周边的东寮、诗坂等村庄，农田里种植了水稻、花生、辣椒等农作物，放眼望去，绿油油一片。在东部固废中心外围不到500米的地方，有一条小溪，一群鸭子正在溪里觅食，四五头黄牛在岸边吃草。不时，还可以看到成群的白鹭低空飞翔。

谁能想到，十年前的东部固废中心还被居民投诉到中央环保督察组，被告“恶臭影响居民生活，排污水导致周边农作物不生长”。

回想起刚刚来这里工作的日子，东部卫生填埋场的总经理黄晓峰痛苦得直摇头："恶臭熏天，每天投诉不断。"

东部固废中心占地2.07平方公里，2008年底投用，现已建成投入使用的项目有垃圾填埋场及配套的渗滤液处理站、垃圾焚烧发电厂及配套的飞灰处理厂、瑞科际餐厨垃圾处理厂、垃圾沼气收集处理站等，日处理生活垃圾3700多吨、餐厨垃圾200多吨，处理量占全市垃圾量的四分之三以上。

在注重工业建设的同时，绝不能破坏环境。这是身为环保企业唯一不可变的宗旨！

自2011年9月起，东部固废处理中心启动综合整治改造。那两年时间，黄晓峰每天蹲在垃圾堆里学习、研究、想办法。看到穿着时尚的他，简直无法把他的工作背景与成堆的垃圾联系起来。

但是没办法，黄晓峰本身就是一个低调好学、责任感极强的人。"压力真的非常非常大！随着国家对环保的要求和标准越来越高，以及公民意识的不断增强，我们肩上的责任和压力就越来越大。"

垃圾填埋场是东部固废中心占地最大的区域，库区面积相当于93个足球场，每天平均有3000多吨垃圾要在这里填埋。而现在我们能看到的垃圾堆体，被黑色的覆盖膜包裹得严严实实。在专家的指导下，垃圾暴露在外的作业面从原有的7000多平方米缩小到1500平方米。同时，在非作业时间，采取临时措施覆盖作业面。"在满足垃圾处理需求的同时，我们尽量缩小作业面和作业时间，这样就能够减少臭气的散发。"黄晓峰说，在作业期间，还有雾炮车不间断地喷洒消杀除臭的特制药水。

原本竖立在填埋场中用来排出渗滤液及臭气的拔拉管，也进行了焊接密闭，堵住出气口，并在渗滤调节池的方井、沉沙井上方新建一座小型密闭房，将渗滤液调节池的六个检查口用膜布进行焊接密闭处理。

此外，东部固废处理中心通过公开招标，聘用厦门联创达科技有限公司、厦门佰欧科技有限公司对该中心残存的少量臭气通过生物、化学药液喷洒、雾化等方式进行除臭。

针对垃圾转运车"跑冒滴漏"形成的路面污染，市容环卫处还申请财政专项资金购买了四台道路清洗车，每天对东部固废处理中心专用进场道路进行清洗。

如此多管齐下，终于制服了臭气。

“那么，垃圾产生的臭气去哪儿了？”我不禁追问。

黄晓峰神秘一笑，指着填埋场周边分布的一根根长长的抽气管说：“它们就是专门用来收集这些臭气，然后集中送往园区内的一座气体收集处理站的。”

2015年建成投用的气体收集处理站，可以将垃圾堆体及渗滤液调节池产生的含硫化物等有害气体的沼气集中收集到站内，然后通过脱硫、脱碳等技术处理，将其转化为类天然气的清洁能源。

气体收集处理站一期工程每天最多可收集处理沼气约3万立方米，二期工程建成后，每天可收集处理沼气约6万立方米。

目前，东部固废处理中心每天产生约1万立方米沼气，通过处理后，可转化为约5000立方米天然气，供给部分工业客户及华润燃气使用。也就是说，厦门市民使用的天然气有一部分就是这些垃圾产生的！

“可是，垃圾填埋产生的渗滤液，又是如何处理的呢？”

黄晓峰介绍，东部固废中心建设有一座库容11万立方米的渗滤液调节池及配套的渗滤液处理站，日处理能力为1600吨。垃圾卫生填埋场和焚烧发电厂等产生的渗滤液和生产污水经膜生化反应器（MBR）、纳滤（NF）等先进工艺处理，尾水达到一级标准，按规定可以直接排放了。

“但是，为了不让周边村民产生疑虑，东部固废中心将这些尾水通过市政管道泵送至翔安污水处理厂进行深度处理，实现了东部固废中心污水零排放目标。”说到这里，我从黄晓峰的眼神中捕捉到一丝鲜有的自豪感。

如今，附近居民再也闻不到垃圾产生的臭气，更神奇的是，垃圾发酵产生的气体也变废为宝。今年70岁的老陈正在辣椒地里除草，他是诗坂村的村民。老陈说，再过一个月，地里的辣椒就将收成，往年的收成都不错。他认为，近几年，村庄的空气有了很大改善。

2012年，厦门市东部固废填埋场、生活垃圾填埋场被中国城市环境卫生协会评为年度“城市生活垃圾无害化Ⅰ级填埋场”。

尽管评价如此之高，但是，环保工作不容忽视。

市政园林局近十年一直加强对东部固废中心各企业生产经营活动的监管，严格依据《厦门市生活垃圾处理企业运营监管办法》加强对企业的日常检查和考评。同时，中心加强与村民的联系沟通，强化监督，不断改进除臭治污工作，努力把垃圾处理对周边环境的影响降到最低。环保部门在东部固废中心设有三个环境监测点，随时监控该中心的臭气排放，每季度还对填埋库区厂界恶臭污染物进行监测。

数据显示，近年来，臭气污染物指标全部达标。

2017年，一个特大喜讯传到厦门峻鸿环境固废处置有限公司东部卫生填埋场，填埋作业站管理组副组长陈水同光荣获得由人力资源和社会保障部、住房和城乡建设部联合颁发的劳动模范荣誉称号！获得如此高的荣誉，在厦门市环卫系统近些年来不多见。

2011年初，掌握着HDPE膜独特焊接技术的陈水同入职公司。近八年时间里，他风里来雨里去，晴天一身汗，雨天一身泥，“脏、臭、苦、累”是工作现场真实写照。当时还是巡补焊膜班班长的陈水同，就是这样无怨无悔，带领作业班的其他五名员工，天天战斗在填埋作业现场。36万平方米HDPE膜面上，有裂缝、破洞、沉降、积水，都要及时处理，雨污分流、跑冒滴漏一样要关注。近5000米长的导排管沟连接、200多个闸阀需要检查管理，在炎炎夏日下，HDPE膜面有70多度，刺骨寒冬中，HDPE膜面结着薄冰，他从无怨言，不计回报地付出，为填埋规范化作业作出突出贡献。

2016年9月，东部卫生填埋场遭受厦门有史以来超强台风“莫兰蒂”的破坏，渗滤液调节池因“莫兰蒂”台风破坏出现多个破洞，膜面积水无法清污分流。破洞急需焊补，膜面积水急需抽排。只有用最原始方法进行人工排除，在这种情况下，陈水同二话不说，做好安全措施带头跳入调节池膜面上，尽管臭气熏人。他还是日夜加班，及时修复膜面破洞，有效保障了调节池安全库容，减轻了调节池灾后库容压力。

陈水同荣获2017年度全国住房和城乡建设系统劳动模范的称号，这是对他一贯以来爱岗敬业，无私奉献的肯定。这个荣誉也是峻鸿公司的集体荣誉，是对奋战在填埋作业一线员工工作的肯定，更是对填埋场今后工作的鞭策。

讲完陈水同的事迹，我再次从黄晓峰的眼睛里看到了那份至高的自豪感。这次，他没有掩饰。

更可喜的是，2018年，在福建省住房和城乡建设厅关于“全省39座正在运行的生活垃圾填埋场运行管理交叉检查排名表”中，厦门东部卫生填埋场荣膺第一！

有害垃圾处理

百度一下“有害垃圾”的规范定义，是指存有对人体健康有害的重金属、有毒的物质，对环境造成现实危害或者潜在危害的废弃物。包括废电池、废荧光灯管、废灯泡、废水银温度计、废油漆桶、废家电类、过期药品、过期化妆品等。有害、有毒垃圾需特殊正确的方法，安全处理。

这里有一句非常关键的话：“有害、有毒垃圾需特殊正确的方法，安全处理”。

怎样才能够“安全处理”？这是全国都在探讨的环保问题。

按照《厦门经济特区生活垃圾管理办法》中的细则规定，厦门市的生活垃圾主要分为四大类：餐厨垃圾由市政园林局主要负责，可回收垃圾由商务局主要负责，有害垃圾归环保局负责，不可回收利用的再运去填埋或焚烧。

生活垃圾中的有害垃圾具有它自身的特殊性。它在定义上只是“有害”，而不是“危废”。但如果把它们集中到一起，达到一个量值时，就要把它当成危险废品来处置了。严格来说，生活中的有害垃圾，既不同于工业危废，也不同于医疗和农业危废。

鉴于这样的特殊性，厦门市环保局局长何伯星果断代表市环保局，在2018年初接手有害垃圾监管任务，并且召开会议，制定了监管规定，明确各自分工。

周海萍副局长和许特处长自然重任在肩。

从环保的角度讲，固体废物通过垃圾分类达到资源化和减量化，再达到无害化，实现循环经济，减少社会成本和环境影响，这当然是一件利在千秋的好事。固体废物规范化管理，也是对环保工作间接的支持。

但是，难在——有害垃圾处理，要开全国之先河。

周海萍跟着市人大代表团到过南京、武汉、鄂州等地考察，专门从环保的角度问起有害垃圾怎么处理的，他们的回答非常整齐划一：“不知道。”武汉说，有分类，因为有害垃圾的量变少了，但不知道怎么处理；鄂州说，全部都拿到隔壁的水泥厂去烧；南京说，分完就堆在一个地方，也没有处理，整个链条没有运转起来。

厦门市环保局在有害垃圾末端处置上，将它们简单分为两部分，废荧光灯管和灯泡交给通士达有限公司来处理。除此之外，其他有害垃圾则交由环能集团旗下的子公司——晖鸿公司来做。

晖鸿公司厂址就在东部固废中心厂区内，厂区干净明亮，周围绿树成荫。设备最新，技术最强，承担厦门市产废企业及生活中有害垃圾的处置工作。目前也是厦门市一个典型的垃圾末端处置教育示范基地，面向社会公开各项环保设施和处置环节，向世人展示，有害垃圾经过专业处置之后，并没有那么可怕。

2018年，厦门市从各个社区、街道汇总到各区，共收集了生活有害垃圾二十多吨，都被统一运往晖鸿公司。

从南京回来后，周海萍鞍马未歇，赶去晖鸿公司调研。结果发现，这二十多吨有害垃圾还在仓库里安然无恙地堆着。

周海萍便找来晖鸿公司负责人苏伟鹏问：“为什么这么多有害垃圾还没有处理？”

苏伟鹏也很委屈：“我不敢处理。”

“为什么？设备、技术、工人不是都有？差在哪里？”周海萍很诧异。

细问之下，才知道麻烦还很多。

原来，晖鸿公司只是一家末端处置企业，而不是前端产废企业，在申报平台里，并没有组织单位来申报危废的产废主体。也就是说，这些有害垃圾没有主人，企业不能随意处置，从法律程序上，这是不合规则的。若是他们在没有申报主体的情况下处置完毕，日后相关部门查起来，二十多吨危废去往何处了？企业无法承担这种法律责任。

搞清楚了状况，粮草兵马齐备，只缺一道令牌。不能眼看着这条链条就这样断了，遇到问题就要想办法破解。毕竟，他们没有任何参照，也是摸着石头过河。

周海萍和许特开始分头进行各方动员。

许特找到各个区政府，他们回复说，请示了省里，省里也说没办法，从来没有这个情况。因为没有一个产废单位，首先要申报要登记，还要有法人，申报时候，有害垃圾是什么类的都搞不清楚。

周海萍找各区抓垃圾分类工作的环卫部门，问他们能不能出来申报。他们也不敢，说：“这个是老百姓家里弄出来的，我只是监管一下，也不是业主。本来是好心收过来，到时候弄不清楚，变成是我产生的，承担不了这个责任。”按法律规定，个体产生超过三吨危废是要入刑的，所以，他们绝对不敢申报。

区里面不愿意申报，企业又不能申报，运输单位更不能，他们只是负责运输。业主委员会和社区不会承担，总不能叫家家户户，谁扔了几节电池、谁丢掉几根灯管和药品，还要专门登记上报一下？这也是不可能的事情。

这个问题不解决，有害垃圾处理就无法进行。

要破解难题，局领导去调研，市领导不断开会探讨，最后决定由政府承担责任，将这二十多吨有害垃圾视为无主危废，由政府代为行政处置。

有了承担主体，就要着手在平台里申报。可是，电池和灯管、灯泡的种类就要分好多种，还要分为其他有害垃圾。若要较真，一大本危废品代码书里，哪一项代码都套用不上。从国家层面，还没有给它们安排好一个合适的代码。

敢闯敢创才能领先。厦门人总是有这种特区精神，螃蟹也总会有人去第一个吃。环保部门监管后端处置链条，仓库堆积的危废品储存不能超过一年时间，否则也会有很大的潜在风险。

许特那段日子在不断请示，市里请示省环保部门，省环保部门请示环保部，一级一级报告上去。有害垃圾处理问题就像一个没人见过的螃蟹，明晃晃地摆在那里，张牙舞爪。

周海萍说，市环保局最后下定决心，敢为天下之先。从2018年初发现有害垃圾处理链条不完整，到解决这件事情，总共经历了将近两个月的时间。

政府来承担法律责任，晖鸿公司作为企业来处理危废品，这种方式在全国都是创新。厦门市在垃圾分类的推进过程中，又一次开全国之先河。

虽说从法律层面解决了这个问题，但周海萍坦言道："直到现在我们也不知道这样做是否违法？但是，别人不做，我们再推，这件事情最终还是没有一个解决方案，危废品处理还是会不了了之。"急事急办，反正，厦门走出了自己的一条路。

因为在生活有害垃圾里还要分成各种各样的种类，不同物品不同处理，而目前的有害垃圾量并不大，所以晖鸿一期工程只能采用人工分拣方式。在晖鸿的二期工程里，市环保局要求他们要建立一条有害垃圾分拣线，由环保部门提供技术支持。从长远来看，有害垃圾处理还是要以流水线分拣为前提，从根本上解决了有害垃圾的分拣方式。这条分拣线已经在晖鸿二期工程里规划论证完毕。

2012年8月16日，"求证"栏目刊登《节能灯摔碎，汞蒸气伤不了人》，就节能灯中的汞对人体和环境的影响进行调查，实验证明正规节能灯对使用者危害很小。不过，节能灯废弃后如果未经处理直接进入环境，长期累积的汞，会对环境造成潜在污染。

晖鸿公司虽然可以处理生活中的有害垃圾，但是对于节能灯的处理，却还是没有资质的。

莫说晖鸿，根据《危险废物经营许可证管理办法》，从事收集、运输、处置含汞危险废物经营活动的单位，应当向环保部申请领取经营许可证。而目前，在全国也仅有三家企业获准处置含汞废灯管，厦门通士达便是这三家企业之一。

由于缺少高效低成本处理方式，包括发达国家在内都没有形成有效的回收和处置体系，这早已经成为困扰世界的难题。

节能灯的回收处置涉及多个部门。回收过程一般归城管、环卫、市容等部门承担，然后交由环保部门或环保部门指定企业处置。

环境保护部污染防治司化学品处负责人介绍，2008年，环保部发布了《国家危险废物名录》，对于家庭产生的废旧节能灯，由于其产生源分散，回收难度大，参照美国等发达国家做法，实行了豁免制度，可以不按照危险废物进行管理。对企事业单位产生的废旧节能灯按照危险废物进行管理。

不仅是美国，日本也执行类似豁免制度，日本环境省大臣官房废弃物循环对策部废弃物对策科若林完明说，在日本，居民用过的节能灯也是作为一般垃圾在社区回收。

厦门通士达照明有限公司，坐落在厦门岛外同安区。这家“只生产绿色、健康照明产品”的明星企业，不仅是当地的明星企业，也是中国照明行业的标杆企业，几十项荣誉加身。

从1958年生产出福建省第一只白炽灯泡作为党的生日献礼，到1988年转型生产节能灯；从2000年与美国通用电气（GE）公司合资共赢，到2007年被国家五部委联合认定为国家认定企业技术中心，再创技术新高。半个世纪的前进，一切都源于通士达始终践行“德商”理念，履行企业的经营责任、社会责任和传承责任。

这一次，在推行垃圾分类工作进行到最后一个环节时，通士达再次挺身而出，秉承传统，践行理念，履行责任。

当厦门市环保局第一次召集垃圾分类末端处理企业负责人开协调会

时，通士达公司负责人便表明立场，负责处置厦门本市废旧照明产品，义不容辞。

虽说废旧节能灯中的玻璃、汞、荧光粉可以再利用，但是单纯从经济角度讲，回收对企业并不划算。

以一只直管荧光灯为例，企业回收成本至少为0.6元，而回收后经济价值不足0.1元。

“赔本买卖”谁在做呢？一般来说，大部分是环保部门授权的第三方机构，资金主要是国家提供，或由节能灯集团使用者付费处理，但由于环保意识、回收成本、监管难度等原因，企事业单位主动回收的还是少数。另外，少数几家节能灯生产企业也掌握回收技术，但由于没有处理资质，多数只能处理自己生产的废弃节能灯。

与国内其他两家企业不同的是，通士达既有自己的处理资质，又不只处理自己生产的节能灯。

在通士达厂区最后端的厂房内，有一台巨大的设备占据了差不多整个厂房空间。

这个庞然大物，就是通士达斥资2000多万元人民币从瑞典进口的两套含汞废灯管处理生产线，年处理能力达3600吨，大约相当于6000万只灯管。但公司年实际处理废旧灯管仅60～80吨。

杨龙豹工程师从这个庞然大物的“头部”开始介绍它的工作流程：“灯管拉进来后从这里投递进去，搅拌、粉碎，将玻璃、塑料和灯丝等进行初步分类……”杨工程师一边比画一边绘声绘色地讲解。突然，他停下来问道，“你们知道分类的意义在哪吗？”

我们一群人被问得愣住了，他笑着说：“因为不同材质受热的温度不一样，只有分类才能针对不同的材质用不同的温度和方法进行处理，真正实现回收和利用。”

“哦……”大家恍然大悟。

一言概之——这台设备可以将节能灯的灯管玻璃粉碎再利用，灯管内的汞被负压回收利用，荧光粉则送填埋场处理。

这两套生产线，因为引进时间最晚，所以目前也是国内最先进的技术设备。当年引进设备时，也有很多人提出质疑：众所周知，回收节能灯是亏本的生意，所以耗资2000多万元引进设备本就是有去无回，而且每年的维修保养和折旧费用、加上零部件都要进口的费用，叠加起来，也是一笔不小的数字，有必要吗？

但是厦门通士达公司党委书记李俊岩和公司领导层其他领导的态度一样，很是坚决：既然通士达的宗旨就是生产绿色健康照明设备，那么，我们首先要保证自己生产出的不合格产品能够就地消化，决不能流入市场！

国内的设备采用的是湿法处理，而有毒的汞溶于水后很难分离。国外的设备采用的是干法处理，通过一系列技术处理后，可以实现再回收利用。

这也是通士达高层领导经过长期调研之后深思熟虑的决定。

如今LED灯泡已经取代了曾经传统的耗电灯泡，被大量用于公共场所和办公室、厂房、家庭等其他空间照明。艾曼纽·德拉瓦诺在他的《永续经济，走出新经济革命的迷失》一书中，称这种LED灯管为“只为你使用的光付费”（pay-per-lux），它比传统旧式灯泡节能约十倍。此外，它的使用寿命还延长五倍。这种灯管凭借大幅度节能等优良特点，在市场上极具竞争力。

这也意味着，以后的市场能够回收的节能灯将越来越少，这台巨资引进的设备也将越来越无用武之地。

但是，这也同时能够表明，通士达公司做“德商”的理念始终没有偏离。绿色企业，只生产绿色产品。是企业，也承担高度的社会责任，为了员工健康的生产环境，也为生态环境保护，坚决严格执行环保标准。

如今，这两套国内最先进的汞处理生产线已经承接下整个厦门市的废旧含汞照明设备终端处置。以后，这台设备还将继续运转，在环保部加强提高我国废旧节能灯无害化处置能力之时，能够服务更多的生产厂家与用户，更好地发挥其独特的效用，为厦门生活垃圾分类工作服务，为环保事业贡献力量。

2 物业管理尽职责

"物业服务企业是所服务区域的垃圾分类管理责任人"。一时间，厦门市物业服务企业界沸腾了。

2017年9月10日颁布施行的《厦门经济特区生活垃圾分类管理办法》规定：有物业的小区，物业服务企业就是该小区生活垃圾分类管理责任人。若该小区生活垃圾分类、收集和交付运输不符合标准，物业服务企业就要受罚。《办法》实施以来，首张罚单出现在2018年，就是落在物业服务企业的身上。

一石激起千层浪，究竟该不该由物业服务企业来担责，各种议论奔流汇集，纷纷扬扬。

据厦门物业管理协会黄嘉辉会长介绍，全市物业企业上千家，在市建设行政主管部门备案的有五百多家，加入物业管理协会的成员企业有三百多家。在实施生活垃圾分类工作之前，根据物业服务合同，物业服务企业在小区里主要承担的是清洁和垃圾清运工作。黄嘉辉说："物业服务企业一直是垃圾清洁主体，并不是垃圾分类主体。垃圾分类要靠每一位居民，保洁员和督导员可以要求居民重新分拣，但他们都没有相应的执法权、处罚权，劝导工作就很有压力。垃圾投放前的分类工作以居民为主，靠的是广大居民，要求物业保洁员进行二次分拣也可以。但是，这样一来是否违背了生活垃圾分类工作的初衷？都靠物业来分类，居民主动分类习惯的养成将会更加漫长。再比如高楼撤桶，其目的主要是为了便于督导和清运工作的开展，物业服务企业根据《厦门市生活垃圾分类收集容器设置规范》

相关条例规定，在积极做好宣传发动的同时，配合街道、社区、业委会选定集中投放点，但高楼撤桶阻力很大，有些媒体甚至说政府没有统一要求撤桶，造成有些项目撤桶反复。只有政府统一强制要求高楼撤桶，这事才可能做成。”作为物业管理协会的会长，黄嘉辉完全理解物业企业的难处，“但是，尽管如此，一年多过去了，绝大多数物业企业都能积极配合政府的垃圾分类工作，通过他们的加倍努力，改进工作方法，才有现在厦门生活垃圾分类工作的大好局面。”

《办法》要求物业管理协会将生活垃圾分类和减量有关要求纳入物业服务企业评级考核或者物业管理示范住宅小区、优秀住宅小区评定的标准及评分细则。黄嘉辉会长对大多数物业企业的垃圾分类工作了如指掌，对其中做得好的物业企业更是如数家珍，像建发物业、国贸物业、特房物业、联发物业、建坤物业、广东华侨物业厦门分公司……他告诉笔者，许多物业服务企业从一开始的不理解到后来的主动作为，从一开始的被动而为到现在的创新服务，体现了厦门物业服务企业在生活垃圾分类工作的尽职尽责，体现了他们的责任与担当。

常言道，“与人方便，与己方便”。在做某件事的时候，只有多替对方着想，才可能得到更多的理解，事情才可能尽快得到解决。住宅小区的生活垃圾分类涉及“高楼撤桶”“集中投放”等措施，自然会给居民带来诸多不便。物业服务企业将直接面对居民因为不便可能产生的怨气和对抗。如何化解矛盾呢？“与人方便”是其中一种弥补方式。

特房物业服务的五缘新座、尚座，小区生活垃圾分类桶投放点从每个梯位一组过渡到一整个小区就设置一组垃圾集中投放点，如今看起来这是垃圾分类工作质的提升改变，很有成就感。但是，当时在做垃圾投放点整合时，遇到的阻力真是不小。每个业主既希望投放垃圾方便，又不愿意垃圾桶就近设置在他们家附近。“若非梦往神游，何为设身处地”。特房物业工作人员为此绞尽脑汁，设身处地地为业主着想。在选定垃圾集中投放点后，立即对投放点进行提升改造：为了解决业主不适应用手掀垃圾桶盖的问题，他们贴心地在每个垃圾桶盖上加了小拉环提手，整洁又美观；然后又用防腐木对集中投放点进行装饰、地面铺防滑防渍砖、加装洗手台、每天对垃圾集中投放点进行清洗、消毒等。最终，成功地把原来人人反对和排斥的垃圾投放点变成小区一道亮丽的风景线。特房物业用小细节彰显拉近人心的大智慧。

垃圾分类中的硬件建设，往往从细微处着眼，但碰到必须解决的问题时，则不得不改变。比如跟新型厨余垃圾接驳车接驳的分类桶全部改为大桶，由原来的120升调整为240升的桶，这样就会出现许多问题。建发怡家园物业服务的中央美地小区，全小区垃圾桶因此需增加三名保洁人员专门进行人工拖桶，不仅浪费了人力，且因桶太重造成员工扭伤、工作压力大，不到三个月便有六名拖桶保洁员辞职；园区砖块地面因经常被重桶碾压，造成破损率变高；塑料垃圾桶，本身重，轮子不能承受其重，使用寿命极短，大面积损坏；全天候拖桶易产生噪音，且因密闭性差，容易散发刺鼻气味，令人不适。面对这些问题，怡家园物业服务中心专门到其他小区进行参观，在网上搜索国内外的分类垃圾桶清运办法，发现用于清运垃圾桶的小型车辆都在五万元以上，造价昂贵又不耐用。“天无绝人之路，办法总比困难多。”杨主平经理说，“我们的客服朱美湖在网上查看了一些资料，发现一款改装电瓶车，然后联系卖家。卖家说可以改成我们想要的样子，改造时间预计十五天。他把车子的照片递给我一看，果然是我们想要的清运车。”现在，每天在小区奔波的垃圾桶清运车又宽又大，一次能拉六个桶，有斜坡可随时卸货，轮子是降噪音可充气的，一次充电够使用一整天，整车改装费用不到五千元。一部车只要一名保洁员操作就足够了，分类垃圾桶转运难的问题迎刃而解，还腾出了两名保洁人员做小区卫生，一举两得。

人有思想、有情感、有性格，可以说世间万物，人最复杂。做人的工作，攻心为上。联发物业服务的欣悦园如今已是明星示范小区，居民的垃圾分类知晓率为100%、垃圾投放参与率为100%、垃圾投放合格率为99%，经常有全国各地甚至外国友人来参观他们的垃圾分类工作。但据物业管理中心于全良经理介绍，2017年刚刚开始实行这项工作时，有很多居民不是很理解和配合。小区二号楼有个年轻人，自家垃圾不但不分类，而且就堆放在楼道。物业客服人员多次上门宣传劝导，都被拒之门外，还振振有词地说物业公司收了物业费，保洁员就有义务帮他把垃圾收到垃圾分类桶。服务中心为此及时安排和这位年轻人熟悉的保安汤班长与其沟通，打感情牌。经过汤班长耐心的交谈、劝导，年轻人终于被打动了，不但自己改变了观念，还要求他的家人也要支持配合。他家的垃圾投放合格率越来越高，还经常拿到他那栋楼的“优秀分类家庭”。

担心说教式的宣传令人反感，联发物业欣悦园服务中心主张以“润物细无声”的形式，让业主接受垃圾分类理念。他们从小区太极剑队、柔力球队的大妈们入手，充分发挥老人家的作用，专门解决垃圾分类的“老大难”问题。小区八号楼新来了个阿姨，刚从农村过来帮她儿子带孩子，原先在农村根本没有垃圾分类这一说，住进城里、到了欣悦园依然如故。不懂分类、不会分类也不想分类，在她看来垃圾就是垃圾，还分类做什么?完全不听督导员和服务中心人员的宣导，双方产生了较大的矛盾。柔力球队长谢阿姨看在眼里，主动请缨，与那个阿姨聊家常，邀请她加入柔力球队。没两天，这个阿姨家的垃圾分类做得清清楚楚。

小区高楼撤桶后，业主要有一段适应期，而撤桶后电梯、楼道及垃圾投放点的卫生都是业主最为关注的。五缘新座、尚座的特房物业，为了保证电梯楼道的卫生，物业管理处的经理助理张有舒每天带头走在最前线，巡查楼道及电梯，发现个别业主将垃圾放在楼层，便及时、多次入户进行沟通、宣传；每天晚上十点前，小区垃圾投放点前必定有张有舒忙碌的身影，他耐心指导居民做好垃圾分类；为了保证垃圾不落地，在垃圾投放高峰期，张有舒还亲自将一桶桶垃圾进行转运、更换垃圾桶。张有舒不怕脏不怕累地工作，感动了小区广大居民，他们纷纷自发在业主群里表扬张有舒，给他点赞。毕竟人心都是肉长的，经过几个月的努力，小区楼道内再也没有出现乱丢垃圾的现象，小区垃圾投放点秩序井然，所有的工作人员深深地舒了一口气。

欲善其事，先利其器。垃圾分类是资源再利用的前提，而要做到垃圾的减量化，引进先进的智能设备，则是许多物业服务企业要花心思、下苦功的。建坤物业服务的瑞景公园小区是2017年全市15个垃圾分类试点小区之一，在垃圾分类智能化方面，他们走在前。他们先后引进了惟乐资源的“厨余垃圾置换蔬菜”项目，小区有近200户参与其中，有效减少了厨余垃圾量；引进废品大叔第三代升级产品美城驿站；引进小浣熊线上线下可回收项目，并试点开展垃圾分类信用体系，既大大减少了纸皮等可回收物数量，又能为居民带来一定的收益，促进居民真正从源头上解决垃圾分类与回收，实现环境与资源的可持续发展。

联发欣悦园小区也全面开启了智能垃圾分类之路：引进了美城驿站智能回收箱，把可回收物通过环保金返还的方式鼓励居民投放；物业还引进了垃圾分类智能兑换机等，让垃圾分类更简单，让小区居民更受益。

业委会对物业服务工作起到至关重要的作用，争取业委会的支持，是每一家物业服务企工作能够顺利开展的保证。国贸物业服务的紫金家园共有13个梯，社区对13个梯的投放点进行了升级改造，给小区配备了垃圾分类督导员一名。在最初的两个月时间，相关部门对小区的考评不是很理想——分类率低。投放点过多导致督导工作无法到位，若要提高分类率，小区的垃圾投放点则必须进行缩点——南区一个投放点、北区一个投放点。针对缩点的工作一上报业委会，便得到业委会的大力支持，业委会成员利用休息时间对投放点进行选位，投放点选好后，服务处员工又进行了入户征询工作，得到了多数业主的认可。服务处将缩点工作向全体业主进行公示，在公示期间有四户业主提出异议。提出异议的业主主要考虑投放点太远投放不方便，太近又会产生异味。为了让缩点工作推行下去，服务处王胜东和业委会主任、执行秘书沈大姐上门与业主进行沟通，宣传垃圾分类的好处，撤桶缩点会让整个小区更加美丽等，动之以情晓之以理，经过多次沟通，得到了有异议业主的理解与支持。如今，紫金家园垃圾分类撤桶和缩点工作取得了令人满意的成效，小区业主能够自觉做好垃圾分类，在几次暗访考评中取得高分，得到了街道和社区的一致认可，紫金家园小区被评为“垃圾分类示范小区”称号。业委会的耐心细致工作，功不可没。

新景龙郡的物业服务企业是华侨物业，这是一家广东省的物业企业。“外来和尚”要念好经并不容易，新景龙郡业委会的给力支持，让他们不仅站稳了脚跟，也成为业主一致认可的物业企业。物业主任彭震霄说，他们是后来进驻新景龙郡的，服务协议上写明了包括做好垃圾分类的服务内容，所以跟许多物业企业在这项工作的“模糊性”不同，华侨物业从一开始就将垃圾分类作为日常的、重要的工作之一。业委会主任吕海波是一名企业家，经营建材生意，一直很忙。但是对于物业公司在小区开展垃圾分类工作，他再忙也会腾出时间来参与。撤桶、定集中投放点、引进智能投放机，每一项工作他都带领业委会成员，亲自过问，亲自做说服工作，出钱出力，没有怨言。吕海波说：“垃圾分类是一件利国利民、功德无量的事。物业管理费没有增加，配合物业做好这件事，我们还有什么理由去阻拦、去推脱？”大道至简，一语中的。

环境整洁才安居

城市中的生活小区大多数都有物业企业，要实现城市生活垃圾分类的优势，物业企业在其中承担了很重要的角色，可以说物业企业是生活垃圾环保处理的首要环节参与者。

木本水源，厦门安居集团深知垃圾分类源头处理的重要性。对此，集团董事长钟兴弘在集团的大会小会上都会强调，配合全市做好垃圾分类工作，作为国有企业责无旁贷。他说，特别是集团下属的物业公司，处在垃圾分类工作第一线，能不能身体力行，可以看出企业有没有使命和担当。

厦门市安居物业管理有限公司，是厦门安居集团的子公司，有员工近两千名，服务着厦门众多事业单位、国有企业办公楼宇和围里公寓、后溪花园、滨海公寓等大部分厦门市保障性住房小区。

安居集团总经理王朝晖行伍出身，帅气的国字脸上总是带着微笑，眉宇间透着难掩的英气和干练。他此前的职务是厦门市建设局房产物业处处长，协调管理的就是物业企业，对跟物业保洁息息相关的垃圾分类工作，王朝晖是再熟悉不过了。

厦门市共有已申报物业资质的服务企业282家，管理项目1360个，物业服务建筑面积1.1亿平方米。全市物业服务行业保洁队伍共约1.8万人。

这些数据，王朝晖都不用思考，张口就能说出来。

物业公司的保洁员负责管理区域红线范围内的清扫、保洁、消杀、垃圾收集以及从小区到清洁楼的垃圾清运。可以说，保洁员岗位工作量一般都处于饱和状态。

生活垃圾分类的源头，在于居民；负责居民生活垃圾的，是保洁员；管理保洁员的，是物业公司。

王朝晖的比喻很实在，也很贴切："这就好比你在家里烧菜，做红烧鲤鱼之前一定要先把鱼鳞刮干净，把内脏和鱼鳃掏出，之后再去烹饪。青菜可炒可拌，鸡、鱼可烧可炸，这是人人都懂的常识。没有人会把鱼鳞、青菜和米饭都混在一起来煮，不然即便是再高明的厨师把食材做熟了也没办法入口享用。垃圾分类也是同样的道理。"

的确，任何事物都是一样，如果源头没有做好，后端的处理就无计可施。

在垃圾分类这件事情上，若是没有从源头上进行分类，砖头瓦块塑料菜汤电池灯泡一股脑"大杂烩"，那么后端的处理绝对无从谈起——采取填埋方式，除了会消耗大量的土地，其中的有害垃圾还会产生大量的渗滤液，会对土壤、地下水造成较为严重的二次污染；进行焚烧，干湿不分离的垃圾不能够产生足够的热量，也就无法达到二次利用的发电效能。

所以，无论任何一种后端处理方式，前提只有一个——分类。

早在2016年，时任厦门市委书记王蒙徽特别重视生活垃圾分类工作。2016年1月29日时任厦门市副市长黄文辉组织召开专题会议，会后市建设局落实调研并提出解决方案。王朝晖作为房产物业处处长承担了该项任务。

他走遍思明、湖里、海沧等六个区内的试点小区，光是调研报告就写了好几万字。

王朝晖在调研报告中指出，垃圾分类工作没有体系化，是最大的症结所在。分类垃圾袋、垃圾桶分发下去，却没有一个统一的执行标准，居民分类意识不强烈，混装混运现象等问题普遍存在。他结合各试点小区的经验和优势，代表厦门市建设局起草了《厦门市建设局关于如何发挥物业服务企业在环卫保洁、垃圾分类、“门前三包”等工作中作用的报告》，并呈报市政府相关领导。

王朝晖的这份调研报告客观地反映了物业企业现状，垃圾分类的瓶颈问题，为后期的工作推行提供了比较翔实的基础，同时也给出了一些实质性的建议。

在报告中，王朝晖提出，基于物业服务企业的保洁和秩序维护的行业特点在城市管理中的重要作用，建议政府建立向物业服务企业购买服务的机制。可以由相关部门订立标准购买清单和购买价格，各级需求单位和部门再根据购买清单和购买价格向相关企业签约购买，购买服务的经费则由相关工作的专项经费支出。

正是基于如此超前的意识和理念，安居集团麾下的安居物业，积极主动配合厦门市开展垃圾分类，进行全面宣传动员，组织员工观看视频，牢固树立员工垃圾分类的观念，要求每一个保洁人员、每一个员工必须做到垃圾分类应知应会。

从2017年8月起，安居物业公司在所服务的围里公寓、后溪花园、滨海公寓，入户向小区住户发放“垃圾分类”倡导书和宣传手册，向住户宣导垃圾分类要点与意义，增强住户环保意识，使他们实施垃圾分类逐渐成为自觉和习惯性行为。不仅垃圾分类准确率与工作水平均有明显的提升和改进，小区住户的文明素养也得到提升，小区卫生环境得到明显改善。这样的成绩，能在各方面硬件相对较差的保障性住房小区得以实现，尤为难能可贵，离不开安居集团领导决策和安居物业所有员工的努力。

垃圾桶、袋需创意

最初分发到千家万户手中的家用垃圾袋和垃圾桶、小区街道的各色分类垃圾桶，属于政府购买服务之一。

厦门奇霖工业有限公司就是一家已经做了十几年固废处理的环保企业，也生产环卫产品包括垃圾袋、垃圾桶等垃圾容器，集成系统，压缩转运车，从初期用那种吊装设备到现在移动式便携压缩设备，甚至保洁等整套服务。

奇霖公司总经理李嘉霖是个“80后”，刚刚30岁出头，曾留学英国机械工程专业，却已入行整整10年，是环保行业的资深专家。“年轻有为”这四个字用在他身上恰如其分。

到目前为止，奇霖公司生产的垃圾容器在厦门市场上已经有将近一半的占有率。仅2018年一年时间，奇霖公司便生产了五亿只垃圾袋。

别看一个小小的垃圾袋，里面的学问还真不少。

奇霖公司生产的垃圾袋分好几种，背心式、拉绳式、平口袋、连卷等等。这几种垃圾袋的使用，也是结合不同居民的使用习惯，配套垃圾分类桶使用，垃圾袋有非常明显的宣传标语及分类知识的普及，具备极大的宣传意义。而且，垃圾袋的质量标准要达到厦门市委、市政府统一的“苛刻”标准——装满20斤水而不破。

垃圾袋上印制可追溯性的二维码，方便垃圾袋绑定相应的住户，也用于督导员进行垃圾分类检测的时候定位到具体的住户。这个在执法层面上非常具有意义，所以垃圾袋在垃圾分类属于第二道程序，能够加强垃圾分类的执行意识，也能够普及垃圾分类知识，同时便于垃圾分类的执法督察。

同时，每天每户都在用的家用垃圾袋，奇霖公司的产品就拥有多项产品设计专利，有自己已注册的商标，并且在可降解垃圾袋的配方上也有自己独创的配方，能够在符合各种降解标准上极大地增强垃圾袋的韧性、延展性、横纵向拉力等。

不仅仅是垃圾袋，奇霖公司为湖里区提供的垃圾分类入户桶，在方桶单桶的基础上，独创设计了一体式挂袋勾，能够使单桶进行多种用途：可以设置不同开口大小，可以放置1～5个垃圾袋，可以很方便稳固地把袋子进行固定。该产品同时还在申请多项设计奖。

回望当年，从英国学成而归之后，二十几岁的李嘉霖在父亲的影响下进入了固废处理的行业，并创办奇霖公司，想大展拳脚，学以致用。没想到，创业之后连续遭遇三次企业低谷，让李嘉霖差点喘不过气来。

2011年，因为接到国外客户大单投入几百万建立新的生产线，但是因为大客户临时取消订单，导致投资基本上打了水漂；2014年，因为供应链上产品出现问题，导致产品大面积进行召回进行售后处理，损失巨大；2015年，因为银行授信政策出现改变，导致有三个月时间资金链面临极大压力，企业一度差点崩溃。

每次遇到巨大打击的时候，年轻的李嘉霖都有非常大的压力，辛酸、孤独，还好都有朋友跟长辈支持，一次次都能渡过难关。

创业初期，李嘉霖带领奇霖公司年轻的骨干力量搞研发，在北京、上海、杭州等一些垃圾分类试点城市中调研拓展，除将市场现有的环保设备经验保留之外，努力开发新的模式。

比如家用分类垃圾桶，最容易损伤的部分是开口，所以着重加强开口处的质量，以延长桶的使用寿命；还有垃圾袋，湖里区使用的拉绳袋，用来装餐饮的厨余垃圾就非常方便。

一个小小不起眼的细节，都会带来极大的便民益处。而这个细节，绝对要用心。

由于目前国际大宗商品的原材料价格不断上涨，终端产品的销售面临来自全国各地的恶性竞争，产品利润下滑非常严重，人工成本、用地、水电成本不断上涨等因素，决定了企业转型是迫在眉睫的事情。

从传统领域转型到技术含量更高的智慧城市项目，最大限度利用技术取代人工；从传统的塑料行业转型到可降解领域，避免塑料对环境的污染；从传统的产品供应商转型为服务承包商，以服务为主要产品。经历过大风大浪的李嘉霖规划企业的未来时，毫不含糊。事实上，奇霖公司早已着手在高新智能领域布局。

公司经常研发一些智能化系统。比如安装在户外分类垃圾桶上的传感器，随时可以知道这个桶有没有满，它的容量是多少；比如说智能垃圾桶，有防火保护功能，可以智能监控，还可以传感是否有臭味；还有，比如街道有500部转运车，不论两轮、四轮还是六轮的，随时可以监控车在哪里，后端可以统一处理调度……这些功能，有些是业主提出来要实现的，有些是企业自主研发的，无论怎样，都是为了能够更细致周全地服务大众。但是，很多智能化的系统都太超前了，大部分都没有被市场采纳。

虽然不被市场采纳，但李嘉霖还是每年投入上百万资金用于高科技研发。用他的话说，高新企业，不去主动引领市场，高在哪里？新在什么？

“接下去企业内部重新孵化新的方向。刚刚说的新材料，就是我们的垃圾袋变成可降解。市场上有可降解的产品，但是可能成本得降下来，靠什么？主要有两种，一种是生物可降解，添加一些酶，然后用一些植物性的，比如淀粉类的来做材料；一种是二氧化碳，二氧化碳本身可降解，把二氧化碳固化变成是粉末，再用这个来做成容器。一定要朝着这个方向发展。”叙述着公司前景的李嘉霖，语气坚决，眼神坚定。我想，在他的头脑里，早已有了一场风暴过后的恢宏蓝图。

分类设备大科技

最美人间四月天。

四月的厦门，正是柳绿花红时。扶桑花开一隅，木棉花开浓烈，马鞭草渐次绽放成无边的淡紫色花海，三角梅铺天盖地撞入眼帘。厦门的春天，在山野，也在城中；在窗外，也在心间。只要你稍稍抬眼，看到的处处都是红花压枝、春意盎然的景象。

四月中旬的一天上午，希望社区梅园小区的小公园里，热闹的腰鼓表演、别开生面的旗袍秀演出、欢快明丽的舞蹈表演，一时间，小公园内人头攒动，热闹非凡。原来，这是开元街道希望社区举行“呵护我们的环境·与万物共享尊荣”垃圾分类智能化升级启动仪式。

2017年，厦门首个垃圾分类环保屋入驻希望社区，就是中奎控股集团提供服务的。

中奎集团主营垃圾分类、再生资源回收、固废处理、设备研发、物联信息平台建设及运营等业务，致力打造“三位一体”的综合性绿色环保产业链，构建城市环卫系统与再生资源系统“两网融合”，打造“再生资源四级网络回收处理体系”。

目前集团业务已经遍及厦门、泉州、南昌、宜春、临沂、济宁、潍坊、湖州、福州、天津等全国24个城市，为当地政府建立了一套有效的生活垃圾分类和再生资源回收处理体系，为垃圾处理的减量化、资源化、无害化作出突出贡献。无论在社区、在学校或者是在家庭中，都会用到中奎集团的环保产品设备，并且获得当地政府和群众一致认可。

这次启动仪式，也是希望社区党委联合党委成员单位福建中奎控股集团共同投放的第二代智能环保屋，更是厦门市首台实现垃圾全种类投放+积分兑换的智能环保屋。

在2017年以前，希望社区的小区内垃圾桶多而杂乱，特别是现在智能环保屋所在的位置，原来就是一个垃圾堆，是苍蝇老鼠们最爱光顾的地方，人人避之不及。废品回收人员管理难，有时候还会造成二次污染。引入第一代环保屋后，小区有了垃圾小管家，垃圾分门别类投放，环境更加整洁。科技的加盟，不仅推动了垃圾减量化，也让社区管理迈上新台阶。

中奎集团旗下的三家全资子公司分别从前端、中端、后端为垃圾分类建立了一套分类投放、分类收运、分类利用、分类处置的系统性处理模式，不仅可以让可回收垃圾真正实现再利用，同时也方便小区人员的管理，智能环保屋就是前端的关键一环。

两年内，希望社区辖区内共设置了八台第一代智能环保屋，同时实行积分制度。不过，第一代环保屋得手动开箱、手动称重、专人赠送积分，居民必须在管理员上班时间才能投放。

鉴于第一代智能环保屋有不便之处，希望社区积极与中奎集团沟通，在原有基础上不断进行技术创新，终于成功推动第二代智能环保屋进驻。

第二代智能环保屋面积更大，功能更强，除了可回收垃圾，还可以投放其他垃圾、厨余垃圾、有害垃圾。如果居民不清楚这些垃圾怎么分类，也不用担心，环保屋上有详细的分类说明。此外，督导员也随时在旁边指导。更关键的是，其智能化程度更高，居民通过下载APP，扫描二维码就可以自助投放、称重、积分。不会使用智能手机的老人可以使用专用卡，刷卡投放。一旁的积分兑换机上摆着肥皂、清洁球等日用品，居民们可随时凭借积分自助兑换。

该设备试用半个月来，用户增加了一百多户。居民李女士特别喜欢这款环保屋，她熟练地用手机扫二维码，很快就完成了垃圾的分类投放。她说：“现在随时都可以来投放，分类更清楚，很方便。”

科技感和互动感十足的环保屋也吸引了许多小朋友。社区的孩子们凭借专用卡也纷纷加入进来。市民蔡女士说：“孩子们感兴趣，也能推动家庭精细化垃圾分类，提高资源回收利用率。”

希望社区党委书记毛月华说，社区与企业联动，让希望社区的生活垃圾回收利用率达35%以上，真正实现了垃圾的减量化、资源化、无害化。现在的希望社区居民，就连出门扔个垃圾都带着十足的科技感！

第六章 最美『垃分人』

易中天说，厦门老百姓很实在，厦门市委、市政府出台的一系列政策和举措，比如创建全国文明城市，整治交通、整治环境、整治市场，老百姓不用动员，不用号召，自己就成了积极的参与者和主力军。

今天，厦门市生活垃圾分类工作也涌现出了自主、自发、自治的精神，形成党建引领、居民自治、居委协调、物业参与的共治局面，许许多多的老百姓、党员、志愿者，他们不用政府动员和号召，自愿投入其中，成为这座城市生活垃圾分类的参与者和主力军。

引 朵朵花开淡墨痕

十几年前，易中天认为，但凡是有魅力的城市，就一定会有独特的个性。说到城市个性的形成，他认为有四大影响因素：一是城市性质，即城市最重要的功能定位，比如北京是政治、文化中心，上海是商业龙头；二是地域特征，中国幅员辽阔，南北方的差异非常明显，地域的差异也形成了迥异的城市性格；三是历史文脉，每个城市都具有各自不同的历史特征，这也影响到城市个性的形成，如西安是厚重的，而深圳则是年轻的；四是生活方式，每个城市的居民由于受到包括以上三种因素的多方面影响而形成了不同的生活方式。

具体到厦门，易中天认为厦门是“最温馨”的。“温馨是一种氛围，一种感觉，体现在环境中，体现在与人交往过程等多方面。厦门最温馨之处，就在于她像一个家。”

家是什么？心的港湾，家庭的每个成员在里面，能够互相帮助，相亲相爱，幸福生活。而一个城市，要有家的感觉，并不容易。来自五湖四海的人们汇聚在一起，操着不同的方言，有着不同的行为、生活方式，摩擦和矛盾在所难免。厦门的本地人口200多万，而外来人口也近200万，并在逐年递增。这样的人口构成比例，要让一个城市成为家，要让家庭里的成员们相亲相爱，这座城市该具备何等的包容与大度！

厦门的包容与大度和厦门人的性格是分不开的。相对北方人的粗犷，厦门人总体比较温和、文明。赤膊、穿着拖鞋躺在自家门口，在街上破口大骂、哭天抢地，成群结伙在街头打架、斗殴，这样的情形，在厦门不容易看到。常常看见的，倒是公共汽车上，大家争相为老人、孕妇和孩子让座的场景。这种举动无须司机动员，看到有老人上车，大家会很自觉地争相站起来。

上海老人蔡林根夫妇，走南闯北见的世面多了。十几年前，他们到厦门旅游时，每次上公交车必受“让座”礼遇，一次、两次，开始还以为只是偶然，但次数多了，夫妇俩深受感动。他们冒昧地写信给《解放日报》，呼吁“学一学厦门人”，并由衷感叹“厦门是我们到过的最有人情味的城市”。《解放日报》发表了老人的这封信，刚好被厦门的一位市领导发现，他要求厦门的媒体也刊登这封信。这也是厦门的人情味。

有位专家曾分析，闽南人的性格原本比较豪爽，而厦门人的豪爽更似一种热情和率直，并在率直中有了几分温和。厦门人不喜欢大声吆喝，觉得不文明，小声说话、礼貌待人更有绅士的优雅。厦门岛内比较早就开始禁止鸣笛。于是，走在厦门街巷里，有一种悠长的安静感，让人感到丁香般的天然气质。

读城专家易中天认为，厦门的精神文明建设有一个特点——说实话，办实事，让老百姓通过精神文明的创建过上好日子。老百姓是很实在的。易中天举了这么个例子：厦门市委、市政府出台的一系列政策和举措，比如创建全国文明城市，整治交通、整治环境、整治市场，老百姓不用动员，不用号召，自己就成了积极的参与者和主力军。

今天，厦门市生活垃圾分类工作也涌现出了自主、自发、自治的精神，形成党建引领、居民自治、居委协调、物业参与的共治局面。许许多多的老百姓、党员、志愿者，他们不用政府动员和号召，自愿投入其中，成为这座城市生活垃圾分类的参与者和主力军。

国企“万里忽争先”

作为城市的“长子”，厦门国企在厦门生活垃圾分类工作中，有责任，有担当，有作为。——题记

厦门象屿集团

五月的厦门，海风微凉。暮春刚过，艳丽似火的芍药便捎着春日的情书缓缓前来，在初夏的夜晚醉心吟唱一曲馥馥如歌。清晨，朝霞洒落万亿晨光，层林尽染。风轻柔地从遥远的山岭翩然而至，绻尽满地落英缤纷。空气中弥漫着淡淡的湿润水汽，在这清爽的早晨，悄悄濡染着人们明亮的眼睛。呼吸之间，仿佛瞬间浸透了一夜的芍药清香，使人神清气爽，心旷神怡。

于是人们揉揉惺忪睡眼，踏出家门，准备开始一天的工作。伴随着人声、脚步声、车声的逐渐喧闹，城市的呼吸也变得明晰。整个城市，苏醒了。

然而，在这样一个欣欣向荣、朝气蓬勃的早晨，一群人却紧张而忙碌地准备着即将开始的活动。只见厦门国际航运中心大幅LED屏，一幅幅垃圾分类公益漫画广告，醒目地向社会各界传导着垃圾分类理念。一楼平台的显眼处，摆上了代表可回收物、厨余垃圾、有害垃圾、其他垃圾四款垃圾分类的垃圾桶，蓝、绿、红、黄四种颜色。它们颜色鲜明，整齐干净，瞬间吸引了行人的目光，有些人停下脚步，好奇地上前观看。这时，厦门象屿集团穿着志愿者红马甲的青年人赶紧迎上，向他们发放垃圾分类宣传册，并热情地介绍垃圾分类的知识。原来，这是由象屿集团主办的厦门自由贸易中央商务区第二届“520关爱日”。活动的主题将爱心聚焦到我们生活的地球——关爱家园环境，做好垃圾分类。

厦门象屿集团是厦门的一家国有独资企业，于1995年11月28日成立。旗下拥有投资企业300余家，全资及控股投资企业逾200家，员工超万人。在市委、市政府向全市发出推进垃圾分类减量工作之时，象屿集团第一时间支持厦门市的环保工作。

“市委、市政府向全市基层党组织和广大党员干部发出了发挥带头示范作用的倡议，我们市属国有企业要走在前头，做出表率。”厦门市属国有企业生活垃圾分类工作领导小组组长王龙雏坚定地说。

在大多数人还在踌躇不前、忧心忡忡之时，厦门象屿集团党委斩钉截铁地下了决心：“紧跟政府的要求！”他们高度重视，迅速响应市委、市政府、市国资委号召，第一时间成立了由集团党委书记张水利挂帅的垃圾分类工作领导小组，由集团纪委书记邵蕴默主抓，召开集团垃圾分类工作动员部署会，明确责任分工、实施措施。

然而厦门象屿集团旗下有300多家企业，员工超过数万人，写字楼体量大，加上区内新建投用的两岸贸易中心、自贸时代广场等，每天产生大量垃圾。那时，大部分人没有垃圾分类的意识，如何在这么多的人、地之中进行有效宣传，提高垃圾分类率呢？这是摆在象屿集团面前的难题。

经过反复的讨论和商议，象屿集团确立了一条“一级做给一级看，一级带着一级干”的模式，具有强指令性和标准性。领导带头做，员工效仿做，领导检查员工是否持续做，员工监督领导有没带头做。通过一级带一级，做到全集团上下一心，真抓实干，持续发挥国资系统垃圾分类“排头兵”的领雁功能。这一模式不仅可以让员工和领导相互监督，还可以激发他们对垃圾分类工作的热情，一举两得。

在确定了垃圾分类工作的机关化模式后，象屿集团便立即展开垃圾分类宣传推广，要求集团各投资企业积极行动起来落实垃圾分类工作。于是，便有了厦门国际航运中心这一场生动有趣的“520关爱日”活动。

短短时间内，这四个色彩各异的垃圾桶吸引了来来往往的驻区公务员、企业职员和办事市民，大家不断围拢过来，了解垃圾分类知识。小徐是象屿集团的志愿者，他见旁边一位女士对垃圾分类很有兴趣，便亲自引着她体验垃圾分类的乐趣。“爱地球，传递爱。”垃圾分类的知识和意识，在浓浓的爱心中分享给了更多的人。

望着人潮涌动的活动现场，厦门国际航运中心保洁员王阿姨感慨万千地说道：“我们做物业保洁，在清理垃圾的时候会经常看到许多废弃纸盒、塑料瓶等可以回收利用的东西，每次都会感慨这样扔掉真可惜。现在看到大家这么重视垃圾分类，我相信资源浪费会越来越少。”

除了宣传，厦门象屿集团还真抓实干。在象屿集团打响国资系统垃圾分类“第一炮”后的半个月内，象屿高尚物业便集中采购了四色垃圾箱，在国际航运中心等写字楼内配置完善制式分类箱77个，做到每个楼层都有配套的垃圾分类设施；并对所有保洁员工统一集中培训，进一步提升自身的垃圾分类业务水平；同时，对员工进行宣传教育，把好“源头”。

为此，象屿集团举办了各色活动，如游泳投垃圾比赛、乒乓球垃圾分类比赛、垃圾分类公益讲座、废电池回收箱创意设计大赛、垃圾分类小达人游戏……他们力图避免枯燥乏味的知识性宣传，而是将垃圾分类与生活中活泼有趣的游戏活动结合起来，寓教于乐，让人们在欢乐中学习垃圾分类的知识，真正将垃圾分类落实到日常生活中。

“我们希望通过游戏娱乐的方式，将垃圾分类知识传递给更多的人，提高大家的垃圾分类意识和能力。”负责垃圾分类宣传活动的集团团委书记傅春跃微笑着说。

甚至连厦门市人大常委会副主任刘绍清看到陈方总裁微信上发布的象屿落实垃圾分类工作的照片，都对象屿集团积极践行垃圾分类给予高度评价，称赞象屿集团带了个好头。

厦门象屿集团员工食堂每天中午接待员工用餐高峰期可达近千人。去年被市总工会评为“十佳员工好食堂”，其中有一道高评分环节便是在食堂厨余垃圾处理上，对标政府机关单位，实施标准化垃圾分类工作——员工用餐后将用过的餐巾纸统一放入黄色垃圾桶，剩菜倒入绿色垃圾桶，碗筷餐盘分区放置。虽是举手之劳，但分类清楚，极大减少了保洁人员的工作量，节省了人力、物力。

小旭是员工食堂的工作人员，经过用餐高峰期的兵荒马乱之后，他疲累地坐在食堂的椅子上休息。看着用餐人员都自觉地分类好垃圾，他笑呵呵地对我们说："没有标准化垃圾分类之前，食堂比较乱。现在你看，大家都自觉地收拾自己的垃圾，扔到指定的地方。食堂多干净啊！垃圾分类所影响的可不仅是分类垃圾，还有大家的自觉意识！"

的确，授之以鱼不如授之以渔。垃圾分类工作持续至今，影响早已不局限在垃圾分类，而是在潜移默化中改变人们的环保思想和意识，功在当代，利在千秋。

厦门市人大代表、象屿集团总裁陈方谈起垃圾分类工作，充满着自豪和欣慰："我们细化了垃圾分类的类别、品种、投放、收运、处置等方面要求，正结合自身实际，更新和增设分类指示牌、垃圾桶，从力所能及的地方开始，一点一滴关爱身边的环境。"

这份爱，终将结出甜果。"象屿集团在服务区域发展、履行社会责任方面一直争当"排头兵"，垃圾分类也同样要创先争优。"作为象屿集团垃圾分类工作领导小组组长的张水利信心满满地表示，象屿人将在推进垃圾分类减量工作中发挥带头示范作用。

象屿人用自身的实际行动践行了他们的公益梦想，主抓象屿集团垃圾分类工作的邵蕴默自豪地说："我们以实际行动践行绿色发展理念，强调企业与环境的和谐共处和共同发展，打造绿色供应链，保护生态环境，坚持绿色施工和绿色办公，为守护美丽厦门、建设美丽中国、助力生态文明建设不懈努力。"

厦门港务集团

"呜——"随着一声厚重的汽笛长鸣，一艘满载商货的巨轮于薄暮苍茫、辽海淼淼处缓缓驶来，为这温柔的夜晚平添一抹绚丽而磅礴的色彩。晚霞被白日繁华染尽，醺然的淡红，沉吟的诗意，泼染于苍穹之上。海天之间，细洒浮尘万物，港口黄昏，人影交错。

船愈驶愈近，宽广的海天码头像一位盼归的慈爱母亲安静地张望，看到船归，温柔地张开了怀抱。

船上的工作人员紧锣密鼓地准备着靠岸的工作。载货大卡车一部接着一部川流不息般开进海天码头，它们将把来自世界各地的货物、商品转运到该去的地方。卸船装车，流程衔接紧张有序。但长长的车流往往需要漫长的等待，经常要等一个上午才轮到、才能装好货物。小许是其中的一名装卸员。他疲惫地拭去额头的汗水，手脚不停歇——卸货、搬货、装货。然而，饥肠辘辘的胃却时不时击鼓鸣金，他渴望的眼神越过似乎无边际的货场，落在港口东南角落的食堂处。

小许快速奔向食堂，没想到刚一进港口就被人拦住。

厦门港务集团海天码头的工作人员递给小许一份协议，热切地向一脸不耐烦的小许解释道："为了响应厦门市垃圾分类工作的号召，港务集团决定，以后进入港口的工作人员必须遵守垃圾分类的要求，不能乱扔垃圾，如果违规，则15天内不得进入港口……"工作人员细致地解释着，然而小许却听不下去了，他随手一签就直接奔向食堂。周围也有人与小许一般，但更多人则认真阅读了条例，询问垃圾分类的知识，还有人拍手称赞道："好，就该这样做！"

厦门港务控股集团有限公司，是福建省港口龙头企业，厦门市直管国有企业集团，海峡西岸最大、最具实力的港口及综合物流运营商。集团以传统的港口装卸和物流配套服务为主，现在已经成为厦门国际航运中心建设的中坚力量。单单海天码头，每年完成货物吞吐量百余万标箱。在市委、市政府下发垃圾分类工作之时，港务集团以极快的速度响应了政府号召。短时间内，他们就定下了工作目标和基调——高标准、严要求、创佳绩。

港口、码头，在传统的印象里，总是会和嘈杂、纷乱联系在一起。然而在一年三十几万人次吞吐量的厦门港务集团内外，却看不到一丝脏乱。楼房整洁矗立，广场绿草茵茵。走进码头，就像走进了一个巨大的购物中心，船、货、人，整齐划一，井然有序。

这一切外部环境的展现，基于厦门港务集团始建之初，便以花园式建设打造的定位：港口与城市相融合，船舶如织、客流如梭的码头上，要内不见垃圾，外不见飞尘。董事长陈鼎瑜主张，港务集团还将对内挖掘更多具有厦门特色的旅游热点，对外吸收西方先进旅游理念，体现既有本土性又多元并包的文化底蕴，软硬实力共提升，内外文化齐发展，展现港务旅游的国际性服务水平。

他说，地理区位优势是厦门具有潜力的要素之一。厦门是“海上丝绸之路”重要战略支点城市，不仅是东南沿海重要的出海口，还是厦蓉欧铁路的重要节点，对内辐射大陆，连接“一带”，对外辐射东盟，连接“一路”。因此，厦门在中国参与全球化的过程中扮演着重要角色。厦门港务集团加强船舶安全管理和环境卫生整治，多措并举提升港口服务品质，也是助力打造厦门港口旅游品牌。

垃圾分类在港务集团刚刚开始推行时，便在港口的显眼处张贴上垃圾分类的知识宣传图，但港口人员流动量极大，很难让每一个人都遵守垃圾分类的要求。于是港务集团不辞辛劳，制订了一份非常严谨的合同，列举了进入港口的垃圾分类规定及惩罚措施。入港处由工作人员层层把关，务必让每一个入港的人都必须签订合同。

15天不得进入港口！这是厦门港务集团制定的进港人员必须执行垃圾分类协议中一条严苛的惩罚条款。协议规定，凡进入厦门港口的船、货，必须在人员离开时将在港口产生的垃圾分类清楚，主动投放进分类垃圾箱内，小到烟蒂、纸巾，大到废弃物品、包装箱。如果没有做到分类投放，那么在15天之内，港务集团禁止所有违反规定者入港！

协议如此严苛，实为垃圾分类目标使然。

这份带有强制性的垃圾分类协议，在厦门港务集团所辖135家成员企业，已成了与“机场禁烟”等同的内部规定，一改传统忙乱港口形象，不仅仅是港口对外形象品牌的树立，更是对厦门城市氛围、人们进行垃圾分类自觉性的一大推动。

对这一点，陈鼎瑜毫不讳言。一座成熟港口，基础设施环境就是营商环境的体现。他希望来自世界各国的宾朋在深切感受到厦门港口的地方风情与特色元素、品味港口与城市的历史底蕴与文化情怀的同时，还能够更多地带走这座城市的文明，这份人文素养与眷恋。

践行垃圾分类，需要越来越多的人参与，更需要大家在参与的过程中，能够自觉主动，变强制为习惯，从而形成良好的社会氛围，为地球，为世界，为国家，也为我们自己，打造出一片绿色净土，一个温馨家园。

信念，是远洋巨轮的主机，没有它，就只剩下冰冷的钢铁框架。以必达的信念和丰厚的情怀促发展，厦门港务集团做到了。

夜色氤氲，浪静风平。一艘艘巨大的邮轮与货轮整齐地停泊在海岸。日久经年，它们往返于世界各地的辽阔海域，归来复去。此时，汽笛不再鸣响，船体停止了喘息，入夜后难得的宁静，让人油然而生出平和与怜惜。狭长的海岸亮起了璀璨的灯火，穿过遥远的距离、迷蒙的海雾、飞激的浪花、坚固的岩石，逐渐汇成一片朦胧似梦的星河，不远千里，只为与人们相遇。

厦门城容环卫

当各级党委、政府遇到垃圾分类的人才、技术、资金和设备困难时，如何充分发挥企业在垃圾分类中的特殊作用？厦门市的高招是一手抓国有企业的示范带头作用，一手抓民营的典型示范作用，让企业做垃圾分类的两个轮子飞奔起来。

厦门城容环卫有限公司是2017年3月厦门建发集团和湖里区联合成立专门从事环卫环保工作的公司，承担着大量的政府赋予的工作任务。垃圾分类的战鼓一擂响，刚成立不久的城容环卫公司就担当起湖里区垃圾分类和转运处理的主要任务。公司总经理张雷年轻有为，做事干脆利落。2017年湖里区率先全面开展生活垃圾分类工作时，急需懂行、能配合的企业来协助，张雷带领他的城容环卫团队从来不讨价还价，件件有回应，事事抓落实，承担起湖里区政府交给的最难、最急、最苦的垃圾分类工作任务，展示了国有企业勇于担当作为的风采。

没有调查就没有发言权。张雷认为要做好一项工作，首先要做好调研，掌握一线的问题和情况，才能有的放矢，一蹴而就。所以，公司刚成立不久，他就带领一支由十几名大学生组成的调查突击队，连续奋战，先把湖里区生活垃圾分类的各项数据摸清楚，同时深究其中问题的原因：群众不反对垃圾分类，但又嫌麻烦；群众知道垃圾分类知识，但对垃圾细分类、后端如何处置，一知半解。街道、社区、学校等单位的分类设施与垃圾分类专业化要求相差甚远，必须重新添置，添置品种、样式、数量，城容环卫做到心中有数。另外，针对“村改居”垃圾分类难度大、垃圾桶与垃圾袋标准不统一、垃圾运输和垃圾处理终端不完善等问题，公司团队都做了深入细致的调查研究，最后形成报告，让湖里区委、区政府对湖里区即将开始全面开展生活垃圾分类工作，有一个宏观的概念。

厦门城容环卫公司以实干、苦干出名。湖里区决定通过给居民发放分类垃圾桶和分类垃圾袋，以达到向居民宣传和提高他们分类积极性的作用，进而提高居民生活垃圾分类知晓率和准确率。事不宜迟，城容环卫在最短的时间内完成了垃圾袋和垃圾桶的定制和采购任务。他们昼夜奔波，与数十家制造商进行洽谈，走街串巷征询数以万计居民对分类垃圾桶、垃圾袋的意见，加班加点地进行修改和完善。当招投标完成后，张雷亲自监督，让相关人员24小时跟踪厂家的生产制作，环环相扣，层层把关，日夜推进，分秒必争，最终顺利完成区里交给的任务。

有丰富一线工作经验的张雷认为，分类垃圾袋定制上要借鉴国外医疗垃圾袋的技术标准，结合垃圾分类袋必要的功能，制作不易破漏且收缩韧度高的生活垃圾袋，才不会造成垃圾的二次污染，才能一劳永逸。而室内垃圾桶的制作，张雷认为湖里区委常委、区常务副区长林充贺根据群众需求，亲自主持设计成可自我调节宽度的齿扣式垃圾桶，是最方便实用的。

赶制完垃圾桶、垃圾袋，接下来，他们还必须在一两周内，向全区一百多万居民、几十万户发放。“免费的东西，人家还未必要。”张雷说起当时送垃圾桶、垃圾袋的经历，无奈地摇了摇头。有少数居民认为送垃圾桶和垃圾袋上门不吉利，因此门难进、脸难看。张雷和他的员工们苦口婆心，不厌其烦。他们说：“没有分类垃圾桶、垃圾袋，你们怎么进行垃圾分类，这是政府考虑到刚刚开始垃圾分类，大家都来不及准备这些硬件设施，才免费给大家发放的。”然后，他们又有理有据地说：“你们现在不拿，垃圾分类肯定做不好，等管理办法出来后，分类不好的是要被处罚的。”慢慢地，越来越多的群众主动配合了他们的工作，这些硬件基础的铺垫，湖里区生活垃圾分类工作才脱颖而出，厦门城容环卫功不可没。

厦门城容环卫公司还承担了湖里区分类垃圾转运工作。可在垃圾分类工作开展之初，垃圾转运车并不能满足分类转运的要求。往往居民分类好的垃圾，又被混装在一起转运，大大伤了居民的心。湖里区委、区政府又想到了城容环卫公司，要求其速速采购专用的垃圾分类转运车。张雷立刻响应，一圈电话下来，才发现国内没有生产垃圾分类的转运车。怎么办呢？张雷想到了一个办法——改装。

可是要完成湖里区垃圾分类转运，起码要五六十辆，时间紧，数量多，而且没有过改装经验，张雷又陷入困境。

功夫不负有心人。张雷突然想到本省龙岩市有一家出租专用环卫车的公司，何不把他们的环卫车租来用！

毕竟不单纯是租，还要改装，对方一开始就不同意。通过来来回回几番商谈，对方终于被张雷的精神所感动，答应将36台环卫车租给厦门城容环卫公司，车连驾驶员一起来厦门湖里区服务，并按照垃圾分类转运车的要求进行适当改装。

张雷因为在生活垃圾分类工作中做出成绩，多次在社区、学校、街道、区政府等场合介绍垃圾分类的工作经验，他带领公司打造的“生活垃圾分类湖里模式”也荣获中国城市环境协会颁发的2018年度“生活垃圾分类示范案例”。但张雷和公司并没有躺在功劳簿上，他们又描绘出生活垃圾分类的新蓝图。他们要在全区主要商业街推行定时定点“上门收垃圾”的服务活动，引导店家将垃圾规范投放到室内垃圾桶，每天三个固定时段上门“取件式”收垃圾。同时，引进先进技术，在全市率先建立大件垃圾处理厂，运用机械设备进行科学分拣，提高大件垃圾回收利率，真正形成收集、运输、处理、分类回收的完整链条；创新“物联网＋”预约垃圾分类收运模式，开展市民手机APP、免费预约电话等提前预约上门收运或自行运送大件垃圾服务活动，加强线上、线下同步收集分类垃圾，努力实现大件垃圾收运的智慧化和便民化。

张雷说：“既然国企是生活垃圾分类工作的先行者，那我们就有责任和义务把它做好。”

元翔厦门空港

“欢迎来到厦门机场！”——这是每个厦门空港人最热情的标语。

厦门作为一个开放口岸城市，机场发挥着互联互通和经济发展的重要功能。厦门高崎国际机场位于厦门岛东北端，飞行区等级为4E级，现有1条3400米长的跑道和2条平行滑行道及10条联络道。停机坪总面积77万平方米，拥有89个停机位，现有厦门航空、山东航空两家基地航空公司，是中国大陆华东地区重要的区域性航空枢纽。厦门翔业集团旗下的元翔（厦门）国际航空港股份有限公司是厦门高崎国际机场的运营管理机构。

元翔厦门空港作为国内民航第一家上市公司，创造了11年内9次荣获国内“旅客话民航”第一名的良好记录，还相继获得民航局“全国机场服务行业年度服务质量优秀奖”等殊荣。在民航资源网（CAPSE）发布的机场服务评测报告中，厦门高崎国际机场在参评的23家大陆机场中连续多次荣获大陆服务“最佳机场”称号，在2018年CAPSE机场服务峰会上，厦门机场第五次蝉联CAPSE“年度最佳机场服务奖”，同时还获评“2017年最佳机场安检奖”的最佳单项奖，厦门机场安检“美人鱼”班组获得“年度民航服务创新奖”，安检员白青获评“年度民航服务之星”。2019年3月，厦门机场荣获国际航协（IATA）“便捷旅行项目”白金认证，该项认证是国际航协最高级别认证，全国200多家民用机场中，仅有10家机场获此殊荣。

全市热火朝天地开展垃圾分类，厦门机场不落人后，以人文机场建设为战略导向，以垃圾精准分类为目标坚持不懈努力。以小见大，点点滴滴显真情。真情服务，不只是挂在墙上、写在纸上的宣传口号，更是付诸行动、见于细节的人性关怀。

在航站楼内外、食堂等公共场所，随处可见大型电子屏、宣传栏，除了一些广告外，其中很大的比例是公益事业的宣传，其中就包括生活垃圾分类宣传。在宣传栏处，印制生活垃圾分类宣传海报，摆放着生活垃圾分类的宣传。技巧等不同内容的小册子，供旅客随时免费领取阅读。这些手册基本采用通俗易懂的漫画形式，配上简单的文字，让人易于接受，也适合当下人们碎片化阅读习惯，手册背后还贴心地附上公益宣传的公众号的二维码，方便旅客进一步地了解生活垃圾分类的信息。

当清晨的第一抹微光透过玻璃折射到雪白的地砖上时，元翔厦门空港公司保洁部的员工已经开始了一天的工作，他们的年龄都在三四十岁，虽然年纪比起其他部门的小鲜肉来说有些偏大，但是他们对工作的热情和细心却丝毫不逊于年轻人。来到保洁部时，恰好看见一位清洁工阿姨刚刚做完一个阶段的工作。在休息处进行短暂的休憩时，我试探地向前，想要向她了解一些日常工作情况。这位孙阿姨虽然略显诧异，但搞清楚来意之后，还是非常健谈。她说她觉得这份工作不只是一份工作，当她看到自己的劳动成果时，不论夏日炎炎还是冷风凛凛，那种成就感是支撑她持之以恒地保持认真严谨态度的巨大动力。

她还向我介绍了负责飞机内部清洁的“空扫”队伍们。

在大众的视线中，优雅的空姐、帅气的空少和神秘的机长往往是对于空服形象的一贯认知，“空扫”却很少被大众所认识。“飞机一落地，他们就要整装待发！待旅客全部离开后，他们迅速地开展工作。清整口袋、摆安全带、更换头片、整叠毛毯、清扫地板、更换垃圾桶、清洁卫生间等，这些看似简单的工作，却要在极短的时间内完成。”孙阿姨与有荣焉地说道，“我们公司的保洁队伍在全球96个航站评比中还获得了全球第一名的成绩呢。”日复一日，年复一年，这些基层服务工作人员在岁月中默默坚持，在简单中追求卓越，最终才为我们的出行创造了一个干净整洁的美好环境。

元翔厦门空港的兰军华经理对公司垃圾分类所取得的成果，如数家珍：“我们从上到下都积极推进垃圾分类工作。截至目前，我们已经在T3、T4候机楼内设置了双分类垃圾桶338个，并在停车场区域等设置双分类垃圾桶271个。根据旅客需求的变化，我们组织了专人观察垃圾桶的使用情况，并计划垃圾桶类型的升级，考量分布位置的合理性，也准备一定数量的垃圾桶作为备用。不论是领导层还是员工，都认为垃圾分类工作不仅关系到我们的服务质量，也是我们作为企业需要承担的社会责任。我们已成立以各分公司、部门主要领导为成员的生活垃圾分类工作领导小组，统筹机场范围内生活垃圾分类工作，并定期向市生活垃圾分类办公室报送工作情况。”

与此同时，元翔厦门空港也从细微处着手，机场内的垃圾桶区域不同，它们的样式也不同，它们的文化内涵也不同。有小巧玲珑的树桩型，有美轮美奂的闽南屋顶型，有雕镂精致的灯柱型……

兰经理带我们参观了一圈后说：“这些都是垃圾分类工作的常规动作，其实我们元翔有着自己的撒手锏，那就是——高素质员工。”

原来，元翔厦门空港的五百多名员工在垃圾分类工作开展后都摇身一变，成为垃圾分类的宣传员、督导员、分拣员。他们定期接受培训，在做好本职工作的同时，也用心维护机场的良好卫生环境，让垃圾分类的理念深入人心。如此坚持下来，元翔厦门空港的每位员工平均每天要为十几个人分垃圾，但他们不喊苦不喊累，努力为人文机场建设提供坚实的保障。

杨甫全就是其中的一位，他曾经在2017年成功地完成了一次特殊垃圾的处理——垃圾桶里的一颗子弹。那天培训的内容主要是特殊垃圾的处理程序，刘海鹏经理特地邀请了被评为优秀员工的杨甫全介绍经验。

宽敞的会议室内陆陆续续坐满了人，刘海鹏正在安排人员分发培训资料。他作为生活垃圾分类工作领导小组的成员之一，牵头组织了多场垃圾分类相关知识培训，内容形式多种多样。参与培训的人员不仅仅是保洁部的成员，各个部门的成员都需要定期参加，并进行培训记录。刘海鹏解释道："垃圾分类工作不仅仅是保洁部员工的工作任务，也是我们公司所有员工都应具备的认识，只有我们都重视生活垃圾的分类，才能将这种环保意识传递给我们的服务对象以及我们身边的人。"

轮到杨甫全发言时，他稍显紧张。刘海鹏带着鼓励的眼神看着他，并向大家简单介绍了一下他的事迹，参与培训的员工都自发地鼓起了掌。

杨甫全向大家说道："我，我只是一个普通的员工，我做的事也是根据公司培训过的处理程序进行处理的一件小事。当时我在进行例行检查和整理垃圾桶，意外发现一枚子弹，我的内心非常紧张。幸好公司多次强调过特殊垃圾的处理方法，让我能够临危不乱。这件事我并没有像刘经理所说的起了很大的作用，主要是我的班长以及上级领导立刻对我的报告作出迅速的反应，并且联系了警方，最后使事情得到圆满解决。"

杨甫全说到这里有些激动，他感激地看向刘海鹏经理。刘海鹏回应道："杨甫全同志非常谦虚，但是我要告诉大家，不是每一个人在当时的情境下都能进行冷静处理的。能在那么短的时间内解决问题，也没有引起任何骚动，这正是公司日复一日培训锻炼的结果。他的做法更体现了我们培训的价值，让我们一起携手并进，撸起袖子加油干，朝着垃圾分类精细化的目标共同努力！"

打造机场人文建设、强化机场服务人文关怀，一直以来厦门机场都在付诸实践和行动。垃圾桶旁，专门有垃圾分类的督导员及时引导每位旅客践行垃圾分类，一朝一夕，贵在坚持真情服务理念，一举一动，贵在传递爱心和美德。厦门机场多年致力于打造专业、诚信、友善的服务团队。细节服务显真情，元翔厦门空港处处留心显大爱。在垃圾分类的工作中追求精益求精，持续优化，真正做到工作改进系统化、基础服务精益化。践行垃圾分类，是一项需要持之以恒、不懈努力的长期性工作，只有起点，没有终点，永远在路上，永无休止符。

厦门火炬高新区

植根于这座美丽“海上花园”城市的厦门火炬高新技术产业开发区，是在1990年12月由国家科委和厦门市人民政府共同创办，1991年3月被国务院批准为首批国家级高新区，是全国三个以“火炬”冠名的国家高新区之一。

建区以来，厦门火炬高新区高举“发展高科技、实现产业化”旗帜，以原始创新、集成创新、引进消化吸收再创新为基础，努力实现科技成果的商品化、产业化、国际化，取得又好又快的发展成就。在发展主导产业、搭建创新创业平台、引进高端创新人才、构筑创新政策体系等方面取得突出成就，创造了园区经济集约式发展、跨越式发展的奇迹，率先成为福建省第一个年产值过千亿元开发区，在厦门乃至海峡西岸经济区建设中发挥着龙头带动作用。

产业大，园区多，人多。毫不夸张地说，火炬高新区及其所属的软件园一期、二期、三期的垃圾分类工作做得好不好，直接关系到厦门新兴产业园区、办公楼宇的垃圾分类工作做得好不好，在厦门垃圾分类工作中的占比举足轻重。

高新区领导们对此有着清醒的认识，他们首先是明确主体责任。“在垃圾分类工作开始之初，火炬高新区就立刻成立了生活垃圾分类工作领导小组。”高新区负责人介绍道，“我们负责火炬高新区生活垃圾分类工作的总体部署，研究、协调和解决生活垃圾分类工作中的重大问题等。”

在生活垃圾分类工作领导小组的带领下，火炬高新区的各园区公共区域按照“两分法”要求设置分类垃圾。办公场所设置了内容翔实明晰的垃圾分类宣传标语、海报、指导牌等宣传物，每个办公室和楼层内设可回收物、厨余垃圾和其他垃圾三类。同时，垃圾分类投放和收集工作由各单位负责组织、物业配合实施，与各区环卫部门有效衔接，做好分类运输工作。厨余垃圾和其他垃圾也做到日产日清，有害垃圾和可回收物清运时间根据实际需要确定。

同时，火炬高新区还通过厦门日报社、厦门电视台、中国文明网等媒体，以及高新区官方网站、官方微信、委属单位网站和LED大屏幕、电梯间视频等方式开展有关垃圾分类的宣传，定期组织开展垃圾分类相关专题活动，致力让所属人员知晓率达到100%。至2017年6月底，火炬管委会及委属单位生活垃圾分类知晓率达到100%，参与率达100%；并配合属地管理部门工作，逐步提高园区企业生活垃圾分类的准确率。

垃圾分类的成功自然与火炬高新区整体有效的统筹安排分不开，但在整体之下，各部门的努力也不容忽视。

厦门火炬高新区根据产业发展和园区管理需要，分为火炬湖里区、火炬北大生物园、火炬（翔安）产业区、厦门软件园、同安翔安高新技术产业基地五大园区，明确园区范围和发展定位，形成鲜明的产业布局。

在火炬高新区开展垃圾分类工作之初，各园区都相应成立了生活垃圾分类工作领导小组，制定工作方案及考评方法，对照市垃分办关于公共机构检查内容和标准，查缺补漏，进一步完善垃圾分类的宣传教育、设施设备、收集转运等工作。其中以软件园一期、二期的成果较为显著。

软件园一期毗邻厦门大学，是厦门软件产业的发源地和孵化基地。它已成为国家火炬计划软件产业基地、中国高新区人才厦门国家高新区实训基地、国家级优秀（A类）孵化器。

园区的管理单位，厦门软件产业投资发展有限公司一直非常重视垃圾分类工作，通过多重渠道推动垃圾分类，在园区形成了从投放分类有指引，到收集管理有秩序的垃圾分类链条，实现了园区管理单位、物业管理公司、入驻企业员工共同参与的良好格局。

在这一过程中，组织领导发挥了重要的作用。为更好推进垃圾分类工作的开展，软投公司牵头与海谊物业公司共同成立了垃圾分类工作小组，分工负责推进相关工作，协调推动垃圾分类工作有序开展。并从制度上入手，建立了因地制宜的垃圾分类工作实施方案，为园区垃圾分类工作提供了指引。

为了让“绿色、低碳、环保”的理念深入人心，软投公司通过张贴海报、发放宣传册、播放宣传片、微信公众号推送小常识、组织知识竞赛等多种形式，全方位宣传造势。公司企业服务人员在走访企业时，也积极宣传教育和示范引导，增强园区职员的垃圾分类意识，引导大家自觉开展生活垃圾分类。此外还组织企业相关负责人、园区餐饮负责人、物业管理员进行垃圾分类相关业务知识全面培训学习，营造人人参与垃圾分类的氛围。

园区在各楼宇公共区域放置标准化垃圾分类收集容器，做到硬件升级全覆盖。同时，由于临近环岛路旅游风景线，园区还充分考虑旅游景区环境的特殊性，在保障垃圾桶功能性、实用性的同时，兼顾艺术性、文化性以及科技性，使其与周边环境相匹配。

垃圾分类不仅是一项社会要求，更是一种生活理念。未来，软投公司将与园区入驻的大数据、人工智能等企业一同探讨如何以智能化的方式协助垃圾分类工作开展，打造五星级服务高科技园区。

如今，园区内大多数人都会认认真真地分类，但总有人不在意这些提示和警告。软件园一期物业负责人，也是厦门海谊楼宇经营管理有限公司的项目经理林芳，对此很有耐心。“其实他们并无恶意，只是抱着侥幸心理偷懒罢了。如果这时候责怪他们反而会招来反感，还不如默默做事，用行动来感化他们。”林芳笑着说。在园区，像林芳这样的工作人员还有许多，他们顶着夏季正午的烈日和冬季凛冽的风，穿梭在每一个垃圾分类投放点中，不断地督导、检查、反省、完善，用他们的热情来带动身边的人，最终收获一片诚挚的心。

作为厦门知名的物业企业——厦门海谊楼宇经营管理有限公司积极响应政府号召，对垃圾分类工作不仅大力配合，而且有着自己的经验和探索，开展全方位、多角度的宣传、培训和辅导工作。

实施垃圾分类工作初期，遇到的最大困难是人们的分类意识淡薄，对垃圾分类的自觉性不高，不配合、随意扔甚至公然对抗。有的业主没有养成分类意识，源头上就把垃圾混装，产生错误投放；楼层撤桶落地，有的业主改变不了习惯，拒绝撤桶……矛盾最后都集中在物业身上。于是，他们苦口婆心地做宣传引导工作，挨家挨户上门解释；一边加强自身学习，一边示范引导业主正确投放；遇到不讲理不配合的人，难免要受委屈；看到错误分类，自己动手重新分拣，真可谓是流汗也流泪。但是，海谊人积极对待，敢于肩负起社会责任，正视困难，与业主单位和组织一起，完成一次又一次的超越。

林芳不仅是海谊公司的项目经理，而且还是一位国际注册高级礼仪培训师、国际注册形体礼仪培训师、品硕教育人才库委员、品硕教育签约讲师。“千篇一律的宣传，其实已经让人们产生视觉疲劳。怎样才能吸引公众的兴趣？”浑身透着古典美的林芳，对传统文化情有独钟，“不如用礼仪文化来宣传垃圾分类？让垃圾分类意识深入灵魂，成为人们自觉的行为。”海谊公司总经理何建强竖起大拇指，说：“把垃圾分类教育和高雅艺术文化活动结合起来，可以大大地增强教育的吸引力和感染力。我支持你的大胆创新！”

说干就干。他们迅速行动，利用各种资源，广泛动员有志之士参与，一支女子礼仪文化传播队伍成立起来了。旗袍设计、音乐选择、元素遴选、东方形体礼仪文化培训等工作，有条不紊地开展起来了。这支女子礼仪文化传播队伍中的林芳、辛婧妍等成员，身着来自俄罗斯远东国立艺术学院留学研究生牛睿瑶设计的以“垃圾分类图案文字”为主题的旗袍，在中国现代古典音乐《礼仪东方》的伴奏下，一边以传统形体礼仪舞蹈的方式向业主行礼，一边说唱垃圾分类的相关技术知识，使枯燥的垃圾分类教育，更加艺术化、礼仪化、形象化，吸引了众多业主驻足观看。神奇的变化，源于创意的力量，源于传统文化的力量！海谊人的良苦用心，终于感动了大多数的业主和居民。他们的态度仿佛受到了礼仪文化的熏陶，变得柔顺无比——蛮不讲理和公然对抗的不见了；更有人主动担起海谊公司垃圾分类的义务宣传员、义务督导员。

海谊人还走进厦门一中校园，与学生互动；在厦门软件园，与企业开展知识竞赛活动；深入至尊门第小区，与业主同欢。

海谊在行动，业主单位在行动，星星之火可以燎原！厦门垃圾分类之所以走在全国的前面，就是有许许多多这样热心的海谊人在努力，在奉献。

和厦门软件园一期一样，厦门软件园二期也面临着同样的问题，每一个白领面对油腻腻的餐盒都不愿意认真进行垃圾分类。工作人员从生活的细处入手：如果在垃圾分类投放处放置可供人们擦拭的湿纸巾，那么垃圾分类的效果会不会有所提升？果不其然，在湿纸巾出现的第一个星期，垃圾分类的投放率就大幅度上升。

如果说温馨优雅是厦门的性格底色，那么奋发昂扬则是厦门火炬高新区做好垃圾分类工作的雄心。无数人把坚持的信念，生命的故事带到这里，变成了美丽的风景，也成为这个沸腾年代里城市和国家巨变的缩影。

为谁辛苦为谁甜

“垃圾分类督导员”是从2017年厦门市全面推行垃圾分类之后应势而生的新职业。短短时间内，这支队伍迅速组建并扩充到4000人。

他们的工作内容看似简单，却要承担整个厦门市垃圾分类工作“守门员”的重要角色；他们的工作时间看似短暂，却有更多工作在下班后仍要继续；他们的工作环境看似只有几个垃圾桶，但他们却在与垃圾为伴的工作中，以身作则，带动全社会的人共同守住这座城市的碧海蓝天。

他们拿着微薄的工资，生活在城市一隅，但却从心出发，以爱，以责任，赢得了大家的尊重和赞许。在厦门市垃圾分类革命的战斗中，督导员队伍，成为走在前沿最不容忽视的一股中坚力量。他们有过苦累，受过委屈，也想过放弃，但是，还是在打开一袋袋垃圾之后，绽放出一张张笑脸，用辛劳和真诚，让厦门的垃圾分类成为一种生活时尚！

林忠顺就是这支队伍中最早的一名成员。

此前，他是禾山社区欣悦园小区的业委会主任。那天，社区书记林银玲在小区里找到他，单刀直入：“老林，你先来做我们社区的垃圾分类督导员。”

“啊？”55岁的林忠顺有点发蒙，“我做督导员？为什么？”

“不为什么，就是看你行！你要是不行，别人更做不来。”林银玲与老林相识多年，了解他的秉性，说话也很直接，“工资不高，2500元一个月，你要怕辛苦或者嫌钱少，干不了直说，我不浪费你时间。”

林银玲的话音还没落，老林就急了：“谁说我怕辛苦！”

“那好，这事儿就这么定了。”林银玲转身的时候也没掩住脸上的笑意，留下老林站在小区的树荫下发呆。以她对老林倔强认真的性格了解，跟他虚与委蛇根本没用，困难不要提，夸奖不要说，一个激将法就能搞定。

作为全市垃圾分类第一批试点的欣悦园小区，位于厦门市湖里区行政中心区域，与厦门市枋湖长途汽车站相对。整个小区960户，每栋楼之间间距50米。将欣悦园作为湖里区垃圾分类试点小区，主要考虑到三个方面：一是小区以住户为主，素质普遍比较高；二是小区业委会成员有热情、积极性高；三是小区本身较新，而且开展垃圾分类有些年头。

早在2015年，欣悦园就响应垃圾分类号召，开始实施垃圾分类试点工作。当时的小区业委会主任林忠顺在其中承担的角色非常重要，他带领业委会成员走家入户宣传垃圾分类的好处，是功在当代、利在千秋的积德事，宣传环保利己利人，宣传绿色生活功德无量。

时光留痕，先前的努力犹如草蛇灰线在日后得到呼应，“林忠顺们”孜孜不倦地进行布道式的宣传，让欣悦园小区居民的垃圾分类意识，从无到有，从模糊到清晰。因此，当厦门市在2017年5月发动全市进行生活垃圾分类工作时，欣悦园已经在这条路上走了很远了。他们不禁停顿回头，想想作为走在前面的先进，能否给后来者提供可借鉴之处。

招募督导员的工作一开始并不很顺利。

禾山社区招聘督导员时，要求男65岁以下，女60岁以下，考核合格每月2500元，很多赋闲在家的老人都觉得新鲜，不识字、不懂手机的都来报名，一时间社区办公室门庭若市。

禾山社区总共有13个小区，配比40个名额。开始门槛低，对垃圾分类的宣传认识不够，还处在初期懵懂状况。督导员的工作时间是早上七点至九点，晚上六点半至八点半，每天四个小时。工作时间，督导员在指定区域内负责指导居民如何正确分类投放垃圾。针对自己负责这栋楼的居民一直没有按照规定投放分类，八点半后还要入户宣传，手把手地教。

前期，居民与督导员之间的纠纷矛盾很多。禾山社区的督导员就有过非常不和谐的经历：被情绪比较激动的住户关在家里，以扰民的理由报警。先后经历两次之后，督导员一气之下辞了工作。一对山东来的夫妻在厦门帮忙带孙子，家里劳动力过剩，便来当督导员。厦门的气温比山东高很多，垃圾经高温发酵散发出难闻的气味，让山东老汉想起一次吐一次，干了半个月就不干了。

林忠顺自己就经历过十来次被居民报警，还在上门宣传时被业主将宣传手册扔在脸上。他也愤怒，但他是一个不撞南墙不回头的人，认准了一件事情，就一定要坚持到底。

针对这样的情况，林银玲除了安抚和指点工作方法，还请了专业的老师和机构为督导员培训，让他们学会如何跟居民沟通做朋友。

除了居民，物业的保洁员与督导员之间也水火不容。督导员每天工作四小时，每月2500元；保洁员工作一整天，每月2000元。所以，不平衡的心理日益作祟。保洁员能做的出气方式，就是带头不分类，无论是树叶还是白色垃圾一股脑直接倒掉。

物业公司有自己的垃圾清运车，后来由企业转运，把小区里面的垃圾桶拉走。原来可以直接转运，可实行垃圾分类之后要每天两次转运，增加了工作量，就有保洁员辞职。物业公司也默认垃圾工作只由管垃圾分类的督导员来做。

在垃圾分类工作推行初期，督导员面临的状况就是——物业不接受，保洁员排斥，居民不理解。

林银玲请示了湖里区垃分办的相关领导之后，跟物业公司沟通，原来的垃圾桶、垃圾转运员的费用，现在都由政府承担，这几方面已经节约了物业的成本，垃圾分类工作开展之后，对小区的环境美化、居民的满意度和缴费率等方面都会有提高，实际上，垃圾分类会给物业带来切身的利益和实效。

林忠顺遇到一个居民叫王玉全，则完全是斗胜心理，你要我这样做，我就偏不这样做，大有“你能拿我怎样”的架势冷眼旁观。林忠顺则以情动人，与王玉全做了朋友，现在王玉全是整个小区内最优秀的垃圾分类业主，就连他的老婆，也被林忠顺动员成为小区督导员。

现在的欣悦园小区基本上成了一个垃圾分类观光点，来自全国各地的同行业人都来取经。“一米菜园”“环保大讲堂”“菜篮子挑战计划”等不同主题出现在禾山社区13个小区内，点子多、人性化、做到位，欣悦园俨然已经成为厦门市甚至全国的垃圾分类标杆式小区。

时光荏苒，转眼林忠顺已经做了四年的督导员。这四年里，他被居民破口大骂过，被业主推搡赶出过，被路人白眼相待过。这四年里，从刚开始居民完全不接受垃圾分类观念，最初的知晓率不足5%，到现在的知晓率100%，这个过程，是一个从辛酸到欣慰的过程，也是一个从被骂做到品牌的过程。这中间的是非曲直，早已经化作一江春水，汩汩流入垃圾分类的大潮中。

用“林忠顺式”的话语总结就是：“垃圾分类督导员，如果没有无私的公益心，谁也做不好。”

在筼筜街道，人人都知道有一位“爱管闲事”的吴湘盈。

“垃圾分类利国利民，是造福子孙后代的公益事业，我们不是在为别人付出，而是为了唯一的地球！”这是以吴湘盈为首的无物业督导小组口口相传的一句话。

筼筜街道党委书记龚佶介绍，筼筜辖区内无物业小区特点明显：楼层矮、梯数多、桶位分散集中难、基础设施老化、小区环境差，以及随处可见大件垃圾。这样的小区要做垃圾分类，是有一定难度的。

针对这种无物业小区在实施垃圾分类推进工作中的难度，筼筜街道有的放矢，督导员们用实际行动感召，把垃圾分类推向了一个辉煌之点。

揭享辉是一位61岁的老革命，现在他是筼筜街道的一名垃圾分类督导员。19岁那年参军入伍，22岁参加越南自卫反击战。他一生不能忘却的一场阻击战发生在他22岁那年3月，战争从半夜十二点一直持续到早上六点多，战况惨烈，整个连队的战友几乎都牺牲了。经历过战争的残酷，才会对和平倍感渴望。退伍后，揭享辉过上了平静幸福的生活。厦门市开始实行垃圾分类，他认为，垃圾分类是公益事业，也是为社会做贡献，他决定继续发挥余热，将家园打造得更美好。这位老党员的话朴实无华，他说：“我喜欢厦门，愿意为她尽一份力，我做的这点事算不上什么贡献。”

“哪里需要我，哪里就有我。”这句朴实的话，听着让人心酸，也会让人心安。

早晨，他们踏着星辰出发，穿梭在大街小巷，翻阅着每个垃圾桶的分类情况；夜里，他们踩着月光入户，一遍又一遍地和居民解释宣传，告诉他们怎么样做好垃圾分类。

在别人看来，能避开就避开、能远离就远离的垃圾桶，他们却不惧脏累、不辞辛劳，越是在垃圾混乱的地方，越是能见到他们的身影。推动垃圾分类，缔造美丽环境，他们用自己的一言一语、一举一动为这座城市“排毒养颜”，让厦港的高颜值不仅在镜头之前，也在背街小巷、生活之中。

欧朝阳就是他们其中的一员。

2017年9月，欧朝阳作为厦港街道垃圾分类专职人员入驻下沃社区居委会，协助社区开展垃圾分类工作。

刚入职时欧朝阳家住集美，每天早晨四点多，欧朝阳就得起床，六点多赶到厦港开始一天的垃圾分类巡查工作。

欧朝阳从思明南路的海洋花园开始，穿梭于顶澳仔、下沃、大学路的大街小巷，途经37个垃圾分类点，最后走到厦大白城边再返回。

9月的厦门天气依然炎热，每一趟走下来，欧朝阳都得湿透衣裳。这样的工作节奏让他很不习惯，走到脚都磨出水泡来，可即便是一瘸一拐，他仍然坚持工作。因为对垃圾分类工作抱着满腔热情，欧朝阳很快与大家一起学习如何更好地做好垃圾分类工作，每天这样一趟又一趟地巡查，与督导员“打成一片”，从开始的无从下手到迅速融入社区。他亲力亲为地检查每个垃圾桶的分类情况，而且徒手伸进桶里，就只是为了更直接地检查分类的精准率，从来没有听过他叫苦叫累。

2017年10月，欧朝阳把房子租到了下沃居委会附近，他说这样离社区近一些，一旦有哪个垃圾分类的点位没有做好，他就能及时赶到现场。

如今，欧朝阳负责巡查的下沃片区垃圾分类情况有了较好的进展。“在街道社区的帮助下，我逐渐适应了这个工作，我也没有别的大梦想，就是想脚踏实地把垃圾分类做好。虽然有时居民不理解，有时被居民凶，但看见有些居民在自己的劝导宣传之下，主动配合自己的工作，逐渐养成了分类的习惯，心里还是挺欣慰的。”

7月17日下午六点，彭大桂照常来到繁荣小区的垃圾桶前，查看垃圾分类的情况。十几年来辗转多个城市务工，对于才接触一年多的厦门，她却已经有了不一样的体会。“在我们四川老家，大家都会对外出所在的城市进行对比，都认为厦门漂亮、文明，所以就来这儿看看。”来厦门之后，她在另一个小区做保洁工作，现在兼任繁荣小区垃圾分类督导员，她觉得两者之间有关联，都是为了更漂亮的环境，时间刚好不冲突，出来务工就是想多挣点钱。

“垃圾分类督导员，老家的人对这个很好奇。”但在听完她的解释之后，都觉得厦门垃圾分类真的很好，希望老家也早点开始垃圾分类，把厦门经验搬过去。“垃圾分类开始后，感觉所负责的小区垃圾量降低接近两成。有点好奇，垃圾分类是怎么促进垃圾减量？”刚开始督导一个月，她体会最深的就是尊重——“要尊重自己的工作，把工作做好，要对得起自己所得到的津贴。厦门业主素质都很高，即使那些刚开始没分类的，看到我们这么辛苦忙碌，把小区弄得更加干净，都会忍不住分类。”

深田社区图强小区内三百多户居民，共设有五个垃圾分类点，只能安排一个垃圾分类督导员。每一次到岗，黄月容要在五个点之间跑来跑去。7月19日中午，她抽空回到小区，继续查看垃圾桶。她说，在早上业主去上班的时候以及督导员下班不在岗的时段，居民更容易有懈怠。不同时间段来看看，就对小区垃圾分类的情况有更深入的了解。“我在场的时候，居民就比较自觉，也会不好意思。因为我告诉他们，如果垃圾分类没做好，我会被扣绩效的。”

“大家都很支持垃圾分类，但关键少数确实在垃圾分类工作中让人很头疼。”黄月容说，“业主把垃圾分类做好后，就会很自信地迎着我走过来，那我也会笑眯眯地感谢他们。如果没做好，就会找出理由，如上班赶时间等。那我就会不断要求他们做好，实在不行就自己动手来分。”她觉得，点快餐外卖所产生的垃圾，大家往往没有分类的行动。“外卖广告总是宣传便利，容易误导，认为垃圾分类就是‘麻烦事’，这是非常错误的。”

中华街道辖内背街小巷多，道路狭窄，许多地方垃圾转运车无法通行，每天的垃圾处理很多时候只能靠督导员双手拖拉和肩挑。

57岁的刘连泉，从事环卫工作17年了，现在是九竹巷的垃圾分类督导员，负责九竹巷245户居民的垃圾分类处理。镇海社区的九竹巷地势高，只有一条上山下山的道路，道路狭窄，台阶多，一百多个台阶，保洁车根本无法进入，靠的就是督导员的肩挑手扛。刘连泉和他的搭档，每天七点上班后，先分类，再分类挑到转运点，一天早晚两次，把生活垃圾挑下山送到转运点，天天如此，毫不马虎。九竹巷的大部分垃圾投放点没有自来水，刘连泉只能挑水到各个投放点去清洗垃圾桶和地面污迹。“这些背街小巷的垃圾督导员，真的很辛苦，工作量比别人多很多，但是他们任劳任怨，每天都及时把垃圾运走，居民很满意。我也感到很欣慰，感谢有他们的默默奉献。”中华环卫所所长曾芳说。

下午四点多，虽然还没到规定的上班时间，但是七十多岁的垃圾分类督导员陈跃煌，已经守在农行宿舍的垃圾投放点前，或耐心引导居民正确分类垃圾，或动手对垃圾进行二次分类，时不时擦拭垃圾桶，清洗地面，一刻也没闲着，把垃圾投放点打扫得干干净净。虽时值夏日，垃圾投放点却闻不到垃圾的异味。“我早退休了，就想用空闲时间做点事，只要大家愿意把垃圾好好分类，我就开心。”已是满头银发的陈跃煌笑着说。

陈跃煌老人就住在附近，别人是一天早晚两次进行垃圾分类督导，他没事就待在垃圾回收点，经常利用中午时间，走进小区，入户宣传垃圾分类。街道城管办的工作人员说：“小区居民从不理解、不接纳，到如今大部分居民能自觉做好垃圾分类，而且精准分类达百分之七八十，这些和陈跃煌老人不厌其烦地宣传是分不开的，居民的生活习惯正在潜移默化地改变。”

去年11月，林少卿成为嘉莲街道的一位垃圾分类督导员，她很喜欢这份工作：“有人嫌脏，但是我不怕脏，这也是为大家的环境献出我自己能做的一份力”。

正值暑假假期，时不时有小朋友下来为垃圾分类“打卡”，林少卿在旁总是亲切地提醒指导，完了还要盖章、拿出她的台账本记录。“晚上的时候会比较忙，六七百户人家，加上要给小朋友盖章，有时候忙到连喝水的时间都没有”。

林少卿说，一开始做觉得比较难的，不是需要准确记住垃圾的种类，也不是顶着烈日站在垃圾桶旁边，而是遇到有些居民的不理解，觉得你提醒他们分类很啰嗦，有的还会给你“甩脸”。但后来就渐渐好了，天气炎热，大家看他每天都在那边督导，也会问他“有没有吃饭”之类的，一句“你很辛苦”的问候就让他心里很感动。

“您的垃圾分类很准确，做得很棒，谢谢！”华瑞花园小区的垃圾分类督导员老潘，总是习惯满脸微笑地向每一位准确分类、投放垃圾的居民表示感谢。

每天早晚，老潘都会提早10～20分钟到投放点，一边督导，还不忘向扔垃圾的居民宣传垃圾分类知识：“分类准确就能变废为宝，小区环境也能美化，对后世子孙好。”

最近一段时间，小区里的投放点从三个整合为一个，老潘还是会经常到原来的点上巡一巡、走一走，提醒居民们注意。“热情、耐心、文明地引导，居民也就更加配合。”老潘一脸微笑着说。

“现在很多人喜欢叫外卖，但吃完就把装着剩菜剩饭的快餐盒直接丢掉，也不分类。”如何提醒居民及时进行分类呢？红星瑞景小区的垃圾分类督导员方美云想了一个妙招——“外卖里头往往都会有订单信息，我会把这些信息记在随身携带的小本子上，然后‘按图索骥’，打电话或者上门提醒居民做好分类。”

这一年来，方美云记了满满三本笔记本，因为经常翻阅，本子的表皮已是皱皱巴巴。“居民分类正确或者错误，我都会记下来。做得好，我会感谢他们，希望他们坚持；做得不好，我就多宣传、多劝导、多给他们讲解分类知识。”现在，方美云的垃圾记录还在继续，很快，第四本记录本就将启用，“居民从源头上分类准确，我们的居住环境才会越来越好。”

从思明梧桐街道来到橡胶新村，日前已完成撤并桶的小区显得更加干净整洁。小区督导员陈能学从去年4月就开始做垃圾分类督导工作，如何做好督导员工作？陈能学说，最重要的是要有责任心，有恒心，在岗在位，尽心做好引导督促。

被问到垃圾分类督导工作是否容易时，陈能学不假思索地回答："难做。你要应对各种各样的居民，特别是刚开始的时候，有的居民还是随处乱扔垃圾，有的居民是不分类直接就扔进桶里。"

印象最深的是小区51号楼的一位阿婆，之前多次都是从四楼直接抛下垃圾，陈能学反复劝告，阿婆并不理睬。后来，当阿婆再次从高空丢下垃圾时，陈能学便在楼下喊："垃圾不能乱扔，要拿到楼下垃圾桶分类投放。如果您不方便下来扔，我可以上去帮您拿下来"。反复劝告晓之以理，理解帮忙动之以情，阿婆最终被他感动，没有再乱扔垃圾。

在小区住了几十年的居民黄阿娜，深深感到这几年小区环境的变化，先是老旧小区改造，然后就是垃圾分类的推广。"之前还没撤并桶的时候，小区里楼前屋后到处都是垃圾桶，有的居民为个方便还在门前放个小垃圾桶，有很多苍蝇和蚊子，现在撤并桶了，大家统一地点投放，小区环境整洁干净多了"。

提及陈能学，黄阿娜说，经常一大早就看他过来，把每个垃圾桶都打开检查，然后把桶洗干净，居民来扔垃圾的时候，都是笑容满面、态度亲和地引导宣传。

陈能学说："督导督导，就是要监督、检查、宣传、引导，这样才能逐步提高居民对垃圾分类的认识，垃圾分类做好了，对每个居民都有好处，我也希望发挥老人家的一些余热，让环境更美丽！"

自2017年全面开展垃圾分类工作以来，开元街道就执行管理督导员队伍，并制定完善了《垃圾分类督导员出勤绩效考评奖励暂行办法》。制定标准，让工作有据可依，也积累了具有开元特点的实践经验。走进开元街道，会让人感受到"耳目一新"这个词的准确性。

在希望社区党委书记毛月华看来，从开展垃圾分类工作以来，督导员和物业两支队伍的使用，在分工合作方面，街道和社区一起走出了一条路子，特别是在督导员的管理方面。"垃圾分类工作，希望就在前方，需要大家一起走过去，但要走得有秩序，不能稀稀拉拉。"她认为，考核既有工作上的硬指标，也要对照文明城市的一些标准规范来做。“比如关于工作考核，我们把着装整齐作为第一项指标。对于督导员的精气神，也有对应的要求。”

营平社区督导员詹光国来自江西，在这里居住了16年，曾是厦门金砖会晤志愿者组长，负责日间与夜间的巡逻工作。

对于他来说，工作无大小，垃圾分类督导员就跟他以前从事过的每一份工作一样，是一份责任。不同的是，这份工作是在为美化环境做贡献，更光荣。二十几年的奋斗生涯，做过家装，开过小店，多种行业的历练，让詹光国积累了不少朴素的职业理念：一要有公德心，有责任心；二要干一行，爱一行；三要拿得起，放得下。

这些经验、理念，对现在工作的开展，也有很大的帮助。平时，他注重督导技巧，甚至自己总结了几条方式方法：互相信任、互相尊重。

刚开始他经常发现混装垃圾袋，除了提醒居民，詹光国也会戴上手套分拣垃圾，现场指导居民垃圾分类。如此三四次，居民看到了督导员的辛苦，也学会了如何正确分类，垃圾乱扔的概率大大降低。

有时当前来扔垃圾的居民被要求开袋检查，容易情绪激动，有一次詹光国差点被醉酒的居民伤到。“遇到这种情况不要顶撞他。”他有自己朴素的理念，“伸手不打笑脸人，你对人礼貌和气，对方也不会再继续冲你发脾气。”

真诚、友善的确帮詹光国化解了不少冲突。

进行督导工作时，詹光国偶尔会听到“你不过是个捡垃圾的”的言论，对此，他表示不会太在意，自己不偷不抢，履行职责，为美化环境做贡献，没什么不好意思的。

为了更好地开展工作，他不断学习垃圾分类的相关知识，一有最新管理办法出台，就会仔细研究。他认为向居民更详细地介绍垃圾分类是很有意义的事，市容的改善会更好地唤起居民的荣誉感。

营平社区综治副主任陈刚介绍，社区的房屋有很大一部分建造年代较早，如今原住居民大多搬出，70%是外来租户，人员流动性较大，经常是教会这一批租户，又换了一批新的租户住进来。垃圾分类劝导的工作量较大。经过不断的实验与磨合，垃圾投放的点位布置由最初的20多个减少到现在的18个，18名督导员风雨无阻，每天准时到岗。詹光国所在督导点位获得最多认可，平时见面大家会主动与他打招呼问候。

现在走在社区里不难发现，四害减少了，恶臭消散了，环境更美，邻里更亲近了。大家互相监督学习，逐渐养成自觉分类的良好习惯，詹光国和他的同事们的工作也越来越轻松了。

垃圾桶被洗得干干净净，就连地板也焕然一新——垃圾分类督导员叶素环才上岗不久，就赢得工业宿舍居民们的点赞。“见到我，居民们都会热情地打招呼，一位七十多岁的老大爷每天还从家里提水帮我一起洗桶。”这份温暖，让叶素环更有干劲。

在湖里区，像叶素环这样每天坚持在垃圾桶旁“站岗”的垃圾分类督导员有1700多名，平均每300位居民就配备一名垃圾分类督导员，他们用真心换得居民的真情，共同为更美好的环境辛勤耕耘。

这样一支高素质的垃圾分类督导员队伍并非一日练成。湖里区始终把提升督导员能力与素质作为推动垃圾分类的重要一环，除了定期组织培训外，他们还率先组织开展垃圾分类督导员考试，通过笔试与面试相结合的方式，进一步掌握督导员工作表现，及时更换不合格督导员。通过这场考试，共有14名督导员因不合格被劝退。

提升素质、提升能力、提升价值——在湖里区，越来越多的垃圾分类督导员在这份平凡的工作中得到认同感、获得感、幸福感。来自禾盛社区禹州香槟城的督导员洪淑缘就乐在其中，她专门制作了一本“桶边记录台账”，按照“好、中、差”对住户垃圾分类情况评定记录，并随时跟踪宣传督促；而康乐新村二期业委会主任苏蓉晖“兼职”督导员，每天清晨雷打不动在垃圾桶旁督导，用实际行动带动了一批居民成为垃圾分类志愿者，让绿色生活成为小区主旋律。

过去的2018年，是厦门市垃圾分类革命性颠覆的一年。2019年新春开工第一天，我们把镜头聚焦到开元街道——

清晨6时22分，天刚蒙蒙亮，开元街道希望社区垃圾分类督导员郑忠杰就已到达工作岗位。他按下手机快门，拍下与环保屋的“今日合照”。

随即，郑忠杰将日常工作记录本、笔、垃圾分类情况表、宣传小册子等一一放上环保屋旁的小工作台上，然后拿上小刀、垃圾分拣夹，戴上橡胶手套，开始一天的工作：对环保屋及边上的厨余和其他垃圾桶内外进行擦拭、消毒；保持环保屋周边三米范围内干净整洁；督导居民进行垃圾分类；对错误的垃圾分类进行纠正，让居民对垃圾分类有更直观的认识……

“宁愿早到一小时，也不愿迟到一分钟。”郑忠杰说，早点到达工作岗位，就能趁居民还没来投放垃圾前做好环保屋、垃圾桶以及周边环境的清洁工作，而等居民来投放垃圾时，又能在旁边做好相关宣传工作，这样的督导才有效果。

像郑忠杰这样的垃圾分类督导员，在该辖区内一共有30名左右。据开元街道希望社区居委会书记毛月华介绍，每周五下午，居委会都会将他们集中起来进行相关培训，力争将垃圾分类督导工作做得更科学、更专业。

新年新气象，新年新风尚。

在厦门市垃圾分类工作人员的队伍中，督导员这支庞大的力量，必将会在推动垃圾分类减量的革命中，更加团结一致，迈向新的辉煌。

3 无声细雨悄润物

垃圾分类，全民行动，当然也离不开党员的积极响应和热心参与。事实上，厦门正是高度重视以党建为引领，通过科学筹划部署，坚持先行先试，实现推动垃圾分类工作再上新台阶。

在文园春晓小区，为了更好地聚合小区党员干部的力量，在社区及业委会的推动下，成立了文园春晓小区党支部，总共有28名党员，小区业委会主任苏荣华担任支部书记。

在苏荣华看来，小区党支部的职责就是要支持、配合做好小区建设工作，而垃圾分类，就是其中一项。“做好垃圾分类是为了让小区环境变好，小区党支部当然得支持配合！”苏荣华说。

那怎么做？党员包干到户！每2～3名党员一组，负责6～10户家庭的宣传督导。

白天要上班，党员们便利用晚上的时间到负责的家庭上门宣传，每个月两次，有时也和督导员、物业或是义工志愿者们一起，社区也因此多了一支宣传督导力量。

当然，除了入户宣传，小区党员还利用周末时间协助社区组织垃圾分类知识宣传活动，有的则是做义工，协助督导员做垃圾分类、督导工作。

苏荣华说，身为党员就是要树立标杆，做好带头作用，把小区的小事做好，与居民多互动。小区和谐了，垃圾分类也更好开展，才能营造和谐、安全、美丽的小区。

物业单位贴心配合，垃圾分类督导员尽心工作，社区党员热心参与，家、校、社齐心联动。在梧村街道，所有人看到的是“四心”助力，全员脚踏实地参与垃圾分类的火热场景。垃圾分类不仅是一项工作，更是群众对美好环境和生活的向往，没有不做的选项，所以只能全力以赴、死心塌地去做好这项工作。街道牵头各个社区及相关部门积极配合、通力协作，健全制度保障，针对社区、督导员建立考核机制，多方动员、广泛宣传，有序推进垃圾分类。是的，垃圾分类，利国利民，这是一项造福我们子孙后代的公益事业。其实我们都是在做善事，也希望大家能从源头做起，垃圾减量，为我们的地球减负。

营平社区地处老城区，辖区内有历史悠久的第八市场、开禾市场，包含了厦门历史上第一条道路的开元路，五角纪的骑楼代表的厦禾路与开禾路，13条小巷错综复杂交织在一起。

营平社区党委推动绿色生活理念，致力宣传倡导活动，合理进行垃圾分类。以厦门市垃分标准为基点，以循环利用为环保意识，以世界发达国家垃分理念为标杆，最后同营平垃分首字母缩写相结合，设计出代表社区所有垃分人员行动准绳的logo，将营平垃分人良好风貌的工作决心展现出来。

2018年社区以“垃圾分类督导员+网格员+党员+志愿者”的工作模式，不断强化辖内居民环境保护和垃圾分类意识。

通过每月主题党日、党员志愿服务、大型广场活动等，分发宣传资料五百余份。发挥“口碑”效应，让党员带动居民、居民带动居民，以点扩面，让辖区居民践行垃圾分类理念，充分参与到垃圾分类工作中来。

施行垃圾分类减量，是全面贯彻党的十九大提出的建设生态文明城市的具体行动，也是厦门市提升城市生态文明建设，打造高颜值生态花园城市的具体行动。2019年，营平社区党委继续以党建引领、长效管理、全民行动、社区监督的工作创新，与特区共争辉煌。

亲爱的三期居民们：

我们翔鹭花城三期从2017年3月开始实行垃圾分类，是厦门首批试点小区。短短一年多的时间，我们文明的三期人养成了自觉分类的好习惯。在大家的努力下，三期在全市各项评比中都取得了好成绩，还被评为厦门市典范文明小区。小区环境也发生了很大的变化，现在我们的小区整洁有序，环境优美，花香四溢，是名副其实的花城了。这吸引了全国各地很多参观团前来小区参观，作为三期人，我们感到无比的骄傲和自豪。

垃圾分类是我们小区的强项，但是大家知道吗？我们小区每天还是产生了约18桶（近1吨）的厨余垃圾和约60桶（近5吨）其他垃圾。厨余垃圾大家分得不错，准确率高达90%以上，但其他垃圾准确率只有80%左右，有近10%的可回收垃圾混在其他垃圾一起被焚烧和填埋。每天约半吨可回收垃圾是放错地方的宝，我们文明的三期人有责任把这些宝捡起来！把家里要扔掉的牛奶盒、瓶瓶罐罐、大大小小的快递箱、塑料盒、玻璃、旧衣服等精细分类出来，投放到可回收垃圾桶，让这些资源得到再利用，减少对环境的污染。鼓励我们三期的孩子们勇当环保小卫士，把家里的不要的箱子、瓶子、袋子等统统收集起来，送到社区环保屋让废物变成零花钱和奖品！

我们都渴望有一个整洁有序的小区，渴望健康的生命，渴望绿色，渴望一个永远幸福美好的地球家园。那就让我们一起行动起来吧！保护环境，垃圾减量，精准分类从我做起！让小区垃圾减量，让可回收垃圾变废为宝，再生资源得到再利用，让我们的举手之劳成为文明三期人的一种习惯、一种素养、一种新的正能量的生活方式。

倡议人：翔鹭三期党支部

翔鹭三期业委会

翔鹭三期物业

2019年1月11日

2019年1月12日，在翔鹭社区的主导下，翔鹭花城三期小区管理三驾马车——党支部、业委会和物业一起发起垃圾减量、精准分类、变废为保的倡议，并举行了一场热热闹闹的宣传活动，得到了广大居民的热烈响应。

现场气氛很热烈，党员志愿者、“绿翔妈妈”志愿者、督导员穿着各色马甲在小区流动，汇成一道道靓丽的风景线。

党旗飘扬，党员志愿者向居民发倡议书：可回收垃圾是放错地方的宝，我们文明翔鹭人一起捡起来可好？

城中村、外来人口多、管理不易……看起来困难重重，但殿前街道垃圾分类工作在厦门市生活垃圾分类工作暗访考评中成绩仍多次位列全市第一，垃圾分类知晓率达到100%，参与率达到95%，准确率达到92.5%。这份亮眼的成绩单来之不易，得益于殿前街道以深化小区治理为抓手，发挥小区党支部引领作用，凝聚小区红色力量，激发党员群众参与实践垃圾分类的热情。“无论是地毯式宣传，还是不断探索垃圾分类新模式、打造专业的垃圾分类工作队伍，我们总在不断探索的路上。”殿前街道环卫所所长连少凡由衷地说。在殿前街道，党员群众联手，许多老旧小区党支部和小区自管会组织居民们开展垃圾分类、垃圾清理，换来小区大变化。垃圾分类正成为一种新的绿色时尚生活方式，让群众的获得感与幸福感不断攀升。

随风潜入夜，润物细无声。厦门市基层党组织和广大党员走前头、作表率，近万个党组织、数十万名党员奋斗在垃圾分类工作第一线，带领着民众、感染着民众，全力做好厦门市的生活垃圾分类工作。

桃红李白皆夸好

社区是城市社会的基本构成单元，也是构建和谐社会的基础。社区工作者处在一个城市的最基层，位于干事创业的第一线。垃圾分类工作，首当其冲由一个个社区具体开展和落实。

厦门市开展生活垃圾分类工作也不例外，任务最终到达地是社区。社区工作者的能力和水平，决定生活垃圾分类工作的成败。社区点对点到小区、辖内公共区域如农贸市场、学校等，推进垃圾分类工作，主要包括开展宣传活动、高楼撤桶、垃圾桶点位选定、聘请督导员等，其中高楼撤桶是实行垃圾分类工作的关键难点。垃圾分类意义在于从源头分类、减量，高楼不撤桶，谈何垃圾分类！

林银玲是湖里区禾山街道禾山社区书记，她所在社区所管辖的欣悦园小区成为全国垃圾分类工作现场会参观样板小区前，也遭遇撤桶难的问题。欣悦园八栋楼，每栋楼都是11层高的小高层。在实施生活垃圾分类之前，为了便于居民生活垃圾的投放，在每个楼层都安置了垃圾桶，而且只有一个桶。如此一来，方便是方便了，可是居民有没有将垃圾进行分类？垃圾分类后，保洁人员有没有将一个桶里的不同垃圾进行分拣？这些都是疑问而且不可操作。所以，高楼撤桶是一件迫在眉睫的事情。将每个楼层的垃圾桶撤掉，在每栋楼楼下设置一个投放点，这样既能减少垃圾污染源，又能够便于督导员对垃圾分类进行管理。

这是一个从心酸到欣慰的过程。

林银玲跟物业处的第一次矛盾就是因为垃圾桶点位设置的问题，与居民之间的矛盾更是此起彼伏。

高楼撤桶，首先要有物业的支持，垃圾投放点位变少了，居民不规范投放垃圾，就会增加物业保洁的工作量。其次是居民不理解，原来出了家门就可以随手扔掉的垃圾，现在要下楼走到小区指定地点投放，增加了很多麻烦。

禾山社区的办法是每个小区各个击破。先从凯悦城小区入手，把督导员分散在每个楼梯口，负责对居民说明楼道里的垃圾桶已经撤掉，现在该把垃圾投放到什么位置。有的居民不说话，还是把垃圾放到原来的垃圾桶位置上，转身走了；有的居民反应强烈："请你们来就是帮我们收垃圾的，为什么要让我走那么远去投？"把情绪都发泄到督导员身上。

还有中央美地小区的一户居民更是奇葩，半夜十一点给林银玲打电话，说她是学易经的，讲究风水，楼下的分类垃圾桶每天早上会反光到她家窗户，破坏了她的风水，强烈要求撤掉，放到原来逃生口的位置。

面对居民的各种不满情绪，禾山社区工作者只有八个字回应——晓之以理，动之以情。

从环境卫生角度考虑，每一个垃圾桶就是一个污染源，各种厨余垃圾的汤汤水水，是老鼠蟑螂的最爱。为了给孩子们更多健康卫生的活动场所，撤桶并桶势在必行。另外，禾山社区在推行指定的垃圾分类投放点旁边，都设置了干净漂亮的洗手池，居民多走几步路投放完垃圾，用消毒洗手液洗了手之后再走，从细微之处解决居民需求。这样人性化的方式，既温馨，又贴心。

对讲究风水的居民，林银玲请来一位"风水大师"给她讲了一下午易经，又从周围绿化上下功夫，用树荫来遮挡垃圾桶，化解了她的"风水”顾虑。

物业与居民最先的抵触情绪，被禾山社区的垃圾分类工作者见招拆招，一一化解。

其实，垃圾分类最大的受益者就是居民和物业。环境好了，业主满意度高了，幸福指数高，物业缴费率高，连带房价都提升了。居民走出去都带着满满的骄傲与自豪。

位于下沃社区的大学城小区属于敞开式商住两用复杂小区，地处厦港黄金地段，小区大多为出租户，人员密集，管理难度大。自推行垃圾分类活动以来，小区垃圾分类基础工作初具规模，但是小区楼层未撤桶，居民垃圾分类实际参与度、分类实效并不理想。在厦港街道、下沃社区的指导下，大学城业委会、物业积极响应市、区、街关于垃圾分类高层撤桶的倡议，突破各种阻力和困难，积极与业主沟通协调，实行楼层撤桶，开展好垃圾分类工作。

撤桶前期，社区和物业组织网格员、工作人员、督导员，分三路人马加班加点以问卷调查形式，上门征询每户业主、住户意见，针对大家提出的意见进行讲解开导，排除垃圾撤桶后大家担心的各类问题，以超过80%的支持率取得大家撤桶的支持。

得到广大业主的支持后，社区和物业立刻制订撤桶进度表并张贴楼层撤桶方案。大学城的公共空间原本就不大，因此垃圾分类桶的设置点非常关键，经过多方协商，找适宜的绿化点挤出三个点位，选择摆放在居民出入最方便的地方，同时还做了地面硬化，贴上了垃圾分类图，配齐分类的硬件设施，营造良好的宣传氛围。

一个星期内，垃圾分类屋初步形成，大学城物业服务中心如期按照撤桶公示方案，预定时间准时撤桶。高楼层撤桶后垃圾分类效果良好，但在第一天仍有住户不习惯，在原来楼道乱扔垃圾。社区督查物业继续开展针对性的垃圾分类宣传，并在每层原有的放垃圾桶位置张贴撤桶告示，督促住户到楼下点位分类投放垃圾，撤桶的同时提高垃圾分类准确率。

官任社区武夷嘉园是一个国际性的高档小区，有285住户，其中30%是外籍住户。作为厦门市垃圾分类的首批试点小区，在政府垃圾分类指引下，社区垃圾分类相关负责人刘琳娜积极引导小区物业认真学习垃圾分类知识，主动邀请专业的环保志愿者参与协助小区垃圾分类的落地实施，并且制作了厦门市首份双语垃圾分类宣传单，引导中外居民积极参加垃圾分类工作。“垃圾分类是普通民众最能直接参与的环保方式之一，分类投放是生活垃圾分类的源头，让居民在日常生活中养成垃圾分类投放的习惯至关重要。”

武夷嘉园的物业管理主任卢维高在推动垃圾分类工作中，积极调动小区内的保洁、保安人员，全力配合。针对居民投诉，尤其是对环保小屋的不合理投诉，能适时引导，并召开物业、业主、居委会与环保小屋企业方的互动会议，把居民对于垃圾分类的冲突降到最低，有效化解由于垃圾分类工作所带来的一些不必要的冲突，减少居民的烦躁情绪。

岳阳小区是筼筜街道第一个垃圾分类整改的老旧小区，社区督导负责人詹琳琳大胆尝试，努力创新。在撤桶后连续10天入户宣传，撤桶15天内将督导员增加到18名，每天督导时间增加3个多小时，形成全方位无死角的密集工作氛围，并对小区垃圾进行溯源，每个垃圾桶进行编号，方便督导员集中监督管理，密切配合岳阳社区居委会书记杨雅玲和居委会主任吴美环的工作。小区物业主任柳春清在老旧小区整改过程中，以综合治理的角度，从垃圾分类为突破口，整合物业资源，协助成立老旧小区垃圾分类工作推进小组，调动特勤协助，维护垃圾分类过程中所遇到的矛盾冲突。

尽管工作如此细致周全，在岳阳小区仍然遭遇了首例居民刁难案，有居民蛮横无理，不配合垃圾分类工作，大肆破坏垃圾分类设施设备，小区内的垃圾分类宣传牌被推倒在地，分类垃圾桶被踢倒，连同桶内垃圾一起被肆意丢弃在绿化带内。

对此，社区工作者动之以情、晓之以理。同时，坚决拿起法律武器，支持益和物业积极寻求多方协同解决方案，在得到厦门环保志愿者联盟的建议和指导下，通过与业委会沟通、交流、合作，与小区住户居民协调并争取到绝大部分住户配合。最后在街道、社区居委会、执法中队和环保志愿者联盟的支援下，对该居民进行执法取证，通过文明合法的规范行为，最终落实好小区垃圾分类工作，并及时恢复垃圾桶与宣传栏的摆设点位，努力引导居民积极参与实现垃圾分类定点投放的工作。

厦门全面推行生活垃圾分类工作过去两年了，高楼撤桶还一直是需要解决的问题。2019年1月18日，筼筜街道公众号上发布了一则新闻："今日上午，由厦港街道张文聪副主任带队，七个社区主官以及街道垃圾分类专职人员到筼筜街道官任社区学习交流高楼撤桶经验。筼筜街道黄彦旎副主任陪同区垃分办徐墩煌副主任，区建设局、区垃圾分类科负责人一同参加了交流会。会上，厦门环保志愿者联盟伍老师分享的高楼撤桶'一周作战计划'，包含了前期的铺垫，以及撤桶后期的保障，从督导员、物业、社区、街道必须做到上下齐心，不惜时间、精力压下去做。"

高楼撤桶还是思明区2019年垃圾分类工作的重点。徐墩煌提出高楼撤桶必须上下配合，在执行的过程中，物业的作用很重要；要有谋有勇，发挥业主群的积极作用；最后关键在于决心。

垃圾分类，无论是强制性，还是引导性，或者两者兼有，都是为了给垃圾找一个更合理的安身之处。面对垃圾分类工作的践行与推进，任重道远，每一次都是对过往努力的验证，成功是可以复制的。

垃圾分类任重道远，在高楼撤桶工作的推进过程中，一方面体现了垃圾分类在实际工作上的困难，另一方面也体现了街道、社区工作者的努力与奉献。

涓流汇聚终成海

思明区总工会、团区委、区妇联、区侨联等十多个群团组织联合起来，定期召开群团组织联席会议，共同探讨垃圾分类推进工作。在团区委的牵头下，他们汇聚一堂，群策群力，为垃圾分类工作出谋划策。思明区委常委、副书记张剑鸣，区委常委、宣传部部长黄碧珊也经常参加讨论。

“要按量合理分配分类垃圾桶”“要完善机制，建立赏惩措施”“要创新宣传方式，让垃圾分类理念深入人心”……众人拾柴火焰高。集聚各方智慧和力量，各群团组织结合自身职能，热烈讨论各种可行方案。他们的背后，是无数的群众和社会力量。

团区委副书记徐墩煌说，团区委联合区教育局、区委文明办和区垃分办，发动辖内中小学、幼儿园开展思明区垃圾分类“家校社”联动暑期实践活动，共覆盖四十多万学生和家长。通过“小手拉大手”教育效应养成社会垃圾分类习惯。同时，还充分发挥青年志愿者作用，走出校门、走进小区，助力垃圾分类工作。

区妇联主席王雪梅说，我们也要发动女性的力量，如“辣妈帮帮团”这些社区女性社团组织，共同联动参与垃圾分类。同时，建议在“最美家庭”等奖项评选时，把垃圾分类作为参考指标。

区总工会常务副主席薛钧丹说，我们发动工会党员积极参与“绿色101”活动，倡导垃圾分类。同时，建议分类垃圾桶要按照不同类别垃圾的量合理分配放置。

区侨联主席苏枫红也说，我们可以借鉴很多侨胞在国外生活的经验，收集他们对垃圾分类的建议。同时，建立志愿者队伍，并利用垃圾分类随手拍，发动物业和居民自我监督。

在各自领域的团体组织里，发挥发动各自的力量，这样的联席会议，产生了巨大的影响。小团体，大作为，以人为点，以团体为线，最终汇聚成面，成为社会各界联合推进垃圾分类的力量。

应对老城区游客多、人员流动性较大的问题，路面垃圾分类准确率如何提高？如何加强店家垃圾分类？面对这些问题，中华街道提倡“精准分类，快乐参与”，把垃圾分类工作作为一项长期的工作来抓，发挥居民小组长、楼长、党员志愿者骨干，以及民间组织、社会企业等力量共同参与，针对不同对象，采取不同的宣传方式，利用宣传栏、微信等通俗易懂的方式，教会居民精准分类。在这过程中，也注重督查力度，加强街道城管办巡查，社区排班错时检查，以及各物业小区管理员和督导员的不间断巡查管理，提高督导水平，促进居民垃圾分类习惯的养成。

在中华街道三楼会议室，一场有趣的垃圾分类讲座吸引许多小学生参加，有奖竞猜、模拟垃圾分类投放等环节，孩子们你一言我一语，学到了不少垃圾分类的新知识。大家还拿到相关宣传手册，进一步了解更多的知识，更好地进行垃圾分类。

五年级的魏宇彤无论是在学校还是在家，都有垃圾分类的好习惯：“爸爸妈妈都很认真做好厨余垃圾和其他垃圾的分类，但是可回收垃圾和有害垃圾的分类比较不重视。我回去后要叫爸爸妈妈一起做好有害垃圾和可回收垃圾的分类，这样才能提高精准率。”

三年级的叶文兴一边听讲座，一边翻阅《厦门市思明区垃圾分类指导手册》。讲座后，他说：“我们日常生活要尽量减少制造垃圾，比如可以减少塑料品、一次性餐具的使用，而且要学会精准分类，在家里，我们都要做好四类垃圾的分类。”

街道垃圾分类指导员叶素琴介绍，暑期的“家校社联动”垃圾分类活动很受家长和学生的欢迎。辖内居民、学校家委会成员经常组织小学生在社区开展社会实践活动，对中山路、霞溪路、古城西路、南田巷的店面商家及餐饮店进行了垃圾分类宣传。“垃圾分类益处多，环境保护靠你我，一个孩子可以影响一个家庭，一个学校也能够带动周边社区。相信每个人的小举动，定能汇聚成改善环境的大作为。”叶素琴说。

党员、志愿者、企业、社会团体与个人，各行各业，无论男女老少，都在这场战斗中发挥自己的作用和优势。他们从四面八方汇聚到一起，汇成了一股洪流，不可阻挡。

作为筼筜街道首个高楼撤桶的保洁人员郑同飞，每天都早早巡视各个楼道，适时把楼层乱丢垃圾的情况汇报给督导员，同时也主动通过监控来掌握居民乱投乱放行为并及时制止。在督导员下班后，他自觉兼任起督导员的工作，每天都要忙到深夜才回家。

郑同飞在做了半年多这样的志愿工作之后，对于垃圾分类督导工作进行了反思：我们每天反复做这些事情，使我们对环境更加友善。然后，你就会发现，垃圾分类不再是一种行为，而是一种习惯。每一次不分类的投放，都是对下一代的辜负！

刘佳玉是垃圾分类督导项目负责人，在安排跟进金桥社区的分类工作时，对机械宿舍垃圾分类工作推进用心用力。机械宿舍区居民多数是外来出租户，极不配合保洁的垃圾分类工作。保洁员居住在小区柴火间，连生活用水都要自己从别的地方拉过来用，所以小区的垃圾工作只能勉强敷衍配合。

得知这一情况后，作为该社区垃圾分类督导项目负责人，刘佳玉积极与居民沟通，同时对保洁员做思想工作，并自掏腰包为保洁员购水，与保洁员、督导员一起清洗该宿舍楼的垃圾桶。此外，对小区进行规划，减少垃圾投放点，使得小区的环境得到很大改善。

“民生项目从来就不是一件容易做好的事情，求同存异，找一个最大公约数来满足各方的诉求是有难度的。垃圾分类要做好，大家的观念就要调整。”刘佳玉有自己对工作的理解。她用自己的宽容和爱心，感动了居民，感动了保洁员，让大家形成一股合力，共同为垃圾分类工作贡献力量。

人们没有垃圾分类的生活习惯，更缺乏相关的垃圾分类常识。垃圾分类是从西方引进的观念，中国过往的传统对垃圾的处理方式主要为就地焚烧或者将垃圾扔到具体地点，没有“垃圾也是宝”的观念。

同时，人们对于垃圾分类的概念始终是模糊的。如可回收和不可回收垃圾，虽然看起来容易，但是在生活中人们就难以辨别。以塑料袋为例，有的塑料袋是可以降解，有的塑料袋是不可以降解的，非专业人士根本无法区分，这样就使得人们在垃圾分类的时候始终存在疑虑。由于垃圾的多样性和复杂性，在宣传的过程中难以穷尽所有的垃圾，这样更加剧了相关概念的模糊性。

为了进一步深入推进垃圾分类工作开展，提高居民垃圾分类意识，助力辖区内垃圾有效分类，厦港街道下沃社区与共建单位兴业银行倡导垃圾分类新时尚，对社区垃圾分类示范点进行垃圾分类积分银行奖励机制。

首站“积分银行——好银行助生活”垃圾分类点选定为海洋新村小区，给小区每户居民分发垃圾分类小能手积分卡，海洋新村居民每日正确分类投放垃圾，即可到督导员盖章获得1积分，每累计10个积分可至兴业银行思明支行兑换10个鸡蛋。

积分银行奖励活动的推行受到了很多居民的积极参与，通过实现垃圾分类奖励机制，促使居民转变意识，从“要我分”到“我要分”，从被动参与到主动出击。积分兑换和奖励机制让居民通过参与垃圾分类积分活动得到便利和实惠。分类好就有奖励大大调动了居民对垃圾分类的积极性，赢得居民对垃圾分类的认可和支持，提高居民的获得感。

同时，社区将垃圾分类作为“美丽家园”创建体系的重要内容，结合各种社区活动大力开展宣传，充分融入“要我分”到“我要分”的理念。社区积极开展丰富多彩的主题宣传活动，普及垃圾分类知识，营造垃圾分类的氛围。如举办“小手拼出大世界”乐高机器人之“垃圾分类”比赛，利用厦港街道互联网青年信仰空间服务中心区域化党建平台开展垃圾分类益智小游戏，与辖区演武小学开展“垃圾分类小达人”暑假实践活动，与海洋三所等单位就垃圾分类开展各种活动，收到良好效果。丰富有趣的宣传活动得到辖区居民的良好互动，营造出人人都是垃圾分类主角的良好宣传氛围。

当垃圾分类遇上重阳节，湖里全区干部职工、志愿者，纷纷头戴小红帽，身穿红、黄马夹，走街串巷，深入社区，开展“洁净家园、共促文明”全区环境卫生大整治活动。

忙碌的身影和流淌的汗水，成为全区一道靓丽的风景线。

修枝剪叶、清扫落叶，铲除杂草、清运垃圾，广大干部职工和志愿者们变身“城市美容师”，走街串巷，为城区环境“把脉问诊”，齐心协力让社区环境焕然一新。肩扛锄头、手持长柄，广大干部职工和志愿者们穿梭于大街小巷和道路两侧，他们所经之地，街面变得更加干净整洁，卫生死角也不复存在。

这是湖里区的一次洁净家园活动，旨在扎实做好湖里区迎接2018年度全国文明城市、全省文明城区测评工作，推进文明创建及城市综合管理，营造文明风尚，带动广大市民积极参与文明创建工作，打造高素质、高颜值的现代化中心城区。

……

翔鹭三期的120多位热心居民组成了“绿翔妈妈”志愿者服务队。她们个个都成了垃圾分类的行家里手，成了普及垃圾分类的新使者。为推广垃圾分类贡献着自己大量的时间和精力。

美丽的“绿翔妈妈”们，热情地跟居民讲解可回收垃圾的收集和处理，装洗护用的塑料盒和牛奶等应冲洗后晾干，玻璃瓶、酱油瓶洗干净也是可以回收的，手把手教，讲解得十分仔细。

翔鹭三期是厦门市首批垃圾分类试点小区，一年多来三期人养成了自觉分类的好习惯。在大家的努力下，三期在全市各项评比中都取得了好成绩。这和这些经验丰富的督导员的认真负责是分不开的。

可回收垃圾是放错地方的宝，文明翔鹭人举行捡宝行动，举手之劳，变废为宝，翔鹭三期的党员和志愿者们，与垃圾分类督导员一起，用自己的实际行动，为垃圾分类工作奏响了一首激昂的凯歌！

在厦门市政协召开的十三届十八次主席会议上，市政协主席、党组书记张健主持会议，主要围绕2017年市政协“推进垃圾分类减量工作”建议案的落实情况，开展监督性协商议政。

这次专题协商，是市政协第一次以民主监督协商会议的形式，对厦门经济社会发展的相关领域咨政建言，是市政协开展民主监督的新探索。目的是集思广益，为进一步深入推进厦门垃圾分类工作献计出力，以更高标准打好垃圾分类工作攻坚战。张健表态，市政协要在市委的领导下，有效运用人民政协民主监督的方式方法，准确定位，从党政所需、群众所盼、政协所能出发，在围绕“两高两城”建设，推进高质量发展和服务民生等方面，积极开展监督性议政协商，充分发挥人民政协作用，展现新时代人民政协的新作为、新担当。

市委副书记陈秋雄说，厦门垃圾分类工作取得的成果凝聚着政协委员的智慧和汗水，委员们的建言献策有效推动了垃圾分类扩面提质，也为完善厦门垃圾分类工作模式起到了促进作用。

2019年起，全国地级及以上城市将全面启动生活垃圾分类工作；到2020年底，46个重点城市要基本建成垃圾分类处理系统；2025年底前，全国地级及以上城市要基本建成垃圾分类处理系统。

时间表、路线图已明确，中国生活垃圾分类治理按下了快进键，以垃圾分类引领的“绿色革命”转型也已在路上。

“垃圾要分类，分类你最美。别让垃圾把城围，把城围。我是垃分人，分类我最美，别让环境受苦受累……”说到垃圾分类，可能不少人会想到这首曾刷屏社交圈的原创公益歌曲《最美垃分人》。这个由一群热衷环保的厦门青年创作、一百多名厦门市民参与演出的音乐视频已成为厦门垃圾分类的一张名片。

另外，像思明快板、湖里三字经、翔安答嘴鼓、同安垃圾分类歌、集美环保舞蹈等一系列喜闻乐见、寓教于乐的垃圾分类文艺作品，早已将生活垃圾分类宣传融入市民生活中，让大家在潜移默化中成为绿色环保理念的积极践行者。目前，厦门市垃圾分类居民参与率达93.6%、准确率达70%。

垃圾分类是处理垃圾公害的最佳解决方法和最佳出路。进行垃圾分类已经成为一个国家发展的必然路径。垃圾分类能够使得民众学会节约资源、利用资源，养成良好的生活习惯，提高个人最终的素质素养。一个人能够养成良好的垃圾分类习惯，那么他也就会关注环境保护问题，在生活中注意资源的珍贵性，养成节约资源的习惯。

垃圾分类创造的是一个资源节约型社会，一个环境友好型社会，一个绿色循环发展的家园。而在厦门，因为有强大的社会各界力量参与其中，使得垃圾分类工作已经走在了时代的前沿，成为社会新时尚。

厦门市生活垃圾分类工作启示录

在垃圾分类工作推进的过程中，厦门市委、市政府一开始就清醒地意识到这一点：从自身做起，带动全社会各阶层参与；从娃娃抓起，培养良好的行为习惯，带动家庭改变传统方式和观念。

领导着眼于大局，娃娃作为新生代的根基，群众从自身做起。21世纪的垃圾分类是举国之力，而后代代传承，世世延续，生生不息。唯有如此，才会把垃圾分类这场革命进行到底。

启示一

厦门市为何要抓生活垃圾分类工作?

当中国跨入经济总量稳居世界第二的新时代，当中国跨入世界第一大制造业大国前列的新时代，当中国跨入对世界经济增长贡献率超过30%的新时代，当中国跨入城镇化人口达8.2亿左右的新时代，当中国跨入即将实现全面建设小康社会目标的新时代，当中国跨入新动能对经济增长贡献率超过三分之一的新时代，当中国跨入经济社会发展呈现出预期稳、人心稳、大局稳的良好局面的新时代……习近平总书记庄严而豪迈地发出了在全国普遍开展生活垃圾分类的伟大号召，可以说是顺应时代的呼唤，顺应历史的潮流，顺应发展的规律，顺应人民的心愿，因而在中国广袤的大地掀起了一场波澜壮阔、气势如虹的垃圾分类大热潮，让迈步走向新时代的中国更加光辉光明，美丽绚丽！

不进行垃圾分类革命，就会制约经济社会的高质量发展。对于厦门而言，垃圾分类更是建设美丽厦门的重大战略机遇期。

为什么国内外把厦门作为投资兴业的沃土呢？为什么厦门引进外资的门槛可以比其他地方高一些呢？就是因为厦门的投资环境好，也就是习总书记2017年9月初在厦门金砖会晤所点赞的——厦门是一座高素质的创新创业之城，是一座高颜值的生态文明之城，人与自然和谐共生。也就是普京总统2017年9月初参加厦门金砖会晤时所赞扬的——我去过世界上许多国家和地区，厦门是我去过的全世界最美丽的城市。也就是中央政治局委员、中宣部部长黄坤明在厦门金砖会晤期间暗访厦门大街小巷后的感慨——看到的是车辆行驶礼让行人，看不到垃圾落地随手乱弃的现象，所有的垃圾都分类装桶，干干净净。正因为厦门以垃圾分类为抓手，使城市的生态环境不断提升，并转化为幸福指数新的增长点，从而使国内外投资者争先恐后涌来，一大批高科技、高产值、高效益、高生态的新型知名企业落户厦门，使厦门的经济社会发展不仅稳健，而且在高质量向上攀升。

改革开放以来，随着工业现代化和制造业科技化的迅速发展，我国城镇化发展更是一日千里，城镇化人口已经达到8.2亿以上。

加快工业化进程的同时，由此产生的生活垃圾也成了天文数字。2009年至2014年的6年中，我国城市产生的生活垃圾分别是1.57亿吨、1.58亿吨、1.64亿吨、1.71亿吨、1.72亿吨和1.92亿吨，平均年增长率为2.6%。按2017年度统计的人口密度来看，厦门陆地面积1699平方公里，居住着392万常住人口，每平方公里居住着2307人，岛内每平方公里14000多人，超过香港的人口密度。厦门每天产生的城市生活垃圾5000吨，一年产生180多万吨生活垃圾，而且每年的生活垃圾增长为10%以上。垃圾分类工作稍有迟滞，就可能发生垃圾堆放成山、铺天盖地、造成污染的不良恶果。推行垃圾分类，是新时代的呼唤。

在人们的惯性思维中，总觉得生活垃圾分类是个劳民伤财的事。实际上，垃圾产业是未来经济发展的一个新途径。

我国人口众多，生活垃圾产量大，如能变废为宝，必将是个经济发展新的增长点，为国家创造新的经济收益。

正因为有这一经济发展的商机，世界银行正在与世界各国合作，创造并资助能够带来环境、社会和经济发展的有效解决方案。自2000年以来，世界银行已为世界各国340多个垃圾变废为宝的项目资助资金47亿美元。所以，习近平总书记要求我们在垃圾分类中要实现减量化，要实现无害化，更要实现资源化。这也是垃圾分类最科学、最实用的终极目标。

垃圾资源利用成为各国竞相争夺的新阵地。

分类好的生活垃圾在发电厂焚烧，不仅避免了传统垃圾填埋造成的土地占用、污染现象，而且还能转化为电力，成为未来发展的新型绿色清洁能源。厨余垃圾可以厌氧发酵发电、转化为酵素、堆肥。可回收垃圾变废为宝，重复利用。

美国一年产生的厨余垃圾发电，可供地球上每个人用电烧水洗澡13分钟。旧金山用生活垃圾发电，可以满足1300户居民用电需求；宾夕法尼亚州开展路边收集厨余垃圾堆肥活动，每年可以制造大约2000立方米的有机肥料。英国在2011年11月建立了全球首个全封闭式厨余垃圾发电厂，每天可处理12万吨垃圾，发电150万千瓦时。美国政府计划到2020年新建100座垃圾发电厂，让几百万家庭享受厨余垃圾发电厂的电能。日本、瑞典、德国都在想方设法让废弃的垃圾转换成经济效能。推行垃圾分类，是国际社会新发展的必然趋势。

一个国家的形象，不仅仅体现在山水风光、政治军事以及经济增长等元素，更多的是需要用国民素质来诠释。

2018年，在俄罗斯世界杯比赛现场，日本足球队在进入半决赛时被淘汰出局，现场的日本拉拉队员们几度情绪失控，沮丧难过。但即便如此，他们在离开现场时还是将地上的垃圾拾捡干净，把凌乱的座椅擦拭完毕之后摆放整齐，然后提着清理好的垃圾悄悄离开现场。

细心的媒体人用镜头记录下了这一刻。也是因为这一件看似很小的跟垃圾有关的小事，让日本的形象在世界各国面前大放异彩。

的确，在日本这个弹丸小国，垃圾分类已经推行了几十年，走在世界前列。国民自觉将生活垃圾分成十几个种类，即便是日常驾车出行，也会随身携带垃圾袋，将产生的垃圾带到有垃圾箱的地方再分类投放。

可见，垃圾分类无小事，它是一个国家形象的展示，也是国民素质高低的体现。

习近平总书记提出在全国普遍开展垃圾分类，是站在保护生态环境的高度来号召全国各族人民开展一场垃圾分类革命的运动。这是着眼于我国垃圾资源处理的方法还处在传统堆放填埋阶段，不仅占用数以万亩计的土地，而且污染环境的严峻形势，作出的重大抉择。

另外，分类好的垃圾可以减少资源的浪费。全国每年使用塑料快餐盒30多亿个，方便面碗5亿～6亿个，废塑料占生活垃圾的3%～7%。1吨废塑料可炼出600公斤无铅汽油和柴油；回收1吨废纸，可减少砍伐生产的林木1200吨；1吨易拉罐熔化后能结成1吨以上的高档铝块，可以少采20吨铝矿石。

“绿水青山就是金山银山”“守住一方净土，就是守住了‘金饭碗’”“富一方百姓是政绩，保一方平安、养一方山水也是政绩”……绿色发展，生态优先。习总书记这一系列讲话振聋发聩，让人深思，也让人期望。

启示二

厦门市生活垃圾分类工作为何做得好？

厦门市是2000年全国首批开展垃圾分类工作的八个试点城市之一。尽管开展时间较早，但十几年的探索成果和普及率也不尽人意。即便现在，厦门的垃圾分类工作虽走在了全国前列，但仍然还处于边探索边总结阶段。近年对十几年前的不足和缺陷做了深刻剖析和反思，并以问题为导向，有针对性地加以弥补和创建，从而使垃圾分类工作方向明确，目标坚定，方法得力，效果显著。

垃圾分类工作是一项长期性的工作，只有坚定本心，不忘初心，才能把垃圾分类的使命任务担当起来。

厦门市、区两级领导在推进垃圾分类工作过程中总是把责任扛在肩上，抓在手上，落实好每一件事。他们认真学习垃圾分类的科学知识，刻苦钻研垃圾分类的技术性难题；他们对垃圾分类工作能做到每天都过问、每周都检查、每月都总结；他们没有双休日，没有节假日，检查、暗访、整改，就是他们最主要的工作内容；他们在任何场合、任何会议、任何活动，都把垃圾分类内容结合、融入进来，真正做到时刻不忘垃圾分类。

顶层设计的完善、财力上的投入、法制上的健全、科技上的保障、后端处理企业的规划，无不体现了厦门各级政府部门在攻克垃圾分类难题的坚定决心。

垃圾分类是一个复杂、系统的工程问题，又是一个牵涉到每一个人的社会问题，如果一开始都没有很清晰的垃圾分类规划路线图，在一个适当时间节点上，用合理的方式方法实施，就会造成人浮于事的现象。

一份清晰、全面、细致的《厦门市垃圾分类工作时间推进表》，成为每一个责任单位和部门都会自觉完成的“作战”计划和目标。系统理性的战略思想，精细周密的战略规划，高瞻远瞩的战略眼光，稳步进取，是把垃圾分类工作做实、做细、做深的关键。

不可否定的事实是，2000年至2016年期间，全国各地搞了一大批垃圾分类先行先试的示范典型，但能在全国各地推广开来的，几乎难以找到。

典型的作用在于引领，引领的目的在于带动，带动的目标在于普及。

在厦门市生活垃圾分类工作推进的过程中，涌现出各具特色的示范典型样板。从小区到社区、街道，而至学校、片区，一枝独秀不算美，百花争艳才是春，由个人、集体，到部门、区域，他们组成了厦门市领先全国的垃圾分类工作壮美蓝图。

垃圾分类没有“拿来”经验，而是要根据自身情况，改革创新，锐意进取，创造出合乎时代特色的典型经验，永远走在新时代垃圾分类的前列。

铁打的衙门流水的官。现任不走前任路，不扛前任责，不揽前任事，不理前任账，是各级党委、政府圈内普遍存在的一种怪象，几乎已经成为政界彼此心照不宣的“默契”和规则。

垃圾分类不是一时之风，而是一项需要几代人共同努力，甚至需要几十年、上百年才能彻底改变的行为习惯。人们常说，培养一个贵族，至少需要一个世纪。即便如此不易，却不能够与垃圾分类工作同日而语。因为，这是一场全民革命。

在垃圾分类工作推进的过程中，厦门市委、市政府一开始就清醒地意识到这一点：从自身做起，带动全社会各阶层参与；从娃娃抓起，培养良好的行为习惯，带动家庭改变传统方式和观念。

领导着眼于大局，娃娃作为新生代的根基，群众百姓从自身做起。21世纪的垃圾分类是举全国之力，而后代代传承，世世延续，生生不息。唯有如此，才会把垃圾分类这场革命进行到底。

厦门市垃圾分类工作有两个特别显著的特点：第一个特点是各级领导指导垃圾分类工作特别内行并且有力，具有专家型领导特色，广大干部群众口服心服；第二个特点是各级垃圾分类工作领导小组、垃圾分类工作领导小组办公室和垃圾分类管理中心的同志，都是垃圾分类的理论专家、技术专家，化解困惑，破解难题，总结经验。

首先，领导机关要外行变内行，才能指导有力。这就要求领导要加强学习垃圾分类的知识和技术，先当学生，后当先生，理论与实际相结合，才不会造成垃圾分类决策上的失误。

其次，领导机关要有锤炼善抓的巧劲，才能指导有力。垃圾分类是个复杂的系统工程，要善于在复杂矛盾中把握规律，从垃圾分类的偶然现象中察觉到必然，多些望闻问切，少些闭门造车；多些抽丝剥茧，少些囫囵吞枣；多些穿针引线，少些各自为政。做到忙而有序、繁而不乱，抓住关节点，解决疼痛点，达到事半功倍之目的。要用发展的办法解决垃圾分类的发展问题，用改革的办法化解垃圾分类改革的矛盾，用精准的方法解决垃圾分类的弊端。

再有，领导机关要善用实践的真经，才能指导有力。理论要转化为实践的好效果并不容易，垃圾分类工作也是如此，只有当领导机关与专家的垃圾分类理论成果在实践中相结合并且完善，才能有普遍的指导意义。

最后，领导机关要一级带着一级干、一级做给一级看，才能指导有力。一方面要强调下级服从上级，全党服从中央；另一方面，也要向党中央看齐，一级带着一级干、一级做给一级看，领导做给党员看，党员做给群众看。因为垃圾分类看起来是个家常便饭的事，实质上是个新事物、新挑战、新革命、新工程。

厦门市的生活垃圾分类工作干得热火朝天，最根本的原因就是市委书记、市长、市分管领导，以及市市政园林局、市环卫处等市级机关带着区级领导机关干，区级领导机关带着街道领导机关干，街道领导机关带着社区干部干，社区干部带着党员干，广大党员带着百万群众干，从而形成了垃圾分类气势如虹的工作氛围。

厦门市的生活垃圾分类工作宣传，可谓别开生面，别具一格，别有洞天，无时无刻、无处不在地紧密开展着。

新颖的垃圾分类宣传的形式，让厦门的工作开展初期就抢占先机，抓住了热点难点，攻克了关键点问题，使宣传教育拨动心弦，打动人心，拨云见日，释疑解惑。

坚持常态化、长期化的宣传教育，也使得厦门市的生活垃圾分类能够做到常抓常新，久抓久效，不辱使命，坚持到底。

启示三

厦门市生活垃圾分类工作如何打造特色？

很多来厦门参观学习垃圾分类经验的全国各地朋友，看到厦门市的生活垃圾分类工作成果之后，不仅精神振奋，希望满满，而且感慨颇多，认为垃圾分类看似没有什么险滩暗流、崎岖坎坷，可却牵一发而动全身，不能轻视它，更不能匆忙上阵，要摸着石头过河，在探索中前行，在践行中总结，在总结中推广，以点带面，整体推进，全面开花。

而要实现这一目标，就必须抓好垃圾分类示范典型的引领作用。

信心是在希望中增强的，希望是在实践中实现的。全国各地参观学习的同志们看到，厦门各级党政领导和机关干部抓垃圾分类精气神特别好，脸上洋溢着自信和自豪，对参观团提出的问题对答如流，而且让人触类旁通，脑筋开窍。典型具有巨大的推动作用，一些地方到厦门参观学习后，掀起了轰轰烈烈的群众性垃圾分类活动，这与厦门先行先试、敢闯敢创的思想和实践行动息息相关。

很多对垃圾分类工作没信心、不知从何入手的人看了厦门垃圾分类的成功经验，精神都为之一振，犹如醍醐灌顶。厦门分管垃圾分类工作的领导们特别善于激发群众的能量，真正将垃圾分类工作做到了全民参与，真是百闻不如一见。看了厦门实实在在的垃圾分类实践经验成果后，大家都有一种学有榜样、赶有目标、抓有方法、干有精神的感觉。

身边的典型最有说服力，眼前的成功最有震撼力。

厦门市委、市政府敢于挑战，敢于先行先试，一批各具特色的垃圾分类模范典型在厦门市岛内、岛外各行各业树立起来，真正起到了引领和示范的作用。机关、基层、社区、学校、城镇、乡村、部队、宗教、企业等纷纷参与，使全社会的人都看到了垃圾分类的成功经验，感到了榜样引领的巨大震撼力，出现了群情激奋、斗志昂扬地开展群众性的垃圾分类的动人场面。

让难点变为示范点，让痛点变为亮点。

垃圾分类难就难在“精准”二字上，即精准投放、精准收集、精准运输、精准处置四个环节。在这四个环节上，厦门市的垃圾分类工作者们身先士卒，紧抓示范典型，发现问题，及时记录和分析，想方设法破解，最终克服垃圾分类“精准”二字的大难题，极大地提升了干部群众的信心。抓垃圾分类示范典型的目的，就是要起到以点带面的推广作用，为全面和整体推进垃圾分类提供可看、可学、可操作、可复制的样板模式。既然是示范典型，也就是被实践证明的正确的工作经验，是建立在实用基础上，真正具备可推广运用的工作经验的价值。

我们不能否认的是，一些发达国家的垃圾分类做了快一个世纪了，他们的垃圾分类思想观念深入人心，已成为习惯性的生产生活方式；他们的垃圾分类理念很超前，和生态环保工作融为一体，把垃圾分类转化为变废为宝的产业之路；他们的垃圾分类技术很先进，能够运用高科技和信息化开展垃圾分类，减少了大量的人力、物力和财力。相比较而言，中国的垃圾分类工作才刚起步，要赶超西方国家的垃圾分类，必须抓好示范典型，让垃圾分类全面开花，少走弯路，实现垃圾分类工作弯道超车的目标。

示范典型可以缩短垃圾分类全覆盖的时间。发达国家垃圾分类那么久，那么成熟，我们能赶超吗？答案是肯定的。我们是全球第二大经济实体，经过四十多年改革开放的蓬勃发展，物质财富极大丰富，人民思想观念极速提升。进入新时代后，以人民为中心的发展思想得到强化，人民的文化素养和文明素质也与经济社会发展交相辉映，开展与西方国家相媲美的垃圾分类恰逢其时。培育好示范典型，就可以为一个地区全覆盖开展垃圾分类开辟绿色通道，大大缩短垃圾分类实现高水平运作的时间。

从2016年12月开始，厦门市作为全国46个先行开展垃圾分类试点城市之后，集中优势兵力打造一批示范典型，不到一年的时间，岛内所有单位都在学习示范典型的基础上实现了垃圾分类全覆盖。

目前，从全国46个先行开展垃圾分类活动的城市来看，厦门市的垃圾分类理念超前，技术先进，方法科学，知晓率、参与率、准确率、满意率都在80%以上，极大提高了垃圾分类的水准。这也是厦门作为垃圾分类示范典型城市的作用，让全国的垃圾分类工作迈上了一个新台阶、新水平。

“黄沙百战穿金甲，不破楼兰终不还。”正因为厦门市委、市政府主抓垃圾分类工作的领导们有坚如磐石的决心和魄力，才使得垃圾分类工作不断提升，不断完善，不断发展，始终走在全国生活垃圾分类工作的前列。

示范典型为垃圾分类全覆盖提供了基本模式，后面开展垃圾分类的单位和个人收获了许多经验和智慧，吸取了许多教训，避免了许多损失，节省了许多成本，提高了许多效益。但示范典型与复制地区（或单位、个人）在人文环境和客观条件上的差异性，使得垃圾分类工作必须着眼本地区的客观实际，把示范典型和本地区、本单位、本辖区群众的实际情况结合起来，创造性地开展适合自己的垃圾分类工作活动，创造出自己的垃圾分类的特色品牌。

而要做好示范典型与本地区相结合的垃圾分类大文章，不是亦步亦趋，盲目照搬效仿，必须将垃圾分类工作与本地实际相结合，要有整体推进的宏观决策，更要有攻克推进过程中解决问题的耐心和服务于民的公心。

垃圾分类还特别需要一颗公正的心，确保垃圾分类不出现私心私利，不出现偏心歪心，不出现腐败现象，不出现好事变坏事、变怪事的现象。公心，是公正之心，也就是秉持公心，处以公心，为公众利益着想的心意。垃圾分类是大众之事，是造福千家万户的公事，是利在当代、功在千秋的积善成德之事。有了公心，我们在垃圾分类过程中就会为民着想，为民族着想，为国家着想，自觉抛弃狭隘的、自私的思想和行为。

有了公心，就会产生为民服务的良心。良心是道德情感的基本形态，是个人自律的突出体现。在垃圾分类中的良心，就是不忘人民群众的养育之恩，不忘人民群众的培育之恩，不忘人民群众的奉献之恩，把垃圾分类工作做到人民群众的心坎上。谋划垃圾分类工作时，要站在绝大多数人民群众的角度思考问题、分析问题和解决问题，做出的决策要切合绝大多数人民群众的心愿和企盼，坚决克服以少数人的意见和利益代替绝大多数人民群众的意见和利益的现象。检查垃圾分类工作时，要问一问困难群众有什么苦衷，需要党和政府帮助解决什么问题，做到体察于民，排忧于民，解难于民，造福于民，帮助困难群众把垃圾分类工作落细落实，使困难群众真正感受到“垃圾分一分，幸福得十分”。

有了公心，就会产生造福群众的爱心。可以说，垃圾分类就是造福人民群众的好事大事，就是把党和政府的温暖送到千家万户，就是一颗赤诚的为人民服务的心。我们要把垃圾分类工作做好，就要想群众之所想，急群众之所急，愁群众之所愁，盼群众之所盼，解群众之所难。只要我们心中有民，做垃圾分类整体推进工作就不会叫苦叫累，心情愉悦地做好垃圾分类整体推进的各项工作；只要我们心中有民，做垃圾分类整体推进工作就不会牢骚满腹，把群众的垃圾分类当作自己的职责，认真负责，埋头苦干，义无反顾，一抓到底；只要我们心中有民，就不会遇到垃圾分类难题绕道走，而是迎难而上，开拓创新。厦门市各级领导和机关干部在全面推进垃圾分类工作中，白天忙个不停，晚上加班加点，节假日也要深入大街小巷、千家万户查看垃圾分类整体推进的情况。尤其是市、区两级主要领导和分管垃圾分类工作的领导及相关部门，经常与市民面对面地交谈垃圾分类整体推进的热点问题，请市民指出垃圾分类整体推进存在的问题，鼓励市民多提一些垃圾分类整体推进的好建议，从而使垃圾分类整体推进工作越做越让市民赞叹，有些市民看到抓垃圾分类整体推进的干部晴天一身汗、雨天一身湿的时候，都会当面竖起大拇指说："真是共产党的好干部啊！"

有了公心，就会产生为民的恒心。厦门各级机关领导在垃圾分类整体推进中纷纷感到，垃圾分类整体推进是一场持久战，要把它做好，要有不懈奋斗的精神和意志，才能达到比较理想的目标；垃圾分类整体推进是一场攻坚战，要攻克一道道难关，才能达到垃圾分类整体推进的标准和高度；垃圾分类整体推进是一场争夺战，要敢于跟国内外做得好的地方比思想，比干劲，比方法，比成果，才会使垃圾分类整体推进工作迅速赶超；垃圾分类整体推进是一场整体战，要动员一切积极力量，整合一切资源，才能形成垃圾分类整体推进的强大力量支撑；垃圾分类整体推进是一场思想观念更新战，要用新环境、新健康、新幸福的思想观念武装头脑，才能动员亿万人民群众激情昂扬地投入到垃圾分类整体推进的滚滚洪流之中。

启示四

厦门市生活垃圾分类工作如何营造品牌？

古人云，三岁看长大，七岁看长志。古人告诉我们，孩子的思想道德和行为规范教育特别重要。厦门市在垃圾分类工作推进过程中发现，越是年龄小的孩子越容易养成垃圾分类的好习惯。所以，厦门市的垃圾分类就从全市几百所幼儿园、中小学的娃娃抓起，这是垃圾分类经验的总结，是垃圾分类施策的科学方法，也是造就一代文明新人的伟大工程。

幼儿园的孩子还是懵懂无知、不谙世事的年龄，需要的就是启蒙式教育。一开始就教他们分清一些日常生活的垃圾种类，培养他们自觉分类的好习惯和正确的行为意识，就等同于在他们单纯的内心里播下了一颗文明的种子，生根发芽。

形象化的教育，适应了孩子们还不识字的特点，让一幅幅图画和实物铭记在娃娃们的脑海中，并转化为自觉的行为规范。孩子们的垃圾分类教育要遵循其客观规律，抓住启蒙教育这一特殊性，用形象化的教育来启发、引导和规划孩子做好垃圾分类。

在幼儿园里进行垃圾分类教育的过程中，厦门幼儿园的老师们都是边示范边教育，让孩子们从感性认识上升到理性认识，由形象化转为行动化，时时处处做表率，由己及人，潜移默化地培养和影响孩子们的行为习惯。

厦门市在垃圾分类过程中，极大地发挥学生追求新时尚生活的示范带头作用，在全国打造出一面垃圾分类学生走在前的旗帜，成为一条垃圾分类亮丽的风景线。

全市大、中、小学生垃圾分类的参与率、知晓率均达100%，分类投放的准确率均在85%以上，走在全国校园垃圾分类的前列。其中，有一条特别宝贵的工作经验，值得高度重视和认真借鉴，这就是教育引导学生按年级来开展垃圾分类活动。

按年级来开展垃圾分类，主要是不同学习阶段、不同年龄的学生拥有的认知、心理、实践等水平不一，如果搞一刀切式的垃圾分类，低年级的学生会感到压力大，高年级的学生感到小儿科，大学生又感到是玩“过家家”。对此，他们实事求是地教育学生，按年级开展垃圾分类活动，让所有的学生都对垃圾分类有兴趣、有激情、有干劲、有成效。

例如，全国各地小学校长和学生代表在厦门市湖里区实验小学参观学习时，看到一年级学生与爸爸妈妈一起动手制作垃圾分类绘本，突出一年级学生垃圾分类的形象化教育；二年级学生则与父母一起开展垃圾分类知识竞赛活动，让识得一些字的二年级学生增强对垃圾分类知识的理解；三年级学生则走进社区垃圾分类现场，创作垃圾分类的宣传口号；四年级学生以小组的形式走进社区进行垃圾分类社会调查，设计出实用、有创意的垃圾分类调查统计表，让社区居民了解垃圾分类的现状与问题，并向社区居委会提出建设性的解决方法；五年级学生参加社区“一米阳光”菜地耕作体验，用垃圾制成的肥料种出有机蔬菜；六年级学生则围绕“垃圾减量、变废为宝”课题进行社会调研，并形成了可供参考的垃圾分类科学利用的专题报告。

同时，发挥高年级学生做给低年级学生看的示范带领作用。学生最懂得看样学样，尤其喜欢学习和模仿高年级学生的行为习惯。学校善于抓住学生模仿能力强，喜欢学习高年级新生活新时尚的特点，经常组织低年级学生参观高年级学生的垃圾分类的成果展，请高年级学生给低年级学生谈垃圾分类的感受，分享垃圾分类的心得，传授垃圾分类的技术，叙述打造垃圾分类的品牌，使低年级学生在垃圾分类教育活动中学有榜样，赶有目标。同时，也使高年级学生有一种垃圾分类教育的责任感、使命感、自豪感。厦门市教育系统会不定期组织大、中、小学生垃圾分类活动交流会，互相教育，互相启示，互相激励，互相取长补短，在垃圾分类教育活动的思想交流中，学生们的垃圾分类的思想得到升华，垃圾分类的知识得到丰富，垃圾分类的技术得到提高，垃圾分类的经验得到传授。

在厦门各大、中、小学校和幼儿园里，不仅有浓浓的垃圾分类氛围，而且各校因地制宜打造的垃圾分类的特色品牌，更是各有千秋，独具特色。

厦门市各级党委、政府十分关注各级学校和幼儿园在垃圾分类改革创新方面的困难，只要涉及垃圾分类改革创新的问题时，总是不遗余力给予经济、技术和人才上的支持。因为他们懂得，垃圾分类离不开创新改革动力源泉，必须打造品牌，推动垃圾分类向广度深度发展。在不影响老师教学和学生学习的前提下进行垃圾分类品牌的打造。

以校、园、班级为单位建立的垃圾分类家长交流微信群，是学生家长参与垃圾分类工作交流的平台，也是厦门各级学校和幼儿园垃圾分类的又一张亮丽的名片。

家长微信平台的建立，能确保每个学生家长都能够切身参与到校园垃圾分类中来，也能使千万个家长形成竞相开展垃圾分类的新风尚。同时，也便于学校监督学生及家庭的垃圾分类工作完全落到实处。

各级教育部门是指导、部署、监督各级学校和幼儿园垃圾分类教育活动的主管部门。厦门市教育局在这方面不仅有担当精神，而且有指导艺术，在全国率先把垃圾分类纳入六个教学内容，使垃圾分类真正走进学校，真正走进学生的心，真正走在青少年人生成长的轨道上。

思想是行动的指南，垃圾分类的理念一旦确立，就会在垃圾分类实践活动中成为自觉执行的标准，垃圾分类的思想、内容、方法、创新手段就会潜移默化地教育和影响着学生，培养学生良好的垃圾分类习惯。学生也会成为垃圾分类的宣传者、传播者、示范者。

把垃圾分类纳入学生的教学之中，从根本上解决了垃圾分类革命的战略规划问题，使我国一代代新人养成了垃圾分类的良好习惯，继而实现全民族亿万人民群众都有垃圾分类的思想、知识、技能和创新本领，最后走在全世界垃圾分类工作的前列。

启示五

厦门市生活垃圾分类工作如何发动社会力量?

在厦门如火如荼的垃圾分类大潮中，许多企业的力量汇聚成河，成为其中一支不容忽视的奔腾洪流。企业家主动与政府、街道、社区、学校、环卫部门等取得联系，为垃圾分类无偿提供财力资助与物品赞助，以及智慧上的支持。许多企业还用新颖的手段创新垃圾分类宣传，为厦门营造良好的垃圾分类氛围作出特殊贡献。

企业家是社会的精英阶层，他们积极响应政府垃圾分类号召，进社区、进学校开展垃圾分类互动教育活动，凸显了企业文明形象，彰显了企业文化底蕴。数以万计的广大人民群众也被他们对社会公共事业勇于担当的情怀感染，纷纷投身到这项伟大的革命大潮之中。

习近平总书记对民营融资难的问题了然于心，不仅多次做出重要指示，而且专门召开会议研究部署，各省市也相继出台了具有本地区特色的民营企业融资扶持政策，出台了垃圾分类工作融资专项扶持政策，帮助立志于垃圾分类的企业家解了无米之炊的难题。各级党委、政府一定要认清形势，解放思想，大胆试，大胆干，尽快出台垃圾分类工作融资专项政策，为企业家经营垃圾分类事业提供强大的融资支撑。在垃圾分类推进的过程中，厦门市委、市政府给予企业大力的专项融资和基金政策扶持，并且建立垃圾分类企业专项免税退税机制，让企业家经营垃圾分类有政府支撑，有多赢共赢的合作伙伴，有抵御风险投资创业的最好途径，有源源不断的资金注入垃圾分类新事业之中。而扶持企业家经营垃圾分类专项基金是个开拓性工作，既有其他基金的共性，又有垃圾分类的个性，要把共性和个性结合起来，边做边完善，边总结边提升。

改革开放40年，是激励企业家创新发展的40年；而企业家创新的40年，又是为国家创造财富的40年。企业家的创新和激励企业家的创新，已证明是发展经济的法宝。垃圾分类是个新的领域，是陌生的创业项目，是以人民为发展中心的践行体现，是千秋万代幸福健康的功德大事，必须与时俱进，改革创新，才能赶超世界先进国家的垃圾分类工作。对此，我们要大力激励企业家在经营垃圾分类上大胆闯，大胆试，不怕失败，不畏艰难，勇往直前。

人民群众渐渐地看到，党的十八大以来，以习近平同志为核心的党中央特别重视顶层设计，每做一件大事都是谋定后动，从而使党和国家许多重大决策和部署行稳致远、锐意进取、一路凯歌。顶层设计能够激发人民群众的斗志，振奋人民群众的精神。厦门市在开始实施生活垃圾分类工作前，就认真地绘就了蓝图。

尽管垃圾分类是个新生事物，搞垃圾分类顶层设计也会遇到复杂问题，令人眼花缭乱，目不暇接。厦门在制定垃圾分类的实施路径时，尽量满足群众简单明了的要求，使广大人民群众更加简便地参与到垃圾分类的各项活动中。

按照每300户配1名垃圾分类督导员的标准，全市总计聘请4000多人，帮助群众准确地分类垃圾；免费发放家用垃圾桶和垃圾袋；在人员密集点设置智能垃圾投放设备，让流动群众一目了然，做到准确投放……在垃圾分类工作推进过程中，厦门市委、市政府着眼于传统与现代相结合，真正做到全面覆盖全民参与。

厦门垃圾分类的顶层设计得民心、合民意，源于厦门市领导和垃圾分类管理部门根据群众的意见来进行顶层设计的，执行起来群众自然热情高涨。

党的十八大以来，习近平总书记对调查研究特别重视，把调查研究作为谋事之基、成事之道，作为做好各项工作的基本功，要求不管科学技术如何发展进步，都不能代替深入基层、深入群众、深入一线调查研究。而要真正把习近平总书记关于调查研究的指示精神贯彻好，就要在调查研究的时候让群众说心里话。

厦门市领导层在做垃圾分类的民意调研时，能够放下架子、俯下身子，倾听民众心声。

思明区为寻找到群众对垃圾桶、垃圾袋设计图案的最佳方案，把十几家企业设计的垃圾桶、垃圾袋的图案发到网上，让广大人民群众参与评论，然后将群众点赞多的方案作为最终方案。为了让群众参与设计垃圾分类宣传标语口号，思明区发动百万群众在网上投稿建言，不到一个月就收集到5000余条投稿作品。敞开胸怀让群众说心里话，极大地调动广大人民群众为垃圾分类顶层设计献计献策的积极性，从而使垃圾分类顶层设计与群众心声产生了强烈的共振效应。厦门市委、市政府充分发挥广大人民群众在垃圾分类顶层设计中的首创精神，召开了无数场广泛征求群众意见的专题会，使垃圾分类顶层设计越来越合群众所盼、所想、所思、所需。

垃圾分类是为群众服务的，只有想方设法让群众得到垃圾分类的服务，垃圾分类才会成为群众的自觉行动；群众享受到了服务，自然就会提升参与垃圾分类的热度。

启示六

厦门市如何规划未来生活垃圾分类工作?

垃圾分类何去何从?

厦门在全国先行先试取得初步成功和初步成效，并在全国推广其工作经验后，并没有沾沾自喜，他们对未来垃圾分类的发展方向、目标以及方式方法进行了深入的探索和展望，给人们以深刻的启发和感悟。他们探索的第一个问题，就是把实践—认识—再实践—再认识，提升垃圾分类的理论高度，努力实现垃圾分类从各自经验、各自特点逐步向统一经验、统一标准的新跨越，力求使垃圾分类的资源要素配置更加符合实际，更加科学有序，更加操作简便，更加高效高质。

要探索硬件建设的标准化。随着垃圾分类的不断深入，渐渐清晰：社区要配备什么样垃圾分类的设备？学校又应该配备哪些？多少人口要配备一辆垃圾转运专用车？多少吨生活垃圾需要建一座焚烧发电厂？多少人的社区配一名垃圾分类督导员？小区物业公司应该承担哪些垃圾分类的责任义务？公园、车站、码头等公共场所如何配置垃圾分类箱？各级政府如何实事求是地做好每年垃圾分类工作经费预算等，再也不能像以往那样估计带统计，必须规范化、标准化，而且越精准越好，因为精准可以杜绝浪费，避免重复和多余建设项目，也可以减少无效劳动。另一方面，也可以克服基础设施建设不到位，造成垃圾分类漏洞百出、群众意见大等不利影响。从理论上讲，要把垃圾分类的各种特殊性归纳成普遍性的共识，实现指导垃圾分类工作的科学化，实现垃圾分类效率的最大化。

要探索软件建设的标准化。如果说硬件建设是钢的话，那么软件建设就是水泥了。钢离不开水泥，水泥也离不开钢，只有两者有机结合，融为一体，才能建成高楼大厦和桥梁道路。垃圾分类的标准化建设硬件和软件建设要同步抓，要相得益彰。重点要规范垃圾分类的机构框架、管理制度、法律保障、顶层设计、宣传发动、思想教育等。对垃圾分类检查评比要量化指标，让大家对标作业，把考评垃圾分类与做好垃圾分类一致起来，做到以考促做，以评促改。要探索系统建设的标准化。垃圾分类牵涉到一个庞大的系统工程建设问题，有垃圾分类收集系统，有垃圾分类运输系统，有垃圾分类的处理系统，有垃圾分类评估系统等，这些系统如何形成一盘棋，实现N联合大于N的工作效益。

城市要精细化管理，也必须适应城市发展。要持续用力，不断深化，提升社会治理能力，增强社会发展活力。而垃圾分类工作的不足是城市治理的顽症，也是城市发展的"痛点"，更是人民群众关注的热点，要用精细化去管理好、治理好、发展好，就要牢记习总书记的教诲，用绣花一样的功夫和韧劲，真正把垃圾分类管到人民群众竖起大拇指。

用智慧撬动垃圾分类精细化管理的支点，发挥好精细化管理四两拨千斤的作用，这也是垃圾分类管理精细化需要的耐心和巧心。

垃圾分类的精细化管理也要有一个核心，就是要找到垃圾分类的关键点。精细化管理最终目的不是为领导贴金，也不是为企业创收，更不为个人谋私利，而是为广大人民群众谋福利。因此，我们在垃圾分类精细化管理上就要校准"人民群众"这一价值核心，守住为民服务这一底线，精细化管理，精细化服务，使垃圾分类精细化管理有情怀、有温度。

厦门垃圾分类工作做得好，有一条很值得大家认真学习的经验：坚持垃圾分类常态化工作机制，克服垃圾分类一阵风现象，做到每天、每周、每月、每季度、每年都坚持不懈地开展声势浩大的垃圾分类活动，使垃圾分类工作高潮迭起，常态化运作。厦门市委、市政府把垃圾分类纳入中心工作中，同研究、同计划、同部署、同检查、同考评、同落实，确保垃圾分类工作不被边缘化，不被淡化，不被遗忘，使垃圾分类工作经常安排在领导机关日常的工作计划表之中，经常安排在领导机关检查评比的活动之中，经常安排在领导机关中心组学习的议题之中，经常安排在领导机关下基层调研工作之中，经常安排在各级党委和政府研究的重要工作之中，经常安排在领导机关出国考察学习的内容之中，经常安排在党委与政府每月、每季度、每半年和年终总结、表彰工作之中，经常安排在年终各级单位和个人工作评比之中……总之，只要把垃圾分类纳入各级党委、政府和各单位领导机关中心工作之中，就能较好确保垃圾分类工作常态化。

只要大家都齐心协力，做到全民动员、全民参与、全民履职，垃圾分类就没有被遗忘的死角，就不会与平时工作脱钩脱节，不游离在每个人的岗位工作之外。而要做到这些，就要把垃圾分类纳入岗位工作之中，在各自的工作岗位上实现垃圾分类工作的常态化。

厦门在垃圾分类中注意探索实践品牌化经营，迄今为止打造了几十个鲜明特色的垃圾分类品牌，使厦门垃圾分类工作亮点纷呈，享誉全国。既有抓幼儿园娃娃垃圾分类教育活动的品牌，又有单位一把手亲自抓垃圾分类工作的品牌，而把垃圾分类融入学校教材教案和课本之中等特色垃圾分类，更是创造了得到住建部高度肯定的品牌。

要打造出垃圾分类品牌，垃圾分类的标准就要提升。比如，厦门要在全国率先打造垃圾分类全覆盖的品牌，定位就很高，难度也很大，任务也很重，如果没有背水一战的勇气和精神，是难以实现的。但他们不畏艰难，勇当先锋，敢闯敢冒，先行先试；层层思想发动，把垃圾分类的任务层层分解，层层传递责任压力，从而调动了全市四百多万干部群众投身垃圾分类活动的积极性，形成了势不可挡的垃圾分类的良好氛围，不到两年的时间就实现全市垃圾分类全覆盖，走完了其他地区五年、十年甚至更长时间才走完的路。可见，垃圾分类的品牌打造一定要登高望远，一定要有举旗帜当先锋的担当精神，一定要有调动社会积极性的方法和举措，这样才能把拟定目标变为一个个垃圾分类工作品牌。

厦门在打造垃圾分类工作品牌时，广泛征求人民群众的需求和意见，根据广大人民群众对垃圾分类处理要无害化、资源化的盼望，停止大量填埋垃圾的简单处理法。厦门市实行大部分垃圾焚烧发电，他们采取政府投入、国有企业来经营的模式，在岛内外建立起了三座垃圾焚烧发电厂，通过垃圾分类焚烧发电，真正变废为宝。这就给了我们一个打造垃圾分类品牌的启示：广大人民群众所盼望的、急需的，就是垃圾分类工作最好的品牌。

千篇一律的不是品牌，地方特色才是亮点。垃圾分类要与本地区特殊性结合起来打造，才能有亮点、有价值、得民心。

我们惊喜地发现，不光是厦门，还有广州、深圳、上海等地，一大批各具特色的智能化垃圾分类投放箱、垃圾桶和二维码垃圾分类桶，如雨后春笋般冒出来。

有的垃圾箱配备了夜晚的感应灯，屏幕上显示文字还伴有语音提示，教你准确投放；有的垃圾箱还会把个人投放可回收垃圾的重量测算出来，记录到个人的信息储存平台里，积分到一定量的时候，垃圾箱会自动提供卫生纸、牙膏等生活必需品的奖励。尽管这些智能化的垃圾分类设备还有许多不尽完美之处，却使人们深深体会到智能化垃圾分类发展的无限前景。

在旅游景点、公园、车站、码头、地铁、BRT，以及主次交通路边、十字路口等公共场所，人们来去匆匆，无暇把产生的生活垃圾分类好投放，造成了公共场所垃圾污染。随着时代的发展，流动人员会越来越多，产生的垃圾也越来越多，全国每年外卖用户规模达六亿，其中有大一部分是提供给流动人员的，每天超过2000万份外卖，巨大的餐盒和塑料垃圾要做到精准分类，只能向智能化要效益。

各级党政机关是垃圾分类智能化领导者、引领者、教育鼓励者，要求别人做到的，首先自己要先做到，在垃圾分类智能化上当好模范带头作用。要解放思想，善于运用智能化的手段破解垃圾分类的问题，舍得在垃圾分类智能化上加大投入，确保垃圾分类智能化不愁无米之炊；要着眼于人民群众的新企盼，组织科研攻坚团队抓紧研发垃圾分类智能化的先进设备；要把推广垃圾分类智能化和经济发展新产业结合起来，让垃圾分类智能化成为经济发展新的增长点；要把垃圾分类智能化和开辟国际贸易新市场结合起来，为世界垃圾分类智能化发展提供中国智慧和方案，为树立中国生态文明的好形象而努力奋斗。

后记

垃圾分类工作就是新时尚！

2018年11月6日上午，习近平总书记来到上海虹口区市民驿站嘉兴路街道第一分站，仔细倾听来自居委会、企业的年轻党员交流社区垃圾分类推广的做法。习总书记笑着说："垃圾分类工作就是新时尚。"他还强调，垃圾综合处理需要全民参与，上海要把这项工作抓紧抓实办好。

厦门经过两年的努力，全面实施垃圾分类，构建了"以法治为基础、政府推动、全民参与、城乡统筹、因地制宜"的垃圾分类工作格局，取得了显著的成绩，用实际行动践行和诠释习总书记的"垃圾分类工作就是新时尚"的理念。

为了生动记录厦门市生活垃圾分类工作，笔者历时十个月深入街道、社区、居民生活小区和农村，深入大街小巷和田间地头，深入机关、企业厂区和垃圾处理厂，采访了三百余人，采访笔记达两百多万字。

在采访过程中，许许多多为厦门生活垃圾分类、为厦门环境保护默默奉献的人，深深地感动着我们，在这里有必要把他们也写出来。

"作为党和政府的媒体，做好正面宣传，营造良好的垃圾分类工作氛围，是我们的责任和义务。但是要把垃圾分类工作宣传做到耳濡目染的效果，必须坚持宣传常态化。"这是厦门电视台移动电视总编辑林淑丽的深刻感悟。两年来，厦门电视台移动电视不遗余力地做好厦门生活垃圾分类宣传工作。仅2018年，公交媒体平台就打造了"垃圾分类公益广告”20秒版本宣传的新品牌，每天播出10次，累计播出351天，共计1170分钟；先后播出“垃圾分类”“大件垃圾”“玻璃陶瓷”3个版本，每个版本15秒，每天播出10次，累计播出227天，共计567分30秒；在城市媒体平台也播出了垃圾分类公益广告近800分钟。在公交、城市、地铁各平台终端全天滚动播出垃圾分类宣传标语，做到了全天候宣传，全城式覆盖。从2019年开始，厦门电视台移动电视在此基础上，对垃圾分类宣传更加深入、更加广泛，利用公交、地铁、城市媒体平台的影响力，加上联网技术和两微一端的助力，加大垃圾分类宣传的播出频次。优化垃圾分类宣传的排播技巧，利用淡季开发一些新的垃圾分类宣传时段，在重点节目结束后，充分利用垫片时间，及时播放垃圾分类宣传标语和公益广告，向数以万计的观众传递信息：垃圾分类特别重要。除了公交、地铁媒体平台，厦门电视台移动电视充分发挥旗下城市媒体平台的作用，让垃圾分类宣传出现在政府机关、行政办事窗口、社会公共服务窗口、BRT场站、码头、银行、医院、高端写字楼和住宅等场所，让百万干部群众时时刻刻得到垃圾分类知识的宣传教育。作为最接地气、最贴近老百姓的主流媒体，林淑丽一直在思考，如何才能把群众的垃圾分类热情充分调动起来？最后，她和她的同事认为，互动节目效果最好，于是他们拍了无数条互动式宣传节目，不请名人拍，就邀请市民参与拍摄，让身边的人教育身边的人。改版《绿海鸥垃圾分类在行动》宣传专栏，加大进校园、进社区垃圾分类宣传的频次，做到栏目搭配落地活动同步进行，线上线下贯通，增强市民参与感。利用晚高峰直播栏目《准时出发》，通过互动话题、互动游戏等方式，嵌入垃圾分类的相关知识，实现现场直播和话题互动，增强垃圾分类的吸引力和感召力。

在厦门市生活垃圾分类工作一线的社区干部，湖里区金山街道金安社区党委书记吴丽敏是一个有心人。金安社区是2003年成立的，是全市最大的保障性住房社区，也是习近平总书记视察点赞过的明星社区。金安社区有许多居民是困难户，或多或少都有一些思想包袱，这样的社区没有一个好书记是做不好的。吴丽敏没有辜负组织的期望，把一个名不见经传的社区打造成全国文明社区，被中宣部评为“学雷锋志愿服务示范点”，也是福建省唯一获得此殊荣的社区。吴丽敏曾受到过习总书记的接见，并在中央文明网畅谈她如何抓好社区文明创建的工作经验——以情感人，以理服人。

吴丽敏对社区垃圾分类工作特别上心，在社区里碰到谁都会宣传垃圾分类的事。金安社区开展垃圾分类，居民由不理解到理解，由不支持到支持，到最后主动参与、出谋划策，很快就在全市垃圾分类工作中作出榜样。吴丽敏关注居民垃圾分类的细节，她发现政府发放给居民的分类垃圾袋只分颜色，没有印上垃圾分类知识和操作方法。于是，她就建议相关部门改进。这样做有利于宣传垃圾分类，而且居民还不会将垃圾袋挪作他用。吴丽敏常常对她的社区居民说，发垃圾袋的费用不是个小数目，政府不可能永远给大家送垃圾袋，你们要多想办法，平时买菜的塑料袋要利用起来，既可以节省资源，还能避免制造更多的垃圾。也有居民说，现在物业公司因为垃圾分类减少了开支，高楼撤桶，物业可以少买垃圾桶，政府配督导员，物业可以少雇保洁人员，垃圾统一转运，物业公司少了垃圾运到清洁楼的费用等，所以物业公司以后要给居民配发垃圾袋。吴丽敏说，垃圾分类是大家的事，大家一起想办法是对的。但无论如何，做好垃圾分类工作，关系到每一个人，大家一定要心往一处想，劲往一处使。

如果从业务范围看，厦门贞安财务管理有限公司专门从事财法税专业人才输出和财法税全链托管两大块，似乎跟生活垃圾分类工作没有什么直接联系。但是，厦门的生活垃圾分类工作与每一个人息息相关，更何况这家公司的负责人晏子娴，对垃圾分类工作、对环境保护工作，有着异于常人的热心与热情。

走进位于湖里区钟岭路2号银鹭集团总部大楼B栋7楼，办公环境优美，随处可见的绿植，让人心旷神怡。过道、办公室、休息区，垃圾分类桶干干净净、整齐摆放。“一室不扫何以扫天下。”精干的晏子娴说，“同样的道理，垃圾分类就要从自己做起，从身边事做起。” 言传不如身教，晏子娴这么说也是这么做的。当她看到很多白领叫外卖，制造了许许多多白色塑料垃圾，担忧之心油然而生——这些快餐盒也是垃圾污染源啊！她不允许自己的员工叫这样的外卖，并且呼吁政府强制企业和饭店、食品店只能使用可溶解的外卖饭盒。她要求行政人资部严格检查员工的垃圾分类情况，对做不好垃圾分类工作的员工给予警告甚至罚款。这样的要求不止于上班时间，员工还要保证在外、在家都能做好垃圾分类工作。

晏子娴深知环境保护的重要性，皮之不存毛将焉附，只有提高生活环境质量，才能提高企业创造价值的质量。一个有情怀的企业家，一个胸中有天地的企业家，做大做强她的企业和事业，指日可待。

对于女强人刘捷来说，建立宠物垃圾收集处理系统是她对垃圾分类工作寄予最大的希望。热心、善良又美丽的刘捷，究竟花了多少钱用于收留、饲养流浪狗，连她自己都记不清了。她在厦门某座山上租了一块地，盖了简易的狗舍，请了四名工人，买了一部运输车，专门用来收留和饲养上百只流浪狗。这些流浪狗之前因为无人看管，吃的是发酸、发霉、发臭的东西，都不同程度地染上了肠炎、肺炎和皮肤病。刘捷觉得，这些流浪狗不收拢饲养的话，狗屎随地拉就会给垃圾分类工作添乱，而且存在狗病传染给人的风险；如果被不良人宰杀贩卖，后果不堪设想。十几年来，刘捷坚持收留饲养流浪狗，花费百万之多。厦门实行生活垃圾分类后，刘捷发现大家更多关注人的生活垃圾分类，宠物的垃圾却没有得到很好的处理，更不用说宠物的垃圾分类了。有时宠物垃圾分好了，却不知道该投进哪个垃圾桶。刘捷苦笑着说：“如果政府和民众都不重视宠物的垃圾分类问题，垃圾分类工作就搞得不彻底。”

红行（厦门）建筑工程公司位于厦门外来人口较多的湖里区寨上，离厦门经济特区发祥地只有一步之遥。公司董事长郑山君是土生土长的厦门人，跟大多本地居民一样，郑山君建在宅基地上的房子也租给外来务工人员居住。外来务人员绝大部分都是来自祖国各地的农村，他们的文明素质参差不齐。厦门实行生活垃圾分类后，郑山君明显感觉寨上的垃圾分类工作要落后于厦门其他地方，外来人口多是一个主要原因。因此，他觉得要做好垃圾分类工作，强化外来务工人员垃圾分类教育非常重要。

于是，郑山君出资准备办个红行书院，免费为外来务工人员提供精神食粮，开展外来务工人员垃圾分类培训教育和志愿服务活动，帮助他们掌握垃圾分类的知识技术，帮助他们树立垃圾分类的法律意识。郑山君这一想法立刻得到他爱人徐红梅的赞同，他们把自己一栋六百多平方米的出租房腾空，投了五六十万元装修，建成“阅读＋教育＋培训＋研讨＋集会”一体化、多功能的外来务工人员书院。青春不悔，追吾之初心，信仰不灭，逐吾之荣耀。郑山君夫妇的义举体现了民营企业家的担当。

2019年2月，刚上任的福建省委常委、厦门市委书记胡昌升为了深入了解城市和民情，准备用100天时间，走遍厦门大街小巷和车站、码头、机场等公共场所。4月的一天，胡昌升途经厦门北站，当他看到站台上使用石头雕刻的垃圾箱时，便赞不绝口。 他认为把垃圾分类箱做成与闽南建筑元素相结合的创意品，是垃圾分类工作的提升和创新，值得推广和借鉴。

创作这个跟艺术品似的垃圾分类箱的，是一位名叫晏雪飞的年轻人。晏雪飞于20世纪80年代初出生于江西上高，大学毕业后来到厦门，从事城市文化建设、乡村文旅和文化遗产保护工作多年。在晏雪飞看来，垃圾就是垃圾，本给人的第一感觉就是肮脏的，要改变人们对垃圾的认识，促使他们乐于进行垃圾分类，可通过文化引导与垃圾投放容器的视觉创意相结合的方式，来减少人们对垃圾的厌恶感，进而使人们自觉进行垃圾分类投放。

晏雪飞是厦门翰林苑文化产业集团的创始人，他带领了一支百余人的团队，专业从事文博、文旅、文创、文教产业，把世界文化遗产鼓浪屿的近现代建筑和福建土楼一栋一栋地保护修复好，让其生命延续并重新焕发光彩。一个能修复明代、清代古建筑，能修复石质、木质文物的公司老总，把眼光投射到垃圾分类箱、垃圾分类桶的美化上，不禁让人敬佩。晏雪飞说，运用地方特色建筑和民俗文化来创造设计现代垃圾分类桶、垃圾分类箱、垃圾分类宣传栏、垃圾分类文创品，就是用中华民族博大精深的传统文化去滋养心灵，就是支持垃圾分类工作。把潜意识里令人讨厌的物品变得赏心悦目，晏雪飞做到了。

垃圾分类必须无死角，建筑工地往往自成天地，稍不留神，不仅垃圾分类做不好，垃圾落地也是常常的事。厦门捷安集团公司虽然是一家民营企业，但在厦门市的垃圾分类工作中不甘为人后，公司董事长陈金德对公司施工的工地垃圾分类工作，亲自检查、亲自督导，对员工不按要求进行垃圾分类甚至垃圾落地零容忍。

2017年6月的一天中午，仲夏的厦门烈日炎炎，陈金德戴上安全帽悄悄来到他的建筑工地，突击检查工地员工垃圾分类情况。虽然厦门号召全面实施生活垃圾分类已经一个多月，但员工显然没有足够重视，工地上白色塑料饭盒散落，矿泉水瓶被风吹得满地打滚，剩菜、剩饭、汤汁、油污随地洒落……陈金德一声不吭，提着塑料袋低头分类拾捡垃圾，然后再分别投放到分类垃圾桶里。

项目部经理和员工看到这一幕，脸上挂不住了，纷纷走到陈金德面前，等待他的训斥。陈金德语重心长地对他们说："厦门是国家卫生城市，捷安是被厦门市授予文明单位的民营企业，全市数以万计的民营企业都在盯着我们如何做好表率。现在垃圾分类工作是全市都很重视的事，我们只有做好的义务，没有做不好的权利啊！"陈金德接着严肃地说，"希望大家引以为戒，从今往后再出现乱扔垃圾，垃圾不分类的，轻者罚钱，重者开除。"

令行禁止，作为集团公司的董事长兼党支部书记，又是非公党组织和文明创建的领军人，陈金德带领他的团队秉承"诚信经营、品质为先、开拓创新、合作共赢"的宗旨，不断提升施工管理水平、资本运营能力和企业核心竞争力，以优秀的企业文化凝聚业内精英，打造出一流的专业团队。捷安集团已发展成为集建筑工程施工总承包、市政公用工程施工总承包、房地产开发、工程监理、建筑劳务、商业贸易、城市基础设施投资为一体的综合性企业。响应号召，做好垃圾分类，是有责任企业的自觉与自发行为，更何况将建筑垃圾分类还可以实现资源化、无害化，公司被评为文明施工先进单位，给公司带来有形和无形的收益。

万物得其本者生，百事得其道者成。在垃圾分类工作上，陈金德要求公司工会把垃圾分类活动和工会活动结合起来。公司工会主席陈丽丽立即组织员工开展“家庭服务社会垃圾分类”活动，捷安人带着孩子们在五缘湾步行道上，一边欣赏沿途的风景，一边将游客乱扔的垃圾捡起，投放到相应的垃圾分类桶里。

捷安公司垃圾分类宣传活动也别开生面，工会组织员工开展垃圾分类知识有奖竞答活动，开展模拟垃圾分类的小游戏，开展巧手、变废为宝活动等。陈丽丽还奇思妙想，组织大家把办公楼闲置空地打造成鲜花绿草簇拥的小公园，用美丽环境来教育大家不要乱扔垃圾，不要破坏生态环境。陈丽丽说：“这么美的地方，谁还忍心乱扔垃圾呢？这就是环境塑造人啊！”

厦门市捷安建设集团的总工程师李环辉感慨道：“垃圾分类是改变人的生活习惯，正如我们陈董事长所说的‘小事情，大工程’。但不管有多难，我们都认真地做下去。”

厦门的校园垃圾分类工作十分有特色，前面已有单独篇章对其进行叙述。这里再着重介绍一下湖里区第二实验小学校长吴丽凤的做法——把垃圾分类工作与校园文化环境建设紧密结合，把学校打造成生机盎然、整洁优美、宁静有序、蓬勃向上、健康和谐的“花园式”文明校园。

吴丽凤校长主张寓教于乐，把寓言故事与垃圾分类工作结合起来。校园两处寓言雕塑“蚂蚁搬家”和“龟兔赛跑”栩栩如生，以其诙谐逼真的姿态彰显着学校垃圾分类要“从细微之处做起，以文化熏陶人，用环境感染人”的人文景观建设理念。孩子们见到一张小纸屑、一片小树叶、一根小枯草，都会捡起分好，然后准确无误地投放在垃圾箱里。

把经典阅读与垃圾分类工作结合起来，吴校长组织学生开展“读经典书、做文明人、当垃圾分类先锋队”的活动。学校围墙上的经典文章，楼层走廊里的开放书吧，都与垃圾分类知识和工作联系在一起。

把垃圾分类与娱乐活动结合起来，吴校长引导孩子们以垃圾分类为主题，编排了舞台剧，向全校师生表演，大力宣扬垃圾分类的好人好事；少先队活动课上，孩子们开展垃圾分类知识竞答；班级里设置了分类垃圾筒，通过比一比谁的垃圾少，谁的垃圾分类清等评比活动，鼓励和鞭策孩子们争当垃圾分类的先行者、实践者和引领者。

事业发展的关键在人，厦门市生活垃圾分类工作就是因为有无数个吴丽凤、陈金德、晏雪飞、郑山君、刘捷、晏子娴、吴丽敏、林淑丽……正因为有了他们的努力、他们的奉献，才有了走在全国前面的良好局面。所谓“天下之至拙，能胜天下之至巧”。不管再多困难，只要坚持本心、埋头苦干，看似笨方法，实则却有水滴石穿、星火燎原的力量。厦门市生活垃圾分类工作一定会再上台阶。

笔者采访中发现，厦门市生活垃圾分类工作也存在许多问题。

问题之一：岛内、岛外发展不平衡，城市、乡村有差距。习总书记提出垃圾分类要城乡统筹发展。对照厦门的垃圾分类现状，还有大差距。厦门岛内的思明和湖里两个区实现了垃圾分类全覆盖，但岛外的海沧、集美、同安、翔安四个区只有142个行政村实现了垃圾分类全覆盖，而更多的偏僻山区自然村还没有完全开展垃圾分类。

问题之二：覆盖广而不全，整体推进有死角。就是垃圾分类比较好的思明和湖里两个区，还存在沿街的一些店家，把没分类的垃圾装在一起，趁人不注意扔到垃圾桶里。一些非星级酒店垃圾分类比较随便，时分、时不分。一些“村改居”社区的垃圾分类不到位，乱扔、乱堆放还比较普遍。

问题之三：集中执法力量不足，专业执法难以落实。垃圾分类牵涉到千家万户，厦门四百多万人的垃圾分类靠几千人来监督，尤其起步阶段，显然是力不从心的。虽然厦门早早就颁发了《厦门经济特区生活垃圾分类管理办法》，有了法制保障，但执法难制约了法律对不实行垃圾分类者的威慑力。假如能像台湾地区，环卫人员在收集垃圾时，对不分类居民可以当场开罚单，这样的执法力度，想必会迅速提高厦门生活垃圾分类准确率。

问题之四：抓工作苦乐不均，环卫和街道担责多。从制度、机制上讲，市委、市政府很明确地要求各职能部门要齐抓共管，共同推动垃圾分类工作。而现实只有环卫部门和街道社区在忙前忙后，其他部门则是被动而为。

……

问题不少，原因不一，亟待破解。厦门市在2018年提出生活垃圾分类工作七个相结合的工作法，便是对厦门市两年生活垃圾分类工作的总结和提升。这七个相结合工作法包括：

坚持环保与人文相结合，持续深化文明城市建设。坚持把生活垃圾分类作为文明城市再创建、再提升的重要抓手，从绿色环保、文明创建、人文宣传的角度，强化顶层设计、强化工作机制、强化目标考核等方式，持续深化文明城市建设。

坚持教育与立法相结合，筑牢垃圾分类工作基础。突出宣传教育和立法约束相结合，夯实生活垃圾分类工作的思想基础、法制基础，推动生活垃圾分类工作持续发展。抓好学校教育、抓好社区教育、抓好党群组织教育、注重法治建设等。

坚持政府与社会相结合，大力弘扬共同缔造精神。生活垃圾分类是事关全社会的系统工程，依靠单个政府部门无法完成，需要立足全局、系统谋划、顶层设计，需要全社会齐心协力、形成合力才能奏效。厦门市加强组织领导、深入发动、凝聚共识，以点带面、滚动发展，构建了“以法治为基础、政府推动、全民参与、城乡统筹、因地制宜”的生活垃圾分类工作格局。加强组织领导，坚持共建共享理念，鼓励社会力量参与。

坚持软件与硬件相结合，完善垃圾分类运作体系。生活垃圾分类是一项面对全社会的复杂工程，需要配套相关政策和制度作支撑，需要各类处理配套作保障。为此，厦门坚持一手抓软件，统筹法律法规和配套的制度体系设计，一手抓硬件，加强项目建设，提升垃圾分类投放、收集、运输、处置各环节的处理能力，确保生活垃圾分类全程可控。

坚持节点与日常相结合，形成常态化长效机制。推动生活垃圾分类工作的过程，是一个不断破解难题的动态深化过程。厦门主动梳理出不同阶段的工作重难点，结合节点工作与日常工作，抓重点攻难点、补短板强弱项，抓日常考评，抓执法监督，形成规范化、常态化的生活垃圾分类长效机制。

坚持城市与农村相结合，推进垃圾分类全面覆盖。注重以城带乡、城乡一盘棋，按照标准再造、模式创新，以及减量化、无害化、资源化同步推进的要求，把农村生活垃圾分类与美丽乡村、特色小镇建设相结合，突出因地制宜、就地就近、简便易行，采取定点收集与上门收集相结合的方式，推行“二级分类方式”“两桶分装、三级分拣模式”等分类方式，建立区、镇、村三级督导机制，形成“户分类、村保洁、镇收集、区转运、市处理”的城乡一体分类模式。

坚持人力与科技相结合，推动新技术新业态发展。坚持继承和升华“天人合一”“顺应自然”“敬天惜物”的传统生态智慧，把人和环境作为统一的整体进行谋划，把人与自然和谐共生作为努力的方向进行决策，加强科技创新，促进新兴产业发展，有力推进生活垃圾分类工作。

总之，厦门市委、市政府充分发挥“敢拼会赢”的精神，不懈奋斗、先行先试、勇于创新，在生活垃圾分类工作方面，取得了丰硕的成果，为全国生活垃圾分类做出了可学习、可复制的厦门模式、厦门样板，特别值得我们文学工作者，为其记上浓墨重彩的一笔，这也是创作本书的起因和动力。

本书创作过程，得到厦门市委、市政府领导的大力支持，在此特别感谢厦门市委副书记陈秋雄亲自审稿把关。厦门市垃分领导小组、市垃分办、各区垃分领导小组、区垃分办以及相关部门，为本书采访提供了许多便利，在此一并致谢！由于本书创作出版时间较紧，成书仓促，在内容上难免挂一漏万，有遗珠之憾。其中浅陋甚至谬误之处，敬请大家谅解并予以批评指正。

图书在版编目（CIP）数据

幸福的革命：垃圾分类新时尚的厦门模式 / 王永盛，文国清著. —厦门：鹭江出版社，2019.9（2019.11重印）
ISBN 978-7-5459-1656-0

Ⅰ. ①幸… Ⅱ. ①王… ②文… Ⅲ. ①报告文学—中国—当代 Ⅳ. ①I25

中国版本图书馆CIP数据核字(2019)第193479号

XINGFU DE GEMING
幸福的革命
——垃圾分类新时尚的厦门模式
王永盛　文国清　著

出版发行：鹭江出版社
地　　址：厦门市湖明路 22 号　　邮政编码：361004
印　　刷：福州德安彩色印刷有限公司
地　　址：福州金山工业区
　　　　　浦上园 B 区 42 栋　　电　　话：0591-28059365
开　　本：700mm×1000mm　1/16
插　　页：4
印　　张：22.25
字　　数：309 千字
版　　次：2019 年 9 月第 1 版　　2019 年 11 月第 2 次印刷
书　　号：ISBN 978-7-5459-1656-0
定　　价：50.00 元